河出文庫

シャーロック・ホームズ全集⑧

シャーロック・ホームズ最後の挨拶

アーサー・コナン・ドイル
小林司／東山あかね 訳
［注・解説］O・D・エドワーズ／高田寛 訳

河出書房新社

シャーロック・ホームズ最後の挨拶 ◎ 目次

はじめに　6

シャーロック・ホームズ最後の挨拶

小林司／東山あかね訳

はじめに

日本語に訳されたシャーロック・ホームズ物語は多種あるが、その六十作品すべてを独りの訳者が全訳された延原謙さんの新潮文庫は特に長い歴史があり、多くの人に読みつがれてきた。延原さんの訳文は典雅であり、原文の雰囲気を最もよく伝えていたが、敗戦後まもなくの仕事であったから、現代の若い人たちには旧字体の漢字を読むことができないなどの不都合が生じてきた。そこで、ご子息の延原展さんが当用漢字ややさしい表現による改訂版を出された。こうして、親子二代による立派な延原訳が、個人による全訳としては存在している。

しかしながら、私どもシャーロッキアンとしては、これまでの日本語訳では満足できない面があった。どんな点に不満なのかを記すのは難しいが、一例を挙げれば、かもし出される雰囲気である。たとえば、言語的に、また、文法的に正しい訳文であっても、ホームズとワトスンや刑事などの人間関係が会話に正しく反映されていなくては困る。また、ホームズの話し方が「……だぜ」「あのさー……」などというのと、

「……だね」「それでね……」というのとでは品格がまるで違ってしまう。さらに、表現を中学生でも読めるように、なるべくわかりやすく簡潔な日本語にしたいと思った。

新訳を出すもう一つの目的は、注釈をつけることであった。既にベアリング・グールドによる大部な注釈書（ちくま文庫）が存在していたが、これはあまりにもシャーロッキアン的な内容であった。事件がおきた月日を確定するために、当日の実際の天候記録を参照するなどである。もっと偏りのない注釈を私どもの手で付けようとして準備を進めていたところへ、英国のオックスフォード大学出版部から学問的にこれ以上のものを望むことができないほどすばらしい注釈のついたシャーロック・ホームズ全集が一九九三年に刊行された。そこで、屋上屋を重ねる必要はないので、私どもの案をやめて、オックスフォード版の注釈を訳出することにした。先に、グールドの注釈を全訳し、その後ロンドンに二年近く住んでおられた高田寛さんが幸いにもその大役を引き受けてくださったので、私どもが訳した本文以外の部分はオックスフォード版から高田さんに訳していただいた。ご覧になればわかるとおり、今回のホームズ全集は小林・東山・高田の合作である。いくつかの点だけに、小林・東山による注を追加したが、オックスフォード版と意見を異にした場合もある。

この全集の底本について述べておきたい。底本に何を選ぶかについては、いろいろな考え方がある。ドイルが最初に連載した「ストランド・マガジン」。それを基にして単行本九冊にまとめた各初版本。それを合本にして、短編集（一九二八年初版発行）と長編集（一九二九年初版発行）という二巻本の形にして約七十年間も一貫して刊行し続け、ドイルが最も信頼をおいていたと言われるジョン・マリ版。新たに発掘された原稿などにも当たって、厳密に著述順に編集し直したオックスフォード版。それらには微妙な違いがあり、そのうちのどれを選ぶか。注釈をオックスフォード版から採っているのであるから、本文もオックスフォード版から採るのが当然であろう。しかし、著作権の問題があって、全集予告パンフレットにもあるように、最初はジョン・マリ版に基づくことにして『緋色の習作』の翻訳を進めてきた。しかし、著作権に触れないことがわかったので、『シャーロック・ホームズの冒険』以降は、急遽本文の翻訳もオックスフォード版に基づくことに方針を切り替えた。この点、予告とは異なったのでご了解をいただきたい。

この巻には七作の短編が収められているが、各作品の表題について述べておきたい。日本語で読める全訳としては、長いあいだ新潮文庫の延原謙訳が代表的なものであり、七百万部も出版されてきたという。それで、延原訳の表題になじんだ読者も多いことを考えて、なるべくそれを踏襲するように心がけた。原題との対照表を次に示しておく（かっこ内は、延原による旧訳で、今回採用しなかったもの）。数字は「ストランド・マガジン」に発表された年月である。オックスフォード版に従い雑誌掲載順に並べた（「『シャーロック・ホームズ最後の挨拶』注」参照のこと）。

Wisteria Lodge	ウィステリア荘	一九〇八年九、十月
The Bruce-Partington Plans	ブルース－パーティントン設計書（ブルース・パーティントン設計書）	一九〇八年十二月
The Devil's Foot	悪魔の足	一九一〇年十二月
The Red Circle	赤い輪	一九一一年三、四月
The Disappearance of Lady Frances Carfax	フラーンシス・カーファックスの失踪（フランシス・カーファクス姫の失踪）	一九一一年十二月
The Dying Detective	瀕死の探偵	一九一三年十二月
His Last Bow	最後の挨拶	一九一七年九月

雑誌連載をすこしずつまとめて単行本を作る際に、ドイルが何らかの理由（注3参照のこと）で《ボール箱》だけを後回しにしたために、普通の単行本『シャーロック・ホームズ最後の挨拶』には《ボール箱》が収録されている。しかし、この全集では、

執筆された順に並べ換えているので、《ボール箱》は第四巻の『シャーロック・ホームズの思い出』に収録されている。

イラストレイターについては、各作品の扉裏にそれぞれ記した。

また、ホームズ時代の貨幣、通貨の価値についても、問い合わせが多いので、第四巻以後は、およその現在の日本円換算値を記すことにした。諸物価の研究により、一応、一ポンド二万四〇〇〇円として算出してある。

最後に、M・Dというのは医学士（医学部卒業生）の称号にすぎないし、当時の医学教育の実情を検討しても、ワトスンは医学博士号を取得していなかったと考えられるので、一貫して「ドクター・ワトスン」を「ワトスン博士」でなしに「ワトスン先生」と訳したことをお断りしておきたい。この点と、固有名詞の表記その他で私どもは高田寛さんと意見を異にする場合があったが、そのままにしてある（パジットとパジェット、コーンワルとコーンウォール、など）。

小林司／東山あかね

シャーロック・ホームズ全集⑧

シャーロック・ホームズ最後の挨拶

シャーロック・ホームズの追想の一部

小林司／東山あかね訳

前書き[1]

シャーロック・ホームズ氏は、時おり、持病のリューマチの発作に悩まされ、歩行に不自由を覚えることがあるものの、老いてなお、かくしゃくとし、健康な毎日を送っている。こうした近況を知り、ほっと胸を撫《な》で下ろされているホームズの友人の方々も数多くおられることだろう。ホームズは近年、イーストボーンから五マイル(約八キロメートル)ほど行ったサセックス・ダウンズにある小さな農場に移り住み、晴耕雨読[2]の日々を過ごしているのである。こうして悠々自適の引退生活を楽しむホームズは、持ち込まれてくる実にさまざまな事件の依頼には、たとえどれほど破格で有利な条件の申し出があっても、いっこうに首を縦《たて》に振ろうとはしなかった。引退は永久的なものと決めていたからである。ところが、ドイツとの戦争の暗雲が垂れこめてくると、さすがのホームズもそれまでの決意をくつがえし、知性と実践《じっせん》とを見事に兼ね合わせた、持ち前のたぐいまれなその才能を惜しみなく国のために捧《ささ》げて、後世に残る、めざましい成果を上げたのだった。その経緯《けいい》は、《最後の挨拶《あいさつ》》の事件記録の中に詳しく記してある。なお、本書は、その《最後の挨拶》の事件に加えて、わたしの書類入れの奥に眠ったまま、これまで長く日の目を見なかったいくつかの事件の記録を初めて公開し、一冊の本となすに充分な体裁《ていさい》としたもの(3)である。

医学士　ジョン・H・ワトスン

ウィステリア荘[4]

挿絵　アーサー・トワイドゥル

I　ジョン・スコット・エクルズ氏の奇妙な体験

当時つけていた覚書の記録を調べてみると、その日は一八九五年(5)の三月ももう終わろうという、冷え冷えした風の強い日、と記されていた。ふたりで昼食をとっている最中に、ホームズ宛《あ》てに電報が舞《ま》い込んできて、彼はさっと返事をしたためた。何も言わなかったが、ホームズは電報のことがどうにも気にかかって仕方がないようであった。物思いに沈んだ表情で暖炉《だんろ》の前に立ち尽くし、パイプをふかしながら、時々その電報に視線を投げかけるのだ。突如《とつじょ》、そのホームズが、いたずらっぽく目を輝かせると、わたしに向き直った。

「ワトスン、君のことは、もちろん、文人だと、みなも一目置いているのだが、」とホームズは言った。「そういう君なら『グロテスク』という言葉をどう定義するかね」

「奇怪な、あるいは、異様さが目立っている、かな」と、わたしは答えてみた。

ホームズは、わたしの定義には感心できないというように、首を振った。

「それだけではないだろうね」と、彼は言った。「悲惨《ひさん》な、恐ろしいといった意味合いが、当然その言葉には含まれている。君も、辛抱強《しんぼうづよ》い一般読者を悩ませた、これまで君が公《おおやけ》に語ることのできた物語のうちのいくつかを思いおこしてもらえれば、グロテスクなできごとが犯罪へと移り変わっていくことが、少しも珍しくはないという事実を認めるだろう。たとえば、あの赤毛の男の事件を思い出してくれたまえ。発端《ほったん》は、ただ単にグロテスクなだけだったが、最後の結末はというと、大金を強奪《ごうだつ》しようとする、とんでもない大犯罪になってしまった。オレンジの種五つのケースも同じで、初めはきわめつきのグロテスクなできごとだったが、すぐに恐ろしい暗殺計画に発展してしまった。だから、ぼくは、この言葉に触れると、いつもどきっとするのさ」

「そこにも、その言葉が出てくるのかね？」と、わたしは聞いた。

ホームズは電報を読み上げた。

「『信じ難きグロテスクなできごとに遭遇《そうぐう》。ご意見給《たま》わりたし。スコット・エクルズ、チャリング・クロス郵便局留(6)』」

「男性かな、それとも女性かな」わたしは尋《たず》ねた。

「もちろん、男性さ。女性なら、返信代金先払い済の電報を寄こしたりはしない。みずから足を運んで、面会に来るはずだ」

「それで、相手には会うつもりかい(7)」

「ねえ、ワトスン、カラザーズ大佐を刑務所送りにしてからというもの、このぼくがどんなに退屈しきっているかくらい、君にもわかってもらえるだろう。ぼくの頭脳は、エンジンの空転と同じで、本来の目的にかなった仕事をこなしていないと、自爆しかねない。毎日が単調で、新聞にもめぼしい事件などまったく見当たらない有様だ。犯罪の世界から、大胆さも、冒険心もすっかり消えうせてしまったようだ。こういう時に、つまらない事件かもしれないが、新しい事件が飛び込んできたのだよ。ぼくが事件を手がけるかどうかなどと、野暮《やぼ》なことを、いちいちなんで君は聞くのかい。ああ、来た。僕の勘に間違いがなければ、依頼人だろうね」

規則正しい足音が階段を進んで来るのが聞こえてきたかと思うと、体格のよい、長身で、白髪混じりのあごひげを生やした、見るからにまじめそうで上品な男が、案内されて現われた。男の経歴は一目瞭然《りょうぜん》だった。しかつめらしい顔つきにも、いやにもったいぶった物腰にも、それははっきりしている。靴の上にわざわざ付けた、足元のスパッツ(8)から、上は金縁のめがねまで眺めてみても、この男が、保守党員、英国国教会信徒、善良な市民を絵に描いたような人間で、骨の髄《ずい》まできちんとしていることがわかる。ところが、何か途方もないできごとにでも襲《おそ》われたのか、本来の落ち着きも影をひそめ、髪型はくしゃくしゃに乱れ、頬は怒りですっかり紅潮《こうちょう》し、動作も興奮《こうふん》しきってせわしく、狼狽《ろうばい》してしまったようすなのだ。そして、男はいきなり、本題を切り出した。

「これほどに異様で、不愉快なことは今まで経験したことがありません、ホームズさん」と、彼は言った。「生まれてこのかた、こういう目に遭《あ》ったことなどありません。まったく、とんでもない、言語道断な話です。わたしは、いったいどういうことなのか、断固として、釈明を要求します」エクルズ氏は怒りのあまり大声になり、息を弾ませている。

「スコット・エクルズさん、ともかく、どうぞ腰をかけて、落ち着いてください」ホームズは相手をなだめるように言った。「まず、お尋ねしたいのは、お越しになられたその理由です」

「まあ、一見、これは警察沙汰《ざた》になるようなこととは、見えないでしょうが、事実をお聞きになれば、わたしにとってはとても放っておけない問題であることがご理解いただけると思います。もともと、私立探偵などというのは、わたしはどうにも虫が好かないのですが、それでも、あなたのご高名を噂《うわさ》にお聞きしましたので――」

「それはそうでしょうね。二つ目にお尋ねしたいのですが、あなたは、どうして、すぐここにお見えにならなかったのですか」

「と、いいますと？」

ホームズは懐中時計をのぞいた。

「今、二時十五分ですね」彼は言った。「電報を打たれたのが一時頃。でも、あなたの身づくろいや服装の乱れを見てみれば、あなたがけさ、目を覚まされてからというもの、ずっと取り乱したままの状態にあったことは、誰にでもすぐわかります」

　依頼人は思わず、くしの通っていない髪の毛をなでつけ、まったく剃《そ》った跡の見えないあごに手をやった。

「おっしゃるとおりです、ホームズさん。でも、自分の身なりまでは、とても頭が回りませんでした。なんといっても、あの奇妙な家から抜け出せて、それはかりがうれしくてたまらなかったのですよ。それでも、ここに来るまで、あちこち調べに回ってまいりました。不動産屋にも行きましたが、ガルシア⑨氏の家賃はきちんと支払われているし、ウィステリア荘⑩についてはなんの問題もないと言うのです」

「少し、よろしいですか」ホームズは笑った。「友人のこのワトスン先生に似ていますね。ワトスン先生も話をしだすと、いつでも、話の順序が逆さまになってしまうという困った癖《くせ》があります。きちんと考えを整理した上で、おきたことを順番どおりに的確にお話しください。わたしのところへ相談に飛んで来られたあなたが、よそ行きのブーツをはいていながら、髪もとかさず、服装も乱れていて、チョッキのボタンもかけ違えてしまったほどの、その一大事というのは、いったい何だったのですか」

　エクルズ氏は悲しげな表情で、きちんとしていない自分の身なりを見回した。

「自分がなさけない格好をしているというのは確かですが、それよりも何よりも、ま

さか、あのような変なできごとがわが身に降りかかるとは思いもよりませんでした。でもこれから、わけのわからない、あの状況をすっかりお話をしますが、それをお聞きになれば、きっと、それもやむを得なかったとご理解いただけることでしょう」

その大事な話が花開く前に、つみとられてしまった。外でどたばた音がしたかと思うと、ハドスン夫人の案内で現われたのが、いかにも警察関係者と思われる、たくましい二人の男であった。一人はよく知っているスコットランド・ヤードのグレグスン警部(11)である。精力的で勇猛果《ゆうもうか》敢《かん》な男で、欠点もあるものの、なかなか有能な刑事であった。ホームズと握手を交わすと、連れの同僚、サリー州警察管区のベインズ警部を紹介した。

「ホームズさん、われわれが一緒に追跡していたら、結局、ここにたどり着いてしまったというわけです」そう言って、グレグスン警部はわれわれの依頼人のほうを向き、ブルドッグさながらの目で睨《にら》みを利かせた。

「あなたが、リー(12)のポパム荘に住むジョン・スコット・エクルズさんですね」

「そうです」

「あなたの跡を午前中ずっと追っていたのです」

「疑いもなく、電報を手がかりに(13)、この人をつけて来たというわけですね」と、ホームズは言った。

「ホームズさん、そのとおりです。チャリング・クロス郵便局で足どりをつかみ、ここまで追って来たのです」

「なんでまた、わたしのあとをつけたりするのですか。いったい、何の用だというのですか？」

「エクルズさん、われわれはあなたに証言をしていただきたいのです。エンシャー付近のウィステリア荘の主人、アロイシャス・ガルシア氏が昨晩、死亡した事件に関してです」

われわれの依頼人は目を見開いて上体をおこし、驚いたその顔からは、血の気がすっかり消え失せた。

「死亡？　死んだとおっしゃるのですか」

「そう、亡くなりました」

「それはまたどうして？　事故ですか？」

「殺人です。疑問の余地はありません」

「えーっ、なんと恐ろしいことだ。まさか、このわたしに疑いがかかっているなどとおっしゃるのではないでしょうな」

「殺されたあの男のポケットから、あなたの手紙が発見されています。その手紙の内容から、あなたがあの男の家に昨夜泊まることになっていたことが判明したのです」

「たしかに、わたしは泊まりました」

「ああ、泊まった、泊まったのですね」

ここで、グレグスン警部は警察手帳を取り出した。

「グレグスン、ちょっと待ってくれませんか」シャーロック・ホームズは言った。

「君たちに必要なのは嘘偽《うそいつわ》りのない証言だけですね、そうでしょう？」

「ここで、警察として、スコット・エクルズ氏に言っておかなくてはいけないことがあります。今から聞く証言は、これから先、あなたに不利な証拠として使われることがあります」

「君たちが部屋に入ってきた時に、ちょうどエクルズさんは事件のことを話そうとされていました。ワトスン、どうだろう、ブランデー・ソーダを一杯さしあげては。エクルズさん、聞く人間がすこしばかり増えましたが、それはお気になさらずに、先ほど、あのような中断がなかったなら、お話しになろうとしたとおりに、お話しくださいませんか」

わたしたちの依頼人はブランデー・ソーダを一気に飲み干すと、やっとその顔にも血色が戻った。警察手帳にちらりと不信のまなざしを投げると、さっそく異様な話を語り始めた。

「独身の身ですし、」と、エクルズは言った。「もともと社交的な性格でもありますので、わたしはつきあう友人も、それは大勢あります。その中に、ケンジントンのアルバマール邸《マンション》にお住いの醸造業者《じょうぞう》で、今は引退されているメルヴィル氏の一家もあります。実は、この方のお宅の食事の席で、数週間前、ガルシアという名の若い青年と出会ったのです。なんでもスペイン系だといい、スペイン大使館にも何か関係していると聞きました。話す英語もしっかりしていて、立ち居ふるまいも立派で、しかも見たこともないほどの美男でもありました。

　どうしたわけか、この青年とわたしは実に親しい間柄になったのです。相手は、一目見た時から、わたしのことが気に入ったらしく、会って二日めには、リーにあるわたしの自宅まで遊びに来たほどなのです。そうこうしているうちに、エシャーとオックスショットの中間辺りにあるという彼の自宅、ウィステリア荘に数日泊まりに来ませんかと、ガルシアからわたしが招待を受けることになりました。そこで、昨晩は、その約束のためにエシャーに行きました。

　出かける前から、わたしもこの家の話はよく聞かされていました。なかなか主人思いの、住み込みの同国人の使用人が一人いて、何から何まで身の回りの面倒を見てくれているといいます。この男は英語も話せて、家事をしっかりこなしています。それから、料理人が一人いて、見事なご馳走《ちそう》を作ってくれる料理の名人らしく、ガルシアの話では、これは旅先でたまたま見つけた混血の人だということでした。ガルシア本人も、サリー州の真ん中にある家庭としては、なんとも風変わりでしょう、と言っていましたが、その時は、たしかにわたしもそうですかとうなずいて見せました。実際に行って見ると、これがまた想像をはるかに越えている、奇妙きわまりない家でした。

　馬車でそこまで出かけました。場所はエシャーから南に二マイル（約三・二キロメートル）ほど行った所でした。その家はかなり大きいもので、街道から少し引っ込んだ所にあり、邸内に入ると、背の高い常緑樹の茂みが両脇に生えていて、大きく曲がった馬車道が建物まで続いていました。建物自体は古くなって、ぼろぼろで、崩れかからんばかりの、普通では考えられないようなものでした。馬車道のこの芝生の道が終わり、わたしの乗った二輪馬車が家に着き、雨風にさらされ、汚れやしみだらけの玄関のドアを目にすると、よく知りもしない他人を訪問した、自分の軽率《けいそつ》さを悔いました。しかし、最初に、主《あるじ》のガルシアが自らドアを開けて、大歓迎のようすでわたしを迎え入れてくれたのです。それから、肌の浅黒い、暗い表情の男の使用人がわたしの荷物を持ち、わたしの使うことになっていた寝室まで案内してくれました。その邸《てい》宅《たく》は家中、どうにも陰気な雰囲気でした。夕食は、形の上では差し向かいで、ふたりだけの親しいものでして、主のガルシアも、客のわたしのもてなしにはいろいろと気配りをしてくれましたが、どうも、心ここにあらずといったようすで、話のほうもなんだかあやふやで、支離滅裂《しりめつれつ》のままですから、何を言いたいのか、その真意がさっぱりわからないのです。それに、ずっと指でテーブルをこつこつと打ち鳴らしたり、指の爪をかんでみたりと、ともかくそわそわして、始終、落ち着きがない。肝心《かんじん》の食事はといえば、これがまた、味ももてなし方もまったく感心できないものでした。給仕をする男もぶすっとした表情で、一言も言葉を発しませんから、こちらの気分も盛り上がるというわけにはまいりません。その夜のわたしは、リーの自宅に戻れる、何かうまい口実はないかと、そのことばかり考えていました。

そう、あなたがた紳士ふたりが捜査されている今回の事件にかかわりのありそうなことをひとつ、今、思い出しました。それはあの時には何とも思っていなかったことなのですが、夕食がそろそろ終わろうという頃に、使用人が短いメモを持って入ってきたことです。それを読んだガルシアは、ますます落ち着きをなくし、ようすがおかしくなってしまいました。もう、わたしとの会話をしているという素振りさえも見せようとはしなくなり、ただ煙草《たばこ》を吹かし続け、考えごとに沈んでいるのです。でも、メモの中身については何も言いません。そうして、十一時頃になり、就寝《しゅうしん》というわけで、わたしもほっとしました。どのくらい時間が経ったでしょうか、ガルシアがドアをわずかに開け、のぞきこんで――その時、部屋は、真っ暗でしたから――呼びりんを鳴らしましたかと、こう聞くのです。いいえ、呼んでいませんと、わたしは答えました。こんな夜中に起こしたりして、申しわけなかったと謝ってから、もう一時になりますと付け加えていましたね。わたしはこの後すぐに眠り込み、そのまま一晩中、ぐっすりと寝てしまいました。

驚くのはここからです。目が覚めてみると、もう、日は高く昇っていて、辺りはすっかり明るいのです。懐中時計をのぞくと、もう九時です。前の晩、使用人にあれほど八時に起こしてくれと頼み込んでおいたのに、忘れっぽいのに本当にあきれ返りました。すぐさま飛び起き、使用人を呼ぼうと、呼びりんを鳴らしました。しかし、返事はありません。それで、わたしは何度も何度も呼びりんを鳴らし続けてみたのですが、やはり、何の応答もないのです。そこで、これは呼びりんが壊れているせいだろうと考えたのです。お湯を持ってこさせようと思い、ひどく気分を害したまま、洋服を羽織《はお》って、階段から駆《か》け降りました。そうしますと、下には人っ子一人、誰もいないのです。驚いたわたしの身にもなってください。ホールでも、大声で呼んでみました。返事はありません。部屋から部屋を探し回りました。しかし、どこにも人の気配はないんです。ガルシアには前の晩に、彼の寝室がどこであるか、教えてもらっていました。それで、その部屋をノックしましたが返事がありません。ドアの取っ手を回して、中へ入ってみました。まったくのもぬけの殻《から》です。ベッドには寝た形跡もありません。あの男もみなと一緒にいなくなってしまったのです。外国人の主、外国人の使用人、外国人の料理人、それが一夜にして、一人残らず、きれいに消えてしまったのです！　結局、ウィステリア荘への訪問は、こういう結末で終わりました」

こうした奇怪きわまりない事件を、自らの、異常な事件の収集の一つに加えられたことで満足気なシャーロック・ホームズは思わず、もみ手をして、忍び笑いを漏《も》らした。

「あなたの経験は、今お聞きしただけでも、間違いなく特別なものだと、わたしも思いますと、ホームズは言った。「それで、その後、あなたはどうされたのですか」

「それは、わたしも腹が立って仕方がありませんでしたよ。まず思ったのは、きっと悪い冗談か何かで、わたしはいい鴨《かも》にでもされたのだろう、というものでした。そこで、荷物をまとめ、腹立ちまぎれに玄関のドアを乱暴に閉めてやり、その家を出て、カバンを自分で抱えながら、エシャーに向かったのです。最初に行ったのがアラン兄弟商事という、村で一番の不動産業者の所で、聞いてみると、あの屋敷はこの業者がガルシアにずっと貸していることがわかり、それでわたしも、あの騒《さわ》ぎは何も、わたしをからかったいたずらなどではありえないと確信しました。おそらくは、家賃を踏《ふ》み倒して夜逃げでもしようとの魂胆《こんたん》だろうと、そのとき思いついたのです。それというのも、三月も後半になり、四半期支払日の二十五日も差し迫っていた[14]わけですからね。しかしどうも、わたしのこの解釈も成り立たないようなのです。業者は、ご忠告は誠にありがたいのですが、家賃は前払いできちんと頂いておりますと、こう答えたのです。この後、わたしはロンドンへ向かい、今度はスペイン大使館を訪ねました。ところが、大使館の関係者は誰一人として、ガルシアのことを知らないのです。それで、ガルシアに初めて出会ったメルヴィルさんの所に行ってみました。しかし聞いてみても、メルヴィルさんは、わたしがわずかばかり知っているほどにも、ガルシアのことを知ってはいなかったのです。そして、最後に、わたしが打った電報にご返事を頂いたので、こちらへ参った次第です。なんといっても、あなたなら、どんな難事件にも助言をいただけると常々お聞きしておりました。ところで、警部さん、あなたが部屋に入って来られた時にされたお話から察《さつ》しますと、どうも、警察はすでにいろいろと情報をお持ちのようですし、しかも、おきた事件は痛ましいものだったようです。しかし、わたしのほうといたしましては、今、お話ししたことには、一言一句、嘘偽りはございません。また、これ以上は、あの男の悲運については何ひとつ知るところはないのです。それに法を守るために何かお役に立てることがあれば、どんなことでもしたいというのが、わたしの強い希望です」

「エクルズさん、あなたのお気持ちはよくわかっていますよ、本当ですよ」グレグスン警部は、たいそう好意的な言いかたをした。「お聞きした話の内容は、どれもこれもわれわれの手にしている情報とぴったりと合致していることはたしかです。たとえば、夕食をとっている最中に届いたというメモもその通りでした。そのメモはその後どうなったか、あなたは実際にご覧になっていますか」

「はい、見ました。ガルシアはそれを丸めて、暖炉の中に放りこんでしまいました」

「ベインズ警部、あなたはどう考えますか」

地方警察の警部は、赤ら顔で、太った、たくましい体格をしていた。ともすればまぬけな印象を与えそうながさつな顔つきだが、頬と眉《まゆ》に深く刻まれたしわにすっかり隠れるような、窪《くぼ》んだその目が、特別な鋭い輝きを放っているおかげで、なんとかまっとうさを保っていた。薄い笑みを浮かべながら、ベインズ警部はポケットから、折り畳んだ、変色した紙の切れ端を取り出した。

「炉格子《ろごうし》(15)があったせいなのです、ホームズさん。彼はすこし強く投げ過ぎたのでしょう。それで、炉格子の奥に燃え残っていたこの切れ端を、わたしが拾えたわけです」

ホームズは感心して、微笑した。

「それにしてもこれほど小さな紙つぶてを探し出すなど、あなたも現場の家をずいぶん丹念《たんねん》に調べ尽くしたものですね」

「はい、そうです、ホームズさん。それがわたしの流儀ですから。グレグスン警部、お読みしましょうか」

ロンドンの警部はうなずいた。

「メモに使われてた紙は、透かしの入っていない、クリーム色のなんの特徴もないものです。大きさは四つ折判。紙は小さいはさみで二きざみで切りとられています。三つに折り畳まれ、紫色の封ろう(16)で封をされていますが、楕円形《だえんけい》の平たい物か何かを使って、あわてて押し付けられたものと推定されます。宛て名は『ウィステリア荘、ガルシア様』になっています。内容はこうです。『わが色、緑と白。緑は開、白は閉。表階段、最初の廊下、七番目、右、緑の掛け布(17)。幸運を祈る。D.』女性の筆跡です。

細いペンで書かれていますが、宛て名のほうは別のペンを使ったのか、あるいは、誰か別人が書いたものと思われます。ご覧のとおり、字は太く、乱暴になっていますから」

「きわめて注目に値する手紙ですね」それを眺めながら、ホームズは言った。「ベインズ警部、君が細部にいたるまで、実に注意の行き届いた観察をされていて、感心しました。ただ、些《さ》細《さい》なことですが、もう少し付け加えうることがあります。楕円形の封ろうというのは、飾りのない、平たいカフスボタンで押し付けられたのに間違いない。あの形からすれば、ほかに何が考えられるかな。それから、使われたのは爪切り用のはさみで、湾曲《わんきょく》した刃だから、切った二つの切り口は、どちらもゆるやかな曲線がはっきり見て取れる」

ベインズ警部は軽く笑い声を立てた。

「てっきり、大事なことはとことん調べ尽くし、完璧《かんぺき》を期したつもりになっていましたが、まだ小さな見落しがあったのですね」警部は言った。「伝言の内容はわからないことだらけではありますが、わたしから特に言っておきたいのは、そのメモから明らかなのは、何かしらの企《たくら》みが計画されていたこと、しかも、よくあるように、その犯行の陰には女がいるということですね」

こうした会話を脇で聞いていたスコット・エクルズ氏は、どうも落ち着かず、椅子《いす》でずっともぞもぞとしていた。

「メモが発見されて、わたしの証言が嘘でない裏付けになったので、わたしもほっとしました」と、エクルズ氏は言った。「ところで、まだお聞きしていませんが、ガルシアは、結局どうなったのですか？　それから、あの使用人たちの消息は？」

「ガルシアのことなら、話はごく簡単です」と、グレグスンが説明した。「今朝、彼の家から一マイル近く離れているオックスショット・コモンで死体で発見されました。

頭は、砂袋か何かのような鈍器で激しく殴りつけられ、こまかく砕かれていました。傷つけるというよりは粉砕《ふんさい》したのです。現場は人気のない、寂しい場所で、四分の一マイル四方（約四〇〇メートル四方）近く、人の住んでいる民家もまったくないのです。被害者は背後から攻撃を受けたらしく、しかも息絶えた後も、長時間にわたって、殴打を繰《く》り返されたようです。それにしても、実に狂暴な犯行です。犯人の特定につながるような足跡や手がかりは、いっさい発見されていません」

「金品は奪われたのですか」

「いいえ、強盗目的ではありません」

「なんとも痛ましい事件ではないですか——痛ましくて、恐ろしい限りです」スコット・エクルズ氏は嘆《なげ》かわしいとばかりに抗議した。「そうはいっても、このわたしには、ただただ迷惑なばかりです。わたしを招いてくれた人が、よる夜中に散歩し、悲しい最期を遂《と》げられたことと、わたしは、何のかかわりもありません。どういう経緯で、このわたしが事件に関係があるということになるんですか」

「簡単なことです」とベインズ警部が答えた。「亡くなられた被害者のポケットの中から、ただ一つ発見された手紙があり、これがあなたからのもので、死亡した晩に滞在すると書かれていたわけです。封筒の宛て名から被害者の名前と住所が判明しました。わたしたちがガルシアの家に到着したのは、今朝の九時過ぎでしたが、建物の中にはあなたはもちろん他の人も、誰の姿もありませんでした。そこで、わたしはグレグスン警部に電報を打ち、わたしがウィステリア荘の現場検証を行なっている間、ロンドンでのあなたの追跡をお願いしておいたのです。その後、わたしもロンドンに向かい、警部と合流し、こうして、今、ここにいるわけです」

「それでは、そろそろ、われわれ警察も、この事件のきちんとした処理をしなくてはなりません」グレグスンはそう言って、腰を上げた。「スコット・エクルズさん、正式に調書《ちょうしょ》を取りたいので、署までご同行願えませんか」

「もちろんです、さっそく参りましょう。しかし、ホームズさん、あなたにもお願いしたいのです。真相究明のためには、費用はどれほどかかってもかまいません、どうか、全力で当たってください。よろしくお願いします」

わが友は地方勤務の警部を振り返った。

「ベインズ警部、わたしがあなたたちに協力することに、特に異存はないでしょうね」

「もちろんです。まことに光栄なことです」

「あなたの仕事ぶりは、何をするにも、迅速《じんそく》で手ぎわが実にいい。そこで、できたら教えてもらえるとありがたいのですが、被害者の死亡推定時刻を決定できそうな手がかりはありますか？」

「被害者は午前一時以降ずっと、あそこに横たわっていましたね。その時刻には雨が降っていましたし、雨が降る前に死亡したのは確実です」

「いいや、そんなことは絶対にありません、ベインズ警部さん」依頼人は大声を上げた。「ガルシアの声を聞き違えるわけなどありません。まさしくその時刻に、わたしの寝ていた寝室で、わたしに声をかけたあの声の持ち主は、誓《ちか》ってもいいですが、ガルシアに違いありませんよ」

「それは注目にあたいしますが、ありえないというわけではありませんね」と言って、ホームズはほほえんだ。

「何か大事な手がかりでも見つけられましたか」グレグスンは聞いた。

「どうやら、事件はそれほど複雑きわまりないといったたぐいのものではなさそうです。なるほど、事件には異常さや不可解な謎が見受けられるのは間違いない。ただ、もう少し情報が集まらないと、決定的で確かな結論は差し上げられませんね。ところで、ベインズ警部、問題の家の現場検証では、手紙以外に何か変わったことを見つけませんでしたか」

ベインズ警部は妙な表情でホームズを見返した。

「たしかに、なんとも変わったことが一つ、二つありました」ベインズは言った。

「署のほうのわたしの仕事が済む時分に、ご面倒でも現場までご足労願って、その際に、ホームズさんのご意見をおうかがいするというわけにはいきませんか」

「わたしもお望みどおりにしましょう」ホームズはこう答えて、呼びりんを鳴らした。「ハドスンさん、こちらの方たちをお見送りしてください。それから、給仕に頼んでこの電報を打ってもらいたい。返信料の五シリング[18]も付けるようにしてください」

客が帰ってからは、しばらく、わたしたちは黙り込んだままだった。ホームズはといえば、鋭い目を半ば隠すよう、険《けわ》しく眉をひそめ、考えごとに熱中する際に見せる、いつもの癖のとおり、頭を前に突き出した姿勢を取り、せわしなくパイプを吸い続けていた。

「ねえ、ワトスン」ホームズは急にわたしの方に向き直り、聞いてきた。「君はどう考えるかね」

「ぼくには、スコット・エクルズの、この不思議なできごとの意味については、まったくのお手上げだよ」

「では、殺人事件のほうはどう思う」

「そう、ガルシアの使用人たちが逃げ出したことからすれば、彼らが何らかの形で殺人にかかわっていたからこそ、処罰からのがれるために逃亡を図ったように思えるのだが」

「その解釈も可能性の一つであることは確かなことだね。しかし、二人の使用人が主人を葬《ほうむ》り去ろうという陰謀《いんぼう》を実行に移したとしても、よりによってお客が来る時を選んで事をおこすというのは、いかにも不自然だ。これには、君も反論しないだろう。週の、ほかの好きな晩を選んでいれば、ガルシアがひとりのところを襲って、好きなようにできたはずだよ」

「それでは、どうして、彼らはあわてて高飛びしなくてはいけなかったのだろう」

「そう、それだ。どうしてか、高飛びしたのが第一の事実だ。もう一つの重要な事実は、わたしたちを頼ってきた依頼人、スコット・エクルズの経験したあの奇怪なできごとだ。でもねえ、いいかい、ワトスン、こういう二つの重大な疑問の両方に答える説明を考え出すなど、それはもう、人間の考えうる限界をはるかに越えてしまうのではないかな。もしそれが、あの奇怪な言葉で書かれたメモの謎までを解き明かす説明なら一時的な仮説として受け入れていい。そしてもし、新たに事実が手元に集まり、それらも体系に収まるなら初めて、その仮説は正しい解決に少しずつ近づいていく」

「しかし、そうした仮説とは何だろうか」

目を軽くつむりながら、ホームズは深く椅子にもたれかかった。

「ワトスン、いいかい、あの騒動がいたずら目的だというような説は絶対に成り立たないことに異論はあるまいね。結末が示しているように、何か深刻な事態が進行中だったはずだ。スコット・エクルズがウィステリア荘に誘い込まれたのも、この事態と無関係ではありえない」

「でも、いったいどういう関係が考えられるのかね」

「では、重要な点を一つ一つたどってみよう。あの若いスペイン人とスコット・エクルズが親しくなったいきさつは、唐突《とうとつ》でいかにも異様だったから、不自然さはどうにもぬぐい切れないだろうね。スペイン人のほうがもっぱら主導権を握って、一方的につきあいを推し進めた。初めて会ったその翌日に、ロンドンの反対側のはずれにあるエクルズの家をわざわざ訪問していて、しかも、それからは、エクルズをエシャーの自宅に遊びに来させるようになるまではずっと、ひっきりなしに接触を続けているのだ。しかし、そもそも、ガルシアはエクルズに何を求めていたのか？　エクルズがどんな役に立ったというのだろうか？　ぼくから見て、あの男には人を引きつけるような魅力《みりょく》はない。特別頭が切れるわけでもないから、ラテン系特有の機転の利くガルシアと、ことさらウマが合うとも思えない。それでは、どんな狙《ねら》いがあって、他にも出会った人間がいくらでもいたはずなのに、よりによって、わざわざガルシアがエクルズを好都合だとして選び出したのかだ。エクルズに、他の人間にはないような、際立《きわだ》った特徴《とくちょう》があると思うかね？　いや、ところが、まさしくあるのだ。エクルズは、保守的で堅実な英国人の見事なお手本ということさ。だから、事件の証人にならなら、うってつけで、同じ英国人を有無を言わさず信用させてしまう説得力があるのだ。そう、あの警部たちも、ふたりとも、あれだけ途方もない話なのに、エクルズの証言をまったく疑わなかっただろう。君もそのようすはよく見てわかっているはずだ」

「しかし、それなら、いったいエクルズがどういうことの証人になるはずだったのかな」

「いや、結果的には何も。ただし、ひとつ間違えれば、重大な証人になっていただろうね。少なくとも、ぼくはそう見るね」

「そうか、そうすると、アリバイを証明してくれるはずの証人だったのか」

「うまい、ワトスン、そのとおり。アリバイを証明してくれるはずだったのだ。議論を推し進めるために、試みにウィステリア荘の連中が何かよからぬ企みを計画していたとしてみよう。具体的に何かは別にして、その企みは午前一時前に実行されるのだ。スコット・エクルズを自分で思っているよりも早くベッドに就《つ》いたと思わせるくらいはたやすくできただろう。時計を操作すればいいのだから。とにかく、ガルシアがわざわざエクルズに一時だと告げに行ったとき、実はまだ十二時にもなっていなかったろうね。もしガルシアが何であろうと大事な任務をやり遂げて、言っておいたその一時までに戻ってくれれば、どんな追及をされても、しっかりした対応ができたのさ。誰から見ても非の打ち所のないイングランド人のエクルズが、どこの裁判所にも証人として現われ、この人、ガルシア氏は問題の時間には自宅にずっといたことに絶対に間違いありません、と率先して証言してくれるというわけだ。まさかの時の心強い保証だったのだよ」

「ああ、そうか。なるほどね。でも、使用人も皆いなくなってしまったというのは、いったいどうしてだろうか」

「そこまでは、まだ、必要な情報が手元にそろっていないのだが、ただ、もう峠《とうげ》は越したと思うね。今の段階で、情報を基に事件の結論を出すのはまだ時期尚早《しょうそう》だ。誰でも往々にして、自分の仮説にうまく合うようにと、事実のほうをむやみにねじ曲げかねないものだからね」

「とすると、あのメモは？」

「それはこうだったかな、『わが色、緑と白。』まるで競馬のようだね。『緑は開、白は閉。』きっと合図だ。『表階段、最初の廊下、七番目、右、緑の掛《か》け布。』これは密会の約束だろう。事件の陰には嫉妬深《しっとぶか》い夫がいるようだ。それにこの思い切った計画には危険が伴うのは間違いないね。そうでもなければ、『幸運を祈る』などとは、この女性も言わないだろうからね。それから『D.』とは、手引きをしている人間を指しているのだろう」

「ガルシアがスペイン人なのだから、『D.』はドロレスと、ぼくは考えるね。スペイン女性の名としてはよくある名前だ」

「いいね、ワトスン、なかなかいい。けれどもそれは少し無理だ。その人間がスペイン人だとすれば、スペイン人に書くのだからスペイン語が普通だね。これを書いたのはやはりイングランド人に間違いない。とにかく、忍耐によって、あなた方は命をかち取りなさい(19)、という言葉もある。あとは腕利《うでき》きのあの警部が来るのを待つだけだ。それにしても、今度の事件が舞い込んできたおかげで、死ぬほど退屈だったぼくたちも、やっと、何時間かは気がまぎれるわけで、本当にありがたかった」

ホームズの出した電報の返事は、サリー州警察管区の警部が戻って来るよりも早く届いた。読み終わって、ホームズは電報をそのまま手帳にしまおうとしたのだが、わたしがいかにも読みたそうな顔をしているのに気づいて、笑いながら、それを投げてよこした。

「どうも、高貴な方々の世界に入り込んだようだ」と、彼は言った。

電報には住所と名前が並んでいた。『ディングル邸、ハリングビー卿《きょう》。オックスショット・タワーズ、サー・ジョージ・フォリヨット。パーデー・プレイス、治安判事ハインズ・ハインズ氏(20)。フォートン・オールド・ホール、ジェイムズ・ベイカー・ウイリアムズ氏。ハイ・ゲイブル、ヘンダースン氏(21)。ネザー・ウォルスリング、ジョシュア・ストーン師』

「捜査の範囲を狭める方法としては、これは実に月並みな手段だけれどね」ホームズは言った。「だから、当然、ベインズ警部も似たような方法を試みているだろうね」
「ぼくにはどうもよくわからないよ」
「ねえ、いいかい、ワトスン。ガルシアが夕食の時に受け取ったメモは単なる待ち合わせか、またはあいびきの約束の手紙であることが、今、ぼくたちの結論として出たね。もし、額面どおりに読んで正しいのなら、この密会の待ち合わせ場所に行くには、表階段を昇り、廊下の七番目のドアを探す必要があるということになる。そして、この家が非常な豪邸《ごうてい》だということはいうまでもなく明らかだ。これもぼくの推理だが、もうひとつ同様に明らかなことがある。問題の家というのは、オックスショットからわずか一マイルか二マイル（約一・六〜三・二キロメートル）以内の所にあるはずだ。実際、ガルシアはその方向に向かって歩いていたわけだし、事実関係についてのぼくの読み方に従えば、アリバイ工作が役にたつ時間までにウィステリア荘に戻ることを望んでいて、それが有効なのは一時までだったのだからね。オックスショット付近の大邸宅の数は限られているから、当然の方法だったが、スコット・エクルズが言っていた不動産屋に連絡を取り、そうした家を全部挙《あ》げてもらったのさ。[22]それがこの電報に書いてある。これらのうち、どれかの邸宅に、このもつれた糸かせのもう一つの糸口があるのは、確かだよ」

　わたしたちがサリー州の、美しいエシャーの村に到着したのは、夕方も六時になろうという頃だった。同行してくれたのはベインズ警部である。

　ホームズとわたしは宿泊の用意をして来ていて、ブル亭[23]という、なかなか気持ちのいいところに宿をとった。そして、いよいよ、わたしたちは警部とともに、あのウィステリア荘に向かった。その夜は、三月の冷え冷えとした暗い夜で、強い風と小《こ》糠《ぬか》雨が、わたしたちの顔に吹きつけてきた。これは、私たちの道が通っている荒れはてた公有地と、その道が、わたしたちを導いていく悲劇の舞台にまさしくぴったりの道具立てであった。

II　サン・ペドロ(24)の虎

寒々として、陰うつな道を二〜三マイル（約三・二〜四・八キロメートル）ほど歩いて行くと、高い木製の門に着いた。その先には暗い栗の並木道が続いていた。さらに進むと、大きく曲がった薄暗い馬車道が終わった所には、暗い低い建物が鈍色《にびいろ》の空を背景に黒々と立っていた。正面玄関のドアの左手にある窓から、ほのかな光が漏れていた。

「巡査を一人、見張りにつけています。ちょっと窓を叩いて呼んでみましょう」こう言って、ベインズは、芝生を横切り、窓ガラスを軽く叩いた。その時、曇った窓ガラスを通してぼんやりと、わたしの目に飛び込んできたのは、部屋の中の暖炉脇に座っていた男が椅子から飛び上がり、外にも響《ひび》き渡るほどの鋭い叫び声を上げたのが聞えた。すぐに、息をはずませ、顔面蒼白《そうはく》の警官がドアを開けた。その震える手にろうそくが揺れているのが見えた。

「ウォルターズ、どうしたのだ」ベインズは鋭く問いただした。

男はハンカチで額《ひたい》をぬぐってから、安心したように大きく吐息《といき》をついた。

「いや、警部がいらしてくださって、ほんとにたすかりましたよ。それにしても、今晩は、時間がたつのがじりじりと、なんとも遅かった。まったく神経がふつうじゃないと思いましたよ」

「ウォルターズ、何、神経だって？　おまえの体に神経があるなんて、初耳だ」

「でも、これもみんな、ここがこんなに寂しく、静まり返っている家で、しかも、台所には例の気味の悪いものが散らばっているせいなんです。そんなところに、警部さんが窓を叩いたりするもんだから、てっきり、わたしは、またあれが出たのかと思ったんですよ」

「出たっていうのは、いったい何のことだね？」

「悪魔ですよ。そうとしか思えません。そいつが窓の所に出たんです」

「窓に何がいたのだと、わたしは聞いているのだ。それはいつのことなのかね？」

「ちょうど二時間ほど前のことでした。たまたまその時、薄暗くなりかけていたのですが、わたしは椅子に腰かけて本を読んでいました。なぜか気になって、ひょいと顔を上げてみると、下の窓ガラスの向こうに、こちらをじっと見ている顔があるじゃないですか。それはもう、恐ろしいかぎりの顔でした。本当に恐くて、夢に出てきそう

ですよ」
「おいおい、ウォルターズ！　それが巡査たる者が口にすることかい」
「はい、もちろん、それはわたしもよくわかっています。わかっていますが、それくらい、わたしも怖《お》じ気《け》づいたんです。平気だったなんて言えば、嘘になってしまいます。それで、その顔の色はあいまいで、黒でもなければ、白でもありません。見たことがない色でした。何といいますか、泥に牛乳をまいて混ぜ合わせたような、妙な色あいなんです。それだけじゃなくて、その顔の大きさといったら、あなたの二倍はありそうです。そのうえ、表情ときたら、ぎらぎらとにらみつける大きな目玉に、餓《う》えた野獣みたいに白く光っている歯が並んでいる。いや、まったく、それがいつの間にか、さっと消えて、いなくなってしまうまでは、指ひとつ動かせず、息もつけやしません。はっとして、飛び出し、植え込みの中に分け入ってみましたが、ありがたいことには、もう何もいませんでした」

「ウォルターズ、君がりっぱな男だと知らなければ、この件で、君の勤務評定にマイナスをつけるところだ。勤務中の巡査は、その相手がたとえ悪魔だとしても、肝心の不審者をつかまえられなかったのをうれしがっているなど、あってはならぬことだ。これは実際に見えたのではなくて、気のせいに違いない」

「気のせいかどうかということだけなら、解決は簡単です」と、ホームズは言って、小型の携帯用ランタンに火をつけ、芝生をすばやく確かめた。「ああ、靴のサイズはおそらく、十二（約三〇センチ）はある。男の体がこの靴の大きさのとおりだとすると、まさしく巨人に違いない」

「その後、男はどうしたのですか？」

「灌木《かんぼく》の植え込みをかき分けて通り抜け、街道へ逃げたようですね」

「ああ、そうなりますと」深刻そうな思案顔で、警部は言った。「男の正体が誰なのか、また男が何をしようと思ったのか、ともかく、もっかのところ逃げてしまったのですから、今のところ仕方がありません。われわれとしては、それ以外の、当面もっと大事なことを順にやっていくことにしましょう。では、ホームズさん、よろしかったら、家の中を案内させてください」

寝室や居間がいくつもあって、それらを丹念に調べてはみたものの、そのどこからも、なんの手がかりも見つからなかった。ウィステリア荘の住人はここに引っ越した時には、荷物はほんのすこししかなかったか、何も運び込まなかったか、だった。家具類はもちろんのこと、こまごまとした小物まで、もともと家にあった物をそのまま引き継いで使っているように見えた。ロンドンのハイ・ホウバンにある洋服店、マークス商会の商標《しょうひょう》がついた衣類が大量に残されていた。すでに電報で問い合わせがなされており、マークスでは、ガルシアのことは支払いのいいお客さんという以外、何も知らないということだった。がらくた類、パイプ数個、小説が数冊あり、そのうち二冊がスペイン語の本で、撃針式《ピンファイア》の旧式拳銃が一丁、それにギターといった品々が、ガルシア個人が使っていたと思われる私物であった。

「どれもこれも、どうでもいい物ばかりですね」と言いながら、ベインズは、ろうそくを手に、部屋を一つ一つゆっくりと歩いて回った。「それではホームズさん、台所を見ていただきましょうか」

そこは建物の奥にあり、陰うつで、天井が特別高い部屋だった。片隅《かたすみ》には、料理人が寝床にしていた藁《わら》が敷いてあった。昨晩の夕食の残骸《ざんがい》に違いない、食べかけの大皿や汚れたままの皿がテーブルに山と積まれていた。

「これをご覧ください」と、ベインズが言った。「何だと思われますか」

見ると、食器棚の後には、何か異様なものがある。ベインズは、これにろうそくの明りをかざしてみせた。それは皺《しわ》だらけで、縮んでしまっていて、しなびており、もともと、いったい何だったのかは、まったく不明の代物《しろもの》だった。せいぜい、黒くて、表面は生き物の皮のようで、どうも人間の形をした小人のように見えると、そう言うくらいにしか表現のしようがなかった。最初調べてみた時には、たしかに、ミイラ化して小さくなったアフリカ原住民の赤ん坊だと、わたしには思われたが、今度はまた、体が異常にねじれた、年老いた猿にも見えた。結局迷ったあげく、それが動物なのか、それとも人間なのかの区別さえ、わたしにはわからなくなってしまった。真ん中あたりには白い貝殻《かいがら》の帯が二重に巻かれていた。

「いや、これは非常に興味深い――いやまさに興味深いのひとことだ！」この不気味な遺物《いぶつ》(25)をじっと見つめて、ホームズは言った。「ほかにはもうありませんか？」

ベインズは無言のまま、流し台へ皆を連れていき、そこで、明りを前へ突き出した。

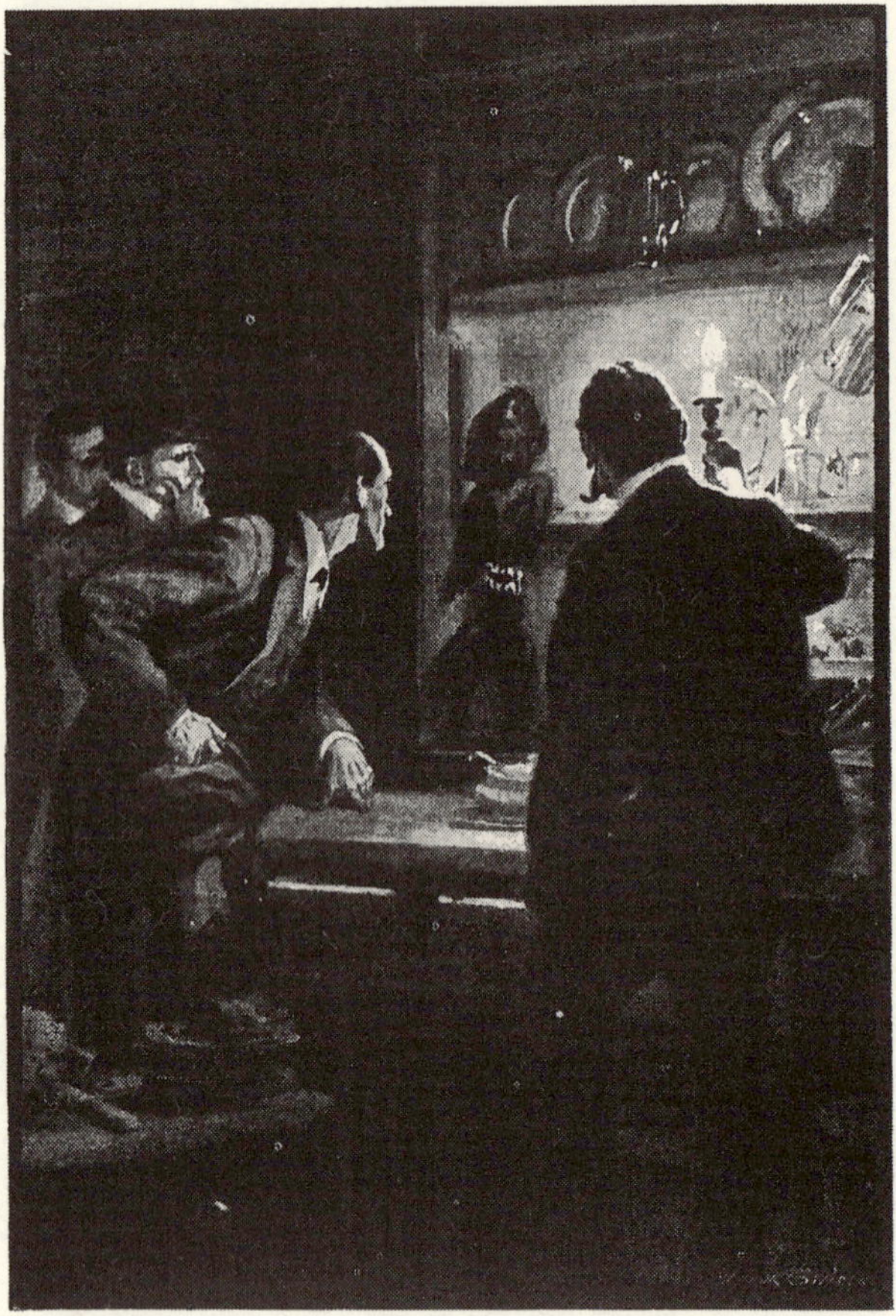

無惨《むざん》にも羽がついたままの状態で引き裂《さ》かれた、白い大きな鳥の足と体の破片が、そこいら中にちらばっていた。ホームズが切り取られた首の下に垂れた肉垂《にくすい》の部分を指さした。

「白の雄鶏《おんどり》ですね」と彼は言った。「まったく、興味が尽きない対象だ。それにしても、これはなんと奇妙でおもしろい事件なのだ」

しかし、ベインズ

警部は、最も不気味な証拠物件を最後までとっておいてくれた。流し台の下から取り出したのは亜鉛《あえん》メッキのバケツで、これには大量の血が入っていた。さらに警部は、黒こげの小さな骨が山になった大皿をテーブルから取り上げた。

「何かの生き物を殺して、焼いたのです。これは全部、暖炉からかき集めたものです。今朝、医者に来てもらったところ、人の骨ではないとの答えでした」

するとホームズは、微笑《びしょう》を浮かべ、手をこすり合わせた。

「警部、こうした特異《とくい》で、学ぶことの多い事件を担当できるとは、あなたも本当に幸運でした。こう言っては何ですが、あなたの力量ならもっと出世されて当然です」

ベインズ警部はうれしそうに、小さな目を輝かせた。

「ホームズさん、おっしゃっていただいたとおりです。こういう地方勤務で、わたしどもは活気を失っています。こうした事件があると、格好の機会が提供されるわけですから、チャンスをつかみたいものです。ところで、この骨は何だと思われますか」

「おそらくは、子ヒツジか、子ヤギでしょうね」

「それに白い雄鶏ですか」

「ベインズさん、奇妙で、なんとも興味をそそられますね。実に特異な事例だといっていい」

「本当にそうです。それにしても、住んでいた人間も非常に奇妙だが、その暮らしぶりもまったく奇怪です。そのうちの一人は死んでいます。使用人らがガルシアのあとを追って、殺害したかどうかです。もしそうなら港はすべて張り込ませてありますから、逮捕もできます。しかし、わたしの解釈は別です。そうなのです、わたしの解釈では、まったく違うのです」

「では、あなたには別のお考えがあるということですか」

「はい、それを自分で推し進めていくつもりです。ホームズさん。そうすることでしか、手柄《てがら》をたてられませんからね。あなたはすでに高名ですからいいですが、わたしのほうは、なんといっても、これから自分の名を挙げなければなりません。ですから、あなたの助けもなしに事件を解決できたと、後々、宣言できるほうが、わたしとしてはうれしいわけなのです」

　ホームズは、機嫌よく笑い声を上げた。

「そう、そう、警部」と、彼は言った。「あなたはあなたの道を行き、わたしはわたしの道を行きます。しかし、わたしの捜査結果は、あなたさえよければ、いつでも自由に使ってくださって結構です。これで、この建物で見たいものは全部見せてもらいました。(26)後は、ほかで時間を過ごしたほうが有意義に過ごせそうです。では、ごきげんよう。幸運を祈っていますよ！」

　ホームズの態度に、わたし以外の人間ならば気づかないかもしれない無数の微妙な変化が現われていて、ホームズが事件の臭跡《しゅうせき》をしっかりかぎつけていることが、見てとれた。普通の人には無表情としか映らないだろうが、ホームズの輝き出した瞳《ひとみ》や生き生きとした態度に、抑えつけた興奮や緊張がかすかに現われており、幕は切って落とされた[27]、と、感じられた。彼は黙して語らなかったが、それは彼のいつもの習慣である。わたしも習慣で、何も聞かなかった。わたしとしては、犯人の追跡に参加し、解決のためにわたしもできるだけのことをすれば充分なのであって、全精神の集中を図《はか》っているホームズに要《い》らぬ邪魔立てをしないようにすればいいのだ。わたしにも総《すべ》てがわかる時がくるのだ。

だから、わたしは待ち続けた。待ち続けたが空《むな》しく、わたしの失望は募《つの》っていくばかりであった。日、一日一日と、時は過ぎていく。でも、わが友はなんの手も打とうとはしないのだ。ある朝、彼はロンドンで過ごし、それも大英博物館[28]を訪ねたことが、ことばの端々《はしばし》でわかった。しかし、遠出はこれ一回で、彼はいつも村にいて、することといえば、ひとりで出かけることの多い散歩にのんびりと一日を過ごすか、親しくなった、村のおしゃべり好きの連中の多くに会い、もっぱら雑談に花を咲かせるかの、どちらかであった。

「どうだろう、ワトスン、田園で一週間過ごすというのは、君にとっても替えがたい喜びだろう」と、彼は言ってのけた。「今年もまた、生《い》け垣《がき》に青々とした芽が吹き出し、ハシバミ(29)の小花が穂状《すいじょう》に咲くのを眺めるのは、ほんとうに気持ちがいい。採取用の小さなシャベル、ブリキの胴乱《どうらん》、それに植物学の入門書があれば、有意義な毎日さ」

しかし、こうした装備を自ら携え、植物採取に近くをあちこち歩き回るホームズだが、夕方になって戻って来たときにみせるその収穫といえば、実につまらない植物ばかりだった。

たまたまわたしがこの植物採取につきあったときに、ベインズ警部と出会った。わが友の顔を見るや、でっぷりとした赤ら顔の警部は、相好《そうごう》を崩して小さな目を輝かせながら、ホームズに挨拶《あいさつ》してきた。彼は事件のことをほとんど語らなかったが、その口振《くちぶ》りからだけでも、警部のほうの捜査の進行状況もそう捨てたものではなさそうだということが、わたしたちに感じとれた。とはいえ、事件が発生してから五日ほど経った朝、朝刊を広げると、わたしの目にいきなり、大きな活字が踊《おど》っているのが飛び込んできたときには、わたしはいささか驚いた。

『オックスショット殺人の謎、
ついに解決へ。
暗殺の容疑者逮捕さる』

わたしがこの大見出しを読み上げると、ホームズは弾かれたように、椅子から飛び上がった。

「なんということだ！」と、彼は叫んだ。「まさか。ベインズが逮捕したというのではあるまいね」

「どうもそうらしいよ」わたしはこう答えて、次の記事を読み上げた。

昨夜おそくに、オックスショット殺人事件に関連して、遂《つい》に逮捕者が出たという知らせが伝えられ、エシャーとその周辺地域は興奮に包まれた。本紙でも既報《きほう》のとおり、ウィステリア荘に住むガルシア氏が、オックスショット・コモンで遺体となって発見され、その遺体には激しい暴行の痕跡《こんせき》が確認された。同夜、それまで働いていた給仕と料理人が行方をくらましており、犯行に関わった可能性が高いものと見られた。確証はまだ得られていないものの、殺害された主人が邸内に何らかの貴重品を有し、彼らがこれを盗もうとしたのが犯行の動機ではないか、と、確証はないものの推定されている。事件を担当するベインズ警部は、逃亡した犯人の隠れ家発見に全力を尽くした。同警部は、容疑者らはそれほど遠方まで逃げ切った形跡はなく、周到《しゅうとう》に準備しておいた隠れ家に潜んでいると推定するのが妥当《だとう》だと見ていた

からである。また、窓越しにわずかにこの料理人を見たという、一人または二人の商人らの目撃情報があり、ムラート(30)(白人と原住民の混血《こんけつ》)の巨大で見るも恐ろしい男で、黄色味がかった肌をした典型的なアフリカ系人種であることが判明している。こうしたことからも、当初より、早晩《そうばん》、二人の容疑者の逮捕は確実視されていた。さらに、事件後も、この料理人のほうは、その姿を目撃されており、それは、事件当日の夕刻に、大胆にもウィステリア荘に舞い戻ったところを、ウォルターズ巡査に発見され、追跡されていたのである。危険を冒《おか》してまで家に戻るには、犯人にもそれ相応の目的があるものと推理したベインズ警部は、同様の侵入をまた繰り返すはずと判断し、家を離れて、茂みで待ち伏せをさせた。そして昨夜になり、料理人はこの罠《わな》にかかり、格闘の末《すえ》、ようやく取り押さえられた。なお、この格闘では、ダウニング巡査はこの野生人に噛《か》みつかれ、かなりの傷を負った模様である。また、警察裁判所に容疑者が出廷する際には、警察側から治安判事にさらなる再拘《さいこう》留《りゅう》が要請される予定であるという。今度の逮捕によって、事件の全容解明が大いに期待されるところである。

「一刻も早く、ベインズに面会だ」帽子をとりあげながら、ホームズは叫んだ。「行動を開始しないうちに、どうしても警部をつかまえなくては」わたしたちは村の街路を駆け抜けた。そして、思惑《おもわく》どおり、ちょうど下宿を出ようとしていたベインズ警部をかろうじてつかまえることができた。

「ホームズさん、新聞はご覧になったでしょう」警部は新聞を差し出し、こう聞いてきた。

「ベインズ、たしかに見ましたよ。けれども、さしでがましいことだと思わないではしいのですが、友人として、あなたにひとつ警告してあげたいことがあります」

「ホームズさん、警告ですって？」

「わたしも事件のことはそれなりに調べ上げてみました、どうしてもあなたが正しい方向に進んでいるとは思えないのです。絶対だという確信がないかぎり、あなたには、これ以上のことをするのを避けてほしいのです」

「それはどうもご親切に、ホームズさん」

「いいですか、わたしは、あなたのためを思って、言っているのです」

わたしには、ベインズ警部の小さな目に、一瞬、ウィンクの動きが見えたような気がした。

「ホームズさん、わたしたちはお互いが自分たちの方針で捜査をすすめると決めましたね。わたしは、それを実行しているだけですよ」

「そう、それはそうですが」と、ホームズが言った。「でもまあ、悪く取らないでください」

「ええ、悪く取ることはありませんよ。わたしによかれと思っておっしゃってくださるのは、よくわかっています。しかし、ホームズさん、誰にでも、それぞれ、その人のやり方というものがあるでしょう。あなたにはあなたの、わたしにはわたしのやり方というように」

「その話はもうやめましょう」

「わたしが収集した情報は、ご希望とあらば、いつでもホームズさんにお伝えしますよ。問題のあの男というのはまったくの野生人で、馬車馬みたいな力持ちで、悪魔のように狂暴だったのです。取り押さえようとすると、ダウニング巡査に嚙みついて、危うく親指を食いちぎられるところでした。英語の一言も話せないし、口をついて出てくるのは、うーうーというううなり声だけです」

「それであなたは、彼が主人を殺したという証拠をつかんでいると本当に思っているのですか」

「そうは言ってはいません。ホームズさん、そうとは言っていないのです。ともかく、誰にも、それぞれ、その人のやり方というものがある。あなたはあなたの方針で、わたしはわたしの方針で行こうではありませんか。そのように、われわれは約束したのですから」

外へ出て一緒に歩き始めると、すぐに、ホームズは肩をすくめて見せた。「どうもあの男についてはわからない。すき好んで自爆でもしようというのかね。でも、彼の言うように、それぞれ自分の方法で、結果を待つほかないだろうね。それにしても、いまひとつ、ぼくがまったく理解できない何かがベインズ警部にはあるね」

「ワトスン、ちょっとそこの椅子に腰かけてくれたまえ」宿のブル亭に戻ると、シャーロック・ホームズはわたしに言った。「君にも現在の状況をわかっていてもらいたい。今夜、君の力を借りたいからね。これまでぼくがつかんでいる範囲で、事件の展開を説明してみよう。今度の事件は大筋で眺めると、単純な事件のように見えるのだが、さて犯人逮捕となると、難問が立ちはだかる。だから、これから、その目的に向かって、ぼくたちが埋めていかなくてはならない空白がいくつも控《ひか》えているのだ。

まず、ガルシアが殺害された夕刻に、手渡されたというメモの件から始めてみよう。ベインズは、ガルシアに仕えていた使用人たちがガルシアの死に関係していたと言っているが、この解釈はひとまず除外していい。なぜなら、そもそも、スコット・エクルズをわざわざ立ち会わせたのはガルシアで、それもアリバイ工作が目的だとしか考えられないからね。そうなれば、企みを画策《かくさく》したのはガルシア本人だということになるだろう。しかも、この企みは明らかに犯罪計画で、ガルシアはその夜にこれを実行中に殺されてしまった。犯罪計画と言ったのは、そうでもない限りは、誰もアリバイ工作などに走らないからね。それでは、誰がガルシアを狙ったと考えるかだ。いうまでもなく、犯罪計画の目的となった相手に違いない。どうだろう、ここまでは問題はないね。

これで、ガルシアの使用人たちが行方をくらましたわけが見えてきたね。つまり、あの家の人間はみな、いまだに、何とも判明していない犯行計画の共犯者なのだ。犯行が筋書きどおりにいけば、ガルシアも戻り、たとえ疑惑をかけられるようになっても、あのイングランド人の男が証言をしてくれるわけだから、なんの心配もなく、すべてがうまく進むはずだった。ところが、計画には危険が伴っていて、もしガルシアが決められた時間までに戻らなければ、それはおそらく、ガルシアの命が犠牲《ぎせい》になってしまったこととなるのだ。このような事態が生じれば、二人の使用人は、あらかじめ準備をしておいた隠れ家に直行し、そこに潜んで、警察の追及を逃れ、後日再び、計画を実行する機会をじっと待つという手はずになっていた。どうだね、これで事実関係はすっかり説明できるだろう」

もつれ合って、収拾《しゅうしゅう》のつかなかった糸のもつれが、わたしの目の前で、ほどかれ、みるみる解かれていったのだ。いつものことながら、なぜ、それに前から気づかなかったのか、自分でも不思議であった。

「しかし、なぜ、使用人のひとりが家に戻って来たりするのかね」

「それは、逃げる時のどさくさに紛《まぎ》れて、本当に大切なもの、本人には手放すことのけっしてできないような大事な何かを置き忘れてしまった、と考えてみたらどうだろうか。そうすれば、その男があれほど執着《しゅうちゃく》を見せた事情にも説明がつくからね」

「それで、次はどうなるのかな」

「次に鍵《かぎ》になるのが、夕食をとっていた時にガルシアが受け取ったメモだ。この伝言でわかるのは、敵方の中にも同志がいることだ。となると、敵方とはどこに住んでいるのかが問題になる。前にもぼくが言ったように、そこはどこかの広いお屋敷でしかありえず、そうとなれば、その数も当然限られてくる。この村に来てから間もない頃は、ぼくは、もっぱら散歩ばかりして、植物採取にいそしんだ。しかし実は、そういう間に、大きな屋敷を残らず偵察《ていさつ》し、そこに住む人間の経歴まで調べ上げていたのさ。その中で、ただ一軒だけ、どうにも気になって仕方がない家があった。それが、ジェイムズ一世時代風の農場つき屋敷で、世間でもよく知られていたハイ・ゲイブル荘だ。場所も、オックスショットから一マイル（約一・六キロメートル）ほど先へ行った所にあり、悲惨な殺人現場からも半マイルと離れていない距離だ。これ以外の大邸宅の住民は、奇怪な事件などとは無縁な日常生活を送る、平凡で、お上品な連中ばかりだ。けれども、ハイ・ゲイブル荘のヘンダースン氏だけは、どう考えても尋常《じんじょう》なようすではなかった。少なくとも、尋常でないできごとがおこっても少しも不思議ではない。

そこで、ぼくはもっぱら、この男とその家の者に注意を集中した。

ワトスン、いや、彼らはなんとも奇妙な連中だったね。一番圧倒されたのは、この主人の奇妙さだ。この男と対面してみたのだが、その深く落ち窪んだ、黒々とした、考え深そうな鋭い目を見て、すでにこちらの魂胆《こんたん》はすっかり見抜かれている、という気がした。彼は五十がらみの屈強《くっきょう》で、見るからに精力的な男だ。鉄灰色の髪、濃く、ぼうぼうとした真っ黒な眉毛、そして、足どりは鹿のように軽く、しかも皇帝を思わせるような、堂々たる雰囲気を漂わせている。羊皮紙のような顔だが、その裏には燃えるような激情が潜んでいて、凶暴で、支配的な男さ。黄色味がかって、生気のない肌だが、それでいて鞭《むち》のような強靭《きょうじん》な肌をみると、やはり、熱帯地方に長く住んでいたか、そうでなければ、外国人ということになりそうだ。それから、この主人と親しい間柄《あいだがら》で、しかも秘書でもある、ルーカスという名の男がいるのだが、彼のほうは間違いなく外国人だと思う。肌はチョコレート・ブラウン色、抜け目がなさそうで、猫のように人当たりはいいが、上品な話し方に、毒を含んでいる。ワトスン、いいかい、これで事件には、外国人の二つの集団が登場したことになる。一方はウィステリア荘、もう一方はハイ・ゲイブル荘だ。どうだね、謎の空白も埋まり始めて来ただろう。

主人と秘書の関係であるこの二人は、同時に深い信頼関係で結ばれた親しい友人でもあり、この家庭の要になっている。しかし、ぼくたちの調査に直接かかわってくる、たぶんさらに重要な人物がいる。ヘンダースンには十一歳と十三歳の娘がいて、この娘たちの女性家庭教師《ガヴァネス》で、四十歳くらいのイングランド女性のミス・バーネットがそれだ。それと、主人の信頼をえている使用人の男がもうひとりいた。この小さなグループが実の家族のように、どこへでもいつも一緒に旅するのだ。しかも、ヘンダースンは非常な旅好きで、年中出かけている。今回も、一年間も自宅のハイ・ゲイブル荘を離れていたが、戻って来て、まだ数週間も経っていない。もうひとつ指摘しておきたいのは、ヘンダースンは途方もない大金持ちで、どれほどきまぐれな欲望が湧《わ》いてきても、たちどころにかなえられるのだ。そのほかにも、執事、給仕やメイドなど、それに、イングランドの地方の大地主のお屋敷にはつきものの、むだ飯食いの下働きの使用人たちなどでいっぱいだ。

これが、ぼくが、村の噂好きの閑人《ひまじん》たちから話を聞き、あるいは、この日で確かめた情報さ。こうした屋敷に以前勤めていたが、解雇《かいこ》されて深い恨《うら》みを抱く使用人ほど貴重な情報源はないものだが、ぼくもたまたま運良くそういう男を見つけたのだ。運良くといったが、もちろん、自分のほうでも見つける努力をしなくては見つかるはずもなかったがね。ベインズ警部がいみじくも言ったけど、誰にもそれぞれの方法があるからね。実際、ぼくのいつもの方法の結果、一時の怒りに狂ったあの横暴な主人に、不当にも解雇されてしまったハイ・ゲイブル荘の元庭師、ジョン・ワーナーという男を探し当てることができた。それにまた、この庭師の友人が何人か、この家の中で働いているのだが、ご主人を忌《い》み嫌い、恐れる気持ちはいっしょだから、ワーナーとは同じ仲間と言っていい。こうして、ぼくはこの家庭の秘密を探り出せたわけだ。

奇妙な連中だ、ワトスン！　まだすべてがわかったなどと、自信ありげに言うつもりはないけれど、驚くほど奇妙な連中だよ。ハイ・ゲイブル荘は左右に両翼が大きく広がる建物で、片側には使用人たちが暮らし、もう片側には主人の家族が暮らしている。ところが、この両者は完全に断絶していて、交渉《こうしょう》はいっさいなく、ただひとり、この間をとりもつのが、家族の食事の面倒をみていて、ヘンダースンに親しく仕える使用人なのさ。あらゆるものが、ある決まったドアの所まで運びこまれ、ここだけが双方のつながりをかろうじて保っている。家庭教師と娘たちにしても、庭以外には家の外に出ることはほとんどない。主人のヘンダースンは、一人だけで歩く姿などついぞ見かけず、四六時中、肌の浅黒いあの秘書が、さながら影のようにぴったりと張りついていて、離れることはない。ご主人様は、いつもおどおどと何かにおびえている、と使用人たちはもっぱら噂し合っている。これをワーナーに言わせれば、『ヘンダースンの奴は魂と引き換えに悪魔から巨万の富をもらったんだぞ。だから、いつ悪魔がやって来て、魂をよこせと言われるのかと心配なんだ』ということになるのだがね。

この家族のことは素性も出身も、誰一人、まともに知らない。それにまた、ヘンダースンとその手下はきわめて狂暴で、ヘンダースンは犬用の鞭で平気で二度も人を打った。裁判沙汰になってもおかしくないのだが、なにぶん、あり余る金でたいそうな賠《ばい》償《しょう》をして、なんとか丸く納めてきた。

そこで、ワトスン、この新情報に照らし合わせて、状況を眺め直してみよう。まず、例のメモは、この奇妙な家の者から出されたもので、しかも、メモはあらかじめ決められていた実行計画を促《うなが》す、なんらかのガルシアへの連絡だと思っていいだろうね。では、それを書いたのは誰か？　むろん、世間と隔絶《かくぜつ》したこのとりでにいる誰か、しかも女性だろう。すると、もう家庭教師のバーネットさん以外には想像できないし、これまでのぼくたちの推理からしてみても、この人物だということになる。とにかく、これを仮説にして、どんな推理を引き出せるか考えてみようではないか。それにもうひとつ言っておかなければならない。ぼくが最初に思いついたような、今度の事件には男女の恋愛が絡んでいるという予測は、バーネットさんの歳と性格とを考えてみれば、まったく問題外になる。

メモを書いたのがこの女性だとすると、彼女は、ガルシアと親しい友人であるばかりでなく、彼の同志でもあったと推測できるだろう。とすれば、ガルシアが殺されたとの知らせを聞いて、彼女はいったいどういう行動に出ると予想できるだろうか？

ガルシアの計画が非合法なもので、これを実行中に死んだとなれば、彼女は黙して、何も語らないだろう。そうは言っても、心の内では手を下した者たちに恨みを抱き、憎悪をたぎらせているに決まっているから、復讐《ふくしゅう》できるとなれば、バーネットさんも協力を惜しまないと考えられる。そこで、彼女に会ってその力を利用すればいいと、ぼくは初めに思った。しかし、むずかしい事態がすでに持ち上がっている。バーネットさんは殺人事件のあったあの夜以降、誰にもその姿が確認されていない。その夜に忽然《こつぜん》と消えてしまったのだ。生存しているのか。それとも、彼女が呼び出した友人とおなじく、あの夜に、非業《ひごう》の死を遂げたのか。それとも、監禁されているだけなのか、これが、ぼくたちが解明しなくてはいけない点だ。

ワトスン、君にも、事件の難しさはよくわかってもらえるね。捜査令状ひとつ請求できる程度の根拠もそろっていないのだ。ぼくたちの組立てた推理など、治安判事に理解を求めようと、いくら説明をしてみても、せいぜい一笑に付されるだけだ。そもそも、バーネットさんの失踪《しっそう》にしても、異常だとは認められそうにないのだ。というのも、奇妙なことだらけのこの家庭では、家族のひとりが一週間ほど姿を見せなかったとしても、けっして不思議なこととはいえないからね。にもかかわらず、この瞬間にも、彼女に生命の危険が迫《せま》っているかもしれない。そこで今、ぼくにできる最善のことは、ハイ・ゲイブル荘の監視を続け、ワーナーを送り込み、家の門の所に張り込ませておくことなのさ。でも、こういう状況をこれ以上放置しておくわけにはいかない。法が何もできないのならば、ぼくたちが打って出るしかないのだ」

「で、どうしようというのかね？」

「バーネットさんの部屋がどこにあるのか、それは、ぼくも確認済だ。そこには、母屋から離れた建物の屋根から登って行ける。だから、今夜、思い切って、君とぼくとで忍び込んで、謎の核心に迫ろうかと思うのさ」

正直言って、そう言われてみても、どうにも気の進まない状況だった。古びた屋敷は人殺しがあってもおかしくないような、不吉な雰囲気である。そこに住む住人も、怪しく、無気味だ。それに、わたしたちの計画を実行するのに、どのような危険が待ち受けているかもわからない。そもそも、この計画は合法とは言い難い。いろいろ考え合わせると、わたしの意気は衰えた。それでも、ホームズの冷徹《れいてつ》な推理には、彼がすすめるどんな冒険からもわたしをしり込みできなくさせる何かがあった。こうすることによって、いや、こうすることによってしか解決がみつからないのだろう。わたしは黙って、ホームズの手を握った。賽《さい》は投げられたのだ。

結末は、意外にも、予想していたような劇的な幕切れとはならなかった。五時頃、三月の夕闇が忍び寄っていたその時、興奮した農夫らしい男が部屋に飛び込んできた。

「奴らはもう行っちゃいやした、ホームズさん。最終の列車でね。あの人はなんとか逃げて、階下に停めてある馬車の中に乗っけてありやす」

「ワーナー、でかした！」ホームズは声を上げて、椅子から飛び上がった。「ワトスン、これで謎の空白がいっきに埋まる」

馬車の中にいたのは、精魂尽《せいこんつ》き果てて、倒れんばかりの女性だった。わし鼻の目立つその顔はやつれ切っていて、最近、苦しみを味わってきた跡が、ありありとうかがえた。頭はがっくりと垂れていたが、彼女は頭をやっともたげると、こちらに生気のない目を向けた。しかし、灰色の虹彩《こうさい》の真中に見える瞳孔《どうこう》は小さな黒い点になっていた。阿片《あへん》漬けになっているのだ。

「ホームズさん、言われたとおり、わしは門のところでようすをうかがっていやした」わたしたちのために偵察をつとめてくれた、解雇された庭師が言った。「四輪馬車が出てきたんで、駅まであとをつけたんです。この人はまるで夢遊病者《むゆうびようしゃ》でした。でも、奴らが列車に押し込もうとしたら、正気を取り戻したのか、急に激しくもがいたんです。それでも、無理やり押し込まれたんだが、この先生はなんとか抵抗して、また外へ抜け出しちゃいやした。それでわしが手を貸して、馬車に乗っけて、やっとここまで来たんですよ。こっちへ連れて来る時に、列車の窓に見えたあの顔は、忘れられませんや。いやまったく、ぎらぎらとした黒い目の、肌の黄色い、恐ろしい顔をしたあんな男につかまりゃあ、こっちの命も長いことはなかっただろうよ」

わたしたちは女性を二階に運び、長椅子に横たえた。飛び切り濃いコーヒーを二杯飲ませると、薬で混濁《こんだく》していた意識もすぐにはっきりしてきた。ホームズからの呼び出しを受けたベインズ警部も到着し、さっそく事情が説明された。

「おや、わたしが狙っていた一番の証人を手にお入れになったのですね」ベインズ警部は、わが友と握手を交わしながら、興奮したようすで言った。「わたしも、あなたと同じ人を、初めから探し続けていたのです」

「なんですって。あなたもヘンダースンを追いかけていたのですか」

「いや、ホームズさん、あなたがハイ・ゲイブル荘の茂みに身を潜めておられる時に、わたしのほうも林の木の上にいて、あなたを見下ろしていたのですよ。どちらが先に証人を確保するか、先陣争《せんじんあらそ》いでしたね」

「では、どうして、あの混血《ムラート》の男を逮捕などしたのですか」

ベインズは忍び笑いをした。

「ヘンダースンは——彼は自分ではそう名のっていますが——自分に疑いをかけられていることに感づいているはずだと、わたしはにらみました。ヘンダースンが少しでも自分が危ないと思っている間は、身をひそめ、けっして行動に出ないだろうと、わたしは確信していたのです。そこで、わざと見当外れの容疑者を逮捕して、こちらが奴の行動には目を光らせていないと思い込ませたのです。そうすれば、彼は動きだし、バーネットさんを探し出せると考えました」

ホームズは警部の肩に手をやった。

「あなたは必ずこの職業で大成されますよ。なんといっても、これほど鋭い勘《かん》と直観とに恵まれているのですからね」ホームズはこう言った。

ベインズは、うれしさで思わず顔を赤らめた。

「わたしは、この一週間ずっと、私服の刑事をひとり、駅に張り込ませていました。ハイ・ゲイブル荘の家族がどこへ出かけようとも、見失わないようにしっかりと尾行する手はずだったのです。しかしバーネットさんが逃げ出してきたときには、彼もひどく困ったでしょうな。それでも、あなたの配下が見事に彼女を保護してくださったおかげですべてがうまくいきました。わたしたちも彼女の証言がなければ、犯人の逮捕も不可能です。ですから、こちらとしても、証言を聞くのは早ければ早いほど、都合がいいのですが」

「彼女はみるみる回復していますよ」ホームズは女性家庭教師を見ながら、そう言った。「ところで、ベインズ、ヘンダースンというあの男の正体は何者なのですか」

「ヘンダースンの正体は」と、警部は答えた。「ドン・ムリーリョ(31)、あのサン・ペドロの虎と呼ばれていた男です」

サン・ペドロの虎！　その瞬間、わたしの脳裏には、その男の全経歴が駆け巡った。

いやしくも文明国といわれる国の指導者でいちばんの残虐非道《ざんぎゃくひどう》の暴君として悪名の高かった支配者であった。ムリーリョは強くて、この世に恐れるもののない、精力絶倫の支配者だけあって、十年、あるいは十二年もの間、民衆が従順《じゅうじゅん》なのをいいことに、おぞましい悪徳を押しつけたのであった。そのくらいの強権を発動することくらい、彼にとってはなんでもなかった。それゆえ、中央アメリカ全土ではその名を耳にするだけで、誰もが恐怖におののいたものだ。しかし、この圧政に対して、ついには国中いたる所で民衆の反乱がおきた。だが、ただ残虐であるばかりでなく、ムリーリョは悪賢くて、動乱の噂がかすかにささやかれるや、ただちにこれを聞きつけ、金銀財宝の数々を、腹心の部下たちが乗った船にひそかに運び込ませた。翌日、暴徒《ぼうと》がなだれ込んだが、中はまったく空だった。独裁者《どくさいしゃ》は、二人の子ども、秘書、それと財宝と共に、逃げたのだ。しかもこれっきり彼の消息はまるで知れなかった。いったい、ムリーリョは誰になりすまして逃亡生活を続けているのか、ヨーロッパ中のジャーナリズムがさまざまな憶測《おくそく》を盛んに書き立てた。

「そうです、そうなのです。ドン・ムリーリョです。あのサン・ペドロの虎です」と、ベインズは言った。「調べてもらえればわかりますが、サン・ペドロ国の国旗の色は緑と白でした。あの夜の手紙にあったものと同じです、ホームズさん。わたしは、ヘンダースンと名のっているあの男の足どりをたどってみました。すると、パリ、ローマ、マドリード、それに最後は、バルセロナまでさかのぼることができました。バルセロナには、一八八六年に船で上陸しています。この間もずっと、反対派はムリーリョに対してなんとか復讐をとげようと捜し回っていましたが、ごく最近になって、ようやくその足どりを見つけ出したのです」
「見つけ出したのは一年前のことでした」しっかりと座れるようになり、いまや一同の話にじっと聞き入っていたバーネットさんが言った。「以前にも一度、ムリーリョを倒そうという計画が実行されましたが、うまくは行きませんでした。きっと邪神にでも守られているのでしょう。そして今回また、同じ殺害計画が決行されましたが、結局、あの怪物はのがれ切り、高潔《こうけつ》で勇敢なガルシアが犠牲になってしまったのです。それでも、いつの日か、正しい裁きが下される時まで一人、また、一人と任務を果たそうとする人間が必ず現われるでしょう。これは明日また日が昇ることと同じくらい絶対に確実なことなのです」女性のやせた手はきつく握り締められ、ムリーリョへの激しい憎しみが込み上げてきたのか、やつれ切った顔も蒼白《あおじろ》くなった。

「バーネットさん、どうして、あなたが係り合いを持つようになったのですか」ホームズが尋ねた。「それにしても、どうして、イングランド女性であるあなたが、このような殺人事件に巻きこまれることになったのですか？」

「わたくしがこれに加わりましたのは、正義が実行されるすべが、このほかにはありえなかったからなのです。何年も前にサン・ペドロの地で、おびただしい血が流されても、また、この男が大きな船をいっぱいにするほどの金銀財宝を奪っても、イングランドの法は何もしてくれません。あなた方にしても、こうした犯罪など、どこか遠くの星でおこっているできごとくらいにしか思えないでしょう。しかし、わたくしたちは知っています。悲しみと苦悩の中で真実を知ったのです。地獄にもホアン・ムリーリョほどひどい悪魔はいません。犠牲者たちが復讐を求めて泣き叫び続けるかぎり、この世に本当の平和が訪れるとは思えません」

「そう、そのとおりです」と、ホームズが言った。「あなたがおっしゃるとおり、あの男はひどい人間です。わたしも、彼がどれほど残虐かは、よく聞いていますよ。それにしても、どのような事情で、このことに巻き込まれたのですか」

「何もかもお話しいたします。この悪党の方策は、何かの口実を設けては、先々自分の危険な強敵になると思われるような、見どころのあるすべての人間を次々と殺すことでした。わたくしの夫は、サン・ペドロの公使としてロンドンに駐在しており、わたくしの本当の名前はヴィクトル・ドゥランド[32]と申します。夫と出会い、結婚をしたのもロンドンでだったのです。夫はこれほどの人格者はいないだろうというほどの立派な人でした。運が悪いことに、夫が頭角を現わしてきたのを、ムリーリョが聞き及び、それらしい口実をみつけて、帰国させ、銃殺しました。運命を予感したのでしょう、夫はわたしを連れて行くことを拒《こば》みました。結局、夫の財産はすっかり没収されてしまい、わたくしには、ほんのわずかばかりのお金しか手元に残らず、悲しみに暮れるばかりでした。

それからです、あの暴君の失脚《しっきゃく》がおこったのは。あなた方が今、お話しになっていたとおり、たしかにムリーリョは逃げ延びました。しかし、あの暴君に一生を棒にふらされたり、最愛の人たちが拷問《ごうもん》されたり、命を奪われたりした数多くの人たちがこのようなひどいことを黙って見過ごすわけはありません。そこで当然のように、一種の結社ができあがったのです。一致団結して、仕事が成し遂げられるまでは解散されることのない結社をつくったのです。権力の座を追われたムリーリョが、ヘンダースンという人間になりすましているのが判明すると、わたくしは彼の家の一員になって、ムリーリョの動きを仲間に伝えることになりました。なんとか家庭教師の口を確保して、あの家庭に入り込むことで、その任務を果たせたのです。もっとも、自分の命令によって、わずか一時間の猶予《ゆうよ》しか与えられずにあの世に送り込まれた者の妻と、毎食、顔を突き合わせているとは、彼は、思ってもみなかったでしょう。わたくしは顔を合わせると笑顔を絶やさず接し、娘たちに対する教育の勤めも怠りなく果たしながら機会をうかがっていたのです。パリでも、再び襲撃《しゅうげき》は決行されたのですが、失敗に終わりました。家族は追っ手の追及を逃れようと、ヨーロッパ中をあちこち転々とし、あの男が初めてイングランドの地を踏んだ時にすぐ住み着いた、この家に最後に舞い戻ったのです。

しかし、ここにも、正義を貫こうという人たちが待ち構えていました。彼は必ず戻って来るだろうと確信していたガルシアは、以前、サン・ペドロの官吏の中でも最高位を占めていた政府高官の息子でした。身分こそ低いものの腹心の二人の仲間と共に、待ち受けていたのです。復讐心に燃えている点では、志を同じくしていました。ガルシアは、昼間は何もできませんでした。ムリーリョが細心の注意を払っていた上に、影のように寄り添う部下のルーカス――もともと、このルーカスというのは偽名《ぎめい》で、羽ぶりのいい絶頂期には、ロペスという名前でしたが――と一緒でなければ、絶対に出歩くことがなかったのです。しかし、夜になると、たしかにムリーリョもひとりになって休むので、復讐者が彼を捕らえる可能性も少しはあったのです。あらかじめ決めておいたある夜、わたくしは同志のガルシアに最後の指示を伝えました。常に用心を怠らなかったあの男は毎晩、寝る部屋を変えていたからです。それで、わたくしの役割は、ひそかにドアの鍵を開けておき、街道に面した窓から、緑か白の光の合図をして、万事順調であるか、それとも襲撃計画を延期したほうがいいかの決定を、しっかり伝えることでした。

しかし、事はすべて裏目に出てしまいました。どうしたことか、わたくしは秘書のロペスの疑いを招いてしまったようなのです。わたくしが伝言のメモを書き終わった時に、背後から忍び寄っていたこの男に、いきなり、わたくしは後ろから襲われてしまいました。秘書とムリーリョに自分の部屋まで引きずられていき、そこで、ふたりはわたくしに有罪の反逆者だったと宣告しました。犯行後の処理に困らなければ、きっとその場でナイフを突き立てられ、殺されていたことでしょう。すったもんだの議論の末、つまるところ、わたくしを殺すには危険が多すぎるとの結論にたどり着いたのです。しかし、ふたりはガルシアを永遠に亡き者にしようと計画したのでした。わたくしはさるぐつわをされ、ガルシアの居場所を白状するまで、ムリーリョに腕を嫌というほどねじ上げられました。もちろん、その後、ガルシアの身に何が降りかかるかさえわかっていれば、わたくしだって、腕の一本くらい折られても白状しなかったことでしょう。ロペスは、わたくしが書き上げたメモに宛て名を書き、カフスボタンを使って、ろうの封印を押してから、ホセという使用人に届けさせたのです。彼らがガルシアをどのような手段で殺害したのかは、わたくしにはわかりません。ただ確かなのは、ロペスはずっとわたくしの見張りを続けていましたから、ガルシアに直接手を下したのはムリーリョだということです。きっと、小道の曲り角で、ハリエニシダの茂みに潜んで待ち伏せ、通りかかったガルシアに襲いかかったのに違いないと思います。当初の計画では、わざとガルシアを邸内に侵入させておき、これを強盗をつか

まえたとして、殺してしまったという筋書きにしようと、ふたりで決めていたようなのですが、警察の取り調べにかかわることで、逆に自分たちの正体があばかれてしまい、それが新たな襲撃の危険を招くことにもなりかねない、と気づいたのです。ともかく、ガルシアを殺せば、彼らをつけ狙う他の刺客たちを怖じ気づかせ、追跡をやめさせることができるかもしれないということだったのでしょう。

このわたくしが彼らのやったことを知らなければ、彼らにとってすべての事は思惑どおりに進んでいったことでしょう。今、思いますと、自分が本当に殺されてしまうのではないかという危ない瞬間が何度もありました。自分の部屋に監禁され、わたくしはそこで、恐ろしく脅迫《きょうはく》され、容赦《ようしゃ》のない虐待《ぎゃくたい》を受け気が狂いそうになりました。どうぞご覧ください、肩のところのこの刺し傷、それに腕じゅうにある、このあざの数々を。それに、助けを求めて窓から大声を上げようとしたら、今度はさるぐつわをかまされてしまったのです。残虐な監禁状態が五日間も続きました。ろくろく食事も与えられず、わたくしの気力も体力も萎《な》えてきました。ところがきょうの午後になって、初めてまともな食事が運ばれてきました。わたくしはそれを食べたのですが、それを食べ終わってからすぐに、薬を混ぜてあったことを悟りました。夢うつつの状態のまま、半ば引っ張られ、半ば担《かつ》がれるようにして馬車に乗せられようとしていたことは、かろうじて覚えております。そのまま、列車に乗せられました。その時です、列車が動き出したその瞬間、今ならば逃げられると、急に気づきました。で、わたくしは、思いきり飛び降りましたが、彼らに引き戻されそうになりました。しかし、こちらのお方が助けて、馬車まで連れて行ってくださらなければ、とても逃げ切れなかったでしょう。ああ神様、やっと、彼らの手から、永久にのがれることができました」

異常なこの体験談に、わたしたちはじっと耳を傾けるばかりだった。そうして、最初に沈黙を破ったのはホームズであった。

「これで、わたしたちの厄介《やっかい》な仕事が終わったわけではありません」ホームズは首を振って、指摘した。「警察の仕事が完了しても、法の裁きが始まるのだからね」

「そのとおりだ」と、わたしも言った。「そつのない弁護士なら、あの殺人を正当防衛と認めさせることができるだろう。それに、背景に数知れぬ犯罪があるのかもしれないが、実際に彼らを裁けるのはこの一件だけだからね」

「いやいや」と、ベインズは明るく言った。「わたしは、もう少し法律に信頼を寄せています。なるほど、正当防衛というものはあります。けれども、たとえ相手からどういう脅威《きょうい》を感じているからといっても、殺害の対象として、相手をおびき寄せて殺すというのは、正当防衛であるはずがありませんよ。とんでもないことです。(33)ハイ・ゲイブル荘に住んでいたあの連中と次回のギルフォード巡回裁判でお目にかかる時には、きっと、われわれの主張も認められるはずですよ」

その後、サン・ペドロの虎は、たしかに悪事の報いを受けたのだ。しかし、そうなるまでには、しばらく時間が必要だった。それは歴史的事実である。彼とその仲間は、持ち前の悪賢さと大胆不敵さとを発揮して、迫り来る追っ手を実に巧《たく》みにかわして見せたからだ。ロンドンで追いつめられた時にも、エドモントン街の下宿屋に入り、そこの裏口から脱出して、カーゾン街へと、追っ手をまいて逃亡した。それからというもの、イングランドでは、ふたりの行方は杳《よう》としてまったく知れなかった。六ヶ月ほどのち、マドリードのエスキュリアル・ホテルの部屋で、モンタルヴァ公爵《こうしゃく》とその秘書ルリが殺害されるという事件が発生した。犯行は虚無《きょむ》主義者の仕業《しわざ》(34)とされたが、犯人の逮捕には至らなかった。しかし、ベインズ警部がベイカー街のわたしたちのところに来て、一枚の人相書を見せてくれた。そこには、秘書役の浅黒い顔と、堂々とした容貌《ようぼう》、魅入《みい》られてしまいそうな黒い瞳、ふさふさの眉毛のその主人の顔が印刷されていた。遅ればせながらではあっても、裁きの時は来たのだ、とわたしたちは納得した。

「ワトスン、それにしても、錯綜《さくそう》した事件だったね」夕方のパイプを一服くゆらせながら、ホームズは言った。「君の身上としている、いつもの簡潔明瞭《かんけつめいりょう》な筆で、この事件のことをまとめ上げようとしても、それは少し難しいだろうね。事件は、二大陸にまたがり、かかわった人間たちも、双方の側ともに、謎に満ちた連中ばかりだ。これに加えて、スコット・エクルズ氏のような、品行方正な人間までが紛れ込んでいたのだから、話はいっそうややこしくなった。でも、ああいう人間を意図して引き入れた点を考えてみても、死んだガルシアが先を見通した計画を練り上げ、自己保存の本能に恵まれていたことがうかがえるね。それに、今回の事件で、注目しておかなければいけない点は、多くの可能性を秘めたジャングルの真ん中で、あのようなすぐれた協力者のベインズ警部と一緒に、ぼくたちは事件の本筋を見失わずに、曲がりくねった危ない道をどうやら無事に進み、解決までたどり着けたことぐらいかな。ほかにまだ、すっきりしない点はあるかね」

「混血《ムラート》の原住民の料理人が、戻って来た目的は？」

「それは、台所にあった奇怪な生きもののせいだったようだね。あの男はサン・ペドロ国の奥地から抜け出してきた、未開の原住民だったから、あの動物の死骸《しがい》も神聖な呪物《じゅぶつ》だったのさ。男は仲間と一緒に、あらかじめ用意しておいた隠れ家に——そこにはすでに、共犯のほかの仲間が住んでいたに違いないが——逃げ込もうとした際に、仲間から、そんな危険な代物は置いていくようにと言いくるめられあの呪物をしぶしぶ残していくことになったのだ。とはいっても、彼にとっては、それは聖なるものだから、どうしても離れがたくて、これに引きつけられるようにして、翌日に戻って行ったのさ。その時に、窓越しに中のようすをうかがってみたところ、現場を見張っていたウォルターズの姿を見た。そこで、男はもう三日間待って、篤《あつ》い信仰と言うか、ただの迷信と言おうか、再び来たのだね。抜けめのないベインズ警部は、ぼくたちの前ではあの時のできごとをさして気にも留めないそぶりを見せておきながら、実は心のうちで、その重大さを見逃さなかったのだ。だから、警部は罠をしかけておいて、入り込んできた原住民という生きものを見事にとらえたのさ。ワトスン、まだほかに、わからない点はあるかね」

「ばらばらにされた鳥の死体、バケツに入っていた血、黒こげの骨といった、あのほんとに気味の悪い台所にあった代物は何だったのだろうか」

ホームズはにっこりと笑みを浮かべると、手帳に記してあるページを開いた。

「そのことを含めて、大英博物館で午前中いっぱい調べてみたことがある。これはエッカーマンの研究書『ヴードゥー教とアフリカ原住民の宗教』から引用したものだ。[35]

真のヴードゥー教徒ならば、大事なことを実行しようとする際には、邪悪な神々の機嫌を損《そこ》ねないようにとの意図で、必ず生贄《いけにえ》を捧《ささ》げる。この風習は、極端な場合には、人間を生贄として人肉を食べる。しかし通例は、生贄として、白い雄鶏と黒いヤギが犠牲にされる。雄鶏は、生きたまま八つ裂きにしてから、供えられる。ヤギの場合には、喉を掻《か》き切って殺され、焼かれ、供えられるのである。

つまりあの野生人は、きわめて忠実《ちゅうじつ》に、宗教的な儀式に従っていただけのことだったのさ。それにしても、あれは、まったくグロテスクだったね、ワトスン」ゆっくりと手帳を閉じながら、さらに一言、ホームズは言い添えた。「つまり、いつかも言ったように、グロテスクなできごとから恐ろしい犯罪までは、ほんの一歩の差でしかないのだよ」

ブルース＝パーティントン設計図

挿絵　アーサー・トワイドゥル

一八九五年、十一月の第三週め、ロンドンには、黄色がかった濃霧《のうむ》が深く立ち込めていた。あまりの霧《きり》のひどさに、月曜日から木曜日までの間は、ベイカー街のわたしたちの部屋の窓から、道路の向かい側にあるはずの家並みが、ぼんやりとでも見えたことは一度としてなかったと思う。一日めは、ホームズは膨大《ぼうだい》な参考文献《ぶんけん》の相互索引《さくいん》づくりに没頭して過ごした。二日め、三日めは、ホームズは最近になって趣味になった中世音楽の研究に、黙々としていそしんでいた。しかし四日めになると、朝食が終わって椅子《いす》を押し込んで、ふたりで外を眺めやって、相も変わらず、どんよりと淀《よど》んだ茶色の濃霧の渦巻が漂い、窓ガラスにべたべたとした滴《しずく》をしたたらせているのを目にすると、ついにわが友の我慢も限界にきた。短気で、活発な気性のホームズが、このように退屈きわまりない生活に耐えられるはずはないのだ。突然、居間をいらいらと歩き回り出したかと思うと、爪をかみ、家具をこつこつと指で叩き、することがないことに対していら立ちをあらわにした。

「新聞には、おもしろいことは何も載っていないのかい、ワトスン」彼は言った。

もちろん、おもしろいこととホームズが言っているのが犯罪関連の事件であるのは、よく承知していた。たしかに、革命や戦争がおこりそうだとか、政権交代が迫《せま》っている、(36)などといったニュースはあったのだが、こうした話題は、わが友の眼中にはないのだ。わたしも捜《さが》してはみたのだが、犯罪に関しては、ありふれた、つまらぬ事件以外の記事は、どうにも見つからなかった。ため息をついて、ホームズはまたせかせかと歩き始めた。

「ロンドンの犯罪者ときたらまったく、退屈な連中ばかりになり下がったね」獲物に逃げられた狩人さながらに、ホームズはぼやいた。「窓の外を見たまえ、ワトスン。ほら、人影が浮かんで、一瞬薄《うす》ぼんやりと姿が見えたかと思うと、また霧の壁の中に溶け込んで消えてしまう。こういう霧の深い日なら、泥棒も殺人者も、ジャングルの虎さながらにロンドンを好きなようにうろつきまわれるはずさ。獲物に飛びかかるまでは姿が見えないし、その姿を目撃するのは結局、被害者だけになってしまうのだから」

「次から次へと発生しているのは」と、わたしは言った。「コソ泥の類《たぐい》ばかりだがね」

ホームズはさもくだらぬと言わんばかりに鼻を鳴らした。

「こうやって、偉大で陰うつな舞台が用意されているのは、もっと張り合いのある大犯罪のためなのに」と、彼は言った。「もっとも、この都市も、ぼくが犯罪者でなくて、ほんとうによかっただろうけどね」

「それはそうだとも！」と、わたしは心からそう言った。

「いま、ぼくの命を狙《ねら》っているのはブルックスやウッドハウスを筆頭《ひっとう》に五十人ほどいるが、仮にぼくのほうがその悪党どもの一人であったなら、ホームズがいつまでも逃れきれると思うかい？　突然、呼び出しをかけられたり、仕事を依頼するようなふりをした面会に応じでもしたら、それでもう終わりさ。してみると、暗殺が多いラテン系の国々に深い霧の日々がないのは幸運だといっていい。おや、退屈を打ち破ってくれそうなものが何か来たぞ」

それは、メイドが電報を運んできたのだった。電報を開封すると、ホームズは大笑いを始めた。

「これはこれは！　驚いたな」ホームズは言った。「兄のマイクロフト(37)が来るそうだ」

「来てはいけないのかい」わたしは尋《たず》ねた。

「いけないかだって？　君だって、もし田園の小道を市街電車が走っているのを見たら、どう思う？　マイクロフトは自分のレールを敷いていて、その上を走るだけなのだ。そのレールというのが、まず、ペル・メルの下宿、ディオゲネス・クラブ(38)、ホワイトホールの勤め先、その三点だけを彼は往復している。だから、ここに来たのも、これまで一回、たったの一回だ(39)。それにしても、いったいどういう非常事態がおこって、マイクロフトをあの軌道《きどう》からはずれさせたのだろう」

「説明は書いてないのかね」

ホームズは、兄からの電報をわたしに手渡した。

「カドガン・ウェストの件で会いたし。すぐに行く。　マイクロフト」

「カドガン・ウェスト？　聞いたことがある名前だね」

「ぼくには、まったく聞いたおぼえがない。けれどもマイクロフトがこんな脱線をするとはねえ。いわば、惑星がその軌道をはずれて飛び出したようなものさ。ところで、君はマイクロフトのことを知っていたかね」

そう言われれば、わたしには「ギリシャ語通訳」事件の時に、説明を受けたような記憶がある。

「前にたしか、英国政府の何か小さな部門を担当していると、君は言っていたね」

ホームズは含み笑いをした。

「あの頃はまだ、君とのつきあいもそれほど深くはなかった。それに、国家の重大問題を話すような場合には、慎重を期さないといけないからね。英国政府に勤めていると君は言ったが、それも間違ってはいない。しかし、ときには彼が、まさしく英国政府そのものといってもいいこともある」

「ホームズ、まさか！」

「驚くと思ったよ。マイクロフトは、四五〇ポンド（約一〇八〇万円）ばかりの年収をもらって、政府のもとで下っぱ役人の身分に甘んじている。これといった野心もなく、この先も名誉《めいよ》や称号《しょうごう》をもらうこともないだろう。けれども、この国にとってマイクロフトほど大事な、かけがえのない人物はいないね」

「しかし、なぜ？」

「そう、その任務は、ともかく類のないものでね。そもそも、その仕事というのは、彼が考え出したものなのさ。これまでも似た仕事がなかったし、将来もないだろうね。明晰《めいせき》で整然とした頭脳に恵まれていて、人間わざとは思えないほどの膨大な記憶容量を備《そな》えている。兄は、この能力をあの独自の仕事に注ぎ込んでいて、一方、同様の能力を持ち合わせているぼくは、それをもっぱら犯罪の解明に活用しているというわけさ。まず各省庁の決定内容が彼の元へ集められる。さしずめ、彼は差し引きの精算をする中央取引所か、手形交換所といったところだ。ほかの人はみんな、特定の分野の専門家なのだが、彼はあらゆる専門分野を広く統合・統一することができる専門家というわけさ。たとえば、海軍、インド、カナダ、それに金銀両貨複本位制にまで絡んでくるような、(40)複雑な問題について国務大臣が的確な見解を聞きたいとなると、それぞれの担当省庁から別々に、意見を聞くことまではできるのだが、マイクロフトだけがそのすべての情報を調べて、どういう相互作用が出てくるかの結論を、総合的立場から即座に下すことができるのだ。最初はただ単に便利屋のように使われていたのだが、今や、国家になくてはならない存在として重用されている。すばらしいあの頭脳の内部では、あらゆる情報が区分けされていて、一瞬のうちに、どんな情報でも引き出すことができる。彼の見解が国策《こくさく》を左右したのは一度や二度ではない。だから、自らが、政府そのものといってもいい。そして、いつも考えることは国家のことだけだけれども、それがまた、彼の生きがいにもなっている。ただ、ぼくが彼のところに足を運んで、ぼくのくだらない事件について助言を仰ぐと、兄にとってはそれが気晴らしにはなるようだがね。それにしてもきょうは、まるでジュピター様の御成《おな》り(41)だ。一体全体、何があったというのかな。カドガン・ウェストとは何者か、マイクロフトにとって何なのだろうか(42)」

「あった、あった」こう叫んで、わたしは、長椅子にのっている新聞の山の中に手を突っ込んだ。「そう、そう、これだ！　まちがいないぞ。カドガン・ウェストというのは火曜日の朝、地下鉄(43)で死体で発見されたあの青年だ」

ホームズは口元に持っていこうとしていたパイプを途中で止め、聞き耳をたてて座り直した。

「これは重大なことに違いない、ワトスン。あの兄が日常生活の習慣を変更してしまうほどなのだから、とにかく、ただならぬ死亡事件に違いない。しかし、兄はその事件にどういう関係があるのだろうか。ぼくの記憶では、平凡な事件だったと思うが。外見上、青年が列車から転落し、それで死亡した。強盗に遭《あ》ったのでもなく、暴行を受けた可能性もない。そういうことではなかったかな」

「検死が行なわれた結果」と、わたしは言った。「たくさんの新しい事実が次々に明らかになっていった。詳《くわ》しく調べてみれば、きっと珍しい事件になるだろうね」

「これほど兄を動かすことになったのだから、やはり特別な事件だろうね」こう言って、ホームズは安楽椅子に身を沈めた。「それでは、ワトスン、事実関係を話してみてくれないかね」

「被害者の名前は、アーサー・カドガン・ウェスト。二十七歳で、独身。ウリッジ兵器工場の職員[44]」

「国家公務員だね。兄のマイクロフトとの関係も、そこにあるのだ！」

「ウェストは月曜の晩、忽然《こつぜん》とウリッジから消えてしまった。最後にその姿を目撃したのは、婚約者のヴァイオレット・ウェストベリ嬢《じょう》で、その夜、七時三十分頃、それまでいっしょにいたウェストが、突然に、濃霧の中へ飛び出していき、そのままいなくなってしまったのだ。二人の間にもめごとがあったわけでもなく、彼女にも失踪《しっそう》の理由はさっぱりわからない。そして次に、ロンドン地下鉄網のオールドゲイト駅[45]のすぐ近くの線路で、死体になって横たわっているのを、メイスンという保線《ほせん》作業員に発見された」

「それはいつのことかね」

「遺体は火曜日の朝六時に発見された。発見現場は、地下鉄が東に向かって進み、ちょうどトンネルから出て、オールドゲイト駅もまもなくという地点で、線路からはかなり離れた、左側。頭部がひどく砕《くだ》けていたというから、列車から転落したのだろう。それ以外には、死体があのような形で線路にあった理由は考えられない。仮にどこか付近の通りから運びこまれたと考えても、いつも改札係が立っている改札口があり、必ずそこを通らねばならないから、この点は絶対に間違いないようだ」

「ありがとう。事件のあらましは明快のようだ。その時まだ生きていたのか、すでに死んでいたのかは不明でも、男が列車から転落したか、突き落とされたかのどちらかだろう。ここまでは、ぼくにもよくわかった。先を続けてくれたまえ」

「死体が発見された線路を走る地下鉄は西から東に向かっていて、そこを走っているのは、メトロポリタン(46)線《レイルウェイ》だけを走るものと、ウィルズデンなどの郊外の接続駅から来ているものとがある。確かなのは、その夜の遅い時刻に、青年は、この進行方向に進む列車に乗り合わせていて死亡したということだけだ。ただ、どこから地下鉄に乗ったのかについては何ともいえない」

「いや、それは持っていた切符《きっぷ》でわかるだろうに」

「ポケットに切符はなかった」

「切符がなかったって！　ワトスン、それはなんとも奇妙なことだ。ぼくの経験では、切符を見せない限り、メトロポリタン線のプラットホームには絶対入れない。そうすると、青年は最初は切符を持っていたと考えるほうが自然だ。とすると、どこの駅から乗ったか、わからなくするために、男は切符を奪《うば》われたのだろうか？　そうかもしれない。また、列車の中で落としてしまったと考えてもいい。そういうことも、ありそうだ。いずれにしても、きわめておもしろいね。たしか、金品を奪われた形跡はなかったのだったね」

「そうらしい。ここに所持品の一覧がある。二ポンド十五ペンス（約五万円）入っている財布。キャピタル・アンド・カウンティズ銀行(47)ウリッジ支店の小切手帳も一冊あった。この小切手帳から身元がわかった。あの夜の日付の、ウリッジ劇場の二階正面の特等席(48)券、二枚。それに技術書類の小さな束があった」

　ホームズはうれしそうな声を上げた。

「ああ、ワトスン、これでようやくわかった！　英国政府、ウリッジ兵器工場、技術書類、兄のマイクロフト。鎖《くさり》が完全につながった。ぼくの勘《かん》にまちがいなければ、ご当人が説明においでのようだ」

すぐに、長身ででっぷりしたマイクロフト・ホームズが、案内されて現われた。がっしりとして大柄な体格は動きが鈍そうな感じだが、この不格好な体の上には、なんとも驚嘆《きょうたん》すべき頭がのっているのだ。威厳《いげん》に満ちた眉《まゆ》、深く窪《くぼ》んだ鉄灰色の鋭い目、厳しく引き締まった口、繊細《せんさい》で表情豊かな顔。一目見た人は、しまりのない体のことを忘れてしまっても、知性が優れていることは、しっかりと記憶に刻まれるこ

とだろう。

　すぐ後に付き従って来たのは、昔なじみのスコットランド・ヤードのレストレイドで、やせ気味で、いかめしい顔付きの男であった。二人の深刻な表情からしても、事件の重大さがうかがわれた。警部は無言のまま、握手を交わした。マイクロフトはオーバーをもどかしげに脱ぐと、安楽椅子にどっかと身を沈めた。

「いや、シャーロック、まいったよ」と、彼は言った。「わたしも、自分の習慣を変更するのは非常に嫌《きら》いなのだが、お偉方が相手では、断るわけにもいかない。本当はシャム国の情勢が重大で(49)、わたしも持ち場を離れるわけにはいかないのだが。そうはいっても、こちらも一大危機だ。首相があれほど心配しておられる姿を(50)、見たことがない。海軍省にしても、蜂《はち》の巣を突っついたような大騒《おおさわ》ぎだ。事件のことは新聞で読んだね」

「ちょうど今、読んだところです。技術書類というのは、何のことですか」

「そう、まさに図星《ずぼし》だ。幸い、まだその情報は世間には漏《も》れていないが、万が一わかってしまったら、新聞にどれほど叩かれるか知れたものではない。実は、この不運な青年のポケットに入っていたのは、ブルース－パーティントン型潜水艦《せんすいかん》の設計図だったのだ」

　その重々しい口調からも、マイクロフト・ホームズがこの事件をどれほど重大なことがらと考えているかが、よく伝わってきた。ホームズとわたしも身を乗り出した。

「おまえも潜水艦の話だけは聞いているだろ。誰もが噂《うわさ》では知っているだろうと思っていたよ」

「名前だけは」

「これがどれほど重大なものであるかは、いくら誇張《こちょう》してもしたりないほどだ。最も用心深く守られてきた、国家機密だ。ブルース－パーティントン型潜水艦の戦闘可能な水域では敵艦《てきかん》の反撃は不可能と考えていいほどだ。この潜水艦の開発によって、諸外国を軍事競争でだしぬこうとして、二年前、国家予算から莫大《ばくだい》な額が内密に支出され、この潜水艦の発明を独占することに当てられた。機密保持には、あらゆる対策が講《こう》じられた。設計は複雑きわまるもので、三十件以上にも及ぶ特許《とっきょ》を含んでいて、一つ一つが全体の働きに不可欠なのだ。この設計図は、兵器工場に隣接している、防犯設備完備のドアや窓に守られた機密室の精巧《せいこう》な金庫内に保管されていた。いかなる状況下でも、室外への設計図の持ち出しは厳禁だった。たとえば海軍の造船本部長がこの潜水艦の設計図を見たいと思っても、ウリッジのこの機密室にまで自ら足を運ばなければならなかった。それがなんとしたことか、ロンドンの真ん中で、死体で発見された平職員《ひらしょくいん》のポケットから、この設計図が見つかったのだ。役所の立場からすれば、まことに遺憾《いかん》の一語に尽きる」

「しかし、設計図は回収されたのでしょう」

「いや違う、そうではないのだ、シャーロック！　だからこそ、非常事態というわけだ。まだ、設計図は取り戻せないままでいる。ウリッジから盗まれた設計図は全部で十枚だった。カドガン・ウェストの服のポケットから発見されたのは七枚だけだ。一番肝心な三枚が紛失した――盗まれて、なくなってしまったのだ。シャーロック、いいかい、ほかのことはいっさい、放り出してほしい。警察裁判所で扱うような、おまえの日ごろの謎解き遊びなどは忘れてほしい。おまえに解決してもらいたいのは、重大きわまりない国際問題だ。カドガン・ウェストがなぜ設計図を持っていたのか、消えてしまった設計図はどこにあるのか、彼はどんな死に方をしたのか、死体はどうしてあの現場にあったのか、どういう対策を取ればいいのか。これらすべての問題への解答を探り出してほしいのだ。そうすることが、国家への貴重な貢献《こうけん》というわけだ」

「マイクロフト、どうして、自分で解決に乗り出さないのですか。兄さんなら、ぼくと同じように探れるはずだけれど」

「おそらくはね、シャーロック。けれども、やはり、鍵《かぎ》になるのはきめ細かい情報収集だ。おまえが情報を収集し、資料を提供してくれるのなら、安楽椅子に座っていても、優秀な専門家としての意見をお返しに述べることができる。しかし、あちこちへ情報収集に飛び回ったり、鉄道の警備員を訊問《じんもん》したり、わざわざ地面にはいつくばってルーペで調べるなどという作業をわたしは、専門《メテイエ》とはしていないのでね。そうすると、事件を解決できるのは、おまえしかいない。それに、もし次の叙勲者《じょくんしゃ》リストに名前を挙《あ》げられたいという気持ち(51)があるのなら……」

わが友は笑みを浮かべると、首を横に振った。

「ぼくがゲームをするのは、ゲームそのものの魅力《みりょく》のためだけです」と、ホームズは言った。「しかし事件には興味深い点がいくつかあるようですから、喜んで捜査をしてみましょう。もう少し事実関係を話してください」

「重要な事実はこの紙にメモしておいた。役に立ちそうな人物の住所もいくつか挙げてある。設計図の正式な管理責任者になるのはサー・ジェイムズ・ウォールター、あの著名な政府の権威者だよ。勲章《くんしょう》や肩書は紳士録の二行くらいを埋め尽くすだろう。長年、公僕《こうぼく》として働いてきたので白髪まじりになったが、人格高潔《こうけつ》な紳士で、最も高貴な方々からのお招きも、多々あるそうだ。そして何よりも、国を思う愛国心に疑いをはさむ余地はない。ただ、このサー・ジェイムズは、金庫の鍵を持っていた二人の人物のうちの一人だった。月曜日の勤務時間内には、この設計図がその金庫に保管されていた事実にも間違いはなかったし、サー・ジェイムズがその鍵を持って、三時ごろ職場を出て、ロンドンに向かい、あの事件がおきた夜の間中、ロンドンでバークリ・スクェアのシンクレア提督《ていとく》を訪問して、その邸宅《ていたく》にいたのだ」

「裏付けは取れていますか」

「取れている。彼の弟のヴァレンタイン・ウォールター大佐が、ウリッジの事務所を出たことを証言しているし、シンクレア提督は、彼がロンドンの自宅へ着いたことを保証している。だから、サー・ジェイムズはこの事件を左右する人物ではなさそうだ」

「鍵を持っていたという、もう一人の人物は誰ですか」

「主任設計技師のシドニィ・ジョンスンだ。四十歳で既婚者、子どもが五人いる。口数の少ない、気むずかし屋だが、勤務成績はおおむね良好だ。同僚の受けは芳《かんば》しくはないものの、きわめて仕事熱心。本人の証言では、もっとも、これを裏付けるのは奥さんの証言しかないのだが、月曜に退勤してからは一晩中、自宅にいたし、また、預かっている問題の鍵も、身につけている懐中時計の鎖から外したりしたことは絶対にないそうだ」

「カドガン・ウェストについてはどうなのですか」

「彼は勤続十年、仕事ぶりも立派だ。短気とか、衝動的な性格という評判もあるが、裏表のない、正直な人物だ。なんら疑わしいところはない。職場では、シドニィ・ジョンスンについで二番目の地位にある。仕事上、毎日、問題の設計図を実際に取り扱っている者は、このウェストだ。ほかの誰も、設計図に触れてはいなかった」

「その夜、最後に設計図をしまって、鍵をかけたのは誰なのですか」

「主任設計技師のシドニィ・ジョンスン氏だ」

「そうなると、設計図を持ち出した人物が誰であるかは、ほとんど完璧《かんぺき》に明らかになりますね。とにかく、この下級の設計技師、カドガン・ウェストが死んだ時に設計図を持っていたのですから。これが最終的結論のようですね、そうではありませんか」

「シャーロック、おまえの言うとおりだが、説明できないことがたくさん残っている。まず第一に、なぜ彼が潜水艦の設計図を盗んだかだ」

「かなりの値打ちがあるのでしょうね」

「軽く数千ポンド（一千ポンドは約二四〇〇万円）は手に入れられるだろう」

「どこかに売る目的以外で、ロンドン市内まで設計図を持ち出す動機《どうき》は考えられませんか」

「いや、考えられない」

「そうすると、今のところは、金目当てに設計図を持ち出したというのが有力な作業仮説となるわけですね。ウェスト青年が設計図を持ち出したとする。そうなると、犯行には合鍵がなくてはならない――」

「合鍵はいくつも要《い》る。まず、事務所の建物と部屋に入るのに、二つの鍵が必要になる」

「すると、ウェストは合鍵を複数個持っていたことになりますね。設計図を持ち出し、ウェストはロンドンへ行って、この国家機密を売り、そして、きっと翌朝には、気づかれないうちに金庫に戻しておくつもりだったのでしょう。ところが、国を裏切る、この大罪を実行中にロンドンで命を落としてしまった」

「どんなふうに死んだのかな」

「仮にウリッジ駅に戻る列車の中で殺され、客車から放り出されたと考えてみたらどうでしょう」

「ウェストがウリッジに戻ろうとしていたとすると、死体が発見されたのがオールドゲイトだから、ロンドン・ブリッジへ行く乗り換え駅からかなり先に行ってしまったことになる」

「ロンドン・ブリッジをやりすごした状況は、いろいろと考えられますね。たとえば、客車内で、ウェストが何者かと会い、きわどいやりとりを交わしていた。このやりとりがやがて、格闘になってしまい、ウェストは命を落とすことになった。あるいはまた、こういう状況で、客車から逃げだそうとして、誤って線路に転落してあえない最期を遂《と》げた、とも考えられます。相手は列車のドアを閉めた。(52)そうすれば、霧が深くて、犯行のようすも何もまったく目撃されないままです」

「今までの情報からは、それが最善の説明になるだろうね。だが、シャーロック、いいかね、それだけでは、まったく触れていない謎があまりにも多く残っているのではないかな。論をすすめるために試しにこう仮定してみよう。カドガン・ウェスト青年は最初から、盗んだ設計図をロンドンに持って行くことに決めていた。とすれば、ロンドンでは外国のスパイとひそかに会うのだから、当然、その日の夜は予定を空けておくはずだ。ところが、ウェストは劇場の前売券を二枚持っていて、しかも婚約者を伴って、劇場までの道のりを半分くらいまで来ていて、突然、いなくなったのだ」

「それは、周囲をあざむくための偽装《ぎそう》でしょう」じれったそうに話を聞いていたレストレイド警部が、そう言った。

「いや、それにしては、奇妙な偽装ですね。それが反対理由の第一です。次に第二点、ロンドンに着いて、外国人スパイと会ったと仮定してみます。設計図は、朝までに元に戻しておかないといけない。そうしないと、紛失がわかってしまいますからね。持ち出した設計図は全部で十枚なのに、ウェストのポケットに入っていたのは、そのうち七枚だけです。残った三枚はどうなったかです。まさか、どうぞと言って、自ら差し出してきたわけでもないでしょう。それに、この売国行為の報酬《ほうしゅう》はどこへ行ってしまったのか。やはり、ポケットにはせしめた大金が入っていて当然ではありませんかね」

「きわめて明快なようにわたしには見えますね」と、レストレイドは言った。「何がおきたのか、わたしにははっきりわかります。まず、ウェストは設計図を持ち出し、売ろうとした。相手方のスパイと会う。しかしそこで、ふたりの間でどうにも値段の折り合いがつかない。ウェストはもう帰ろうとする。スパイは跡をつけていく。列車の中で、スパイはウェストを殺害し、一番大事な設計図だけを奪い取り、死体のほうは客車から放り投げた。これで全部、説明がつきます、そうじゃありませんか」

「なぜ切符がなかったのでしょうか」

「切符があれば、スパイの住まいの最寄りの駅がどこかを明かしてしまうことになりかねませんからね。そこでスパイは、殺した被害者のポケットから切符を奪っておいた、ということでしょう」

「すばらしい、レストレイド、お見事です」と、ホームズは言った。「たしかにあなたの推理はきちんと筋が通っている。しかし、事実がそのとおりだとすると、事件はそれでおしまいです。売国奴《ばいこくど》はすでに死んでしまったし、またブルース－パーティントン型潜水艦の設計図もヨーロッパ大陸に流出してしまっている、というわけですからね。この先、われわれに何ができるというのです」

「行動だ、シャーロック、行動あるのみだよ！」はじかれたように立ち上がると、マイクロフトは声を上げた。「わたしの直感では、今の説明にはまったく承服《しょうふく》できない。おまえの能力を総動員するのだ！　事件現場に直行するのだ！　関係者に会うのだ！

とにかく、できるだけの手を尽《つ》くしてくれ！ おまえの探偵人生の中で、祖国の役に立てる、これほど格好な機会はまたとないはずだ」

「そう、そう」ホームズは肩をすくめて、言った。「さあ、出かけよう、ワトスン！ そして、君も、レストレイド、一、二時間、あなたもつき合ってくれませんか。捜査はまずオールドゲイト駅訪問から始めてみよう。ごきげんようマイクロフト兄さん。夕方になる前に報告をしますよ。ただし、あまり期待しないでくださいね」

一時間後、ホームズとレストレイド、そしてわたしの三人は、問題の地下鉄の現場にいた。トンネルから出て直後の、オールドゲイト駅がもうすぐ、という地点であった。鉄道会社を代表して現われたのは、ていねいな態度で応対する、赤ら顔の、年配の紳士だった。

「ここが、青年の遺体があった場所になります」線路から三フィート（約一メートル）ほど離れた箇所を指さして、紳士は言った。「上から落ちてきたとは思われません。ご覧のとおり、両脇はずっと窓もない壁ですからね。そうすると、列車から落ちてきたとしか考えられません。列車といいますと、わたしどもが調べたところでは、月曜の真夜中頃に通過したものに違いありません」

「調べてみて、その客車のほうに、暴れたような形跡はありませんでしたか」

「そうした形跡はまったくありませんでしたし、切符も見つかっておりません」

「客車のドアが開け放たれたままだったというような報告もなかったですか」

「まったく、ありません」

「今朝、新しい証言が入ってきました」と、レストレイド警部が言った。「月曜日の夜、十一時四十分頃、オールドゲイト付近を通過したメトロポリタン線の普通列車に乗っていた一人の乗客の証言です。オールドゲイト駅に到着する直前で、何かどさっという物音が聞こえたというのです。それがどうも、人間の体が線路に転落した音のようだというものでした。しかし、霧が濃くて、何も見えなかったそうです。乗客もまた、その時には通報をしませんでした。おや、ホームズさん、どうかしましたか？」

神経を張りつめた面持ちで立ちつくすわが友は、トンネルから出て、大きなカーヴを描いている線路をじっと見つめていた。オールドゲイトは乗り換え駅で、⑸近くには線路を切り替えるためのポイントがたくさんあった。それらのポイントにホームズは食い入るような鋭い眼差しを注いでいた。きっと引き締まった口元、かすかに震《ふる》えを見せる鼻孔《びこう》、八の字にした、濃い眉。見慣れている、油断のない、鋭敏《えいびん》なその顔つきをわたしは見た。

「ポイントだ」と、ホームズはつぶやいた。「うん、ポイントだ」

「それがどうかしましたか？　どういうことですか」

「地下鉄にはこれほどたくさんのポイントがある所はほかにないでしょうね」

「そうです、まずありませんね」

「そしてカーヴも。ポイントとカーヴ。そうだ！　もしここだけだとすれば――」

「どうしたのですか、ホームズさん。手がかりでも見つけましたか」

「そう、思いつき――というより、ひらめきにすぎません。それにしても、事件はどんどんおもしろくなっていく。新しい考えだ、まったく奇想天外だが、否定できないだろうね。しかし、そうであってもいいはずだ。線路には血が流れた形跡もまったく見つからないし」

「ほとんどありませんでした」

「けれども、聞いたところでは、ひどい傷だったそうですね」

「頭蓋骨《ずがいこつ》は砕けていましたが、大きな外傷《がいしょう》は見当たりませんでした」

「それにしても出血はあるはずだが。霧の中でどすっという、何かが落下したような音を聞いたという乗客が乗っていた列車の車両を調べさせてもらうわけにはいきませんか？」

「だめだと思いますよ、ホームズさん。列車はもう別々に切り離され、客車もそれぞれ他の列車に連結されていますから」

「ホームズさん、心配はご無用」レストレイドが言った。「客車は一両残らず厳重《げんじゅう》に調べてありますよ。わたしが自分で見たのです」

わが友の抱える欠点の中でも最たるものだが、彼は自分より頭の回転の鈍い者には我慢ができないのだ。

「ありそうなことだ」ホームズは顔をそむけながら、こう言った。「あいにく、わたしが調べたかったのは客車ではないのです。ワトスン、ここで必要なことは全部すませた。レストレイドさん、お手をわずらわせるのは、この辺にします。こんどはウリッジを調べることにしよう」

ロンドン・ブリッジに着くと、ホームズは兄のマイクロフト宛《あ》てに電報をしたためた。出す前に、わたしにも見せてくれた。内容はこうだった。

闇に光明《こうみよう》を発見。ただし消えてしまうかも。イングランド滞在中の外国人スパイもしくは国際的情報工作員全員の名前と正確な住所の一覧表が必要。メッセンジャーに持参させられたし。ベイカー街で返事待つ。

シャーロック

「これが役に立つと思うのだ、ワトスン」ウリッジ行きの列車の座席に腰を下ろすと、彼はこう口を切った。「なんとも特別な、おもしろい事件に発展しそうな事件をもってきてくれた兄のマイクロフトには、まさに感謝《かんしゃ》の一言につきるね」
彼は緊張《きんちょう》と気力に満ち、真剣な表情のままであった。事件の新しい暗示的な状況が彼の思考を刺激《しげき》しているのが、感じられた。猟犬《りょうけん》のフォックスハウンドは、犬小屋では耳を垂れ、しっぽを力なく巻き、のらくらしているものだが、同じ犬でもいったん猟に出ると、目を輝かせ、体中の筋肉を張りつめて飛び出していく、猟犬のそうした劇変。今朝からのホームズの変貌《へんぼう》ぶりも、まったくこれと同じであった。ほんの数時間前には、霧の渦巻く景色しか見えない部屋に閉じこもり、ねずみ色の部屋着を着て、落ち着きなく歩き回っていた、だらだらと無気力なホームズとは別人になってしまった。

「材料もそろった。見込みも立った」と、彼は言った。「それにしても、ああいう可能性に気づかなかったぼくはまったくのまぬけ者だ」

「ぼくには、まださっぱりわからないよ」

「ぼくにも最後のところはまだわからないのだが、事件の見通しをつける要点を一つつかんだ。被害者は別の場所で死亡して、死体は列車の屋根にのせられたのだ」

「屋根にだって！」

「驚くべきことだ、そうじゃないかい。けれども、事実を考えてみたまえ。列車がカーヴして、ポイントにさしかかり、縦横にゆれる、まさにその地点で、死体が発見されているということは単なる偶然ではないだろう。列車の屋根にのっていた物が転落しそうなのがあの場所ではないだろうか。列車内にある物なら、ポイントを通り過ぎても何もおきない。とすれば、死体は屋根から落ちたか、さもなければ、よほど不思議な偶然の重なりがおきたとしか考えられないだろう。次に、出血の問題を考えてみよう。たしかに別の場所で死体から出血してしまったのなら、線路に血が流れていなくとも当然だ。こうして、事実のひとつひとつでも手がかりになるが全体としてまとまると、強い力になる」

「切符の件も解決だ」と、わたしは叫んだ。

「そのとおりだ。被害者が切符を持っていなかったことをまったく説明できなかったが、今、これで、うまく説明がつく。すべてつじつまが合ってきたぞ」

「けれども、それはそうとして、ウェストの死の謎を解き明かすにはまだ先が長いね。謎は解きやすくなるどころか、かえって深まるばかりだねえ」

「そうかもしれない」と、感慨深《かんがいぶか》げに、ホームズは言った。「そうかもしれないのだ」

それからはずっと黙り込んだまま、ゆっくり走る列車がウリッジ駅に到着するまで、ずっと考え込んでいた。駅を出ると、彼は辻馬車を呼び止め、ポケットに入れてあった、マイクロフトからの書類を取り出した。

「午後からはあちらこちらまわるのだが」と、彼は言った。「まずは手始めに、サー・ジェイムズ・ウォールターにしよう」

あの有名な役人の住いはテムズ河の川べりにまで緑の芝生が広がる、堂々とした郊外邸宅であった。わたしたちが到着した頃には霧も晴れかかり、かすかに薄日がさしてきた。呼びりんを鳴らすと、執事が出てきた。

「サー・ジェイムズさまは！」執事は、沈痛《ちんつう》な面持《おもも》ちでそう言った。「サー・ジェイムズさまは、けさ、お亡くなりになられました」

「ああ、なんということでしょう」ホームズも驚いて、声を上げた。「どうなさったのですか？」

「どうぞ中にお入りくださって、令弟のヴァレンタイン大佐[54]にお会いください」

「そう、そうさせていただくのが一番いいでしょう」

案内されたのは薄暗い応接間だった。すぐに、亡くなった科学者の弟という、五十前後の、きわめて長身で、ハンサムな、ひげの薄い男が現われた。苦悩をたたえた目、涙の流れた跡の残る頬、乱れた髪、どれを取ってみても、この一家に降りかかった突然の不幸を物語っていた。彼はそれを話そうとしたのだが、うまく言葉にならなかった。

「まったくとんでもない不祥事《ふしょうじ》がおきたものです。兄のサー・ジェイムズは何よりも名誉を重んじる人でしたから、あのような事件に生き永らえることができなかったのでしょう。それはもう、悲嘆《ひたん》にくれておりました。自分の部署が立派に仕事をなし遂《と》げていることを常に誇っていました。これがひどい心の痛手になってしまったのです」

「わたしたちは、サー・ジェイムズが、この事件の真相を明らかにするのに役立つような手がかりを提供してくださるものと期待していたのです」

「あの事件は、あなた方やわたしたちと同様に、兄にとっても謎だらけのできごとに違いなかったはずです。それでも兄は、知っている限りのことはすべて、警察にお話ししました。当然、兄も、カドガン・ウェストが犯罪行為を犯したということには疑いを持っていなかったでしょう。ただ、それ以外のこととなると、まったく見当もつかなかったのだろうと思います」

「するとあなたは、この事件につながりそうな情報は、何もお持ちでないでしょうか」

「わたしもこれまで新聞で読んだり、人づてに聞いたことのほかは、何も知りません。失礼に当たるような態度を取ろうなどという気持ちはまったくありませんが、ホームズさん、どうぞご理解ください。わたしどもも、今はただただ戸惑うばかりです。ともかく、一刻も早く、この会見を終わりにしていただきたいのです」

「それにしても、予想もしない展開だったね、これは！」再び馬車に乗り込むと同時に、わが友人は言った。「原因が自然死なのか、気の毒なことに自死だったのかが、いまひとつはっきりしない。もし自死だとすれば、仕事の責任を果たせなかった自責《じせき》の念に駆《か》られての結果なのだろうか。しかしいずれ、その答えはわかるだろう。さてこの次は、カドガン・ウェストの家だ」

　その家はまちはずれにあり、小さいがよく手入れが行き届いていて、悲しみにくれる母親が暮らしていた。高齢の母親は悲嘆にくれており、とても証言を聞けるような状態ではなかった。その横に、色白の若い女性がいて、亡くなった男の婚約者のミス・ヴァイオレット・ウェストベリであると自分から名乗った。あの運命の夜に、被害者と最後に一緒にいた人物だ。

「ホームズ様、わたくしにも、事情はさっぱりわかりません」と、彼女は言った。「恐ろしいあの悲劇がおきてからというもの、昼も夜も、その真相を知りたい一心で、考えに考えぬき、わたくしは一睡《いっすい》もできないほどです。そもそも、アーサーは誰にも絶対に負けないほど、ひたむきな性格で、礼儀正しくてやさしく、愛国者で、本当に立派な人でした。[55] 自分に任された国の機密を外国に売るくらいなら、自ら自分の右腕を切り落とすような人です。あの人のことをよく知っている人なら、国に背《そむ》くなど、まったくおろかで、ありえない、非常識なことです」

「しかし、事実は事実です、ウェストベリさん」

「はい、そのとおりです。だからこそ、わたくしにも、何がなんだか理解ができないのです」

「お金に困っていたというようなことはありませんでしたか」

「いいえ、そのようなことはございません。生活は質素《しっそ》そのものですし、お給料も充分すぎるほど頂いておりましたので、貯金も数百ポンド（百ポンドは二四〇万円）もあり、わたくしどもは新年に、結婚することになっておりました」

「何か動揺しているようなようすは見えませんでしたか。いや、ウェストベリさん、どうぞ包み隠さず、正直にお答えください」

さすがに、わが友は、彼女がわずかに態度を変えたのも見逃さなかった。彼女はいくぶん顔を赤らめ、ためらいを見せた。

「はい、ございました」彼女はようやく口を開いた。「何か悩んでいると、わたくしも感じておりました」

「だいぶ前からですか？」

「いいえ、この一週間ほどのことでございます。いつも考え込み、気に病んでいるようでした。一度、わたくしもあの人にしつこく問いただしてみました。すると、あの人は、悩みがある、それは仕事上の問題だと告白いたしました。『君にも話せないほど、それは重大な事柄《ことがら》なのだ』と申しました。それで、それ以上は何も聞き出せませんでした」

　ホームズは表情を険《けわ》しくした。

「どうぞ話をお続けください、ウェストベリさん。ウェストさんに不利になるように思われることでも、ぜひお話しください。どのような結論となるかは、わたしたちにもわからないのですから」

「本当に、これ以外には、わたくしとしても、何ひとつお話しすることがないのです。そう、あの人がわたくしに何か話そうとしているように見えたことが、一、二度ございました。ある夕べのこと、国家機密がどれほど重大なのかを聞かされたことがございました。また、そうした機密を収集できるのなら、外国のスパイは必ず、とてつもないほどの大金を出すだろうと漏らしていたような覚えがあります」

　わが友の表情はいっそう険しくなった。

「他には？」

「あのように大事なものをいいかげんに扱っているから、国を裏切ろうという人間がいれば、設計図を盗み出すのもわけないことだ、と口にしておりました」

「そういう感想を話されたのはごく最近のことですか」

「はい、ついこの間のことでございます」

「それでは、最後となった夕べのことをお話しいただけますか」

「わたくしたちは劇を見に行く予定でおりました。その晩は霧がひどくて、辻馬車を利用することもできないほどでございました。そこで歩いて劇場に向かったのですが、あの人の勤めている庁舎のすぐそばを通ったのです。すると、いきなり、あの人は深い霧の中へ飛びこんでいったのです」

「ひとことも言い残さずにですか」

「ああっ、と驚いたような声を上げましたが、それだけでございました。わたくしは待ち続けましたが、戻ってきませんでした。それで仕方なく、家に歩いて帰ったのです。翌朝になって、あの人の勤め先の就業《しゅうぎょう》時間が始まってからのことです。警察の方がわたくしの家まで話を聞きにいらっしゃいました。十二時頃になってようやく、わたくしたちは初めて、恐ろしいニュースを聞かされたのでございます。どうか、ホームズ様、なんとしても、あの人の名誉だけは回復してくださいませ！　名誉をあれほどに重んじていたのですから」

しかし、ホームズは悲しげに首を振った。

「さあ、ワトスン」と、彼は言った。「ほかをあたろう。次なる目的地は設計図が盗まれた職場だ」

「この青年の容疑は、以前からかなり濃かったが、今回の調査でいっそう疑いが濃くなった」と、がたごとと進みだした辻馬車の中で、彼は述べた。「結婚の予定も、犯行におよんだ動機のひとつと考えられるね。やはり金もいろいろ要り用になるだろうからね。そのことが頭にあるから、実際に口にも出している。犯行計画のことを婚約者に聞かせて、あやうく彼女までをも、反逆罪の共犯にしてしまうところだった。すべての点でクロだね」

「ホームズ、そうはいっても、その人の人格というものも、大切な要素ではないかな。そもそも、街中の通りで、突如、大事な女性を置き去りにしたまま飛び出していって、重罪をおかしたりするものかね？」

「そこだよ。反論も出てくる。しかし、その反論もてあます難事件だ」

職場では主任のシドニィ・ジョンスン氏がわたしたちを出迎えた。いつものことだが、わが友の名刺のせいで、うやうやしい態度で迎えられた。ジョンスン氏はやせ型で、ぶっきらぼうな、めがねをかけた中年男で、頬はこけ、このところの心労のせいか、両手を小刻《こきざ》みに震わせていた。

「ホームズさん、ひどい話です、まったくひどいことです！　部長が亡くなられたという知らせは、もうご存じでしょうか？」

「わたしたちはちょうど、その方の家に伺《うかが》ってきたばかりです」

「職場はもう収拾がつきません。部長が亡くなり、カドガン・ウェストも亡くなり、設計図も盗まれたのです。つい月曜日の夕刻ドアを閉めたときには、政府機関のどの部署よりも立派に業務を果たす役所だったのですよ。ああ、考えるだけでも恐ろしい。よりにもよって、あのウェストがこのようなことをするとはねえ！」

「そうしますと、あなたは彼の犯行に間違いないと思っておられるのですか」

「それ以外には考えようがありません。そうは言いましても、自分を信頼するようにあの男を信頼していますよ」

「月曜日は、この部屋を何時に閉めましたか」

「五時です」

「あなたが閉めたのですか」

「いつでも、わたしが最後に部屋を出ます」

「その時、設計図はどこに保管してありましたか」

「あの金庫です。わたしがその中に入れました」

「この建物には警備員は配置されていますか」

「いますが、ほかの部署の見回りも掛《か》け持ちです。兵隊あがりで、もっとも信頼を置ける人物です。あの夕刻も異状はなかったと証言しています。もっとも、霧が非常に深かったようですが」

「仮にカドガン・ウェストが勤務時間外に建物に入ろうとしたと仮定してみましょう。そうすると、設計図を手にするまでには、鍵を三つ持っていなくてはなりませんね？」

「はい、そうなります。建物へ入るドアの鍵、この部屋に入る鍵、それに金庫の鍵です」

「でもその三つの鍵を持っているのは、サー・ジェイムズ・ウォールターとあなただけに限られていますね」

「いいえ、わたしは、部屋の鍵はどれも持っておりません。持っているのは金庫の鍵だけです[56]」

「サー・ジェイムズは、生活面では几帳面《きちょうめん》な方でしたか」

「はい、そのとおりだと思います。いつもあの方は鍵に関してはキーホルダーに三つ一緒に下げておられました。そうしたようすを、たびたび、わたしも目にしています」

「そうすると、そのキーホルダーを身につけて、ロンドンへ行かれたと考えられますね」

「ええ、あの方はそう言っていましたよ」

「それからあなたも、鍵を手離すことはなかったですか」

「ありませんでした」

「としますと、ウェストが犯人であれば、合鍵を持っていたに違いない。しかし発見された時には、合鍵は一つも身につけてはいなかった。もうひとつ。仮にこの課の職員の誰かが設計図を売ろうとした場合、わざわざ今回のように原物を持ち出すよりも、自分でその設計図を書き写すほうが、ずっと楽ではありませんか？」

「設計図の使いものになる写しを作ろうとすれば、相当の専門知識が要るでしょう」

「そうですが、サー・ジェイムズやあなた、それにウェストも、それだけの知識は充分ありますね」

「もちろん、そうです。しかし、だからといって、わたしまでまき込まれるのは心外です、ホームズさん。設計図をウェストが持っているところを発見されているのに、どうして、そういうことまで仮定しなくてはならないのですか」

「それは、問題なく写しを作れたはずのウェストが、わざわざ本物の設計図を盗んで、危ない橋を渡るようなまねをしたというのは、どうにも腑《ふ》におちない行動だからです」

「たしかに異様といえば異様ですが、でも実際にそうしたのです」

「この事件は、調べを進めていくにつれ、次々と謎が現われてきます。そして、三枚の設計図もまだ見つからない。その三枚は設計図全体からしても絶対に欠かすことのできない、貴重な図面だと聞いていますが」

「はい、そのとおりです」

「あなたのお考えでは、この三枚の図面があればほかの七枚がなくとも、ブルースー

パーティントン型潜水艦を建造できますか？」
「はい、わたしもすでに、可能だという旨《むね》を、海軍省にも伝えておきました。ところが、きょう、もう一度設計図を詳しく点検してみましたが、必ずしもその見解が正しくなさそうな気がしてきました。といいますのは、回収できた設計図の一枚には、自動自己制御式スロットが備わった二重バルブの構造が描かれています。しかし、敵国が独自にこの二重気密バルブを新しく開発し作り上げなければ、潜水艦は造れないのです。もっとも、短期間のうちに、この難関を越えてしまうかもしれませんが」
「ただ、見つかっていない三枚の設計

図が一番重要であるのにには変わりはないのですね」

「もちろんです」

「よろしければ、この敷地内を少し歩いてみたいのです。お尋ねしたかったことはすべてうかがいましたので」


彼は金庫の錠《じょう》、部屋のドア、そして最後に、窓に付いている鉄のシャッターを丹念《たんねん》に調べてみた。わたしたちが外に出て、芝生にさしかかった時に、彼はにわかに気持ちを高ぶらせた。窓の外には月桂樹の植え込みがあったが、その木の枝の何本もが曲がっていたり、折れてしまっているのが見えた。彼はルーペを使いながら、その枝の具合と、下の地面に残っていた、今はすでに薄れて不鮮明になってしまった痕跡《こんせき》を入念に点検した。ついには、主任設計技師であるジョンスンに頼んで、実際に鉄製のよろい戸を閉めてもらった。ホームズはわたしに、シャッターは中央部分にすきまがあるから、外部から、部屋の中のようすが見えてしまっただろう、と説明してくれた。

「三日も経ってしまっているから、証拠になるような痕跡はすでにわからなくなってしまっている。それらが大事なものだったかどうかも、今となっては不明だ。さて、ワトスン、これ以上ウリッジにいても、何も出てこなさそうだ。大きな収穫はなかった。ロンドンに戻ってもう少しましなことができるかどうか検討してみようではないか」

ウリッジ駅を発とうとする時、小さな収穫がひとつ加わった。駅の出札係が新しい事実を自信をもって明かしてくれたのだ。この係員は、問題の月曜日の夕刻に、顔なじみのカドガン・ウェストをたしかに見た、しかも、ロンドン・ブリッジ行き八時十五分発の(57)列車で、ロンドンへ向かったと証言した。彼はひとりで、三等の片道切符を一枚買った。興奮《こうふん》して落ち着かないようすで、手が震え、つりの小銭も拾《ひろ》えない有様で、この駅員が手渡してやったほどだったそうだ。実際、時刻表を見ると、七時三十分頃に婚約者の女性を置き去りにしたウェストが、一番最初に乗れた列車は八時十五分であることがわかった。

「さて、ワトスン、事件を筋道たてて再現してみようではないか」三十分もの間、ずっと沈黙を続けていたホームズが、やっと口を開いた。「これまで君と一緒に手がけてきた事件の中でも、今回ほど謎の多い事件はなかったように思う。やっとひと山越えたかと思うと、そのたびに、目の前には、新たな峰《みね》が立ちはだかっている。とはいえ、すこしずつ前に進んでいることだけは間違いない。

ウリッジで調べたところでは、カドガン・ウェスト青年に不利な材料がほとんどだった。ただし、窓辺での発見に限っては、ウェストが白だといえそうな可能性をほのめかしている。まず、ウェストが外国のスパイから接触を受けたとしよう。ただ、それは絶対に口外してはならないという、厳しい取り決めでの話だ。しかし婚約者に漏らした発言内容からもわかるとおり、ウェストも誘いにはだいぶ心も傾いたらしい。ここまでは問題ないね。次に、この若い女性と連れ立って劇場に向かっている最中に、ウェストは深い霧の中に、思いがけず、問題のスパイが事務室の方向に歩いていく姿を見かけたと考えてみよう。彼は性急《せいきゅう》な男で、決断も早い。任務を果たすためには、すべてを投げうったのだろうね。泥棒を追跡したのだ。窓の外のところまで来た時に、泥棒が設計図を盗み出すのを目撃し、泥棒のあとをつけた。こう考えてみると、設計図の写しを作れるのに、なぜウェストが設計図の実物をわざわざ苦労して盗み出したのかという反論は崩れる。部外者だからこそ設計図の実物を盗む必要があったのだ。ここまでは、これでつじつまが合う」

「で、次はどうなるのかね」

「ここから先は、一筋縄ではいかない。カドガン・ウェスト青年がこういう状況で、まずどういう行動をとるだろうかと想像してみればいい。まずこの犯罪者をつかまえ、大声で人を呼ぶだろう。ではなぜそうしなかったのかだ。ひょっとすると、設計図を盗んだのは職場の上司ではなかったのだろうか? これが真実だとすると、ウェストのとった行動にうまく説明がつく。さらに、泥棒上司がひどい霧の中で、うまくウェストをまいてしまったと仮定してみるのはどうだろうか。そこで、相手に逃げられたウェストはただちにロンドンへ向かった。彼はスパイの自宅がどこにあるかを知っていたとすれば、先まわりしてつかまえようと考えたのだろう。何ひとつ告げず、婚約者をそのまま霧の中に置き去りにしてしまったほどに事態はさしせまっていたのだ。としても、ぼくたちの臭跡《しゅうせき》も、ここで急に臭いがうすれてしまう。いま説明した二つの仮定も、ポケットに七枚の設計図を入れて、メトロポリタン線の列車の屋根に置かれていたウェストの死体の状況との間に、つながりを見いだすことはできないよ。今、ぼくの直感からいうと、事件は別の線から探っていくのがよさそうだね。もし、マイクロフトから、すでに住所の一覧表が届いていれば、その中からぼくたちの目ざす男を選び出せるかもしれないから、その両方からたぐり寄せてみよう」

まさしく予想どおり、ベイカー街ではメモがわたしたちを待ち受けていた。政府専《せん》属《ぞく》のメッセンジャーが大至急で届けてくれていた。ホームズはざっと目を通すと、わたしに渡した。

雑魚《ざこ》どもは多数、だが、あれだけの大仕事を遂行《すいこう》するような大物は少ない。注目すべき人物は以下のとおり。

アドルフ・メイヤー、ウェストミンスターのグレイト・ジョージ街十三番。
ルイ・ラ・ロティエール、ノッティング・ヒルのキャンプデン・マンションズ。

ヒューゴウ・オーバーシュタイン、ケンジントンのコールフィールド・ガーデンズ十三番。[58]

最後に挙げたオーバーシュタインは月曜日にはロンドン市内にいたが、現在はロンドンを発ったとの報告あり。闇に光明を発見とのこと、こちらも満足。内閣も君からの最終報告を一日千秋の思いで待っている。まことに尊《とうと》きお方よりも、矢の催《さい》促《そく》が届いている。必要とあらば、国家は総力をあげての支援態勢《しえんたいせい》を取る。

マイクロフト

「おそれいったよ」ホームズは笑いを浮かべて言った。「女王陛下《へいか》の馬、兵隊が総がかりでも、今回の事件にはまったく役立たずだ」彼は愛用のロンドンの大地図を広げると、身を乗り出し、熱心に見入った。「そうか、なるほど」まもなく、こう満足そうに漏らした。「そろそろ、好運がいくぶん、ぼくたちのほうに向いてきた。そう、ワトスン、いずれ、ぼくたちが勝利を収めることは確実だと、心から信じているよ」と、彼は突然、はしゃぎ始め、わたしの肩を叩いた。「ぼくは、これからちょっと、出かける。しかし、ほんの偵察《ていさつ》だけだ。ただの偵察だ。ぼくの腹心の友である伝記作者がそばにいない時に危い橋は渡らないよ。君はここにいてくれたまえ。一、二時間で戻ってくるよ。暇《ひま》を持てあましたらフールスキャップ判の紙とペンを用意して、ぼくたちが国家をいかに救ったかの執筆にでもとりかかってはどうかね」

わたしが知る限りでは彼がこれほど上機嫌になることはめったにない。いつも渋い顔をして、厳格なようすのホームズがこれほど喜ぶのには、それなりのわけがあるので、わたしまで明るくなってしまった。十一月の夜長、わたしは、今やおそしと、彼の帰りを待ち続けた。九時を少し回ろうという頃、ようやく、メッセンジャーがメモを届けに来た。

ケンジントンのグロースター通り。ゴルディーニ・レストラン[59]にて夕食中。店まで、すぐ来て合流されたし。金てこ[60]、ダーク・ランタン[61]、ノミ、それに回転式連発拳銃《レヴォルヴァー》一丁、持参されたし。

S. H.

依頼の道具類は、善良な一市民が、霧におおわれた薄暗い街路を持って歩くには、まったく結構すぎる品々であった。しかし、わたしは道具類を残らず、オーバーの中に用心深く隠して、指示された場所まで、馬車をまっしぐらに走らせた。けばけばしい派手なイタリア・レストランの、入口付近の小さな丸テーブルにわが友は座っていた。

「何か食べてきたかね？　そう、それなら一緒にキュラソー入りコーヒーを飲もうか。(62)それに、ここの店主のお薦《すす》めの葉巻をすってみないか。これがなかなか悪くない。例の道具は持ってきてくれたね」

「ぼくのオーバーにしっかり納《おさ》まっている」

「すばらしい。ぼくがした事をざっと説明しておこう。今から行なおうとしているあらましも含めてね。ワトスン、君にもうはっきりしただろうけれど、あの青年の死体は地下鉄の列車の屋根にのせられていたのだ。このことは、死体が列車の中からではなくて、屋根から落下した事実をぼくが明らかにした瞬間にははっきりしていた」

「陸橋《りっきょう》から落としたという可能性は？」

「それは不可能だろう。列車の屋根部分を調べてみればわかるが、少し丸みを帯びていて、しかも周囲の柵《さく》が全然ない。だからカドガン・ウェスト青年はそこに置かれた、という結論しか考えられない」

「でも、どうやって列車の屋根などに置けたのだろう」

「それが、どうしても解かなくてはならない課題なのだ。可能性はひとつだけ考えられる。地下鉄の線路はウェスト・エンド地区の数ヶ所で、トンネルから出て地上を走っていることは、君も知っているね。以前、あの線に乗った時に、たしか、頭のすぐ上に時おり家の窓を見たような記憶がある。そこで、もし列車がこういう窓のある場所の下に停車したとしよう。その屋根の上に死体を置くのは難しいだろうか？」

「どうもありそうもない話だね」

「他のあらゆる可能性が成り立たないとしたら、どんなにありえないように見えても、残っているのが真実だ、という昔からの大原則に頼る必要がある。今、他の可能性は全部否定されてしまったではないか。ロンドンを発ったばかりだという外国のスパイの大物が、地下鉄の線路に接して立つ家並みの一角に住んでいるという情報を知って、ぼくが喜んだので、君は突然のうかれ騒ぎに少し驚いたようだったね」

「ああ、そういうわけだったのか、そうか」

「そうさ、そういうわけだ。そして照準を合わせた先がコールフィールド・ガーデンズ十三番に住むヒューゴウ・オーバーシュタインだ。ぼくが作戦を開始したのはグロスター・ロード駅だったが、そこの職員の一人が実に気持ちよく協力してくれたので、線路上を一緒に見て回ることができて、満足のいく情報が得られたよ。それで、コールフィールド・ガーデンズの家々の裏階段の窓があの地下鉄の線路に面していることと、さらにもっと決定的な事実が、ひとつわかった。実は、あの場所の付近で地下鉄線と鉄道の幹線《かんせん》の一つが交わる点に当たっているために、地下鉄の列車は、ちょうどその場所で、頻繁《ひんぱん》に、数分間ほど停車して待機するということなのだ」

「すばらしいね、ホームズ！　やったね！」

「いや、ここまでだけはね。前進したが、ゴールはまだ先の話だ。それで、ゴールフィールド・ガーデンズの建物の裏手を調べてみてから、ぼくは正面にまわって、鳥が本当に飛び立ったことを確かめて満足した。家は相当の広さだが、ぼくの判断では、上の階には家具調度が備えられていない。オーバーシュタインは、身の回りの世話をする独身のボーイ一人と住んでいた。おそらく、このボーイは秘密を知っている共犯者だろうね。ここで知っておかなくてはいけないのは、オーバーシュタインが大陸に出かけたのは高飛びしたというわけではなく、今回の戦利品の処分が目的だったということだ。そもそも、彼にしてみれば、まさか逮捕の危険があるとは夢にも思っていないし、それどころか、アマチュアから家宅捜査を受けるなど考えも及ばないだろうからね。そして、ぼくたちがこれから実行しようとしているのが、その家宅捜査そのものなのだ」

「正式な逮捕状をとって、法にのっとってはできないのかい」

「ほとんど証拠がないのだよ」

「何をしようというのかい」

「どんな連絡文書がでてくるかわからないからね」

「ぼくはそういうことを好まないね、ホームズ」

「ねえ、ワトスン、君は通りで見張ってくれればいいよ。非合法な仕事はぼくが引き受ける。つまらないことにかまっている場合ではないんだ。マイクロフトからのメモ、海軍省、内閣《ないかく》、それに、首を長くして朗報《ろうほう》をお待ちの尊いお方のことを忘れないでくれたまえ。ぼくたちには前進あるのみだ」

テーブルからさっと立ち上がるのが、わたしの答えだった。

「君の言うとおりだ、ホームズ。ぼくたちは前進するしかないね」

彼はとび上がると、わたしの手を握った。

「ぼくも、君が最後の瞬間になってしりごみしたりしないと信じていたよ」

そう言うホームズの目には、一瞬、わたしがこれまで見たことのない、やさしい感情がただよった。けれども、次の瞬間には、支配的で実務的なホームズに戻っていた。

「半マイル（約八〇〇メートル）ほどの所にあるが、あせって行くこともない。まあ、歩こうか」と、彼は言った。「例の道具だけは落とさないようにね。君が怪しい人物だと疑われて逮捕でもされるとめんどうなことになる」

コールフィールド・ガーデンズというのは、ロンドンのウェスト・エンド地区によく見られる、正面に出っ張りがなく、柱廊式《ちゅうろうしき》ポーチが付いた、ヴィクトリア朝中期の典型的な建物の家並みのひとつであった。隣の家では子どもたちのパーティがたけなわなのか、幼い歓声が聞こえ、ピアノの音が夜の闇の中に響《ひび》き渡っていた。霧は低く垂れ込めたまま、わたしたちをやさしく包みこんでいた。ホームズは持ってきたラン

タンに火をつけると、がっしりしたドアを照らした。
「ちょっとこれは厄介《やっかい》な仕事だ」と、彼は言った。「錠をおろしてあるだけでなく、かんぬきもしてある。地下の勝手口にまわったほうがよさそうだ。あそこの下にトンネル状の通路があるから、万一、仕事熱心な警官が来ても見つからない。ワトスン、ちょっと手を貸してくれたまえ。ぼくのほうも手を貸すからね」
すぐにわたしたちは地下に回った。陰に入ると同時に、巡回の警官の足音がわたしたちの頭上の霧の中で響いた。

その低い足音が遠ざかると、ホームズは地下の勝手口のドアをこじあけにかかった。屈みこんで、いろいろ試していたが、やがて、カチリと音がしてドアがあいた。と同時に、わたしたちは薄暗い廊下に飛び込み、うしろ手にドアを閉めた。そこからはホームズが先を行き、じゅうたんの敷かれていない、曲がり階段を上に進んだ。ホームズの持つランタンの小さな扇形《おうぎがた》の光が、低い位置にある窓を照らし出した。

「ワトスン、とうとう着いた。ここがその場所に違いない」彼は窓を開け放った。その瞬間、ざーという低い騒音《そうおん》が聞こえてきて、それが徐々に大きくなり、けたたましいうなりに変わった。そして、目の前の暗闇を列車が通り過ぎていった。ホームズはランタンの明りで窓の桟《さん》をすっかり照らして見せた。通過する列車から吐き出されるすすが厚く積もっていた。しかし、ところどころ、そのすすの色がこすられて薄くなっている。

「彼らがどこに死体を置いたのかわかるだろう。やや、ワトスン、これはなんだろう？　ああ、これはまさしく血痕《けっこん》だ」彼は窓枠にそってかすかに変色している跡を指さした。「この石段にも血痕がある。証拠は完璧だ。列車がここに停車するまで待ってみよう」

待ったのはわずかな時間だった。すぐ次の列車が、先ほどと同じように轟音《ごうおん》を立ててトンネルから現われると、あからさまに速度を緩《ゆる》め、ブレーキをきしませ、わたしたちの真下でぴたりと止まった。見ると、家の窓から客車の屋根までの間はわずか四フィート（約一・二メートル）にも満たなかった。ホームズは窓をそっと閉めた。

「ここまでは推理したとおりだった」と彼は言った。「君はどう思うかね、ワトスン」

「名人芸だ。君も、これほどすばらしいお手並みは他にはなかったね」

「それには賛成できないね。列車の屋根に死体をのせるという、ぼくの説は、さほど深遠《しんえん》なものとは言えないが、いったんこれを思いついてしまえば、後の推理は当り前のことばかりだ。もし、重大な国益《こくえき》がからんでいなければ、事件のこれまでの経過は取るに足らないものだ。本当の山場はこれからだよ。ただ、ここでも何か役立つものが見つかるかもしれない」

　わたしたちふたりは台所の階段を上がり、二階の部屋に入った。最初の部屋は食堂になっていて、家具調度も質素で、注意を引くようなものは見当たらなかった。次は寝室で、同じくがらんとしていた。最後の部屋には期待が持てそうだったので、ホームズも順番に調べ始めた。本や書類が散乱していたので、書斎《しょさい》に当てられていたのだろう。ホームズは手ばやく、しかもぬかりなく調べていた。家具の引き出しを次々にあけ、いくつもある戸棚も残らず点検し尽くしたのだが、その厳しい表情を明るくするような喜びの色は浮かんでこなかった。一時間も経っても、少しの進展もなかった。

「実に抜け目がない奴で、少しもしっぽをつかませない」と彼は言った。「追及されそうな証拠類など、まったく残していない。重大な連絡文書は処分したか、どこかへ持っていったようだ。これが最後の頼みだ」

それは、書きもの机の上に載っていた、ブリキ製の小さな金庫だった。ホームズはこれをノミでこじ開けた。中には何枚かの巻き紙に、意味不明の数字や計算式がびっしりと書き込まれたものが入っていた。判読のための説明はついていない。それでも、「水圧」「一平方インチ当りの圧力」といった表現が繰《く》り返し見られることから、内容はおそらく潜水艦に関係があるのだろう。ホームズはいらいらしたようすで、この巻き紙を一枚残らず放り出した。すると、何枚かの小さな新聞の切りぬきの入った一枚の封筒が金庫に残った。その封筒の中身をテーブルの上に振って落とすとたちまちホームズの顔付きは熱気を帯び、期待に胸をふくらませているようであった。

「なんだろう、これは、ワトスン？　ええ？　いったいなんだろうか。新聞広告に続けて載った通信だ。印字と紙質から見て、『デイリー・テレグラフ』の私事広告欄《アゴニイ・コラム》(63)だ。ページの右上隅にあるものだ。日付はないが、伝言の内容から順序は歴然としている。これが最初に違いない。

『至急連絡せよ。条件は承諾《しょうだく》。カードの住所へ詳細報告を。――ピエロ』

次に来るのがこれだ。『複雑で説明不可能。完全な報告が必要。品物と引替えに現ナマ渡す用意あり。――ピエロ』

そしてこれだ。『事態緊急。未契約《みけいやく》なら約束破棄《はき》。面会日時、手紙で指定せよ。広告にて要再確認。――ピエロ』

そしてこれが最後だ。『月曜夜九時以降。二度ノック。他人同席せず。心配無用。品物と引替えに現金払い。――ピエロ』

ほぼ内容は全部そろっているね、ワトスン！　あとは、相手の男をつきとめればいいのだ！」彼はこう言うと、考えに没頭し、時おりテーブルを指で鳴らした。しばらくすると、いきなり立ち上がった。

「そう、ここまでくれば、あとはそれほどむずかしいことはないだろう。ワトスン、ここはもう用済みだ。デイリー・テレグラフ社に馬車でまわれば今日の仕事も無事終了だ」

翌日の朝食後、待ち合わせたとおり、マイクロフト・ホームズとレストレイド警部が来た。シャーロック・ホームズはふたりに前日の仕事内容を話して聞かせた。わたしたちが家宅侵入の件を告白すると、本職の警部は呆れはてた。

「警察もそういうことはできませんね、ホームズさん！」と、彼は言った。「われわれをしのぐめざましい成果を挙げるのも、そういうことをしているのならば当り前でしょうな。やりすぎると、いつかあなたもご友人もひどい目にあいますよ」

「『イングランド、わが麗《うる》わしのふるさと』――ねえ、こう言わなかったかな、ワトスン。つまり、わが祖国の祭壇《さいだん》に捧げられた殉教者《じゅんきょうしゃ》さ。ところでマイクロフトは、この結果をどう思うかね」

「見事だ、シャーロック！　本当によくやってくれた。それで、調査結果をどう使おうというのかな」

ホームズはテーブルの上の「デイリー・テレグラフ」紙を取り上げた。

「ピエロの今日の広告を見ましたか」

「えっ、なんだって、また出たのか」

「そう、ここにある。『今夜、同時刻、同所。二度ノック。最重要懸案《けんあん》。生死の危機にかかわる。――ピエロ』」

「これは、すごい！」と、レストレイド警部も叫んだ。「それに応じてくれれば、即刻、逮捕ですね」

「そのつもりでぼくが新聞に出してみたのです。八時頃に、コールフィールド・ガーデンズにふたりともご同行願えれば、おそらく事件の解決に一歩近づけるでしょう」

シャーロック・ホームズの性格の中できわだった特徴《とくちょう》のひとつであり、つくづく感心させられるのが、頭の切り替えの早さである。仕事にかじりついていても能率よく働けないと、いったん悟《さと》ると、たちまちにして、頭脳の活動を完全に休ませて、切り替えた全神経をひたすら気晴らしに向けることができるのだ。忘れがたい運命のあの日にしても、彼は一日中、とりかかっていた「ラッススのポリフォニック・モテト(64)（多声部聖歌曲）」に関する小論文の執筆に没頭していた。これに対して、わたしのほうはそれほど無関心になれる能力に恵まれておらず、したがって、その日が無限に長いように感じられた。この問題の国家的重要性、国家政府の上層部の憂慮《ゆうりょ》、それに、今わたしたちの試みている実験の大胆さ、こうしたことが重なり合って、わたしの神経もすり減ってしまった。そこで、軽い夕食を済ませたあと、ようやく冒険を目ざして出発となった時には、わたしもほっとした。レストレイドとマイクロフトとには約束どおり、グロースター・ロード駅の外で落ち合った。オーバーシュタインの家の地下にある勝手口のドアは前の晩に開けたままになっていたが、柵を乗り越えて入る方法をきらって、マイクロフト・ホームズが断固拒否したので、わたしがわざわざ、先に中に入り、正面玄関のドアの鍵を開けるはめになった。九時までには、全員が書斎の椅子に腰を下ろし、相手が来るのを、今か今かと待った。

一時間が経ち、また一時間が過ぎた。十一時を教会(65)の大時計が告げた時には、規則正しく鳴るその時報が、無情にわたしたちの希望の挽歌《ばんか》を奏《かな》でているかのようであった。レストレイドとマイクロフトの両人はいらいらして、懐中時計を、一分間に二度も見る始末であった。ホームズは黙ったまま、落ち着いて、眼を半分閉じてはいたが、全身の神経を張りつめていた。と、はっと顔を上げた。

「来たな」彼は言った。

忍び足で玄関の前を通り過ぎていく足音がした。すぐにまた、足音は戻ってきた。足をひきずるような動きの物音がドアの外で聞こえたかと思うと、今度はノッカーで強く二回叩く音がした。ホームズは立ち上がったが、わたしたちにはそのまま座っているようにと身振りで指示した。玄関ホールのガス灯の照明が一つ、ぽつんとともっているだけだった。彼が玄関のドアを開けると、さっと黒い人影が入り込み、ホームズはすばやくドアを閉めて、鍵をかけた。「こちらへ！」ホームズの声が聞こえてすぐ、男がわたしたちの前に現われた。ホームズは男のすぐ後に続いており、男はぎょっとして悲鳴を上げ、身をひるがえした。ホームズは男のえり首をつかみ、部屋に放りこんだ。男が立ち直らないうちにドアが閉められ、ホームズがドアを背に仁王立ち《におうだ》となった。男は一瞬あたりを睨《にら》みまわしたが、ふらふらとよろめき、とうとう気を失って床に倒れこんだ。そのショックで、幅広の帽子は飛び、口元を覆っていたスカーフはずり落ちた。長く、薄目のあごひげを生やし、やさしく、ハンサムで、せんさいな顔はなんと、ヴァレンタイン・ウォールター大佐だった。

ホームズも、驚いて、口笛をひとつ鳴らした。

「今回だけは、ぼくがとんだまぬけだと、君に書かれても、文句も言えないね、ワトスン」と、彼は言った。「この男は、ぼくが考えていた相手ではなかった」

「これは誰だね？」マイクロフトは真剣になって尋ねた。

「亡くなった潜水艦設計部の部長、サー・ジェイムズ・ウォールターの弟です。なるほどねえ、相手の手のうちが読めたぞ。意識がもどったようだ。訊問はわたしに任せてもらえますね」

わたしたちは、ぐったりとしたウォールター大佐を長椅子まで運んだ。今やとらわれの身の大佐は、やっと座り直し、おじ気づいた顔つきで周りをおずおずと見回すと、自分が見るものも、聞くものも信じられないとでもいうように、額をこすった。

「これは、いったいなんのまねですか？」と、彼は聞いた。「わたしはただ、オーバーシュタインさんに会いに来ただけですよ」

「ウォールター大佐、すべてはもうわかっているのですよ」と、ホームズは言った。「立派なイングランド紳士がこういうまねをするとは、理解に苦しみます。君とオーバーシュタインとの連絡のやりとり、取り引きの内容は、わかっています。カドガン・ウェスト青年の死の状況もすっかりわかっています。ひとこと言わせてもらえば、ここで、あなたも心から反省し、すべてを白状して、わずかでも、心証をよくしておいてはどうですかね。じかに、あなたの口から聞かせてもらわなくてはわからない、事件の詳細も残っています」

男は低いうめき声を上げ、両手に顔を埋めた。しばらく、わたしたちは待ってみたが、黙り込んだままであった。

「いいですか」と、ホームズは言った。「重要な事実はひとつ残らずわかっています。あなたが金に困って苦しんでいたこと、兄上が保管していた鍵の合鍵を、あなたがひそかに作ったこと、オーバーシュタインと取り引きを始め、あちらから『デイリー・テレグラフ』紙の広告欄《らん》を通じてあなたの手紙に対する回答があったこと。こういった点はすべて調べがついています。それに、月曜日の夜、あなたは深い霧の中を機密室まで行きましたね。しかもその時、カドガン・ウェスト青年に目撃され、尾行された。ウェストは、以前からあなたの様子がどうも変だと疑いをかけていたようでした。ウェストは、あなたが設計図を持ち出すのを見届けたものの、ロンドンの兄上のところへ持って行くという可能性も考えられないこともないので、その場で人を呼ぶわけにもいかなかったのです。国を思う一国民としての義務に忠実だったウェストは、自分の私用を打ち捨て、深い霧の中、あなたのあとをつけ、この家まで来た。それから、彼は犯行を止めさせようと、行動に出たのです。そして、ウォールター大佐、あなたはそのとき国家への反逆罪の上に、さらにもっと恐ろしい殺人の罪を重ねてしまったのです」

「わたしではない、わたしではありません！　神にかけて、わたしではありません！」哀《あわ》れな囚人は、こう叫んだ。

「それでは、聞かせてもらおうか。あなたたちが列車の屋根にのせる前に、カドガンが亡くなった時のようすを」

「話します、全部お話しします。それ以外のことはすべて、たしかに、わたしがいたしました。白状します。そのいきさつはまったく、あなたのおっしゃるとおりでした。わたしは株で失敗して、多額の借金をこしらえてしまいました。どうしても、金が必要だったのです。そんな時、オーバーシュタインから、五〇〇〇ポンド（約一億二〇〇〇万円）の申し出を受けたのです。それがあれば、破産せずにすみます。しかし、人殺しについては、わたしは絶対に無実です」

「では、何がおきたのですか」

「ウェストは、前からわたしに疑いの目を向けていて、今の説明のとおり、わたしのあとをつけて来ました。ですが、わたしのほうは、この家のあのドアのところに着くまで、あとをつけられているのにまったく気づきませんでした。霧のひどい晩で、三ヤード（三メートル弱）先も見えないありさまでした。二度、わたしがドアをノックすると、オーバーシュタインがすぐ玄関に来ました。すると、あの青年が現われて、あなたたちは設計図をどうするつもりなのだと、迫りました。オーバーシュタインは、いつも短い護身用《ごしんよう》仕込み杖を持ち歩いていました。わたしたちのあとについて、無理に入り込もうとしたので、彼はウェストの頭を打ちすえました。一撃で即死状態でした。五分もしないうちに死んでしまいました。玄関のホールに死体が横たわり、わたしたちもどうしたらよいものかと頭を抱えてしまったわけです。すると、オーバーシュタインが裏手の窓の下に停車する列車を利用するという、アイデアを思いついたのです。しかし、まず、彼はわたしが届けた設計図を点検しました。そして、そのうちの三枚だけがどうしても必要で、ぜひ手もとにおきたいと言いました。『それは駄目です』とわたしは言いました。『設計図を戻しておかなければウリッジは大騒ぎになります』『いや、取っておく』と、彼は言いました。『こういう細かい専門的な図面の写しを取るような、時間の余裕はない』と、彼は言い張りました。わたしは言いました、『それなら、今夜中に全部返さなければならない』オーバーシュタインはしばらく考えてから、いい考えがある、と大声を上げたのです。『それなら三枚は、わたしが持っていて』と、彼は言いました。『残りは、この若い奴のポケットに押し込んでおけばいい。そうすれば、発見されたときに、今回のことはすべてが、こいつの犯行ということになる』わたしにも、それ以上のいい案もないので、言われたとおりにしました。わたしたちは窓際で、地下鉄の列車が来るまで、三十分ほど待ちました。非常にひどい霧でしたから、なにも見えません。それで、列車の屋根にウェストの死体

を降ろすのにも、なんら支障《ししょう》はありませんでした。事件のことで、わたしが知っていることは、本当にこれだけです」

「あなたの兄上は？」

「何も言いませんでしたが、わたしが、兄の保管していた鍵を持っているのを、兄に見つかったことが一度ありました。兄も不審を抱いたのに違いありません。そのことは兄の目つきを見ただけでも、わかりました。すでにご存じでしょうが、それから、兄はもう二度と威厳を保てなくなったのです」

沈黙がしばらく続いた。口火を切ったのはマイクロフト・ホームズだった。

「君も、犯してしまった罪の償《つぐな》いをしたらどうかな？　気持ちも楽になるし、ことによると刑も軽くなるかもしれない」

「どうしたら償いができるのでしょうか？」

「設計図を今持っているオーバーシュタインの居所は？」

「知らないのです」

「住所は教えてもらっていなかったのかね」

「手紙は、パリのホテル・ルーヴル宛てに送れば届くことになっている、と言われていました」

「それなら、償いはできるではありませんか」シャーロック・ホームズが言った。

「わたしにできることなら、何でもいたします。あの男には何の好意も感じてはいません。そもそもわたしの身の破滅《はめつ》も転落もあの男のせいだ」

「ここに紙とペンがあります。この机に座って、わたしの言うとおりに書いてもらいましょう。封筒の宛て名の住所はオーバーシュタインに教わったままで。そう、それでいい。それでは、本文は、『拝啓《はいけい》　先日の取り引きの件に関しては、おそらく推察《すいさつ》されているとおり、重要情報が一つ、足りませんでした。その欠落を補う写しはすでに入手済みです。ただし、入手には特別な手間が要りましたので、五〇〇ポンド（約一二〇〇万円）の前払いをお願いしたい。郵便での送金には不安があるので、支払いは金貨または紙幣《しへい》での手渡しを条件としていただきたい。こちらが出向いてもいいが、現在わたしが国を離れてはとかく噂が立つ懸念《けねん》があります。ついては、土曜日正午にチャリング・クロス・ホテルの喫煙室《きつえんしつ》で会うことにしたい。支払いは、イングランド紙幣か金貨以外では受け取らないということをお忘れのないように』

そう、それで、いいです。まさかこれで、わたしたちの相手をおびき出せないなどということはないでしょう」

そしてまさしく、そのとおりにうまくいった。今ではもう、過ぎ去った歴史の一部となってしまったが――公式の正史とは違い、一国のこの裏面史というものほど、人間臭く、興味をかきたてられるものはないだろう——一世一代の大仕事と意気込んでいたオーバーシュタインは、まんまと罠《わな》にかかり、あえなく御用となった。結局、英国監獄に十五年の間しっかりと閉じ込められてしまった[66]。彼が所持していたトランクからは、かけがえのない、問題のブルース－パーティントン型潜水艦の設計図が発見された。ヨーロッパ各国の海軍相手に、高値で売却《ばいきゃく》をしようと交渉中《こうしょうちゅう》だったのである。

ウォールター大佐は、刑期を勤めて二年が過ぎようとする頃に、獄死《ごくし》した。一方、ホームズはといえば、気分一新、再び、ラッススのポリフォニック・モテトの専門論文の執筆にとりかかった。その研究成果はのちに、私家本として限定部数が印刷されたが、論文は専門家筋からも、これまでの研究の中でもっとも権威あるものだと絶賛された。事件が終わって数週間後に、わが友がウィンザー城を訪問し、一日を過ごしてきたという話を、わたしはたまたま小耳にはさんだ。帰って来た時には、なんとも見事なエメラルドのタイ・ピンをつけていた。本人に買ったのかと尋ねたところ、さる高貴なご婦人から頂戴《ちょうだい》したのだと答えた。このご婦人のために、ちょっとしたお勤めを果たしたからだというだけで、それ以上は明かしてはくれなかった。わたしにもこのご婦人が誰であるかは、想像にかたくなかった。これから先、このエメラルドのタイ・ピンを見るたびに、わが友も[67]、「ブルース－パーティントン設計図」事件のことを思いおこすことになるのだろう、とわたしは思った。

悪魔の足

挿絵　ギルバート・ホリデイ

シャーロック・ホームズ氏との長年にわたる、親しいつきあいの中で、わたしは実にさまざまな珍しい経験や興味深い思い出を時おり記録してきた。その記録に際して、いつも困難に直面させられるのは、彼が世間に知られ、有名になることを好まないことであった。暗い性格で、だから、皮肉屋のホームズにとっては、あらゆる世間の喝采《かっさい》は常にうとましいものだった。だから、彼自身が事件をみごと解決し、発覚した真相を警察関係者にゆずりわたし、世間の人たちが筋違いの称賛をすることに、いつも冷笑を浮かべ、黙して語らないのが、わが友の何よりもの楽しみだというのだ。近年わたしがごく少数の事件しか発表してこなかった理由はまさしく、わが友の特有のこの態度によるのであって、けっして、おもしろい材料が種切れになったためではない。こうして、彼の手がけたいくつかの事件にわたしが携《たずさわ》ってこられたのは、一貫して私の特権ではあったものの、それだからこそ慎重で控え目にならざるをえないのだ。

そういうこともあって、先週の火曜日に、ホームズから次のような電報をもらった時に――ホームズは電報を使えるところではけっして手紙を書いたりしないのだが

――わたしはかなり驚いた。

「これまで扱った中で最も奇怪な事件であった『コーンワル地方の恐怖』の記録を公表されたし」彼の心にどういう記憶が突然蘇《よみがえ》ったのか、あるいは、どのような気まぐれに駆《か》られて事件を公《おおやけ》にしたくなったのかは、わたしにはまったく見当がつかなかった。しかし、先ほどの件はキャンセルだとの電報がいつ舞《ま》い込んでくるかもしれないので、さっそく大あわてで、事件の正確な詳細《しょうさい》を語るメモの類《たぐい》を探し、その詳《くわ》しい物語を読者の方々にお目にかけることにした。

一八九七年の春、それまで、鋼鉄《こうてつ》のように頑丈《がんじょう》だったホームズの肉体が衰弱《すいじゃく》の兆候《ちょうこう》を見せ始めた。非常な正確さを要する絶え間のない激務に加え、時々陥《おちい》りがちな生活習慣の不摂生《ふせっせい》(68)がたたったためなのか、いくつかの症状が現われてきたのだ。この年三月、ハリー街(69)のムーア・エイガー医師は――彼とホームズとのドラマチックな出会いについては、後日筆を改めて書く機会もあるかと思う――、体を壊し、取り返しのつかない事態になりたくないのなら、この有名な私立探偵は即刻いま抱えている事件からいっさい手を引いて、厳格な静養《せいよう》生活を送りなさいという厳しい指示を与えた。ホームズにとって自分の健康はつゆほども気にかけない、二の次のことだった。なぜなら、彼は精神をまったく別物のように、肉体からすっかり切り離し、いくらでも、超《ちょう》然《ぜん》として精神集中を続けることができたからである。そうはいっても、二度と仕事ができなくなるとまで脅《おびや》かされて、やっとのことで転地療養《りょうよう》に同意した。こうして、その年の早春に、わたしたちふたりは、コーンワル半島の突端《とったん》に位置する、ポールデュー湾《わん》(70)近くの、小さな小別荘に赴いたのである。

そこはいささか風変わりで奇妙な場所ではあったが、それがわが患者のむずかしい気分とよく合ったようだった。滞在していた家は、白い漆喰《しっくい》の小さな建物で、草深い岬《みさき》の上に立っていて、そこの窓からは、帆船を一飲みにしてしまう死の罠《わな》として、古来より恐れられてきたマウンツ湾(71)の、不吉な趣《おもむき》が漂う、半円形の全容を眼下に一望できた。湾にそそり立つ、黒々とした絶壁、大波の逆巻く暗礁《あんしょう》が、どれほど多くの船乗りの命を奪ってきたことだろうか。それでも、静かな北風がやさしく吹く日和《ひより》には、風はさえぎられ、穏やかそのもので、嵐に翻弄《ほんろう》されて苦しんだ船を、安全と保護を求めて進路を変更し、近づくように誘惑する。

ところが、いったん一陣《いちじん》の風がおこって渦巻き、南西からの暴風が吹き荒れ始めるや、錨《いかり》を下ろしてあっても船は漂い始め、やがて風下の岸に吹き寄せられ、ついには波立ち荒れ狂う大波に飲み込まれて、あえない最期を迎えてしまう。少しでも賢明な船乗りなら、けっして近づこうとはしない、恐ろしい海域なのである。

眼下の海と同じように、家の周囲の景色も、気が滅入《めい》るばかりの陰うつさだった。人気もない、暗褐色《あんかっしょく》の荒野が起伏《きふく》を見せながら続くだけだ。わずかに、ぽつんぽつんと教会の塔《とう》が見受けられ、かろうじてそこに古びた村があるのを示していた。荒野の四方に目にすることのできるのは、跡形もなく消滅してしまった古代の種族が、かつては確かに暮らしていた事実をかろうじて指し示す痕跡《こんせき》であった。奇怪な巨石の記念物、遺体の灰を納《おさ》めた種々雑多な形や大きさの古墳群《こふんぐん》、先史時代にも戦闘があったことを偲《しの》ばせる不思議な土の塀《へい》。今はもう忘れられた種族が醸《かも》し出す無気味な雰囲気に包まれ、不思議な魅力《みりょく》と謎に満ちたこの土地は、ことのほかわが友の想像力を刺激したようで、彼はもっぱら荒野を長く散歩し、独り静かな瞑想《めいそう》にふける時間を多く過ごした。それに古代コーンワル語にも熱中した。今でも記憶に残っているが、彼の説では、この古代コーンワル語はカルディア語に類しており(72)、錫《すず》の取り引きをしていたフェニキア人が貿易により古代コーンワル語の多くをもたらしたのだというのである。その頃、彼は言語学の本を委託貨物で受けとり、この学説を完成しようと準備にとりかかっているところだった。が、その矢先、私にとっては悲しく、彼にとってはいつわらざる喜びだったのだが、この夢幻《むげん》の地でのんびり過ごす、わたしたちの目と鼻の先の所で、事件が発生し、わたしたちをそれに巻き込んだのだった。しかも、この事件は、われわれをロンドンから引き離した数々の他の難事件と比べて、緊迫感《きんぱくかん》も不思議さも、はるかに上まわる怪事件であった。わたしたちの送っていた素朴な暮らしぶり、穏やかで健康回復にかなった日常生活はにわかにかき乱され、次々におこる事件のただ中に引き込まれてしまったのだ。事件のあまりの異様さに、地元コーンワルのみならず、イングランドの西部全域までもが興奮《こうふん》の渦に巻き込まれた。おそらく、読

者の中にも、「コーンワル地方の恐怖」として当時騒《さわ》がれたこの事件のことを、まだ覚えておられる方は多いだろう。しかしながら、その当時のロンドンの新聞に伝わり、発表された事件内容はかなりずさんなものであった。そして、十三年の年月を経て、ここに初めて、信じがたい事件の詳細を公表することになったわけである。

先ほど記したように、コーンワルのこの地域にあるいくつかの教会の塔だけが、そこに小さな村々がぽつぽつと点在しているしるしであった。わたしたちの所から一番近い集落はトレダニック・ウォラス村で(73)、そこには数百人の住民が暮らす、小さな家々が、昔からあった苔《こけ》むした教会の周囲にむらがっていた。この教会の教区牧師を務めていたのがラウンドヘイ氏で、考古学の趣味《しゅみ》をもっており、そんなことから、ホームズが知り合いになったようであった。郷土《きょうど》の伝説をよく知っているラウンドヘイ氏は、よく肥《こ》えた、人当たりのいい、中年の人物であった。彼からわたしたちは牧師館でのお茶に招かれた。その席上でモーティマー・トリゲニス(74)という男とも友人になった。仕事をしていなくても経済的にはなんら心配のない紳士で、不規則に広がっている大きいだけの牧師館の部屋を数室借り受けることにより、牧師の貧しい収入をいくらか潤《うるお》わせていた。独身である牧師と、やせぎすで、肌は浅黒く、めがねをかけ、しかも明らかに身体障害を思わせるほどに猫背で、いつも前かがみのこのトリゲニス氏との間には、共通点などまったく見つからなかったが、牧師は契約《けいやく》には喜んでとびついたのだった。この時、わたしたちは牧師館には短時間しかいなかったが、牧師が口数が多く、やかましかったのに対し、借家人の紳士のほうは妙に無口であり、寂しげな表情を変えずに、少しも視線を相手に合わすこともなく、ひとり物思いにふけっている風情で、内にこもりがちな人間という印象が、わたしの記憶に残った。

三月十六日、火曜日、わたしたちの小さな居間に不意に飛び込んできたのが、この二人であった。ちょうど朝食を終えたところで、わたしたちは、食後の、煙草《たばこ》の一服を楽しみながら、これから、日課となっていた荒野へ散歩に出かけようとしていたところであった。

「ホームズさん」と、うわずった声で、牧師はこう言った。「夜のうちに、なんとも異常で悲惨《ひさん》な事件がおこったのです。途方もないできごとです。あなたが今この時、この場にいらっしゃるというのは、どう考えてみても、神様のお計らいとしか思えません。なにしろ、このイングランド広しといえども、わたしたちがまさに必要とする、そのあなたがここに来ておられるのですから」

突然侵入して来た牧師を、わたしはあまり友好的ではない目つきでにらみつけてしまったが、ホームズのほうは、吹かしていたパイプを唇から素早くはずし、椅子《いす》の上でその居住まいを正した。それはさながら、狐《きつね》がいたぞという狩人の特別な呼び声を聞きつけた猟犬《りょうけん》のようであった。で、ホームズが長椅子にすわるよう手招きをすると、興奮のあまりふるえている牧師と、落ち着かない連れの男は並んで腰をかけた。モーティマー・トリゲニスは、牧師に比べれば、まだ冷静さを保っているようにも見受けられたが、小刻《こきざ》みに震《ふる》えるやせた手と、黒い目が異様に光っているのを見れば、ふたりが共通の心配を抱いていることは明らかだった。

「わたしが話しましょうか。それとも、あなたが?」トリゲニスは牧師に尋《たず》ねた。

「そう、現場がどのような状況だったかは別にしても、あなたが第一発見者で、牧師さんはその後でお知りになったようですから、あなたからお話し願えますか?」と、ホームズは言った。

いかにもあわてて身じたくをしてきた牧師と、その横に座っていて、きちんと服を着ている下宿人の二人をちらりと眺めると、ホームズが見せた初歩的な推理に驚いているのが顔に表れているので、おかしかった。

「おそらく、はじめに、わたしから、少々お話ししたほうがよいかと思いますが」と、牧師が言った。「その後で、トリゲニスさんからじかに詳しい話を聞く必要があるか、あるいは、奇怪な事件の現場にさっそく向かっていただいたほうがよいのかをお決めいただきましょう。では、わたしが少し説明いたします。ここにいる私の友人は、昨夕は、兄弟のオーウェン[75]とジョージ、それに妹のブレンダ[76]と、トレダニック・ウォーサ[77]にある彼らの家で過ごしておられました。その家は荒野の中の、古代の石の十字架が残っている場所の近くにあります。食堂のテーブルですこぶる元気に上きげんでトランプ遊びをしていた三人を残して、十時を少し回った頃、トリゲニスさんは家路につきました。今朝、早起きのトリゲニスさんは、朝食前の散歩で、兄弟の家のある方角へ歩いていました。そこへ、後ろからリチャーズ医師が馬車で追いついた。なんでもトレダニック・ウォーサからすぐ来てくれと、呼び出されたのだそうです。何事かと、当然、モーティマー・トリゲニスさんも医師の馬車に乗ってトレダニック・ウォーサまで急行してみると、そこで待ち受けていたのは、とてつもない異常な修羅《しゅら》場《ば》でした。なんと二人の兄弟と妹は、昨晩、そこを出た時と寸分違《すんぶんたが》わぬ状態のままテーブルのまわりに腰かけていたのです。兄弟たちの目の前にはトランプのカードが並べてあり、ろうそくは台座まで燃えつきていました。妹は、椅子にのけぞって座ったまま、固くなって死んでいて、その両脇にいた兄弟は笑い転げたり、わめいたり、大声で歌ったりと、完全に正気を失っている模様でした。亡くなった女性も、異常をきたした二人の男性もみな、顔の表情は、想像を絶するような、極限の恐怖に取り憑《つ》かれてしまったかのようでした。見るも恐ろしい、引きつった恐怖を浮かべていたというのです。建物の中には他に誰もいる気配はなく、ただ、この家で料理や家事をして働いている、年老いた使用人のポーター夫人がいるだけでした。彼女も夜の間は、ぐっすり眠っていて、物音など何ひとつ聞いていないと証言しました。それに、盗まれたものもなく、家の中が荒らされた跡もまったくないのです。ですから、どうして、女性が恐怖のあまり死んでしまい屈強の男性二人が精神に異常をきたしたのか、その説明はどうにも思い当たりません。ホームズさん、簡単に言えば、こういう状況でした。この事件をなんとか解明していただければ、これほどありがたいことはないのですが」

わたしとしては、わが友の静養のためにこの地に来たのだから、元の静かな生活に戻るようにと、言い聞かせようと思ったが、眉《まゆ》を寄せて精神を集中させているその表情を見せられてしまえば、そのような期待がいかにむだなことかはすぐにわかった。わたしたちの平穏な生活を乱した、この奇怪な事件の虜《とりこ》になり、彼はしばらくは押し黙ったまま座っていた。

「この事件をお引き受けしましょう」ようやく、彼は口を開いた。「聞いたところでは、たいへん特異《とくい》な事件のようですね。ラウンドヘイさん、あなたはご自分で現場に行かれましたか」

「いいえ、ホームズさん。トリゲニスさんが牧師館に知らせに来て、わたしはあなたに相談に乗っていただこうと、そのまま大急ぎで、一緒に飛んでまいりました」

「この異常な惨劇《さんげき》がおきたという家までは、ここからどのくらいありますか？」

「一マイル（約一・六キロメートル）ほど奥に入った所です」

「それでは一緒に歩いて行きましょう。ですが、出かける前にいくつか質問をさせてもらいます、モーティマー・トリゲニスさん」

トリゲニスはずっと黙ったままで、しっかりと興奮を抑えているように見えたが、その興奮ぶりは実は牧師のあらわな感情よりももっと激しいものだったのを、わたしは見逃さなかった。青い顔色の顔の表情は固くこわばり、不安げな視線でホームズを見つめ、重ね合わせているやせた両手は震えを見せていた。自分の肉親に突然降りかかった悲劇の話を牧師が語るのを聞いている最中にも、真っ青になった唇は小刻みに震えていた。その黒い目の表情も、何か現場の恐ろしさを物語っているようであった[78]。

「ホームズさん、なんなりとお聞きください」と、彼は真剣に言った。「話すのはつらいのですが、真実をお話しします」

「昨夜のことをお聞かせください」

「はい、ホームズさん、牧師さんのお話のとおりで、わたしはあの家で夕食をとりました。そのあと、長兄のジョージがトランプのホイスト・ゲームをしようと言い出しました。ゲームをはじめたのは九時ごろです。十時十五分に、わたしは帰ろうと腰を上げました。他の皆はまだテーブルを囲んでいて、実に楽しそうでした」

「見送ったのは誰でしたか」

「ポーター夫人も寝ていましたので、自分で家を出ました。出てから、玄関のドアを閉めたのです。皆がいた部屋の窓は閉まっていましたが、ブラインドは降りていませんでした。今朝になっても、ドアや窓に異状はありませんでしたし、家に不審な者が侵入したようなようすはまったくないのです。ところがです、たしかにみんな同じ部屋に座ってはいましたが、何かの恐怖で正気を失い、ブレンダは頭を椅子の肘掛《ひじか》けにもたせかけたままの姿勢でこと切れていました。もう一生、どんなことがあろうとも、わたしの頭から、あの部屋の光景を消すことはできないでしょう」

「お話の事実はたしかに驚くべきものです」とホームズは言った。「あなたご自身には、なぜそのようなことがおきたのか何か思い当たるふしはありませんか」

「悪魔の仕業《しわざ》です、ホームズさん、悪魔です！」モーティマー・トリゲニスは叫んだ。「この世のことではありません。何かが部屋に入り込んで、兄弟たちの理性を一気に奪い去ってしまった。こんな仕業が人間にできるとでもお思いですか」

「ではありますが」と、ホームズが言った。「それが人間の業ではないということでしたら、わたしにもいかんともしがたい事柄《ことがら》ということになります。超常現象だとかたづける前に、わたしたちは、自然界の現実問題として、事件解明を図《はか》らなければなりません。トリゲニスさん、あなたご自身のことですが、あなたとあなたのご兄弟の間には何か仲たがいがあったようですね。それでご兄弟の三人の方は一緒におられるのに、あなただけが別の所に住んでいる」

「はい。ホームズさん、それはそのとおりですが、仲たがいはもう過去の話で、今はなんの問題もありません。わたしたち家族はかつてレッドルースの錫鉱山(79)を経営していましたが、この事業権を別の会社に売却し、その金で、引退しても暮らしておれるのです。財産の分配にまつわる、感情のもつれがなかったとは申しません。たしかに、そういうわだかまりが一時ありましたが、それもお互いすっかり水に流し、和解できて、以前にも増して、本当に仲良くなったのです」

「事件のおきた晩に一緒にいらしたわけですが、この痛ましい事件の解明の手がかりになるような何か変わったことを思い出せませんか。よく考えてみてください、トリゲニスさん。どんなことでもかまいません、捜査の助けになりますからね」

「いや、まったく思い当たりませんが」

「あなたのご兄弟の気分は普通でしたか」

「はい、もうこの上ないくらいでした」

「みなさんは、もともと神経質の傾向はありませんでしたか。また、将来の危険を気にしているようすは見られませんでしたか」

「いいえ、まったくありませんでした」

「ほかに何か参考になりそうな追加はありませんか」

モーティマー・トリゲニスは真剣な面持ちで、しばらく考えていた。

「一つだけ思い出したことがあります」と、ようやく彼は言った。「同じテーブルに座っていた時、わたしは窓を背にして座っていました。ジョージはわたしとゲームの仲間を組んで、窓に向かって座っていたジョージが、一度、わたしの肩越しにじっと目を凝《こ》らしているのに気づきました。わたしも振り返って、見てみました。窓は閉めてありましたが、ブラインドは上がっていまして、芝生にある灌木《かんぼく》が見えました。一瞬、茂みの中を何かが動いたような気がしたのです。それが人なのか、動物なのかも、何とも言えないほどですが、何かがいたことだけは確かな気がしました。ジョージに何かを見たかと聞いたところ、やはり、同じように感じた、と言いました。それで全部なのですが」

「そのことをご自分で調べてみなかったのですか？」

「いえ、それほどの重大事とは思いませんでしたから」

「ご兄弟と別れる際に、何か不吉な予感でもしませんでしたか」

「いえ、まったく」

「どうして、今朝あれほど早くに事件を知ったのかがよくわからないのです」

「わたしは早起きでして、いつも朝食前に散歩をします。今朝も散歩に出かけましたが、何歩も歩かないうちに、医者が馬車で追いつきました。そして、ポーター老夫人から少年が遣《つか》わされて、大至急来て欲しいとの連絡があったというのです。わたしも脇に飛び乗り、馬車を急がせました。着いてすぐ、あの恐ろしい部屋に入りました。ろうそくも暖炉《だんろ》の火も、何時間も前からとっくに消えていたようで、兄弟たちは暗い部屋に夜明けまでずっと座り続けていたのでしょう。医者の話では、ブレンダが亡くなってから、少なくとも六時間以上は経過しているとのことでした。辺りには争ったような形跡はまったくありませんでした。妹は恐ろしい形相をして、頭を椅子の肘掛けにもたせかけたままの姿勢で、のけぞっていただけです。ジョージとオーウェンはいろんな歌の断片を大声を張り上げて歌ったり、二匹の大きな猿のようにわけのわからないことをわめき散らしているではありませんか。まあ、なんともおぞましい光景でした。わたしもどうにも見ていられませんでした。医者もシーツの色のように蒼白《そうはく》になって、失神でもしたかのように、椅子に崩れ込んでしまいましたので、わたしたちが、そちらの面倒まで見るようなありさまでした」

「驚くべきことです！　いや、まったく驚くべきできごとだ！」と、ホームズは腰を上げ、帽子を取りながら言った。「おそらく、一刻も早く、トレダニック・ウォーサへ急行したほうがいいでしょう。正直に申し上げて、わたしも、このようにはじめからこれほど異常な様相を見せる事件には出会ったことはほとんどありません」

一日めの朝の捜索《そうさく》では、ほとんど捜査の進展がなかった。しかし、これほどおぞましい事件はないだろうという強烈な第一印象がわたしに残った。惨劇がおきた現場へ続く道は、曲がりくねった、狭い田園の小路であった。それを歩いて進んでいくと、馬車が近づいてくる音が聞こえたので、わたしたちはわきに寄った。横を通り過ぎていく馬車の閉まった窓ごしに見えたのは、恐ろしく引きつった表情で、にやにやと意味不明の笑いを浮かべながら、しかも、視線はじっとこちらをにらみつけている顔だった。凝視《ぎょうし》する大きな目、歯ぎしりの音が聞えてきそうな形相が、まるでおそろしい幻影《げんえい》のように通り過ぎていったのだ。

「兄さんたちだ！」モーティマー・トリゲニスは声を上げたが、唇《くちびる》にいたるまで顔は真っ青になっていた。「ヘルストン(80)へ連れていかれるのだ」

わたしたちも、がたがたと音を立てて進む黒塗《くろぬ》り馬車の後ろ姿を、恐れを抱きつつ、しばらく見送っていた。それから、わたしたちは再び、二人の兄弟が不幸な運命に遭《あ》った、その呪《のろ》われた館へと向かった。

家はかなり広く、明るい感じの建物だった。小さな家というよりは別荘風で、広い庭園もあり、そこにはコーンワルの日ざしの下に春の花々が咲き乱れていた。この庭に面して、問題の居間の窓があった。モーティマー・トリゲニスによれば、その窓から、恐ろしい何ものかが侵入し、その恐怖のあまり、一瞬にして兄弟三人は精神に異常をきたしたに違いないというのだった。ホームズはまず、考え深げに、ゆったりと花壇《かだん》の中を歩き、小道を進んで、玄関まで行った。その間、一心に考えつづけていたのだろう、ホームズが水桶《みずおけ》につまずいて、その中にあった水で、わたしたちの足や小道を濡《ぬ》らしてしまったことを、わたしは憶《おぼ》えている。家に入ると、地元のコーンワル人の年とった家政婦、ポーター夫人が、同じく使用人の若い娘の助けを借りて家事をこなしていた。彼女は、ホームズの質問に進んで答えてくれた。彼女はあの夜は何の

物音も聞いていないと言った。最近、主人たちの精神状態もすこぶるよく、皆、これほど調子のいいことはないというくらい陽気ではつらつとしているように見えたと証言した。朝に、居間に入り、テーブルを囲んでいる三人のあの恐ろしいようすを見て、恐怖のあまり気を失ってしまったと言った。気がつくと、まず、窓を開け、新鮮な朝の空気を入れてから、すぐさま小路を駆けて、農場で下働きをしている少年に言いつけ、医者を呼びにやったのだった。対面したいのなら、女主人の遺体は二階に安置されている。また、二人の兄弟を精神病院の迎えの馬車に乗せるのは、屈強《くっきょう》な男が四人がかりの大仕事だったと説明した。(81) 彼女自身もこの家には、もう一日たりともいたくないので、セント・アイヴスにいる家族と暮らすために、その日の午後には出発するつもりでいると述べた。

わたしたちは二階へ上がり、遺体を見た。ミス・ブレンダ・トリゲニスは、中年にさしかかっていたが、かつてはかなり美しい娘だったと思われた。肌の浅黒い、目鼻立ちのきりっとした容貌《ようぼう》は、亡くなってもまだ生前の美しさを保っていた。しかしまた同時に、この世で彼女が最後に感じた、すさまじい恐怖の色をも留《とど》めていた。わたしたちは彼女の寝室を出ると、下におりて、あの奇怪な惨劇がおきた現場である居間へ入った。火床には一晩中燃えていたまきの燃えがらがあった。テーブルには、燃えつき、溶けた跡を見せる四本の燭台《しょくだい》が立っていて、トランプも、点々と広範囲に散ら

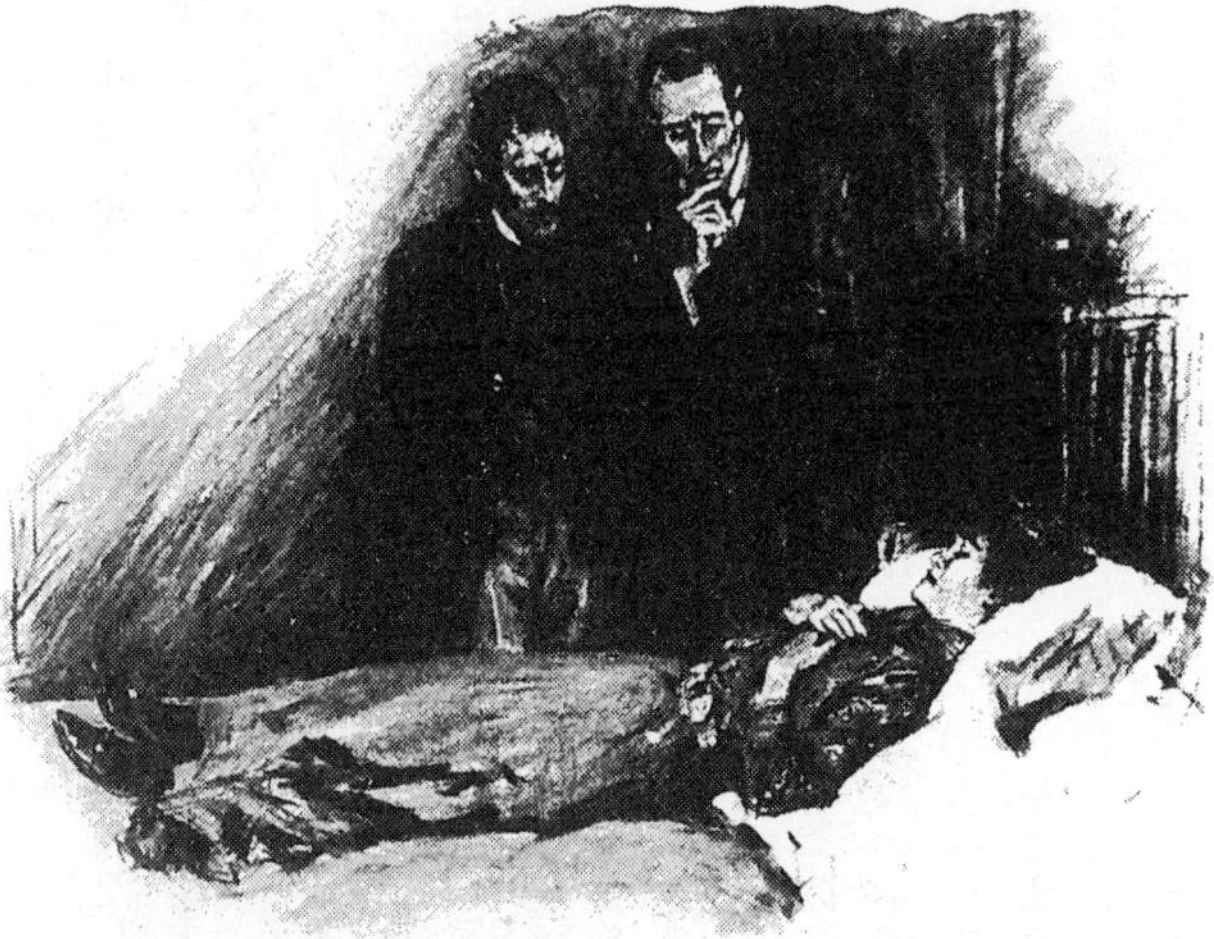

ばっていた。椅子は壁側に寄せてあったが、それを除けばすっかり、前の夜のままなのだ。ホームズは部屋を軽やかな足どりで歩き回った。そこにあったいくつもの椅子をテーブルに引き寄せ、さまざまな位置を再現してみて、実際に腰かけてもみていた。そして、そこから、庭がどれほど眺められるのかを試した。また、床、天井、暖炉を入念に確かめた。しかし、ただの一度も、彼の目は輝かず、口元をきりりと引き締めるという表情の変化を見せるようなこともなかった。闇の中に光を見出すには到らなかったのだ。

「なぜ暖炉に火を入れていたのですか」彼は一度だけ質問した。「春の夕べに、この小さな部屋ではいつも暖炉に火を入れていたのですか」

昨夜は寒くて、しめっぽかったのでわたしが着いたあと、火を入れたのです、とモーティマー・トリゲニスは説明した。「ホームズさん、このあとはどうなさるおつもりですか」と、彼は尋ねた。

わが友は笑みを浮かべ、わたしの腕に手をかけた。「ワトスン、君がタバコ中毒と言って非難してやまない儀式を、そろそろ始めるとしよう」と彼は言った。「それではみなさん、わたしたちはこのへんでわが家へ戻らせていただきましょうか。ここではもう、新しい事実が見つかるようにも思えません。トリゲニスさん、わたしはこれから、今までにわかった事実をいろいろと検討してみます。何か大事なことが出てきましたら、あなたと牧師さんに必ず連絡します。それではごきげんよう」

ポールデューの小別荘に戻ると、ホームズはかたくなに沈黙を守っていたが、口を開いたのはそう長時間後ではなかった。彼は安楽椅子にとぐろを巻くように身を沈め、そのままずっと考えにふけり、タバコの紫煙《しえん》の中で、濃い眉をひそめ、額にしわを作り、目は焦点を失い、どこか遠くでも眺めているような、そのやつれた厳格な顔が、煙の中にゆらめいて浮かんでいる。彼はようやくパイプを置いたかと思うと、さっと立ち上がった。

「もう、やめだ、ワトスン！」軽い笑い声を上げて、彼は叫んだ。「海べりの崖《がけ》にでも散歩に出かけてみようか。火打ち石でできた矢じりでも探してみよう。この事件の謎を解く鍵《かぎ》を見つけるよりも、そのほうがずっと楽そうだからね。充分な証拠材料もなく、頭を絞《しぼ》るのは、エンジンの空ふかしだ。そういうことを続ければ、空中分解してしまう。この潮《しお》の香り、太陽、それから忍耐がそろっているし、あとは、果報《かほう》は寝て待てというところかな」

「さてと、現状を冷静に見きわめてみよう、ワトスン」ふたりで崖の縁をたどっていると、ホームズは話の続きを始めた。「これまでに得られた、わずかばかりの情報の確認をしておこう。そうすれば、新しい事実が明らかになっても、事件のしかるべき場所にしっかりと位置づけることができるはずだ。まず初めに、人間界へ悪魔が入りこんでくるという考えは、君にもぼくにもないという点をはっきりさせよう。だから、そういう説は論外《ろんがい》だ。これでよし。そうとすれば、故意《こい》なのか偶然なのかはわからないが、三人もの人が人間の力によって恐ろしい危害を受けたことは確かだ。これは動かしがたい事実だ。では、いつこれがおきたかだ？　モーティマー・トリゲニスの証言が正しいとすると、彼が問題の部屋を後にした直後というのは明白だ。これは見逃してはならない大事な点だ。おそらくは、数分後と推定される。トランプがテーブルに載っていた。いつもの就寝《しゅうしん》時間も過ぎていた。テーブルの席も変わっていないし、椅子を後ろへずらしてもいなかった。もう一回くりかえすよ、事件発生は、昨晩、トリゲニスが出た直後で、夜十一時にならない時刻におきたはずだ。

当然、次の段階は、モーティマー・トリゲニスが部屋を出てからとった行動をできるだけ検証することになる。しかし、これはむずかしくないし、これといった疑惑もないことがわかった。ぼくのいつもの捜査方法がどのようなものであるのかは、君もよく知っているだろう。さきほど、ぼくが、みっともない格好で、水桶につまずいたのが芝居だったことくらいは気づいてくれただろうね。あれで、トリゲニスの足跡を他のやり方で取るよりもずっと鮮明に採取できたのさ。濡れた砂地の小路だったから、見事なもんさ。昨日の夜も湿《しめ》っていたから、あの男の足跡がわかったので、他の人間の足跡と区別がついて、足どりをたどっていくことができた。結局、トリゲニスは、牧師館に向かってまっすぐ戻っただけのようだ。

モーティマー・トリゲニスはその場にいなかった。とすると、外部からの人物が、トランプ遊びに打ち興《きょう》じていた者たちに何かをしかけたとするなら、犯人はどういう人物で、どのような方法で、あれほどの恐怖を与えたのかだ。ポーター夫人はおそらく除外していいだろう。彼女は人に害を与えるような人物ではない。それでは、何者かが庭側の窓辺に忍び寄って、何か恐ろしい手段を用いて、目撃した者の正気を奪うほどおじけさせることができたというような証拠はあるだろうか。ただひとつ、その線で考えられる可能性は、モーティマー・トリゲニスの証言にしかない。それによれば、兄が庭で何かが動いたのを見たというものだ。昨夜は、雨が降っていたうえに、雲もあって、闇夜だったから、これは注目に値するね。あそこにいる人たちの肝《きも》を冷やそうと思えば、たとえば、姿を見られないように注意しながら、突然、窓ガラスに自分の顔を押し付けてみせるというのはどうだろうか。あの窓の外は三フィート（約一メートル）ほどの幅の花壇だったが、足跡は見つからなかった。とすると、外部からの侵入者が、外にいたまま、部屋にいる三人全員にあれほどの恐怖を与えたとは考えにくい。そもそも、あれほど奇妙な効果を上げるようなことを企てる動機《どうき》もまったく不明だ。これが、ぼくたちが直面している、解きがたい謎だ。ワトスン、君にもわかるね」

「それはまったく、わかりきっている話だよ」わたしも、自信を持って答えた。

「けれども、もう少し事実が集まりさえすれば、その謎も解いてみせることができるだろうよ」と、ホームズは言った。「君の膨大《ぼうだい》な事件の記録をよく探せば、今回の事件に負けないくらいの難事件が、いくつか見つかるだろうね。ひとまず、正確な情報がもう少し集まるまで、事件のことは脇に置いておこう。どうかね、午前中の残りの時間は、新石器時代の古代人遺跡《いせき》でも、探してみようじゃないか」

わが友の頭の切り替えが、いかに早いかについては、これまでにも何回か語ったことがあると思うが、コーンワルで迎えたこの春の朝ほど、その能力に驚かされたことはなかった。あれからホームズは、先史人類の石斧《せきふ》類(82)、矢じり、土器の破片などの話題について、二時間はたっぷり講釈《こうしゃく》をした。それも、懸案《けんあん》になっている無気味な事件の解決など、まったくどこ吹く風といった調子であった。午後になって、小別荘に戻ると、客がひとり、わたしたちの帰りを待ちわびていた。この客の訪問のおかげで、わたしたちはさっそくかかわっている事件の現実に引き戻されてしまった。訪問客が何者かについては、わたしたちには尋ねるまでもなかった。巨大な体つき、深い皺《しわ》の刻み込まれた、荒々しい顔、鋭い眼光《がんこう》、鷹《たか》のように尖《とが》った鼻、この小別荘の天井をブラシがけしそうな白髪、そしてあごひげ。そのあごひげはいつも吸う葉巻のニコチンの汚れを除くと口の周りは白くなっていて、あごの先のほうは金色だった。これはアフリカのみならず、ロンドンでもよく知られている顔だ。強烈な個性で有名なライオン・スターンデイル博士(83)、ライオン狩りの名手で探検家、まさしくその人であった。

このあたりに住んでいるという噂《うわさ》は耳にしていたし、荒野の細道を歩いている背の高い姿を一、二度、見かけたこともあった。しかし、向こうからは近づいてくる素振りも見せなかったし、こちらもそういう気になったことはなかった。そもそも、スターンデイル博士が冒険旅行の合間のおかたを、ここのビーチャム・アリアンス(84)の寂しい森の奥に隠れた、小さな山小屋で暮らしているのは、人づきあいのいらない、まったくの孤独な生活が気に入っているからだと、広く知られていた。ここで、彼はもっぱら書物と地図類に埋もれて、自分の質素な暮らしに留意《りゅうい》するだけで、周りの住民のことにつゆほどの関心もいだかず、完全な一人住まいを貫いていた。したがって、その彼が、あの不可解な事件がどこまで解明されているのか、と真剣きわまる話しかたでホームズに尋ねたのに、わたしは驚いた。

「地元警察では、にっちもさっちもいかないようだが」と、彼は言った。「だが、あんたなら、豊富な経験にものをいわせて、納得のいく説明をつけておられるのではないかと期待している。ぶしつけに、立ち入ったことを聞かせてもらおうというのも、実は、ここにたびたび滞在を繰《く》り返すにつれ、トリゲニス一家とはごく親しい間柄《あいだがら》になったからなのだ。もともと私の母はコーンワル出で、トリゲニスとは母方のいとこに当たるので、あの異様な事件には、わしもひどく衝撃《しょうげき》を受けた。さらに言わせてもらえば、わしはアフリカに向かおうと、プリマス港まで行ったのだが、今朝、突然に事件の一報が舞い込んできた。それで捜査に何か役立つかもしれんと、まっすぐに、舞い戻ったわけだ」

　ホームズは眉を上げた。

「それではご予定の船に乗り遅れてしまったでしょう」

「次の船に乗るつもりだ」

「ほう！　それはまた、ずいぶんと友情にお厚いことです」

「今、親戚だと話したところだろう」

「そうでしたね。母方のいとこということでしたね。荷物は船に積み込んでおしまいですか」

「いくらかは。しかしおおかたはホテルにある」

「そうですか。とはいっても、この事件のことはプリマスの朝刊には出なかったはずですが」

「そう、そのとおり。電報を受け取ったのだ」

「どなたからのものでしょうか」

探検家のやせた顔に一瞬、険《けわ》しい陰りが浮かんだ。

「ホームズさん、それではまるで尋問《じんもん》じゃないか」

「これが仕事ですので」

スターンデイル博士はやっとの思いで、落ち着きを取り戻した。

「話して問題ないとは思うが」と、彼は言った。「牧師のラウンドヘイさんだ。あの方が帰ってくるようにと電報を打ってくれたのだ」

「ありがとうございます」と、ホームズは言った。「あなたの初めの質問には、こうお答えしましょう。事件の見通しは完全には立っていませんが、解明には自信があります。今の段階では、それ以上のことは申し上げられません」

「しかし、誰を容疑者として考えているのかくらいは、教えてもらえないのか」

「いいえ、そのことについては、なんともお答えできません」

「では、まったくの無駄足だったというわけか。それなら、ここにいたってしかたがない」かなり気分を害したようすで、この高名な博士はわたしたちの小別荘からすたすたと出て行った。そして五分もしないうちに、ホームズは彼のあとをつけていた。そのまま夕方まで戻らず、戻って来た時には、足どりも重く、疲れきった顔つきで、調査にはたいした成果もなかったことが見てとれた。ホームズ宛《あ》ての電報が届いているのを見て、これに目を通すと、暖炉に投げ込んだ。

「プリマス・ホテルからだよ、ワトスン」と、彼は言った。「ホテルの名前を牧師から聞いて、電報でライオン・スターンデイル博士の話が本当かどうか確認してみたのさ。昨夜はそのホテルに滞在したことは間違いなさそうだ。荷物をアフリカに送る手配をしていて、一部は送ってしまったのも確かだ。しかし、事件の捜査に立ち会おうと、本人だけがこちらへ戻って来た。ワトスン、君はどう思うかい」

「事件に深い関心を持っているね」

「深い関心をね、それは言える。まだ、ぼくたちがつかみそこねている糸口があるはずで、それさえつかめば、なんとか事件の複雑なもつれも解けるだろう。がんばろう、ワトスン。大事な事実がまだ見つからないだけだ。見つかれば、きっとぼくたちの難事件も早期《そうき》に解決するさ」

このホームズの予想がさっそく的中しようとは、思いもよらなかった。しかも、わたしたちの捜査の方向を新たに切り開いてくれる新局面があれほど異様で、いまわしいものになろうとは予想もできなかった。この日の朝、わたしが、窓際に立ってひげを剃《そ》っているときに、馬のひづめの音が聞こえてきたので、視線を上げてみると、軽二輪馬車《ドッグ・カート》が猛《もう》スピードで近づいてくる。馬車は玄関先で止まると、あのなじみの牧師が飛び降りて、庭の小道を走ってきた。ホームズはすでに身じたくを終わっていたので、ふたりで牧師を迎えた。

来訪者の興奮ぶりはひどく、しばらくは口をきくのもままならず、やっとのことで、あえぎつつも猛然《もうぜん》と、痛ましい事のいきさつを話し出した。

「わたしたちは悪魔にのろわれています、ホームズさん！　わたしのあわれな教区は悪魔にのろわれているのです！」と彼は叫んだ。「サタンはしたい放題に暴れまわっています。わたしたちは完全に悪魔の手中に落ちてしまいました！」彼は興奮状態で、まるで踊《おど》っているかのように、むやみに手足をばたつかせ、その真っ青な顔色や、恐れおののいた目つきに気づかなければ、ただ滑稽《こっけい》なようすと映ったであろう。そしてようやく、恐ろしい報告を早口で語った。

「モーティマー・トリゲニスさんが昨夜亡くなりました。そして、あの一家とまったく同じ症状でした」

ホームズはさっと立ち上がると、一瞬で体中の全神経を張りつめた。

「あなたの馬車にわたしたち二人を乗せてもらえますか」

「はい、もちろんです」

「では、ワトスン、朝食は後回しにしよう。ラウンドヘイさん、わたしたちはお役に立てられるように全力を尽《つ》くします。さあ、急いで——急いで、現場が荒らされないうちに」

下宿人が間借していたのは、牧師館の隅にある、上下の二部屋で、一階が大きな居間で、上が寝室になっていた。部屋はクローケー[85]用の芝生に面していて、この芝は窓際まで続いていた。医者も警察も到着する前に着いたので、現場はすべて原状のままであった。ここでは、三月のもやの立ちこめたその朝に、わたしたちが目撃したとおり正確に、犯行現場の状況を報告するつもりだ。あの時の印象はわたしの記憶からぬぐい去られることは決してないだろう。

まず、部屋の空気が重く淀《よど》み、ひどく息苦しくて、我慢ならなかった。最初に部屋に入った使用人がすぐさま窓を開け放ったというから、そうしておかなかったら、空気ははるかに耐え難かったはずである。中央のテーブルの上のランプ[86]が、ちかちかと燃え残り、煙が立ち上っていたせいでもあるのだろう。テーブルのすぐわきで、自分

の椅子にのけぞった姿勢で座ったままで男は死んでいた。薄いひげのはえたあごを突き出し、めがねは額に押し上げられ、やせて浅黒い顔を窓の方に向け、その顔付きといえば、妹のブレンダが死んだ時に見せていた、あの恐ろしい苦《く》悶《もん》の表情と同じであった。手足も異様にねじれ、指も曲がりくねって、何かすさまじい恐怖にでも取り憑かれたようにして、死んでいったことを想像させた。服は普通に着ていたのだが、あわただしく身じたくをしたようなようすであった。被害に遭ったトリゲニスは夜、ベッドにきちんと寝ていたこと、悲劇的最期を迎えたのは早朝であったということは、すでに聞いていた。

見た目にはいつも無気力なホームズだが、犯行現場に入った瞬間から急に別人のようになったその姿を見れば、ホームズの内には脈脈《みゃくみゃく》とした情熱が潜《ひそ》んでいることに、誰でも気づくはずだ。彼は、まったく一瞬のうちに、緊張感に満ち、全神経は研《と》ぎすまされ、眼光をぎらつかせ、顔付きはきりりと引き締まり、手足は、はやる気持ちからか、かすかな震えを見せていた。庭の芝生に飛び出したかと思うと、窓から部屋に入り込み、部屋中を見て歩き、また今度は、寝室に駆け上がり、そのようすは、藪《やぶ》から獲物を追い出しにかかる、あのフォックスハウンドさながら(87)であった。ホームズは、寝室でも、手がかりを求めて、すばやく辺りを嗅《か》ぎ回り、最後は窓を開けて、外を眺めると、何か注目を引くものでも見つけたのか、うれしそうに歓声を上げた。それからまた、下の階へ駆け降り、開いている窓から外へ出ると、芝生に身を投げ出し顔をつけていたかと思うとさっと立ち上がって、再び部屋に入り直した。きびきびと動きまわる、獲物に迫《せま》る狩人《かりうど》のようであった。居間にあったランプはなんの変哲もない、ふつうの標準仕様であったが、ホームズはこれを特別丹念《たんねん》に調べ、台座部分の寸法まで取っていた。ほやの上にかぶさる滑石《タルク》(88)のふたについては、ルーペをのぞきこんで、徹底的に点検していた。それから、その上側の表面にこびりついている灰を削《けず》り取って、封筒に保存し、手帳の間にはさみこんだ。ようやく医師と警察官が姿を見せると、ホームズは牧師に合図をして呼び、わたしと三人で芝生に出た。

「幸いなことに、これまでのわたしの捜査はまったく実りがなかったというわけではありません」と、彼は述べた。「これ以上ここにいて、警察の方と事件に関して意見の交換をするわけにはいきません。しかしラウンドヘイさん、できましたらお願いしたいのですが、警部にはよろしく伝えてもらい、寝室の窓と、居間にあるランプには、特に注意をするように伝えてください。それぞれに大事な意味合いがあり、しかもそれらの証拠を重ね合わせて考えれば、結論は見えたも同然ですからね。警察のほうで詳しい情報が必要だというのであれば、わたしは小別荘にいますから、喜んで会いましょう。さてと、ワトスン、ぼくたちはここより他へ行ったほうがよさそうだよ」

警察としては、素人《しろうと》ごときが現われ、事件に首を突っ込んでいるのが気に入らないのか、それとも、警察側の捜査が順調にいっていると自信を持っているのか、それから二日経っても、警察からは何も言ってこなかったことだけは確かである。ホームズはというと、小別荘にいて、タバコを吹かしながら、何事か夢想にふけっていたりしたが、それより多かったのが、山野の散策に出かけることだった。しかも、もっぱら独りで出かけてしまい、何時間も行ったまま戻らないのに、どの辺を巡《めぐ》ってきたかというような話は一言も話してくれなかった。ただ、ひとつの実験から、どの角度から捜査を推し進めているかが、わたしにも了解できた。悲劇の発生した朝、モーティマー・トリゲニスの部屋で燃えていたランプと同じ形のランプを買い込んできて、これに牧師館のあの部屋で使われていたものと同じ灯油《とうゆ》を入れた。火をともし、燃え尽きるまでにどのくらい時間がかかるのかを、ホームズは正確に測ったのである。ホームズの試みたもう一つの実験はひどく不気味な実験になってしまい、忘れたくとも忘れられないものとなった。

「ワトスン、君もよく覚えているだろうけど」と、ある昼下がり、ホームズはこう話し始めた。「これまでさまざまな証言があったが、内容でたったひとつ一致を見ている事実がある。それは、どちらの事件の場合にも、第一発見者が問題の部屋に入った時の、中の空気の与えた影響《えいきょう》についてだ。ほら、モーティマー・トリゲニスも証言していたね。兄弟の家に駆けつけて、部屋に入った際に、医者のほうが気を失いかけ、椅子に崩れ落ちたと言ったではないか。ねえ、君は忘れてしまったかい。ぼくは自信をもってそうだったと言えるよ。それと、家政婦のポーター夫人も、部屋の中に入った瞬間に気絶してしまい、しばらくしてから、窓を開け放したと証言していたね。二度めの事件、つまりモーティマー・トリゲニス自身の場合だけれど、ぼくたちが急行してみると、メイドがすでに窓を開け放っていたにもかかわらず、ひどい息苦しさを感じたことを、君も忘れはしないだろう。それに、後で調べてみたところでは、そのメイドも気分が悪くなって、自分のベッドに寝込んだそうだ。とすれば、ワトスン、こうした事実から、ひとつの推定ができる。どちらの事件をとっても、毒ガスが充満《じゅうまん》していたのは明らかだ。二回とも室内では燃焼《ねんしょう》が進行していた。最初の事件では暖炉の火、次の時にはランプだった。暖炉がたかれていたのはうなずけるが、ランプのほうは、使われた油の量の比較でわかるのだが日が昇って、すっかり明るくなってから、火がつけられたのだ。なぜだろうか。火が燃えていたこと、息苦しい空気が充満していたこと、それに、精神異常や死がこれら不幸な人々に訪れたこと、この三つの事実にはなんらかの因果関係がある。はっきりしているじゃあないか」

「そのようだね」

「とにかく、作業仮説として考えていいだろう。そこで、どちらの事件でも、なんらかの物質が燃やされ、これが、奇怪な結果を引きおこす有毒な気体を発生させた(89)ものと考えられる。いいね。トリゲニス一家が被害を受けた最初の事件では、その物質が暖炉に入れられた。窓は閉めきってあったが、出てきた気体が煙突を通ってあるていどは逃げただろう。だから、気体の逃げ場が少なかった二度めの事件に比べれば、毒性は弱かったはずだ。それは何よりも結果が明らかにしている。初めの事件では、もともと抵抗力の弱い女性だけが命を落とし、他の二人は生命に支障《ししょう》をきたすまでには至らなかった。一過性《いっかせい》のものなのか、持続性のものなのかはまだ不明だが、ともかくその薬物の初期症状とみられる精神異常を引きおこしている。その点、第二の事件では毒の効き目は完璧《かんぺき》だった。こうして事実を追ってみると、燃焼によって発生する毒が原因であるという説を立証しているように思えるのだ。

こういう推理を立てていたので、ぼくは当然モーティマー・トリゲニスの部屋を注意して調べてみた。するとこの物質が残っているのを発見できたのだ。特に注意したのは、いうまでもなく、ランプの滑石《タルク》のふたか、あるいは煤《すす》よけの部分だ。実にうまいことに、そこには、薄片状《はくへんじょう》の燃えかすが多量に残っていて、端には燃え残った茶色の粉末《ふんまつ》がこびりついていた。それで、その半分だけを取って、封筒に入れておいたのだ」

「なぜ半分にしたのかね、ホームズ」

「警察の捜査を妨げるのは、ぼくの本意ではないからね、ワトスン。ぼくが見つけた証拠は彼らのために全部残しておいた。毒物は滑石《タルク》の煤よけに残っているのだから、後は彼らが探り出す知恵をもっているかどうかだ。さて、ワトスン、このへんでランプに火を入れてみよう。念のため窓を開けておこう。社会のお役に立てる、有能な市民が二人も早死にすることになってはいけないからね。それと、分別のある人間で、おかしな事件にかかわりたくないというのでなければ、君は開いている窓辺の肘掛椅子にかけたまえ。えっ、とことんつきあってくれるというのだね。そう言ってくれると思ったよ、ワトスン。毒からは君と同じだけ距離をおいて、君と面と向かうように、この椅子を並べるよ。ドアも開けておこう。お互い相手のようすがよくわかる位置で、何か危ない症状が現われたら、実験はいつでも中止できる。では、わかったね。

それでは、まず粉末を封筒から取り出す。次にこれを燃えているランプの上に載せる。そら、載せたよ、ワトスン、では、座って、変化を待とう」

変化に時間はかからなかった。腰を落ち着ける間もなく、ジャコウ(90)のような、濃厚でありながら、何とも言えない、吐き気をもよおすような臭いがした。一息、この臭いを吸い込むと、わたしの脳と想像力の働きは、まったく抑制《よくせい》がきかなくなった。黒い濃い煙が眼前で渦巻き、その中に、まだその姿を見せないが、宇宙に存在する、ありとあらゆるおぞましいもの、想像を絶する邪悪《じゃあく》なものが、潜《ひそ》んでいて、それが、恐怖に取り憑かれたわたしの五感に一気に襲《おそ》いかかろうと待ち構えているのだ。と、意識のどこかで、わたしの心が警告した。黒煙の中から、ぼやけた、さまざまな形の幻影がにわかに巻き起こり、これが行き交い、意識の向こうに、何とも言い表わせない、恐るべき何ものかが潜んでいるのではないかという恐れと不安が呼びおこされ心が千々に乱れた。身を凍《こお》らせるような恐怖がわたしにとりついた。髪の毛は逆立ち、眼球が飛び出し、口が開き、舌が革のようにこわばったように感じられた。精神の恐慌《きょうこう》状態はついに極《きわ》まり、限界を越えた。叫ぼうとしたが叫べない。自分の声には違いないのだが、自分のものではないような、か細いしわがれ声が、遠くからかすかに聞こえ伝わってくるのは意識できた。しかしその時、必死にもがき苦しむわたしは、わずかにこの絶望の薄暗闇から逃れることができた。ホームズの顔が瞬間、目に入った。

蒼白で硬直し、恐怖にゆがんでいる。今度の事件で亡くなった被害者らの顔に見た表情と同じであった。その表情を見て一瞬わたしは正気と力を取り戻した。わたしは椅子から飛び上がり、ホームズをだき抱えて、二人でよたよたと玄関のドアを通り抜け、すぐさま、芝生の上へ崩れ落ちた。並んで横たわったまま、意識することといえば、さんさんと照る日の光だけで、そのまぶしい光が、それまでわたしたちを堅く閉じこめていた身の毛もよだつ恐怖の薄闇を突《つ》き破って、まっすぐ差し込んできたのだった。ちょうど靄《もや》が、山野から

立ち昇って消えていく時のように、わたしたちの心から暗い煙霧《えんむ》が消え去った。やっと落ち着きと正気が戻ると、芝生に座り直して、冷たく、じっとりと湿った額をぬぐい、お互いの顔を見つめ合い、相手の表情に、今、味わったばかりのすさまじい体験の名残りがありはしないかと、相手を気づかいあった。

「ああ、それにしても、ワトスン！」ようやくのこと、ホームズがおぼつかない口調で言った。「君には、感謝《かんしゃ》と謝りの言葉をどれだけ言っても言い足りないね。ひとりでするとしても、とても許される実験ではなかった。それを、友人までも巻き込んで行なったのだからなおさらのことだ。心から謝《あやま》るよ」

「いや、いいのさ」と、わたしも胸をつかれて、こう返事をした。ホームズの暖かい気持ちが、これほどまでに、わたしに伝わってきたことは、かつてなかったことだからである。「ぼくのほうこそ、君を手助けできて、何にも代えがたい喜びだし、ぼくの特権だよ」

それもつかのま、ホームズは先ほどとはうって変わり、ユーモアと皮肉を半々に交えて人に接する、いつもの調子の彼に戻っていた。「ねえ、ワトスン、ぼくたちが精神異常を経験しようというのなら、あの実験をすることはなかったね」と、ホームズは言った。「第三者がぼくたちのようすを一部始終見ていたとすれば、あそこまでとんでもない実験をやってみようと思い立った、ぼくたちの精神状態は、すでに狂気に陥っていたと、きっと断言するだろうからね。それにしても、正直言って、あの毒物の効果が、これほど速く、しかもこれほど強いものとは、夢にも思わなかったよ」小別荘に再び飛び込んでいったホームズは、目いっぱい腕を伸ばして、まだ燃えている先ほどのランプを持って現われたが、すぐさま、これをイバラの斜面《しゃめん》に放り投げた。「部屋が安全になるまでには、少々時間がかかりそうだ。ワトスン、君もこれで、あの悲劇がいかにしてひきおこされたかに関しては、一点のくもりなくわかっただろうね」

「まさにそのとおりだ」

「だが、動機は依然《いぜん》として、不可解だ。ちょっとこのあずまやに入って、その点について話し合ってみよう。まだ、あのいやな毒が喉《のど》のあたりにこびりついているような気がする。すべての事実は一つ残らず、あのモーティマー・トリゲニスに最初の事件の犯人であるという容疑がかかる状況である、という点を認めなくてはならない。この男は二回めの事件では犠牲者《ぎせいしゃ》になってしまったがね。第一に、兄弟間でいさかいがあり、後に和解したという経過は、忘れてはならない事実だ。このいさかいがどれほど憎しみに満ちて激しいものだったか、和解といっても、形だけのものだったのではないかは、今となっては確かめるすべもない。けれども、あのずる賢そうな顔、油断のならない、めがねの奥に潜んだ、細く小さな目のモーティマー・トリゲニスという男のことを思いおこしてみても、人を許す寛大《かんだい》さを持ち合わせているような人間には、ぼくには思えない。それから次に、庭を誰かがうろついていたという話も、事件の真相からぼくたちの注意をそらせる効果があったわけで、あの男が言い出したことだ。彼にはぼくたちの捜査の攪乱を狙う動機があったという証拠だ。最後に、もし彼が部屋を出ようとする時に暖炉に毒物を投げ込んでいないとするなら、だれが犯行を行なったというのだ。事件はトリゲニスが家を出た直後におきている。万一、誰かが訪ねてきたのなら、一家はテーブルから立ち上ったはずだ。それに、コーンワルのように静かなところでは、夜の十時を回って、客が人の家を訪問することはないだろう。となれば、事実関係はすべてが、このモーティマー・トリゲニスが犯人であると指し示している」

「すると、彼の死因は自死だったというのかい」

「そう、ワトスン、たしかにそれも可能性がないとは言えないだろうね。自分の肉親を、あれほど痛ましい死に至らしめた自責《じせき》の念に耐えかねて、自死することによって、自らを罰したと考えられないでもない。しかし、説得力のある反証がいくつかある。幸いなことに、実は、イングランドでただひとり、その真相をすべて知っている人間がいるのだ。きょうの午後、本人の口からじかに話を聞けるように、ぼくは手はずを整《ととの》えておいた。おや、約束よりも少し早目においでいただけたようだ。さあどうぞ。

こちらへいらしてください、ライオン・スターンデイル博士。このような所で申しわけありません。つい先ほどまで、家の中でちょっとした化学の実験をしておりましたもので、手狭《てぜま》な居間が、立派なお客様をお迎えするような有様ではなくなってしまったのです」

庭園の門の開く音が聞こえ、まもなく、小道には、あのアフリカ探検家の、堂々たる巨体が姿を現わした。わたしたちが丸木造りのあずまやに座って待っているのを見て、いささか驚いたようであった。

「ホームズさん、あなたがわたしを呼び出したのですね。一時間ほど前にあなたからのメモを受け取ったので、いちおう来ました。あなたからどうして呼び出されなくてはならないのかはわかりませんな」

「そのことでしたら、お帰りいただくまでに、おわかりいただけるでしょう」と、ホームズは答えた。「まず、わざわざおいでいただきありがとうございます。厚くお礼申し上げます。このような屋外でお迎えする、無作法をお許しください。といいますのは、今しがた、友人のワトスンとわたしは、新聞で『コーンワルの恐怖』と書き立てられて、大騒《おおさわ》ぎの今回の事件の記録に、もう少しで、また新しい一章を付け加える羽目《はめ》になるところでしたので、さわやかな外気のところがいいのです。それに、これから話し合おうとしている事柄は、あなたご自身に、きわめて重大な結果を引きおこしかねません。ですから、誰にも盗み聞きされる心配のない所のほうがよろしいでしょう」

この探検家は、口元から葉巻を離して、わが友をきっとにらみつけた。

「わしには何のことやら、さっぱり合点がいかん」と、彼は言った。「わしに、きわめて重大な結果を引きおこす、というのは、いったい何のことだ」

「モーティマー・トリゲニス殺害の件です」ホームズは言った。

とっさに、わたしは、武器を用意しておけばよかったと悔《く》やんだ。スターンデイルの狂暴な顔は赤黒い色に染《そ》まり、目はぎらぎらし、激怒のためか、額には血管が数珠《じゅず》のように浮き出し、両手のこぶしを握《にぎ》り締め、わが友めがけて飛びかかってきた。しかし、ぴたりとそこで踏《ふ》みとどまったのだ。ものすごい意志の力で、凍りついたような冷静さを保ったのだが、むき出しの怒りを爆発させるより、それはもっと無気味であった。

「わしは長い間、未開部族の中での暮らしばかりで、法とは縁のない生活をしてきた」と彼は言った。「そこで、わし自らが法律の役割を果たすという習慣が身についてしまったのだ。いいか、このことを忘れてもらっては困るぞ。わしもわざわざ、おまえに危害を加えたくはないからな」

「わたしもあなたに危害を加えたくはありません、スターンデイル博士。その証拠には、わたしは真相をつかんでいるにもかかわらず、ここに警官ではなく、あなたをお呼びしたではありませんか」

スターンデイルは息をつめて、腰を下ろした。このように、相手におどされたのは彼の冒険生活の中で、おそらくは初めての経験であっただろう。ホームズのたたずま

いには、何にもたじろがない、静かな威厳《いげん》があった。客は一瞬口ごもり、動揺のために手を握ったり、開いたりと落ち着かなかった。

「何を言っているんだ」スターンデイルはようやく、こう尋ねた。「もし、おまえがはったりを言うのなら、ホームズさん、相手をまちがえているぞ。遠回しに言うのは止《や》めようじゃないか。本当は、何が言いたいのだ」

「それでは、言わせてもらいましょう」と、ホームズは答えた。「あなたとこうして話している理由は、こちらが率直《そっちょく》に申し上げれば、あなたも率直に対応してくださると思ったからです。わたしがこれからどう出るかは、あなたがどのような弁明《べんめい》をするかにかかっています」

「わしの弁明だって?」

「そう、そのとおりです」

「何に対しての弁明なんだ」

「モーティマー・トリゲニス殺害の件に対してです」

スターンデイルはハンカチで額をぬぐった。

「これは驚いたな」と、彼は言った。「いつも、そのようなはったりで事件を解決してきたとは、あんたもなかなかのもんだ」

「はったりはあなたのほうではありませんか」ホームズは厳しく言い返した。「つまらないはったりを使っているのは、ライオン・スターンデイル博士、あなたのほうで、わたしではありません。それを明らかにするためには、わたしが結論を下すのに使った事実のいくつかをお話ししましょう。長旅の装備《そうび》のほとんどをアフリカに向けて送り出しておきながら、プリマスから戻っていらしたという点こそ、あなたが、この悲惨な事件を解明する重要人物だと気づいた、最初のきっかけでした、とだけ申し上げれば充分でしょう」

「わしが戻ってきたのは——」

「その理由はすでにお聞きしましたが、わたしには納得のいかない、不充分なものとしか思えませんでした。それについては、今はひとまず、触れないことにしましょう。ともかく、わたしのところへ来たあなたは、わたしが誰に容疑をかけているかを聞き出そうとなさった。わたしはお答えしませんでした。あなたはその後、牧師館に向かい、しばらく外で待っていたが、結局そのまま家路《いえじ》につかれた」

「どうしてそんなことまでわかるんだ」

「あなたのあとをつけましたからね」

「あとをつける者など、いなかったと思うが」

「あとをつける時は相手にさとられないようにするものですからね。その夜、あなたはあなたの小別荘で眠らずに、一晩を過ごし、ある計画をお立てになった。そして、その計画を、早朝実行にかかった。夜が明けてすぐ出発し、家の門の脇で、そこに山になっていた赤みがかった小石をいくつかポケットにつめた」

スターンデイルはぎくっと体を揺らし、驚きのまなざしでホームズの顔を見つめた。

「あなたは、それから牧師館までの一マイル（約一・六キロメートル）の距離を、足早に歩かれた。今はいていらっしゃるのと同じ、うね模様の底のテニス・シューズをはいておられたはずです。牧師館の果樹園の中を通り、生け垣《いがき》を抜け、トリゲニスが借りている部屋の窓の下まで来た。辺りは、もうすっかり明るくなっていたが、家の人はまだ起きていませんでした。それであなたは、ポケットから小石を取り出し、二階の窓めがけて投げた――」

スターンデイルは飛び上がった。

「あんたは絶対に悪魔に間違いない！」と、彼は叫んだ。

ホームズは、このほめ言葉にほほえんだ。「間借人が窓際に出てくるまでに、あなたは二、三回は、ひとつかみほどの小石を窓に向けて投げたでしょう。そこで彼に下へ降りてくるように合図した。あわてて身じたくをしてトリゲニスは、居間に降りてきた。あなたは窓から部屋へ入り込んだ。そして、ほんのしばらくのあいだだけ相手と話を交わした。話の間、あなたは部屋中を行ったり来たりした。そして、外へ出ると窓を閉め、タバコを喫《す》いながら、芝生に立ち、事の成行きを眺めていた。ついに、トリゲニスが死亡したあと、あなたは再び同じようにして戻った。さて、スターンデイル博士、これだけのことをして、あなたはどういう弁明をされますか。また、この件の動機は何だったのでしょう。ただし間違っても、嘘《うそ》をついたり、わたしを見くびるようなまねは、やめていただきましょう。そうなれば、この事件は永久に、わたしの手を離れてしまうことを、はっきり申し上げておきます」

告発者の言葉を聴いて、わたしたちの客人の顔色は青白くなった。両手に顔を埋め、しばらくの間、考え込んだまま、身動きひとつしなかった。そして、衝動に駆られたようにいきなり、胸のポケットから写真をとり出し、わたしたちの前にある粗末《そまつ》なテーブルの上に投げ出した。

「これがわたしの犯行の理由です」と彼は言った。

そこには非常に美しい女性の上半身の姿が写っていた。ホームズもぐっと身を乗り出した。

「ブレンダ・トリゲニスですね」と、彼は言った。

「そうです、ブレンダ・トリゲニスです」わたしたちの客人は女性の名を繰り返した。「長年、わたしは彼女を愛し続けていました。彼女もまた長年、わたしを愛し続けてくれました。世間が驚き、噂のたねにしていた、コーンワルでの、わたしの徹底《てってい》した独居《どっきょ》生活には、秘密があったのです。こうしていれば、この世で一番かけがえのない人のそばにいられるのです。わたしは彼女と結婚することができませんでした。わたしには妻があり、彼女がわたしから去ってしまってから長い年月が経(91)つというのにもかかわらず、イングランドのとんだ悪法のおかげで、離婚できなかったからなのです。ブレンダも、わたしも、長いあいだ待ち続けました。しかし、待った結末がこの始末でした」激しいむせび泣きに巨体が強く揺れ、あごの茶色が混じった髭《ひげ》の下の喉元を両手でつかんだ。それでも、なんとか、冷静さを取り戻し、彼は話を続けた。

「牧師さんだけは知っていました。牧師さんに、わたしたちはすべてを打ち明けていました。牧師さんもきっと、彼女のことをこの世の天使だと言ってくれるでしょう。ですから、わたしに電報で知らせてくれ、わたしも戻って来たのです。愛する人があのようなむごい運命に見舞われたことを知り、もうアフリカも、そこへ持って行く荷物もどうでもよくなってしまいました。これで、まだ謎だったわたしの犯行の動機もおわかりいただけたでしょう、ホームズさん」

「先を続けてください」と、わが友は言った。

スターンデイル博士はポケットから紙袋を取り出し、テーブルの上に置いた。その袋には「ラディックス・ペディス・ディアボリ（Radix pedis diaboli）」とラテン語で書かれていて、その下には毒薬を示す赤いラベルが貼《は》ってあった。彼はわたしのほうにこれを押しやり、こう尋ねた。「たしか、あなたは医者でしたね。この標本のことをお聞きになったことはないですか」

「『悪魔の足の根』ですって！　いや、初耳です」

「あなたのご専門の知識が劣っているなどというつもりはありません。わたしの知るかぎりヨーロッパ中を探しても、ハンガリーのブダ(92)の研究所に保管されている標本が、ただ一つあるだけです。だから、公式の薬局方《やっきょくほう》(93)にも、まだ記載されていませんし、毒物学(94)の文献《ぶんけん》にも見当たらないはずです。この根は人間の足のようにも、またヤギの足のようにも見えるその形から、植物学者でもあった宣教師《せんきょうし》がこういう奇抜《きばつ》な命名をしました。西アフリカのある地域に住む種族に秘伝の薬として伝わる毒草で、呪術師《じゅじゅつし》が罪を裁《さば》くための薬として使われています。この標本も、自分でウバンギ地方(95)に行き、かなり特別な状況の中で、手に入れました」そう言って彼は紙包みを開くと、赤茶色で、嗅ぎタバコを思わせる粉状のものが、小さな山となって現われた。

「で、それから？」ホームズは厳しく問いつめた。

「今、説明しようとしているところです。真相のいっさいをお話しします、ホームズさん。あなたも細かな事情までご存じのようですが、真相をすべて知っていただくことがわたしのためにもなるでしょう。トリゲニス一家とわたしとの関係がどのようなものであるかは、すでにお話ししました。ブレンダとのことがありましたから、あの兄弟たちとも親しくしていました。たしかに、いっとき財産をめぐって家庭内でもめごとがあったのも事実で、モーティマーひとりが孤立してしまったのです。しかし、なんとか和解したということなので、他の兄弟に会うのと同様にモーティマーとも顔を合わせるようになりました。彼は悪賢くて、油断のならない、とんだ策士《さくし》で、疑いを感じさせる言動がいくつかありましたが、わたしも、こちらから争いを求めるようなことはしませんでした。

それが、つい二、三週間ほど前のある日、トリゲニスがわたしの小別荘へ来たのです。その時、わたしはアフリカで見つけた珍しい品々をいろいろと見せたのです。その中に、この粉末があり、その不思議な効果も説明しました。これには摂取《せっしゅ》すると、恐怖の感情を司る人間の脳の中枢部《ちゅうすうぶ》を刺激する効果があり、現地の部族の祭司《さいし》が裁判で用いるもので、これを使えば精神の異常を引きおこすか死亡するかの悲惨な結末を迎えるしかない。しかも、ヨーロッパの現代科学をもってしても、この薬物の検出は不可能であるという話までしました。しかし、あの男が薬をどのようにして盗み出したのかは、いまだにわかりません。わたしは部屋を一歩も出なかったので、わたしが飾り棚を開けたり、箱の中を見るために腰をかがめているすきに、あの男が悪魔の足の一部をかすめ取ったとしか考えられません。そういえば、薬が効くのに必要な分量や時間を細かく質問してきたのを、今でも、はっきりと覚えています。しかしまさか、彼が自分で使うために、そういう質問をしたとは夢にも思いませんでした。

この時のことは、それきり忘れていましたが、プリマスにいたわたしのところへ牧師から電報が届きました。あの悪党は、事件のことが伝わる前に、わたしが航海に出てしまうだろう、しかも、その後、何年間もアフリカで行方不明のままだろうと思っていたのでしょう。ところが、わたしは、すぐさま取って返しました。事件の詳しい話を聞いてみると、やはり、わたしの所持していたあの毒草が犯行に使われたに違いないという確信を深めないわけにはいきませんでした。ここへ伺《うかが》いましたのも、もしや何か別のお考えをお持ちではないか、確かめたかったのです。けれども、何もなさそうだった。モーティマー・トリゲニスが殺人犯に間違いないと、わたしは確信しました。金が欲しい一心で、自分以外の家族がみんな精神異常をきたせば、一家で共同所有している財産も、自分ひとりの物になるとたくらみ、あの悪魔の足の粉末を使用したのです。二人の精神を異常にし、わたしが心から愛し、またわたしを愛してくれたただひとりの人であった、ブレンダの命を奪ったのです。犯行は間違いなく彼によるものでした。ではいったい、どんな罰がふさわしいか。

わたしが法に訴《うった》えるべきか？　しかし、証拠はどこにあるでしょうか。わたしは、この事実を間違いないと信じて疑いませんでしたが、地方に住む陪審員《ばいしんいん》たちにこの途方もない話をいくら説明したところで、信じてもらうことができるとお思いですか？まあ、それは五分五分で、可能性はある、と言えば言えるでしょう。しかし、わたしは、やってみたがだめだったではすまされない。復讐《ふくしゅう》はわたしの魂からの叫びだったのです。ホームズさん、わたしは人生のおおかたを法律の力が及ばない世界で過ごしてきました。ですから、ついには自分自身が法律そのものになったのです。今回のことも、同様でした。彼が他人に与えたと同じ運命を自分も味わうのは当然である、とわたしは考えました。もしそうならないというのなら、わたしがこの手で正義の刃《やいば》を下そうと心に決めたのです。今、このイングランドのどこを探しても、わたしくらい、自分の命などどうでもよいと思っている人間は他には見つからないことでしょう。

これですべて、何もかも、お話ししました。残りの事情は、あなたがすっかり説明してくださいました。ご説明のとおり、わたしはもんもんとして眠れない一夜を過ごした後、朝早く、小別荘を出ました。寝ているトリゲニスはなかなか起きてこないだろうと、あらかじめ予想していましたから、あなたがさきほどおっしゃった小石の山から石をつかんで持って行き、窓に投げつけました。彼は降りてきて、居間の窓から中へ入れてくれました。わたしは彼の罪業《ざいごう》を指摘しました。そして、ここに来たのは罪を裁き、罰を下すためだと言いました。わたしが回転式連発拳銃《レヴォルヴァー》を構えているのに気づいて、この恥知《はじし》らずの男はへなへなといすに崩れ落ちました。わたしはランプに火を入れ、あの粉をその上におき、部屋の外の窓際に立ち、彼が少しでも逃げ出そうとしたら、警告しておいたとおりに、いつでも射殺できるよう、油断なく銃を構えていました。五分もたたないうちに彼は死にました。ああ、なんとひどい死にざまだったことか！　けれども、同情の気持ちなど、少しも湧《わ》いてはきませんでした。わたしの愛したあの人が味わった苦しみ以上のものを、彼も味わったわけではないのですから。わたしの話はここまでです。女性を本当に愛していて、同じ立場にあれば、ホームズさん、おそらく、あなたもこうしたでしょう。いずれにしても、わたしの運命はあなたにゆだねられています。どういう処置でも、あなたのお好きなようにしてください。すでに言いましたが、わたしくらい死を恐れない人間はいないはずです」

しばらくの間、ホームズは押し黙っていた。

「今後はどうするご予定だったのですか」ホームズはようやく、こう尋ねた。

「中央アフリカの地へ行き、そこで骨を埋める覚悟でいました。現地での仕事は、まだ半分残したままなのです」

「では、そこへ出かけて、残りの仕事をやり遂《と》げられてはいかがでしょうか」と、ホームズは言った。「わたし個人としては、あなたの仕事の邪魔をしようとは思いません」

スターンデイル博士はその巨体をゆったりともち上げて、深々と頭を下げたあと、あずまやから立ち去っていった。ホームズはパイプに火をつけ、タバコ入れをわたしにまわしてきた。

「毒性の心配のない煙なら、気分転換にいいね」と、彼は言った。「君も賛成してくれるに違いないと思っているのだけれど、今回のこの事件は、ぼくたちがあれこれと口を出すような種類のものではないね。ぼくたちの捜査は、警察とは別に、独自に行なったものだから、その結果をどう判断するかもぼくたち次第だ。君だって、あの男を罪に問う気などないだろう」

「もちろん、ないよ」と、わたしは答えた。

「ワトスン、ぼくは今まで女性を愛した経験は一度もないのだが、仮にぼくが愛していて、しかも、愛するその女性があのような悲惨な目に遭わされたとしたら、法律の存在を無視している、あのライオン狩りの名手が取ったと同じ行動に出たかもしれないよ。そんなことは誰にもわからない。ところで、ワトスン、賢い君だからすでによくご承知だとは思うのだが、それでも言っておきたいことがある。それは、窓の敷居にあった小石を見つけたのが、ぼくの捜査の重要なきっかけになったことさ。あの小石は牧師館のものとは違っていた。スターンデイル博士や、彼の小別荘に注意を向けたとき、小別荘のそばで同じ小石を見つけることができた。それから、明るいのについていたランプの火、そのランプのほやに残っていた粉、これらが事件の事実関係の空白を埋める鍵になったのだ。ところで、ねえ、ワトスン、もうこのへんで、事件のことをきれいさっぱり忘れることにしよう。そして、気分を一新して、偉大なケルト語族のひとつである古代コーンワル方言の中にその痕跡《こんせき》がみつかるカルディア語系の単語の語源研究に戻ろうではないか」

赤い輪

挿絵　H・M・ブロック／p. 220のみジョゼフ・シンプスン

I

「さてと、ウォレンさん、あなたには、ことさらに気をもむことがあるようには思えませんし、貴重な時間をさいてわたしが、こういうことにまで首を突《つ》っ込まなくてはならないとも思えません。わたしには、片づけなくてはいけない大事な仕事がほかにも控《ひか》えていますので」ホームズはそう言いながら、大きなスクラップ帳に向き直ると、最近の資料を整理し、索引《さくいん》を作る仕事を再開した。

しかし、この下宿屋の女主人は、女性ならではの粘《ねば》りとずるさを発揮してみせた。一歩も引かないのである。

「ホームズさん、あなたは昨年、うちの下宿人の事件を解決してくださったではありませんか」と、彼女は言った。「ほら、フェアデイル・ホッブズさんの件です」

「ああ、あれは簡単なものでした」

「でも、あの人は事あるごとにあの話をするのですよ。あなたがどんなに親切にしてくださったか、悩みぬいているところを救っていただいたって。ですから、わたしも同じように、悩み苦しんでいた時に、ホッブズさんが言っていたことを思い出したのです。あなたがその気になってくださりさえすれば、きっと助けていただけるものと信じています」

生来、ホームズはお世辞に弱かったし、また、公平を期して言うならば、思いやりにも富んでいた。この二つが重なって、ホームズはゴム糊《のり》用の刷毛《はけ》を置くことになり、しかたがないなと、ため息をついて、椅子《いす》を後ろへ動かした。

「そうですか、それでは、ウォレンさん、お話をうかがうことにしましょうか。タバコを吸ってもかまいませんね。ワトスン、ありがとう——そう、マッチを。あなたは、新しい下宿人の男が部屋に閉じこもって全く姿を見せないので、心配されているのですね。ウォレンさん、いいではないですか。もし、わたしがあなたの家の下宿人だったら、きっと何週間にもわたって、まずめったなことでは、わたしの姿を見かけることなどないでしょう」

「それはそのとおりでしょうが、そういうことではないのです。恐ろしいのですよ、ホームズさん。こわくて、夜も眠れないほどなのです。明け方から深夜まで、たしかに、室内をあちらからこちらへとせかせかと歩いている足音は聞こえますが、それなのに、ほんの一瞬でも、姿を見せたことがないのです。わたしだって、我慢にも限りがあります。夫もわたし同様、そのことで神経過敏になっていますが、それでも一日

「はい、そうです。それが、帰りはずいぶん遅かったのです。深夜で、わたしたちはみな、とっくに寝ていましたよ。部屋を借りる契約をしてから、男は帰りが遅くなりそうだから、玄関のドアにはかんぬきはかけないでおいてくれと、わたしに頼みました。夜中の十二時を過ぎた頃でしょうか、あの男が階段を上がっていく足音が聞えました」

「食事はどうしていますか」

「食事も特別うるさく言われていて、いつでも、呼びりんを鳴らしたら部屋のドアの前の椅子の上に食事を置いておき、終わったら、もう一度鳴らすから、同じ椅子に置いた食器を下げてくることになっているのです。ほかに用がある時には、細長い紙切れに活字体で書いて、置いておくというのです」

「活字体でですか?」

「はい、鉛筆で書いた活字体です。しかも、単語だけなのですよ。お見せしようと、持って来てあります。これは『SOAP』(せっけん)。もう一枚は、『MATCH』(マッチ)。それからこれは、男が来てから最初の朝に、書いてあったものです。『DAILY GAZETTE』(デイリー・ガゼット)[98]。毎朝、わたしは食事と一緒に、その新聞を届けているんです」

「驚いたね、ワトスン」興味深げにじっと見て、ホームズは言った。下宿屋の女主人

から渡された、その紙切れは、フールスキャップ判[99]の大きさの紙片だった。「ちょっと普通ではないことだけは、はっきりしている。ひとりっきりで暮らしたいという好みならわかるが、それにしても、なぜ活字体で書くのだろうか。そういう書き方をしていては手間がかかるだろうにね。どうして筆記体で書かないのだろうか。君はどう思う

かね、ワトスン」

「彼は筆跡を知られたくないのだ」

「しかし、なぜだろう。下宿のおかみさんが単語の筆跡を知ったからといって、どうということはないだろう。でも君が言ったことに間違いはないようだ。それにしても、なぜこういうぶっきらぼうな書き方をしなければならないのかだ」

「ぼくにはちょっと想像もつかないよ」

「推理の練習には絶好の機会になるね。文字は、先が太くなった、青みがかった色の、これといって特徴《とくちょう》のない鉛筆を使って書いている。ほら、『SOAP』の『S』の一部が欠けているから、いったん書いた後で、この角が破り捨てられたのがわかるね。ワトスン、ここから何か引き出せないだろうか」

「何か警戒《けいかい》しているのかな」

「そのとおりだ。きっと、何かの印か、親指の跡とか、当人の正体の手がかりになりそうな跡(100)が付いていたことがうかがえるね。ウォレンさん、男は中背で、色が浅黒く、ひげを生やしていると言っていましたね。歳はいくつくらいでしたか」

「まだ若そうな感じで、三十にはなっていないでしょう」

「ほかには何か気づいた特徴はありませんでしたか」

「きちんとした英語を話していましたが、アクセントから外国人だと思いました」

「服装はきちんとしていましたか」

「はい、いきな身なりで、まちがいなく紳士にふさわしいものでした。黒っぽい地味な色です。それ以外には目立ったところはありませんでした」

「名前を名乗らなかったのですか」

「はい」

「手紙とか訪問客とかもないのですか?」

「まったくありません」

「そうは言っても、朝には、あなたか、手伝いの女の子が、部屋に入ることはあったでしょう」

「いいえ、ありません。あの男は、何から何まで自分のことは自分でします」

「なんということだ。それはたしかにおかしい。荷物を持って来ましたか」

「一つだけ、大きな茶色のカバンを運んで来ました。ほかには何もありませんでした」

「そうすると、情報は、そう充分とはいえないわけだ。どうです、問題の部屋からは何も外へ出てこないのですか——まったく何ひとつとしてですか」

女主人はバッグから封筒を取り出し、逆さに振り、その中身をテーブルの上に出した。マッチの燃えさし二本と、紙巻タバコの吸いがらであった。

「けさ、男の使った食器のお盆にあったものです。ホームズさん、あなたはどんなに小さなことがらからでも大きなことを読みとれるお方だと噂《うわさ》に聞いていたものですから、持って来てみたのです」

ホームズは肩をすくめた。

「これではなんともなりませんね」と、ホームズは言った。「このマッチ二本は、言うまでもなく、紙巻タバコに火をつけるのに使われたもので、燃えた部分の長さが短いことからわかります。パイプ・タバコか葉巻(101)に火をつけた場合なら、マッチの半分は燃えますからね。でも、どうしたのだろう。このタバコの吸いさしは、本当に変だ。その紳士というのは、あごひげと口ひげを生やしていたとおっしゃいましたね」

「はい、そうです」

「それは納得がいきません。これを吸うことができたのは、ひげなど生やしていない人のはずだ。ワトスン、君みたいに口ひげが短いとしても、これではひげがこげたりするだろう」

「シガレット・ホルダーを使ってるのかな」わたしはこう答えた。

「いや、違う。吸い口はつぶれている。その部屋には人が二人いるということはありませんね、ウォレンさん」

「いいえ、それはありません。あの男は、少食で、わたしも、よくそれでもつものだなあと感心するくらいですから」

「とすると、もう少し情報がないといけませんね。結局のところ、これではあなたも、何も抗議《こうぎ》をするわけにもいきません。あなたは部屋代はもらっている。しかも、男はなんら迷惑を引きおこしてはいない。たしかにかなりの変人かもしれませんが。それに、お金は充分払ってくれているのですから、人目を避けるような生活をしたいのであれば、あなたの知ったことではないでしょう。犯罪の疑いが出てこなければ、わたしたちは、男の私生活に入り込む口実がありません。しかし、この件は引き受けた以上、わたしも注意を怠《おこた》るようなことはしません。何か新しいことがあったら、まず連絡を下さい。問題がおきれば、いつでも力になりますから、ご安心ください」

「この件には、興味深い点がいくつかあるのは明らかだね、ワトスン」下宿屋の女主人が出ていくと、彼はこう指摘した。「もちろん、とるにたらないことかもしれない。男がただ変わっているだけかもしれないからね。しかし、見かけよりははるかに重大な事柄《ことがら》ということだってありえるのだ。まず、すぐにも気づくのは、いま部屋に住んでいる人間が部屋を借りた人間ではなくて、まったくの別人かもしれない、これは当然考えられる可能性だ」

「どうしてそう考えたのかね」

「そう、この吸いさしのことはおいておくとして、その下宿人が外出したのは、部屋を借りた直後に一度だけということから、何か読み取れないかな。彼、あるいは別人が帰ってきた時の姿を、誰にも目撃されていない。つまり、出て行った人間と、戻って来た人間が同一人物だという証拠はまったくないのだ。それに、部屋を借りた男は英語を上手に話した。ところが、いま部屋に暮らしているこの人物は、『マッチ』という時には、普通だったら、『matches』と複数形で書くべきところを『match』と単数形にしている。この単語は、辞書を見て書いたのではないかと思う。辞書には単数の形でしか出ていないからね。単語だけのぶっきらぼうな書き方も、英語をよく知らないのを隠そうとする狙《ねら》いだろう。そうだ、ワトスン、下宿人が、別の人間に入れ替わってしまっている、としか思えないような理由がいくつかある」

「でも、何のためなのだろうか」

「そう、それこそが、ぼくたちが取り組まなくてはならない課題だ。捜査を進めるに当たっては、ひとつのきまりきった方法があるではないか」こう言って、彼が取り出したのは、私事広告欄《アゴニイ・コラム》を切り抜いて集めた、大型のスクラップ帳であった。彼が毎日欠かさず、ロンドンで発行されている何紙もの新聞から切り取ったものである。「すごいものだね」と彼はページを繰《く》りながら言った。「うめき声、泣き声、それに、泣きごとの大合唱だ！　奇妙なできごとがぎっしり詰まっているくず布入れだ。異常なできごとを研究している者にとって、これほどありがたい狩猟場《しゅりょうば》はないよ。この人物はいつもひとりで、そしてかたくなに人目に触れまいとしているなら連絡を手紙で取るわけにもいくまい。それではどういう手段を使って、外から彼に報告やメッセージが伝えられるのかだ。新聞の広告欄《らん》が使えるのは、わかりきったことさ。ほかに方法はなさそうだ。しかも、幸いなことに、ある一紙だけに限って、調べてみればすむ。ここに『デイリー・ガゼット』紙からの、ここ二週間の切り抜きがある。『プリンス・スケート・クラブで滑っていた、黒のえり巻きをした女性の方を……』と、これはいらない。『ジミー、どうか、お母さんを悲しませないで』これも関係がなさそうだ。『ブリックストン行きのバスの車内で気絶された女性がもし……』まったく違う。『毎日毎日、私はあなたのことばかりが恋しくて……』これは泣きごとだね、ワトスン。まったくの泣きごとだ。あっ、これはちょっと脈《みゃく》がありそうだ。聞いてくれたまえ。『辛抱《しんぼう》せよ。確実な連絡方法を必ず見つける。当分はこの欄で。――G.』ウォレン夫人の下宿屋にあの男がやってきた日の二日後の日付になっている。どうだろう、当たっていそうではないか。謎の人物は、活字体できちんと単語も書けないけれども、英語そのものは理解できるということだ。まだ続きが見つかるかどうか探してみよう。ある、ある、今度は三日後だ。『準備は順調。辛抱と慎重。雲は消える。――G.』それから一週間は音沙汰《おとさた》なし。そして、次の内容はもっとはっきりしている。『道は開けている。機会があり次第、伝言を合図する。打ち合わせた暗号を思い出せ。一はA、二はB、以下同様。連絡は近い。――G.』これが昨日の新聞に載っていたもので、きょうのには何も書いてない。ウォレン夫人の下宿人にぴったりではないか。ワトスン、もう少しようすを見れば、真相も見えてくるだろうからね」

予測は的中した。朝、顔を出すと、わが友は暖炉《だんろ》に背を向けて敷物の上に立っていて、顔には、これ以上ないというほどの満足気な笑みがあふれていた。

「どうだい、ワトスン」こう声を上げて、彼はテーブルの上の新聞を取り上げた。

『正面が白い石壁で、高くて赤い建物。四階。左から二つ目の窓。日没後。――G.』

これはもう間違いない。朝食を済ませたら、ちょっとウォレン夫人の家の近所を偵察《ていさつ》しておこう。おや、ウォレンさんではないですか！　このように朝早く、いったい何がおきたのですか？」

わたしたちの依頼人が、いきなり部屋に飛び込んで来たのだ。それも、新しく重大な展開があったのを物語るかのような、猛烈《もうれつ》な勢いであった。

「これはもう警察沙汰《ざた》です、ホームズさん」と、彼女は叫んだ。「もう、ごめんですわ。あの男には、荷物をまとめて出て行ってもらいます。ただ、あなたのご意見をまずきかなくてはあなたに悪いと思って思いとどまったものの、そうでもなかったら、男のところへすっとんで行って、ぴしゃりと言ってやったところですよ。わたしの我慢も限界ですよ、うちの年とった亭主が殴られたりしたのですから――」

「ご主人が殴られたのですか」

「とにかく、乱暴なまねをされたのですよ」

「誰が乱暴したのですか」

「それは、わたしのほうが聞きたいことですよ！　今朝のことです。夫の職場は、トテナム・コート通り(102)にあるモートン・アンド・ウェイライト社で、作業時間の記録員をしているのです。いつも、七時前には家を出なくてはなりません。それが、今朝、あの人が家を出て、十歩も歩かないうちに、突然、うしろから二人組の男が来て、いきなり頭にコートをかぶせ、歩道脇に止めてあった辻馬車に押し込んでしまったのです。それで一時間ほど馬車を走らせたところで、こんどはドアを開けて、夫を放り出したのだそうです。車道に倒れた夫は気も動転したままで、その辻馬車がどこへ行ったかは見損《みそこ》なってしまいました。落ち着いてみると、そこはハムステッド・ヒース(103)だったというのです。それで夫は乗合馬車でやっと家まで戻ってきました。今はソファーに横になって休んでいますが、わたしは、このことを知らせに飛んで来たというわけです」

「興味深いお話です」とホームズは言った。「ご主人はその男たちの顔を見ましたか——、彼らの話し声を聞きましたか」

「いいえ。あの人は恐ろしくてぼーっとなっていたようです。わかっていることといったら、まるで魔法にでもかけられたように馬車に乗せられ、そしてまた魔法にかけ

られたように投げ出されたと、それだけです。相手は少なくとも二人、もしかすると三人かもしれないそうです」

「それであなたは、この襲撃《しゅうげき》があの下宿人との関係でおきたとおっしゃるのですね」

「それはもちろんです。わたしたちはここに十五年も暮らしてきましたが、こんなことはおきたためしがありません。もうあの男には、我慢がなりません。お金がすべてではありません。今日中にきっと、追い出してやります」

「少しお待ちください、ウォレンさん。そう早まらないでください。今回の件は初めの印象と大きく違って、きわめて重大なことのように思えてきました。あなたの下宿人にはまさしく、危険が差し迫《せま》っている。敵はあなたの玄関先で彼を待ち伏せていたが、霧深《きりぶか》い夜明けのために、あなたのご主人を彼と見違えてしまったというのも明らかです。この間違いに気づいて、その場で解放したというわけです。ですから、これが人違いでなかったとしたら、いったいどのような結末になっていたことか、想像がつきませんね」

「それでは、わたしに、これからどうしろとおっしゃるのですか、ホームズさん」

「ウォレンさん、わたしもなんとかしてその下宿人の男に会ってみたいものです」

「そう言われても、ホームズさんが部屋のドアを破る以外には、どうにもなりません。わたしがお盆を置いて、階段を下りるとすぐに、ドアの鍵を開ける音がいつも聞こえてきます」

「彼がお盆を中に入れるのですね。わたしたちも隠れて、相手がそうするところを観察するくらいはできるでしょう」

女主人は一瞬、考えた。

「そうそう、ちょうど真向かいには物置部屋があります。わたしが鏡を置いておくようにしますから、あなた方は、その部屋のドアの陰に隠れていれば、なんとかなるのでは」

「それは、すばらしい！」とホームズは言った。「彼の昼食は何時でしょう」

「一時頃です」

「それではその時刻までに、ワトスン先生と一緒に伺《うかが》うようにしましょう。とりあえずウォレンさん、いまは、ここまでにしましょう」

十二時半には、わたしたちはウォレン夫人の家の玄関に立っていた。家は大英博物館の北東にある狭い通り、グレイト・オーム街にあって、黄色のレンガ造りの、奥行きの浅い、高い建物であった。通りの端近くにあるために、ハウ街(104)のはるかに豪勢《ごうせい》そうな家並みが見渡せた。ホームズは、くすりと笑い声を漏《も》らしながら、その住宅街の並びの建物をひとつ指さしたが、そこだけがひときわ高かったから、目につかないわけにはいかなかった。

「見てごらんよ、ワトスン！」と彼は言った。「『正面が石壁の、高くて赤い建物』だ。合図の発信地が見つかった。これで場所もわかったし、合図の暗号もつかんでいるから、もう、こちらの手間もかからないはずだ。あの窓には『貸室』の札が張ってある。きっとあの空き部屋が、仲間の出入りしている所に間違いない。おや、ウォレンさん、もういいですか」

「すっかり準備しておきました。おふたりが一緒に階段を上がって、踊《おど》り場の手前でブーツを脱いでくだされば、すぐにも、そこへ入れてさしあげます」

彼女が用意してくれたのは身を隠すには格好の場所だった。うまい具合に鏡を置いてもらったので、向かいのドアのほうのようすは、暗がりで座っていれば、こちらからは丸見えになる。ウォレン夫人がその場を離れ、わたしたちがそこに入り込んで、まだ落ち着く間もなく、謎の下宿人が鳴らした呼びりんの音が遠くで聞こえた。ほどなく、食事を載せたお盆を持った女主人が現われ、それを閉まっているドアの脇にある椅子の上に置くと、ゆっくりと戻っていった。こちら側のドアの隅にかがみこみ、身を潜《ひそ》めていたわたしたちは、鏡にじっと見入った。女主人の立ち去る足音が消えかかると、鍵を回す音がして、ドアのノブが回った。すると、やせて、か細い両手がすばやく伸び、椅子の上にあったお盆を取り上げた。それがまた、またたく間に、大急ぎで元に戻されたのだ。その時、こちらの物置部屋の狭いすき間をにらみつけ、おびえてはいるが、美しい浅黒い顔が、ちらりとわたしの目に入った。ドアが大きな音を立てて閉められ、鍵が再び回されると、また静けさが辺りを覆《おお》った。ホームズがわたしのそでを引っ張ったので、一緒にこっそりと階段を降りた。

「夕刻また、お伺いしましょう」ようすを知りたくてたまらない女主人に、ホームズは言った。「ワトスン、後はぼくたちの部屋に帰って、事件を論じたほうがよさそうだ」

「君が見たとおり、ぼくの推測は当たっていたようだね」安楽椅子に身を深く沈めたホームズは、こう言った。「部屋の住人は入れ替わっていた。ただ、見てのとおり、まさか女性がいたとは、とても読み切れなかった。それも特別な女性だよ、ワトス

ン」

「彼女はぼくたちを見たね」

「そう、何かおびえさせるものを見たわけだね。それは確かだ。一連のできごとの大筋ははっきりしている、そうではないかな。一組の男女が、恐ろしい、さしせまった危険からのがれようと、ロンドンに逃げて来た。あの厳重きわまる用心深さを考えてみれば、危険のほどもおしはかれる。男には果たさねばならぬ任務があり、それを実行する間、女を絶対に安全な状態に置いておきたかった。これはたやすい仕事ではなかったが、男はユニークな方法で、しかも実に見事に解決してみせた。女が代わりに部屋にいることは、食事を運んでいる下宿のおかみにだって気づかれないほどだったのだから。伝言を活字体で書いたのは、わかっているだろうけれども、筆跡から女性であることがわからないようにするためだ。あの男は女には近づくことができない。近づいたりすれば、敵をわざわざ女の所へ案内してやるようなものだからね。そういうわけで直《じか》に連絡が取れないから、新聞の私事広告欄を使うことにしたのだ。ここまでは、いいね」

「それにしても、真相は何なのかな」

「そう、それだよ、ワトスン。いつものように君はきわめて実際的だね。いったい真相は何なのか。ウォレン夫人の一風変わった問題は、ぼくたちの調査が進むにつれて、なにやら不穏な様相を見せ出した。今はっきりと言えるのは、これは、世間によくある、駆《か》け落ちのような話などではないということだ。危険におびえているように見えた女性の顔を、君は見たね？　実際、ぼくたちは、家主の夫に対する襲撃事件を聞かされているが、これはどう見ても、間借人を狙《ねら》った犯行だろう。こうした、厳重な警戒やあれほどまでに人の目を避《さ》けているというのは、事態が生死にかかわるということを意味している。さらにまた、ウォレン氏襲撃事件は、どういう連中なのかわからないが、敵は下宿人が男性から女性に入れ替わったことに気づいていないことを示している。これもまた複雑怪奇なことだよ、ワトスン」

「どうして君は、こんなことに首を突っ込むのかね。なんの得にもならないだろうに」

「何の得になるかって。それは、芸術のための芸術(105)ということだよ、ワトスン。君だって、患者の治療《ちりよう》をしていて、いつの間にかその研究に夢中になっていて、治療費のことなどすっかり忘れているなんてこともあるだろう」

「それは、勉強になるからね、ホームズ」

「そう、研究に終わりはないということだよ、ワトスン。いつも、勉強に次ぐ勉強のつみかさねで、最後にいちばん大きなものが待ち受けている。今回の場合も、実に教えられることが多い。金や名声がかかっているわけではないけれども、事件を解き明かしてみたくもなるだろうよ。夕闇が迫《せま》る頃までには、ぼくたちの捜査もさらに一歩前進しているだろう」

ウォレン夫人の部屋に戻った時には、冬のロンドンの夕闇はさらに深まって灰色のカーテンの中へと、すっかり鈍色《にびいろ》一色の世界に変わってしまった。この物憂《ものう》い単調な暗さをわずかに破るのは、窓のくっきりとした黄色い正方形とガス灯の薄《うす》ぼんやりとした丸い光の輪だけであった。真っ暗になってしまった下宿の居間から目を凝《こ》らしてみると、もう一つ、暗闇に、淡い明りが高い位置にきらめいているのが見える。

「あの部屋の中を動き回っている者がいる」と、ささやき声でホームズが、やせて熱心なその顔を、窓ガラスにくっつけるように寄せて言った。「そう、影が見える。また見えた！　彼は手にろうそくを持っている。今度は外をのぞいている。彼女がしっかり見ているかを確認したいのだ。ほら、点滅《てんめつ》させ始めた。ワトスン、通信の内容もしっかり見てくれたまえ。お互いに結果を確かめられるようにね。一回光った。これはAに違いない。それから、次だ。何回だった？　二十回かい。ぼくも同じだ。とするとTだね。(106)『AT』なら、意味は充分わかる。もう一回『T』。きっと次の単語のはじまりだな。そして次はと――『TENTA』か。これでおしまいだ。ワトスン、これで終わりということはないよ。『ATTENTA』では、意味が不明だ。『AT TEN TA』（十時にTA）と三つの単語からなっていると分けて考えても、終わりの単語が『T.A.』

として、人の名前の頭文字を表わしているとでもしないかぎりは、うまくないよ。また始まったぞ！　今度は何だろう。ATTE――もう一度、同じ内容だ。おかしいよ、ワトスン、どうもおかしい。また送ってきた。AT――なぜか、これで同じものを三回繰り返しているぞ。『ATTENTA』を三度もだ！　いったい何回送るつもりなのかな。いや、終わりにしたようだ。窓際から離れた。ワトスン、君はどう思うかね」

「ホームズ、何かの暗号だろ」

わが友は、何かわかったらしく、いきなり、忍び笑いをした。

「いや、さほどわかりにくい暗号ではないね、ワトスン」と彼は言った。「なぜかっていえば、イタリア語に決まっているよ！　単語の終わりのAは、女性に呼びかけるときに付く語形変化だ。つまり、『気をつけろ！　気をつけろ！　気をつけろ！』となる。どう思うかね、ワトスン」

「それで大当たりに違いない」

「絶対確実さ。きわめてさし迫ったメッセージだ。三回も繰り返されたのだから、いっそうせっぱつまっているのだろう。けれども、何に気をつけろというのだろうか。待てよ、またあの男が窓際へ来た」

わたしたちが再び目にしたのは、前かがみになった男の姿の淡い影と、窓越しに、新たな合図を送る、小さな光の素早い動きだった。その動きは先ほどよりもずっと速くて、危うく暗号を追い切れないところだった。

「『PERICOLO』――『Pericolo』って、ええと、なんだったかな、ワトスン。危険という意味かな。そうだ、驚いたなあ、あれは警告の合図だ。また送っている。『PERI』えっ、どうした？」

ふいに明りが消え、わずかに光っていた四角な窓も見えなくなった。堂々とそびえ立つ建物の中で、明るい窓が各階、ずらりと横一列に光を放っているのに、四階だけが暗く、黒い帯となっていた。あの最後の必死の警告が突如《とつじょ》として途絶えてしまったのは、いったいどうしてなのか。誰によるのか。二人とも、一瞬同時に同じ疑問が湧《わ》いた。窓辺にかがみこんでいたホームズは跳《と》び上がった。

「これは一大事だ、ワトスン」と彼は叫んだ。「何かたいへんな事がおきてしまったのだ。そうでなければ、警告の合図があのような終わり方をするわけはない。この事件は、スコットランド・ヤードにぜひ関わってもらう必要があるが、状況は切迫《せっぱく》している。今、ぼくたちが呼びに行くわけにはいかないよ」

「ぼくが警察に行こうか？」

「ぼくたちふたりで、もう少し状況をはっきりさせておこう。もしかしたら、それほど危険ではないのかもしれないからね。行ってみよう、ワトスン。あそこまで行って、この目でどうなっているのかを確かめてみよう」

II

　わたしたちが足早にハウ街を進んでいく途中、わたしは今、出てきた建物を振り返った。すると一番上の階の窓に、頭、それも女性の頭の、ぼんやりとした輪郭《りんかく》の影が、外の闇を緊張《きんちょう》してじっと見つめていた。それは、途切れた明りの合図が再開するのを、息をひそめて緊張したまま、待ちつづけているようであった。ハウ街の建物の入口には、クラヴァート(107)と厚手の外套《がいとう》で体をすっぽり隠した男が、手すりにもたれて、立っていた。玄関ホールの明りがわたしたちの顔を照らすと、男ははっとして、跳びのいた。

「ホームズさん！」彼は声を上げた。

「グレグスンじゃないか！」わが友は、このスコットランド・ヤードの警部と握手を交わしながら、こう言った。「『旅の終わりは恋人たちの巡りあい(108)』ということかな。しかしなぜここにいるのですか？」

「おそらく、あなたがここにいらしたのと同じ理由でしょう」とグレグスンが答えた。

「それにしてもよく、ここがおわかりになりましたね」

「たどってきた糸は別々でしたが、同じもつれに引き寄せられて来たというわけでしょう。今、わたしは合図を受け取ったところなのです」

「合図ですか」

「そう、あの窓から発信されたのです。それが、途中で急に途だえてしまった。どうしたのかを確かめようとここまで来たのです。ですが、あなたにゆだねられているというのなら、わたしのほうは仕事をつづける必要はないでしょう」

「ちょっと待ってください！」グレグスンは本気で叫んだ。「ホームズさん、今日の日まで、いつでも、あなたが味方についていてくださるということで、どんなに心強く感じられたことか。このアパートには出口は一ヶ所しかありませんから、彼はわたしたちの手中にあります」

「彼とは誰のことですか」

「おや、とすると、今回は、わたしたちのほうが一枚上手《うわて》でしたか、ホームズさん。今回は、かぶとを脱いでもらえますかな」こう言って、グレグスンがステッキで、地面をひとつ強く叩くと、むちを手にした駅者《ぎょしゃ》が、通りの向こう側に停まっている四輪馬車から降りて、道をゆっくり進んで来た。「シャーロック・ホームズさんをご紹介しましょう」と、警部は駅者に言った。「こちらは、ピンカートンのアメリカ探偵社のレバートンさんです」

「ロング・アイランド・コウヴ事件の立役者だった方ですね(109)」と、ホームズが言った。

「お目にかかれて光栄です」

きれいに髭《ひげ》を剃《そ》り上げ、とがった細面《ほそおもて》の顔付きのアメリカ人は、物静かで、きちんと仕事をこなす青年のようにみえたが、このほめ言葉に顔を赤らめた。「わたしは命がけで追跡中なんです、ホームズさん」と、彼は言った。「もしもゴルジアーノ(110)をとらえることができたなら——」

「えっ。『赤い輪』組のあのゴルジアーノですか」

「おや、ヨーロッパでも、その名をとどろかせているのですね。そのとおりですが、アメリカでは、あの男の悪事についてはすっかり判明しています。彼が、実は、五十件の殺人事件を引きおこした、その張本人《ちょうほんにん》だということをつかんでいます。とはいっても、彼をとらえようにも、確たる証拠がないのです。わたしもニューヨークからずっと追跡を続けてきました。ロンドンに来てからも一週間、男にぴったりと張りついていて、何か口実さえみつかればつかまえてやろうと、手ぐすね引いて待っているところです。グレグスンさんとわたしで、彼がこの大きなアパートに入るまで追跡しました。出入口は一つだけですから、逃げられません。彼が中に入ってから、三人が出てきましたが、彼ではなかったことに、絶対まちがいありません」

「ホームズさんは、合図のことを言っておられましたね」と、グレグスンが言った。「それにしても、いつものことながら、わたしたちの知らないことを、かなりつかんでおられるようですね」

ホームズは簡潔《かんけつ》にわたしたちの見聞きした経過を説明した。アメリカ人は悔しそうに手を打ち鳴らした。

「彼はこちらに感づいているのだ！」と、彼は声を上げた。

「なぜわかるのですか」

「えー、そうとしか考えられないではありませんか。ここで、彼は仲間に合図を送っている。ロンドンにはギャング仲間が何人かいますからね。そして、それが突然、あなたの説明によれば、仲間に危ないと伝えて、その直後に合図が途切れた。とすれば、通りにいるわれわれの姿を目にしたか、あるいは、危険が迫っているのを何らかの方法で察知《さっち》して、それを避けるためには、すぐさま行動に打って出なければいけないと悟《さと》ったか、それ以外には考えられませんよ。あなたはどうお考えですか、ホームズさん」

「すぐにでも上っていって、自分たちの目で確かめることですね」

「しかし、こちらには逮捕状がありません」

「彼は、人の住んでいない部屋へ不審な状況下に入り込んでいるんですよ」と、グレグスンは言った。「さしあたりは、それで充分でしょう。とにかく彼をつかまえたら、ニューヨークと連絡を取って、そのまま身柄《みがら》を拘束《こうそく》できるかどうかを確認すればいいのです。この場での彼の逮捕については、わたしが全責任を負います」

わが公僕《こうぼく》の刑事は、知性が足りなくて、しくじることはあるが、勇気という点では他に後れを取るようなことは、けっしてなかった。これから狂暴な殺人者をとらえようというのに、そこの階段を上っていくグレグスンは、あたかも、スコットランド・ヤードの職場の階段を上っているかのように平然と、事務的に進んでいった。ピンカートン社の探偵も、先へ出ようとグレグスンを押しのけようとしたが、グレグスンはこれを強く肘《ひじ》で押し返した。ロンドンでの危険な仕事は、ロンドン警察に任せておけというわけだ。

アパートの四階の踊り場の左手にある部屋のドアは、半開きになっていた。グレグスンはこれを開けた。部屋の中は、静けさと暗闇が支配していた。わたしはマッチをすり、警部のランタンに火をつけた。そして、ランタンの小さな火が明るい炎に変わった瞬間、わたしたちは皆、驚きで息をのんだ。カーペットの敷かれていない、モミ材の床に、生々しい血の跡が点々と続いているのが見えた。赤く染まった足跡はわたしたちに向かって続いて、さらにその元は、奥の部屋までたどれたが、部屋のドアは閉まっていた。グレグスンはドアを勢いよく開けて、赤々と燃える明りを前方に突き

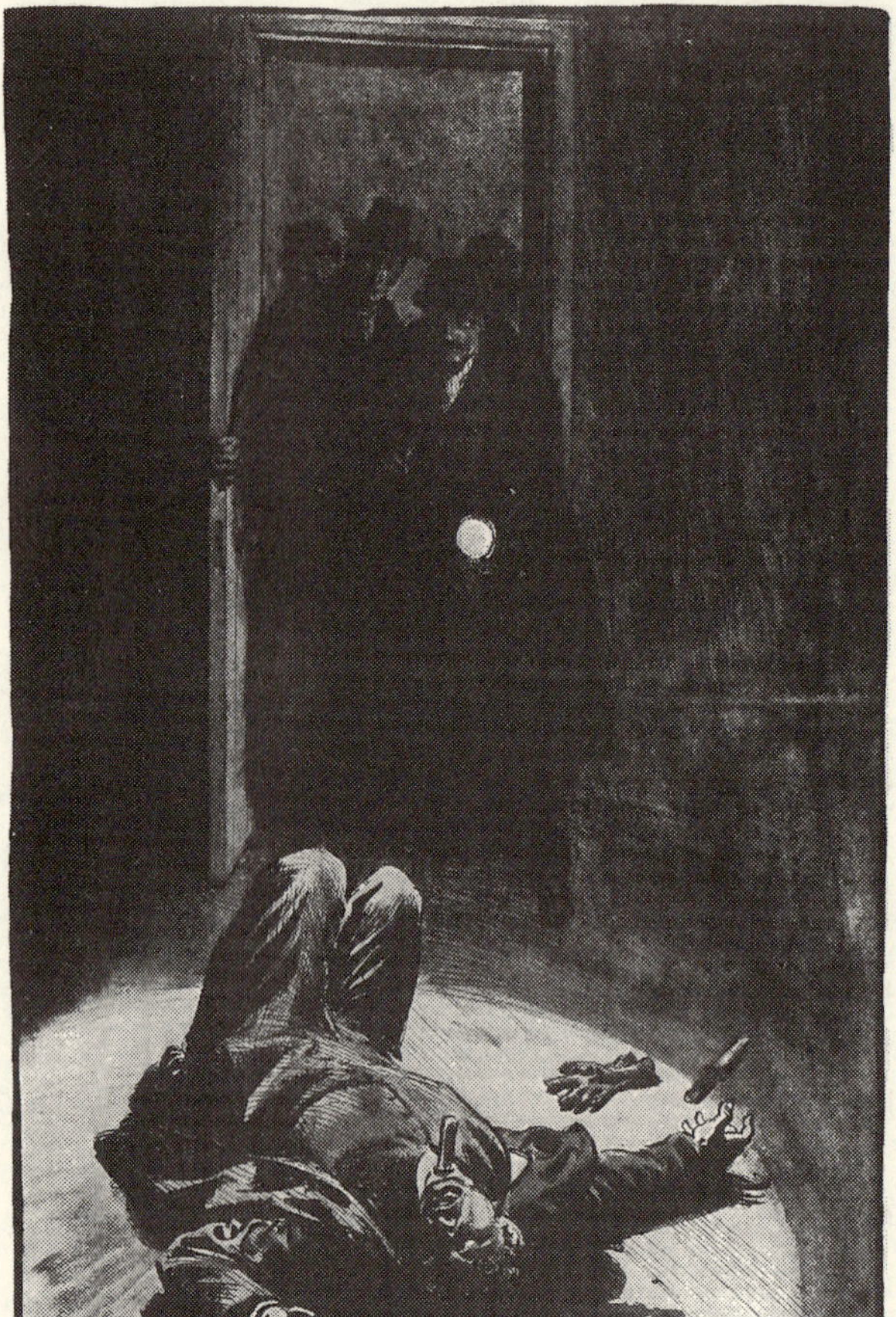

出した。わたしたち全員が、その肩越しに一心に中を覗《のぞ》き込んだ。

がらんとした空き部屋の床の中央に、巨大な男の体が丸まるようにして横たわっていた。きれいにひげが剃り上げられた、色黒の顔はゆがんでいて、グロテスクな恐怖をただよわせていた。彼の頭の周りには、後光のように、真紅《しんく》の血がすさまじい円形を描き、白い木製の床の上のべっとりした紅の海のただなかに体が横たわっていた。膝《ひざ》を立て、苦しみのせいか、両手を目一杯投げ出し、真上を向いてそり返った、褐色《かっしょく》の太い喉《のど》の中央から飛び出していたのは、ナイフの白い柄《え》で、刃の部分はすっかり体内に埋まってしまっていた。巨大な大男だったが、すさまじいひと突き

をうけて、斧《おの》の一撃で殺された雄牛が一挙《いっきょ》に崩れ落ちる時のように、がっくりと倒れこんだものと想像された。彼の右手のそばには、なんとも恐ろしげな、柄が角でできている鋭い両刃の短刀があり、さらにそのそばには、キッド革(三)の黒手袋が片方、ころがっていた。

「なんということだ！　これは、あのブラック・ゴルジアーノ本人だ！」アメリカ人探偵が叫んだ。「今度は誰かに先を越されてしまったようだ」

「窓辺にろうそくが置いてありますよ、ホームズさん」と、グレグスンが言った。「おや、あなたは、何をしようというのですか？」

ホームズは窓際に歩み寄ると、ろうそくに火をつけ、窓ガラスに向けて、ろうそくを前後に振り出した。そうして、暗闇に目を凝らしてから、ろうそくを吹き消し、それを床に乱暴に置いた。

「これでおそらくうまく行くと思います」と、彼は言った。彼は戻って来ると、二人の専門家が死体を検《あらた》めている脇で、考えに没頭して立ち尽《つ》くしていた。「あなたは下で見張っていて、アパートから出てきたのは三人だけだった、と言ってますね」と、ようやく彼は口を開けた。「その三人を細かく見ましたか」

「はい、見ました」

「三十歳くらいで、黒いひげを生やした、色黒で中背の男はいなかったですか」

「いましたよ。最後にわたしの前を通り過ぎていったのが、その男でした」

「それが下手人だと思います。彼の人相は、わたしが教えてあげられるし、男の足跡も実にはっきり残っています。あなたには、これで充分でしょう」

「ホームズさん、充分とはいきませんよ。ロンドンには何百万人もの人がいるのですよ」

「それはそうでしょう。そこで、あなたの捜索《そうさく》の助けになるように、こちらの女性にお越し願うのが一番だと思いましたので」

そう言われて、わたしたちは全員、後ろを振り向いた。うしろの戸口の枠の中には、美しい長身の女性の姿が見えた。あのブルームズベリーの謎の下宿人だ。ゆっくりと進んできた女性は、不安げな堅い表情の、青ざめた顔で、その視線はじっと見つめたきり動かず、床に横たわる暗い死体にぴったりと注がれていた。

「あなた方が殺したのですね！」彼女は低くつぶやいた。「ああ、神様《オー・ディオ・ミオ》(112) あなた方が殺してくれた！」そうして、女性が深く息を飲み込む音が聞こえたかと思うと、彼女は喜びの声を上げて、跳び上がった。部屋中を踊り回り、手を叩き、黒い目はうれしい驚きできらきらと輝き、口からは、生き生きとしたイタリア語の感動の言葉がほとばしった。こんな光景の中でこのような女性が喜びに身をもだえさせているのを見るのは、なんとも恐ろしく、驚きであった。突如、彼女は動きを止めて、わたしたちを

いぶかしげにじっと見つめた。

「でも、あなた方でしょう！　警察の人ですか、それとも違う？　あなた方がジューゼッペ・ゴルジアーノを殺した。そうですか？」

「われわれは警察です、奥さん」

彼女は部屋の暗がりを見回した。

「それなら、ジェンナロは、どこ？」と、彼女は聞いた。「ジェンナロ・ルッカはわたしの夫。わたしはエミリア・ルッカ。わたしたちふたりニューヨークから来た。ジェンナロはどこ？　今、この窓からわたしを呼んだ。だから、わたし、全力でここへ駆けてきた」

「お呼びしたのは、このわたしです」と、ホームズは言った。

「あなたが！　どうして、あなたが呼ぶことができた？」

「奥様、あなた方の暗号は難しいものではありませんでした。それに、あなたにここに来ていただきたかった。『Vieni』（来い）(113)と明りで合図すれば、必ずあなたが来られると、わかっていましたから」

イタリア人の美しい女性は、わが友を恐れ入ったようにじっと見た。

「いったいどうして、あなたが暗号わかったのか、わたし理解できない」と、彼女は言った。「ジューゼッペ・ゴルジアーノ――この男が、どうして――」いったん言葉が途切れてから、誇らしさとうれしさで彼女はその顔を輝かせた。「そう、わかりました！　わたしのジェンナロ！　わたしをあらゆる危険から守った、すばらしい、いとしい、あのジェンナロが、自分の強い手で怪物を殺した！　ああ、ジェンナロ、あなたはとてもすばらしい人。あのすばらしい男の人につりあう女、この世にいない」

「よろしいですか、ルッカ夫人」と、夫人のそでに手を置きながら、まるで、ノッティング・ヒルのごろつき《フーリガン》(114)を相手にしている時と同じように、いともそっけなく、グレグスンは言った。「わたしにはまだ、あなたがどなたなのか、あなたがどういうことをしている方なのか、いまひとつわからないのです。ただ、今あなたがお話しになった内容からして、スコットランド・ヤードでそれをはっきりさせる必要があることは確かなようです」

「ちょっと待ちたまえ、グレグスン」と、ホームズは言った。「どうも、こちらのご婦人は、わたしたちが聞きたいと考えている話を、わたしたちにも聞いてもらいたいと願っておられるように思われます。奥様、おわかりのこととは思いますが、目の前に横たわっている男を殺害した容疑で、あなたのご主人は逮捕され、裁判にかけられることになります。ですから、これからお話し願うことは、この先、この事件に関する証言となります。けれども、あなたのご主人が、犯罪となるような動機からではなく、公《おおやけ》にも知ってもらいたいと考えるような理由から今回の行動をおこしたとお考えでしたら、すべての事情を包み隠さずにお話しになることこそ、何よりも、あなたのご主人のためになります」

「ゴルジアーノが死んだいまは、わたしたちには、何ひとつこわいものない」と、女性は言った。「彼は悪魔や怪物そのものでした、世界中の判事さんは誰でも、彼を殺したからといって、わたしの夫を罰することはできない」

「そういうことでしたら」と、ホームズが言った。「こうしましょうか。ここのドアに、鍵をかけて、現場は発見した時のままにして、こちらのご婦人の部屋までご一緒してお話をすっかりうかがってから、その上で、われわれの判断を下すというのはいかがでしょう」

三十分の後、わたしたち四人は、ルッカ夫人の小さな居間に腰を落ち着け、わたしたちがたまたま目撃することのできたあの結末に終わった、いまわしい事件の恐ろしい顚末《てんまつ》を、彼女から直接に聞いたのである。なお、その話は早口で、淀《よど》みなく語られてはいたが、なにぶん不自然な点の多い英語であったため、読者にわかりやすくするために、わたしが文法にかなった文章に直しておいた。

「わたしの生まれたのはナポリに近いポジッリポです」と、彼女は語り始めた。「父はオーガスト・バレリといい、その港市の主任判事であり、一度は下院議員をつとめていたこともありました。ジェンナロは父のもとで働いていましたが、女性なら誰でもきっとそういう気持ちになるでしょうね、わたしもジェンナロを愛するようになりました。しかし、彼の美しさと力強さと活力は特別でしたが、お金も地位もありませんでした。当然のこと、父はわたしたちの結婚を禁じました。そこで、駆け落ちして、バーリの町で結婚し、それからわたしの宝石を売り払い、お金をつくり、なんとかアメリカまでたどり着くことができました。これが四年前のことです。それ以来、わたしたちはニューヨークに住んでいました。

最初のうちは、運もわたしたちに味方しました。ジェンナロはあるイタリア人の紳士に雇《やと》われて、仕事をすることができました。そのきっかけというのも、この紳士がバウァリ[115]という街で、たまたま、ならず者たちに絡《から》まれているところを、夫が助けたことから、強い絆《きずな》ができたのです。その人の名前はティト・カスタロッテといい、ニューヨークでお金をつくり、大手の果物輸入商会、カスタロッテ・アンド・ザンバの共同経営者でした。ザンバ氏のほうは、病身でしたので、わたしたちの親しい友人となったカスタロッテさんが、従業員三百人を越えるこの会社の運営を一手に引き受けていました。彼は夫を会社に雇って、ある部署の主任に抜擢《ばってき》し、その上あらゆることに、心遣《こころづか》いを見せてくれました。カスタロッテ氏は独身でしたので、ジェンナロを息子のように思ったのでしょう。また、夫もわたしも、彼を実の父親のように愛していました。わたしたちはブルックリン[116]に小さな家を持ち、家具調度もととのえました。

そして、二人の将来もひと安心という時に、暗雲が現われ、またたくまにわたしたちの未来を覆い始めたのです。

ある夜のことです、ジェンナロが同国人を連れて、仕事から戻ってきました。彼はゴルジアーノといって、同郷《どうきょう》のポジッリポの出身でした。あなた方も遺体をごらんになったので、おわかりでしょうが、ものすごい大男でした。それに、大きいのは体ばかりではなく、この男にまつわることは何から何まで、グロテスクで、巨大で、恐ろしさを感じさせました。彼の声も、わたしたちの小さな家を揺るがす雷のような大声でした。話している最中に長い腕を振り回すのですが、その腕も部屋の周囲のどこかにぶつかってしまいそうなほどでした。考え方、感情、愛憎といったものまでも、大げさで、まるで怪物のようでした。いったん話を始めると、というより、どなり始めるといったほうがいいのですが、ほとばしるその言葉の勢いにおじけづき、じっと座って耳を傾けるほかありません。燃えるようなその目ににらまれると、相手はもう圧倒されるままでした。彼は本当に恐ろしい、ものすごい男でした。わたしは、彼が死んだことを、神様に感謝《かんしゃ》します！

彼は何回も何回も訪ねてきました。わたしと同様に、ジェンナロも、彼と一緒にいるのを少しもうれしく思っていないことには、気がついていました。気の毒なわたしの夫は、あの客がもっぱら好んで話題にしていた政治や社会問題について、いつ終わることなくわめき散らしているのを、青ざめながら気乗りしないようすで聞いていました。ジェンナロは一言も言いませんでしたが、わたしには夫のことは何でもわかっていましたから、彼の表情から、これまで一度も見せたこともないような、ある種の感情が現われているのが読み取れました。はじめは嫌悪《けんお》のようなものかと思いましたが。しかし、次第にそれが単なる嫌悪ではないことがわかりました。その感情は恐怖なのでした。深く隠れた、身をすくませるほどの恐怖でした。その夜、つまり、夫の恐怖を初めて感じ取った夜のことです。わたしは彼に抱きついて、わたしへの愛と、彼がかけがえのないと思っているすべてのことにかけて、わたしには何も隠し立てしないように、そして、この大男が彼の心に暗い影を投げかけているのはなぜかを、すべて打ち明けるようにと必死で頼みました。

　彼は話しました。聞いているうちに、わたしの心臓は凍《こお》りつきました。不幸なことに、夫には昔、血気盛んで、無茶な生活に明け暮れていた時期がありました。その頃は、何をやってもうまくはいかず、人生の不公平に絶望して、気が違いそうだったのです。それで、あの昔のカルボナリ党(117)につながる、ナポリの秘密結社『赤い輪』に入ってしまったのです。この組織の誓《ちか》いと秘密厳守の掟《おきて》は恐ろしいもので、いったん組織に入ってしまうと、二度とそこから抜け出すことはできないのです。でも、わたしたちがアメリカへ逃げてきた時には、ジェンナロも、秘密結社とは、永久に縁が切れたと思いました。ですから、夫がニューヨークの町でナポリで結社に加わるように導いた、あの大男のゴルジアーノとばったり出くわした時には、どれほど恐ろしい思いをしたことでしょう。たびたび殺人を犯して、その手をひじまで血で染めていたゴルジアーノは、南イタリアでは『死神』の異名をとっていました。その彼がイタリアの警察の追跡をかわすために、ニューヨークに来ていたのです。そうして、この新しい土地にも恐ろしい秘密結社の支部をこしらえていました。ジェンナロはこう話した後、ちょうどその同じ日に手渡されたという、紙の上のところに『赤い輪』の印の付いた(118)呼出状をわたしに見せました。それには、支部の秘密の会合《ロッジ》が所定の日時に開かれるので、どのようなことがあっても必ず出席すべしという厳しい命令が記されていました。

このことだけでも、充分困った事態なのですが、さらにもっと困ったことがおきたのです。夕方になるといつも押しかけてきたゴルジアーノですが、わたしはしばらくしてあることに気づきました。どうも、わたしに話しかけることが多いのです。夫に話しかけているような時にも、ぎらぎらとした、野獣《やじゆう》のような目を、わたしからいつも離そうとしないのです。そしてある夜のこと、とうとう、その魂胆《こんたん》があらわになりました。わたしがあの男の心に、彼が言うところの『愛』を芽生えさせてしまっていたのです。野蛮人、獣《けもの》の愛です。彼が来た時にはジェンナロがまだ家に戻っていなかったのです。彼は家の中へ強引に押し入ってくると、強力な腕でわたしをつかまえ、クマのような猛烈な力で抱きすくめ、むやみやたらとキスをしてきたのです。そして、どうか一緒に逃げてくれと訴《うった》えるのです。わたしは夢中で抵抗し、大声で悲鳴を上げました。ちょうどその時です、ジェンナロが入ってきて、奴に襲《おそ》いかかりました。しかし、彼はジェンナロを殴りつけて気絶させると、そのまま飛び出していったきり、二度と足を踏み入れることはありませんでした。しかしその夜、わたしたちはなんとも恐ろしい敵を作ってしまったわけです。
二、三日後、会合の日が来ました。戻ってきたジェンナロの顔色を一目見てすぐに、何かとんでもない恐ろしいできごとがおきたことが読みとれました。わたしたちが思ってもみなかったような、おぞましいことになったのです。結社の資金は、イタリア系の金持ちたちからゆすり取っていました。もしいやだとでも言おうものなら、痛い目にあわせるぞと、すごむのです。わたしたちの親しい友人であり、恩人でもあるあのカスタロッテさんが、標的にされているらしいのです。でも、カスタロッテさんは脅迫《きょうはく》にも屈することなく、警察に届け出ました。再び同じように命令に逆らう者が出てこないようにと、見せしめにすることで彼らの意見がまとまりました。そして、会合の話し合いで、家もろともダイナマイトで爆発させるということになってしまったのです。それで、誰がこれを実行するかをくじ引きで選ぶことが決議されました。ジエンナロはくじの入った袋に手を入れたその瞬間、わたしたちの敵の冷酷《れいこく》な顔に笑いが浮かんだのを見ました。このくじにはあらかじめ細工がしてあったに違いありません。なぜなら、運命の『赤い輪』の印が付いた円板は、それを引いた者が殺害の実行役となるのですが、夫の手のひらの中にそれがあったのですから。彼には一番大切な友を殺すか、さもなければ、自分自身とわたしを仲間からの復讐《ふくしゅう》の危険にさらすのか の、どちらかしかありません。こうした掟は、この組織独特のものでした。いったん組織から危険な人物、あるいは好ましからざる人物と見なされれば、その処罰は、本人だけでなく、彼らが愛している人間までをも傷つけるというものでした。こうしたことを知らされて、ジェンナロの心にはその恐怖が重くのしかかり、不安のあまりほとんど気が違いそうでした。

その夜じゅう、わたしたちはしっかり抱き合って座ったまま、迫ってくる危険をきっと乗り切れると、互いに声をかけ、励《はげ》まし合い続けました。その翌日の夕刻が、決行日だったのです。当日の昼頃までには、夫とわたしはロンドンへ向かっていました。でも、夫は出発の前に、恩人のカスタロッテさんに、その身に危険がさしせまっている状況を警告し、警察にも、この先、恩人にまさかのことなど決してないようにと、充分な情報を知らせました。

それから後の話は、あなた方のほうがよくご存じでしょう。敵がわたしたちに影のように忍び寄っていることは、間違いないと信じていました。ゴルジアーノには恨《うら》みを晴らすだけの個人的な動機がありましたし、また、あの男がどれほど残酷で、悪賢く、しかも執念深いかは、わたしたちにもよくわかっていました。イタリアでもアメリカでも、彼の恐ろしい力を物語る噂には事欠きません。もし、それを発揮できる時があるとすれば、今をおいてほかにはないでしょう。出足が早かったので、はじめの安心できる数日間を使って愛《いと》しい夫は、わたしにいっさい危険が及ぶ心配のない隠れ家を用意しました。彼自身は、アメリカ、イタリア双方の警察に連絡できるように、身軽になって行動したかったのです。わたしには彼がどこにいるのやら、どういう生活をしているのやら、まったくわかりませんでした。知ったことといえば、新聞の伝言欄で伝えられてくる内容だけでした。しかし、ある時、何気なく、わたしが窓からのぞいてみると、二人のイタリア人がこの建物を見張っていました。それで、結局のところ、ゴルジアーノにわたしたちの隠れ家が見つかってしまったのだろうと察《さっ》しました。ジェンナロは、新聞を通じて、ある部屋の窓から合図を送ることにすると言ってきました。ところが、実際に合図が送られてきた時には、それは、危険を知らせる警告の合図にほかなりませんでした。しかも、その合図は途中で断たれてしまったのです。それも、今は、はっきりわかるのですが、夫はゴルジアーノが近づいてきている事実を知っていて、ゴルジアーノが襲ってきた時には、夫は充分、それにそなえていたのです。そして、みなさま、あなた方にお聞きします。わたしたちには、はたして法を恐れるような落ち度があったでしょうか。また、わたしのジェンナロが行なった行為を、有罪と裁く判事が、この世にいるとでも思われますか」

「どうでしょう、グレグスンさん」と、アメリカ人探偵は警部の顔を見て言った。「英国側の見解がどのようなものになるかは、わたしにはわかりませんが、これがニューヨークでしたらおそらく、こちらのご婦人の夫君は一般大衆から広く感謝を決議されると思いますよ」

「ともかく、署までご同行願い、わたしの上司に会っていただきましょう」と、グレグスンは答えた。「彼女の話したことの裏付けがとれれば、彼女も、彼女の夫も、あまり心配することはないと思います。ですが、それにしても、わたしには全く見当もつかないのですが、ホームズさん、いったいどうして、あなたがこの事件と深くかかわりになられたのですか」

「研究ですよ、グレグスン、研究。わたしは、古巣《ふるす》の大学で知識をふやしている身でしてね(119)。ワトスン、今回は、君も、悲惨《ひさん》でグロテスクな犯罪の実例をひとつコレクションに付け加えることができて、よかったね。ところで、まだ八時になっていないようだから、コヴェント・ガーデン劇場でワグナーの夕べを見ようではないか(120)。急げば、二幕目には間に合うだろうからね」

フラーンシス・カーファックスの失踪《しっそう》

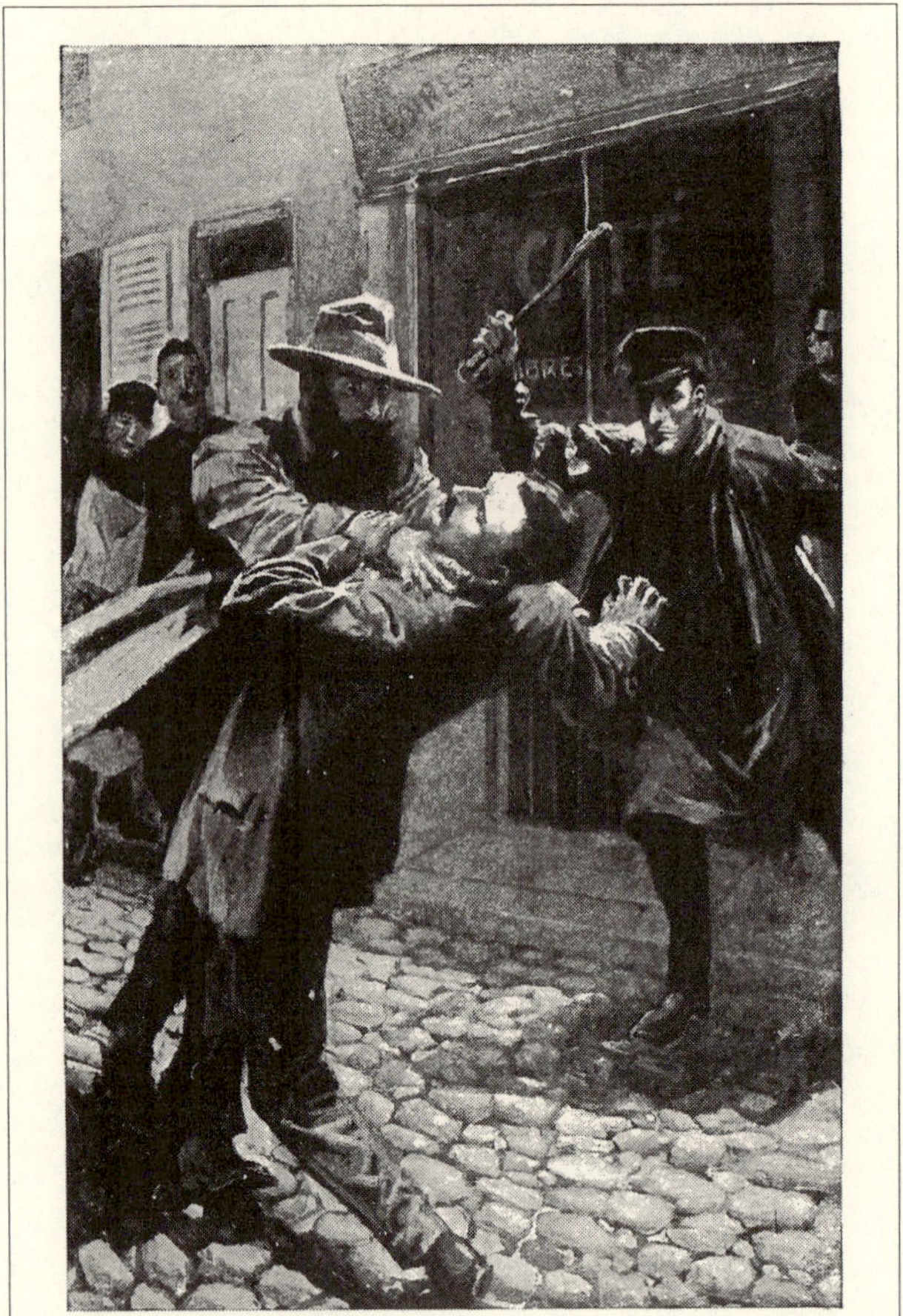

挿絵　アレック・ボール

「で、なんで、トルコ式にしたのかね?」わたしのブーツをじっと眺めながら、シャーロック・ホームズ氏は聞いてきた。その時ちょうど、籐椅子《とういす》に長々ともたれて、わたしが足を突《つ》き出していたので、ホームズのいつも鋭敏《えいびん》に活動している注意力が向けられたのだ。

「いや、イングランド製だよ」[121]ちょっと予想外なので、わたしはそう答えた。「オックスフォード街のラティマーの店で買ったのさ」

ホームズは、我慢できないというような表情を浮かべて、ほほえんだ。

「浴場だよ!」と、彼は言った。「浴場のことだよ! 元気になる自国製でなしに、どうしてまた、ぐったりする上に高くつくトルコ式でなくてはならないのかい」

「ここ数日、ぼくはリューマチみたいで、年をとってしまったような感じがしたものだからね。トルコ式浴場は、体質改善薬[122]のひとつと言われているけれども、治癒力《ちゆりよく》を刺激して高める、身体の浄化をめざすものなんだ」

「それはそうと、ホームズ」と、わたしは続けた。「推理にたけた頭脳の持ち主の君には、ぼくのブーツとトルコ式浴場とのつながりははっきりしているのだろうけれど、もう少し説明をしてもらえると、ありがたいね」

「推理の過程は決して不明瞭《ふめいりよう》ではないよ、ワトスン」と、いたずらっぽく目を輝かせて、ホームズは言った。「たとえば、君が今朝、誰と一緒に辻馬車で出かけたのかと、尋《たず》ねたらどうだろうか。それを例証するのと同じくらい、推理の初歩クラスなのだけれどね」

「新しい例じゃあ説明にならないよ」と、わたしはいくぶん気分を害して言い返した。

「すばらしいよ！　ワトスン。それはもっともで、理にかなった抗議《こうぎ》だ。えーと、何の説明だったかな。そう、後のほうから始めてみようか。辻馬車の話だよ。君のコートの左手のそでと肩に泥のはねた跡がちょっと付いている。もし君が馬車の座席の中央に座ったとすれば、はねが付くはずがなかっただろう。付くとしても、両側に付いただろう。そこで、(123)君が馬車の片側に乗っていたことがはっきりする。だから、君には絶対に連れがあったことも同様にはっきりしている」

「非常にはっきりしているね」

「そう、あきれるくらい当り前さ」

「それで、ブーツと浴場はどうつながるのかね」

「こちらも子どもだましのようなものさ。君のブーツのひもの結び方には特別な癖《くせ》がある。それが今、ぼくが見たら、ていねいな二重の蝶結《ちょうむす》びになっている。いつもの君の結び方ではない。だから、君はブーツを脱いだことになる。では、そのひもは誰が結んだかだ。靴屋か――でなければ、浴場のボーイだ。ところが、君の靴は下ろしたばかりで新品同様だから、靴屋ということはまずないだろう。とすると、残ったのは？　そう、浴場だ。聞いてしまえば、どうということはないだろうね。ところで、それはさておいて、そのトルコ式浴場が役に立つのさ」

「どういうことかね」

「君はトルコ式浴場へ行ったのは、気分転換のためだったと言ったね。ひとつ、気分転換をしてみないかね。ねえワトスン、ローザンヌというのはどうだろうか。一等の交通費と、諸経費は王侯並みに出る」

「それはすごい！　しかしどうしてまた」

するとホームズは、肘《ひじ》掛け椅子の上で身をそらせて、ポケットから手帳を取り出した。

「この世で一番危《あや》うい人間といえば」と彼は言った。「やはり、転々としていて、しかも友人がいないという女性だろうね。こういう人は、他人に危害を加える心配がまったくないし、しばしば、最も人の役に立つ人種なのだ。しかし、同時に、他人の犯罪を誘発《ゆうはつ》しやすい。まず、守ってくれる人がそばにいない。そのうえ流浪者《るろうしゃ》だ。国々を自由に行き来し、ホテルも選び放題にできる資産家だ。裏町へ流れて、怪しげな安宿《ペンション》や下宿屋のたてこんだ迷路の世界に消えてしまうこともある。いってみれば、狼《おおかみ》の縄張りでよちよちさまようひな鳥のようなものだ。食われてしまったところで、[124]誰ひとり気づいてくれる者もいない。このレイディ・フランシス・カーファックスの身にも、何か悪いことがおこっていやしないかと、ぼくは気が気ではないのだ」

一般論から急に具体例へと話が急降下したので、わたしは気楽になった。ホームズは手帳を調べた。

「レイディ・フランシスはね」と彼はつづけた。「故ラフトン伯爵《はくしゃく》家の直系としては、生存するただひとりの人物だ。君も覚えているだろうが、不動産は男系が受け継いだ。だから、彼女に残された財産は限られたものだが、珍しいカットを施されたダイアモンドをあしらった、スペイン製の時代物の見事な銀の宝飾品をもらっている。これに彼女はいたくご執心《しゅうしん》[125]で、銀行に預けておけばいいものを、四六時中、それを肌身離さず持ち歩いているという話だ。レイディ・フランシスというのはいささか気の毒な人だよ。美人で、まだ中年の域《いき》に入ったばかりだが、運命のいたずらでつい二十年ほど前までの威風堂々《いふうどうどう》たる存在は、今ではもう見る影もない残骸《ざんがい》なのだ」

「それで、そのご婦人の身に何があったのかね？」

「そう、レイディ・フランシスに何があったか。とにかく、彼女が生きているのか、死んでしまったのか。それが、ぼくたちの問題なのだ。きわめて几帳面《きちょうめん》な性格で、この四年の間、かつての家庭教師のドブニーさんに、二週間ごとに一度も欠かすことなく手紙を書き送ってきていた。ドブニーさんは仕事を引退してからもうだいぶたっていて、今はカンバーウェルに暮らしている。相談を依頼してきたのはこのドブニーさんなのだ。一言の連絡もないまま、五週間も過ぎようとしているのだそうだ。最後の手紙は、スイスのローザンヌにあるホテル、オテル・ナシオナル(126)から届いた。どうもレイディ・フラーンシスは、次の行き先も告げずに、ここを出たらしい。一族の者は不安に思って、とてつもない大富豪《だいふごう》だから、事情を明らかにしてくれるなら、金に糸目はつけないと言っている(127)」

「それで、情報源はドブニーさんだけなのかね。他の人とも文通していただろうに」

「確実に文通していた一つの連絡先がここにあるよ、ワトスン。銀行だよ。独り身のご婦人たちも生きなくてはならない、だから、彼女たちの預金通帳は簡潔《かんけつ》にまとめられた日記だ。彼女が取り引きしていたのはシルヴェスター銀行だ。ぼくは口座をちょっとのぞかせてもらった。ローザンヌで最後から二番目の小切手を振り出していたが、預金はかなりの額だから、彼女の手元にはまだ相当の現金が残っているはずだ。その後は、もう一回小切手を切っているだけだ」

「誰あてに、どこでだい？」

「ミス・マリー・ドヴィヌに宛《あ》ててだ。小切手がどこで切られたかはわからないけれど、三週間近く前に、モンペリエのクレディ・リヨネ銀行で現金化された(128)。金額は五十ポンド（約一二〇万円）だ」

「それで、ミス・マリー・ドヴィヌとは何者なのかな」

「それも、調べをつけてある。ミス・マリー・ドヴィヌはレイディ・フラーンシス・カーファックスに仕えていたメイドだ。レイディ・フラーンシスがそうした小切手をなぜ渡したのかはわからない。しかし、君の調査がすぐにそれを明らかにしてくれるに違いないとぼくは信じているよ」

「ぼくの調査でだって！」

「そうさ。だからこそ、君にローザンヌへ保養旅行に行ってもらいたいのだ。アブラハム翁《おう》が死の恐怖にさらされている時に、ぼくがロンドンを離れられないのは、わかってくれるだろうね。そのことだけでなくても、ぼくはこの国を離れないのが一番いいのだよ。ぼくがいないとスコットランド・ヤードの連中は心もとないらしいし、逆に悪党どもには、異常な興奮《こうふん》をひきおこさせるというわけさ。だから、ねえワトスン、ぜひ君が行ってくれたまえ。一語につき二ペンス（約二〇〇円）と、かなり値ははるけれど、その値打ちがあるというときには、ぼくの助言が、昼夜を問わず、大陸電報で、君のもとへいつでも届けられるよ」

二日後には、わたしはローザンヌのナショナル・ホテルにいた。そこでは、著名な支配人のムッシュー・モゼーから、下にも置かぬもてなしで迎えられた。彼の語るところによると、レイディ・フラーンシスは、そのホテルに数週間滞在していたという。彼女は知り合った誰からも好かれていた。歳は四十をすぎてはいないだろう。今でもきれいで、若い頃には、うっとりするほど美しかったろうと思わせるものがあった。モゼー氏は高価な宝石があることはまったく知らなかったというが、使用人たちが、この婦人の寝室には重いトランクがあって、これにはいつでも厳重に鍵《かぎ》がかけられていた、と話していたということだ。メイドのマリー・ドヴィヌも、女主人に負けず劣らず、みなから好かれていた。実際のところ、ホテルの給仕長の一人との婚約も決まっている。彼女の住まいの住所もわけもなくわかった。モンペリエの、トラージャ通り十一番である。わたしは、このことを漏《も》れなく書きとめながら、ホームズ自身でもこれほどまでうまく、情報収集をできなかっただろうと思った。

　ただ一点、闇に包まれたままのことがあった。わたしがつかんだ情報でも、まったく解き明かせないのだ。それは、この婦人が突然出発した、その理由であった。彼女は、ローザンヌでは幸せそのものだったらしい。湖を一望のもとに見下ろす豪華な部屋に泊まり、ひとシーズンが終わりになるまで、そのまま滞在を続けるだろうと考える理由は充分あった。ところが、ほんの一日前に予告して、一週間分宿泊費の前払いをしてあるにもかかわらず、出発していったのだ。この行動の謎については、ジュール・ヴィバールというメイドの恋人だけが手がかりを与えてくれた。急な出発の一日か二日前に、浅黒く、あごひげを生やした背の高い男が訪ねて来たことと関連がありそうだ、と彼はいうのだ。「荒っぽい男、本当に荒っぽい男でした！[129]」と、ジュール・ヴィバールは大声で叫んだ。その男は、この町のどこかに部屋を借りていた。湖のわきの散歩道で、男が婦人に熱心に話しかけているようすが目撃されていた。そして、彼はホテルに訪ねてきた。彼女は会わないときっぱり断った。男がイングランド人だったことはわかっているが、名前は書き残されていない。マダムがホテルを発ったのは、この直後のことだった。ジュール・ヴィバール、そしてさらに無視できないのは、ジュール・ヴィバールの恋人までもが、この訪問とレイディ・フラーンシスの失踪とには直接の因果関係があると信じ切っていたことだ。ひとつだけ、ヴィバールがどうしても語りたがらないことがあった。それは、マリーが女主人のもとを去った理由であった。そのことについてヴィバールは、いっさい語れないのか、語りたくないのかなのだ。どうしても知りたいとなれば、それを彼女に尋ねるためにわたしはモンペリエの町まで足を運ばなくてはならない。

　わたしの調査の第一章はこのようにして終わった。第二章は、もっぱら、ローザンヌを去ったレイディ・フラーンシス・カーファックスの行き先の話に終始した。行き先については、人に知られないようにと気を配ったようすがうかがえるから、誰かからの追跡をくらまそうとした意図は確実だろうと思われる。そうでなければ、バーデン行きのラベルを彼女の大きな荷物によく見えるように貼らなかった理由がわからない。彼女と荷物は回り道をして、ライン河沿いのこの温泉地にたどりついていた。この間の情報は、クック旅行社の地元支店の支配人から聞き出した。それで、わたしはバーデンに行くこととなった。その前にわたしはこうした捜査結果をすべて、ホームズに伝えたところ、この返事として、ユーモア半分の電報が戻って来た。

バーデンに着いてみると、跡をたどるのはたやすかった。レイディ・フラーンシスはイギリス館《エングリッシャー・ホーフ》に二週間泊まっていた(130)ことが、すぐにわかった。そこに滞在中、知り合ったのが、シュレシンガー博士とその妻で、南アメリカから来ている宣教師《せんきょうし》だった。孤独な暮らしを送る多くのご婦人方同様、レイディ・フラーンシスも宗教に慰《なぐさ》めを見出し、熱中したのだ。シュレシンガー博士の立派な人格、信仰への一途《いちず》な献身《けんしん》、さらには博士が布教活動に熱中したあまり病気になってしまい、今、治りかけであるという境遇に、彼女はことさら強く心を打たれたようだった。そこで、病気あがりの聖人を介護《かいご》するシュレシンガー夫人を、彼女は助けていたのだ。支配人がわたしに語ったところによると、博士は毎日、ベランダへ出て寝椅子に横たわり、いつでも片側に世

話をする女性が付きっきりだったというのだ。彼は聖地地図の制作を準備しており、それには、いま彼が論文を書き進めているミディアン人の王国[131]について特別に詳しく記載されている。ようやく健康が回復したので、シュレシンガー博士と夫人はロンドンへ戻った。そして、レイディ・フラーンシスは彼らと一緒に出発したということだった。これが、つい三週間ほどまえのことで、支配人は、その後については聞いていなかった。一方、メイドのマリーは、お勤めはこれっきりで終わりだ、とメイド仲間に、涙ながらに告げて、その数日前にホテルを去ったとのことだった。シュレシンガー博士は出発の前に、一行全員の宿泊代の支払いを済ませていた。

「そういえば」と、宿の主人は最後に言っ

た。「あなただけが、今、消息をお探しのレイディ・フランシス・カーファックスのお友達というわけではありませんね。ほんの一週間かそこら前のことでしたか、同じ用向きでここへお見えの男の方がおられましたよ」

「名前を名乗っていましたか」とわたしは聞いた。

「いいえ、でも、イングランド人であるのは間違いありませんでした。ただ、ちょっと普通の人とは言い難いですがね」

「粗野《そや》でしたか？」と、わたしはこう言った。高名な友人の方法をまねて、つかんでいる情報を関連付けて推理してみたのだ。

「そのとおりです。まったくぴったりの表現です。体が大きくて、あごひげを生やしており、日焼けした男で、しゃれたホテルよりは、農家の民宿(132)に行ったほうがふさわしい人ですよ。恐ろしく乱暴なようですから、ちょっと怒らせたくない相手でした」

霧《きり》が晴れるにつれて、人物の姿が明らかになっていくのにも似て、謎の輪郭《りんかく》がおのずからはっきりとしてきた。まず、善良で信仰に篤《あつ》い婦人が、無気味で執念深い男につけねらわれているのだ。彼女は男を恐れていた。そうでなければ、ローザンヌを逃げ出したりはしない。その後も、男は追い続けた。おそかれ早かれ彼女に追いつくはずだ。すでにもうつかまえたのだろうか。このことが、彼女の長い消息不明の原因となっているのだろうか。連れの善良な人たちは、男の暴力や脅迫《きょうはく》から、彼女を守れないのだろうか。この長期にわたる追跡の背後には、どのような恐ろしい狙《ねら》いと、底知れぬ企《たくら》みが潜《ひそ》んでいるのか。それが、わたしの解き明かさなくてはならない問題なのだ。

わたしがどれほど迅速《じんそく》に、しかも抜かりなく、事件の真相に迫《せま》っていったかをホームズに書き送った。その返事に受け取った電報では、シュレシンガー博士の左耳の形について報告するようにと言ってきた。けれども、ホームズのユーモアのセンスは風変わりで、人を不快にさせることもままあるので、わたしはこの場違いな冗談をまともにとりあげる気にもならなかった。それに、この伝言が届く前に、わたしはメイドのマリーの跡を追って、すでにモンペリエに着いてしまっていた。

元メイドを見つけるのにはさしたる困難はなく、彼女の知っている限りのこともすべて聞き出すことができた。女主人思いの一途な人柄《ひとがら》のマリーだったが、女主人がその後も世話をよく受けられるだろうと確信できたことと、ほどなく自分も結婚することでもあり、どの道、女主人との別れは避《さ》けられないと考えたから辞めたのだそうだ。彼女がつらそうに打ち明けたところによると、バーデン滞在中に、女主人はいらいらしたようすで、さらにはマリーの正直さを疑うように問い詰めたりしたそうだ。そのことがあったから、つらい別れとなるはずのところがすこしは楽になった。レイディ・フラーンシスからは、結婚の祝い金として五十ポンド（約一二〇万円）をもらった。ローザンヌから女主人を追い立てることになった不審な男のことについては、マリーもわたしと同様、疑惑の目で見ていた。実際、湖の散歩道で、女主人がこの男にひどく乱暴に手をつかまれたのを、彼女は目撃していた。彼は狂暴で恐ろしい人間だった。シュレシンガー一家が付き添ってくれるという申し出を受け入れて、レイディ・フラーンシスがロンドンに向かったのも、彼を怖がっていたせいだと信じていた。レイディ・フラーンシスはマリーにそのことは一言《ひとこと》も口にしなかったが、そのようすはしばしから、いつも神経を高ぶらせていることが見てとれた。ここまで話をしてきたところで、突然、椅子から跳び上がると、マリーは驚きと恐怖で顔を引きつらせた。「見て！」と、彼女は叫んだ。「あの悪魔がまだ追ってきた！　あれが話題の男です」

開いていた居間の窓を通して、わたしの目に入ってきたのは、通りのまん中をゆっくり歩き、家屋番号をじっと見ている、ごわごわした黒いあごひげを生やした、色の浅黒い大男だった。わたしと同様に、彼もこのメイドのあとを追いかけていることは明らかだった。その場の勢いで、わたしは思わず、男の所に駆《か》け寄り、声をかけた。

「あなたはイングランドのかたですね」と、わたしは言った。

「そうだとすりゃあ、なんだ？」なんとも恐ろしい睨《にら》みをきかせながら、聞き返してきた。

「名前をお聞かせいただけないかと思いまして」

「いいや、だめだね」と、男ははっきりと答えた。

危うい状況だったが、そういう時こそ、真正面からぶつかるのが最善の策《さく》になるものだ。

「レイディ・フラーンシス・カーファックスはどこにおられるのですか？」と、わたしはたずねた。

男は驚いたようにわたしを見つめた。

「あなたはあの人に何をしたのです。どうして追いまわすのですか。答えてほしいものですね」と、わたしは言った。

男は怒ってうなり声を上げ、虎のように、わたしに飛びかかってきた。これまで数々の格闘で、わたしはひけをとったことはなかったが、男は鉄の握力《あくりょく》と、鬼のような荒々しさを備《そな》えていた。その手はわたしののどを襲《おそ》い、あやうく気も遠くなりかけたちょうどその時、青の仕事着を着たひげ面のフランス人労働者が、向かい側の酒場《キャバレー》から飛び出してきた。手には棍棒《こんぼう》を握り、これで、わたしを襲っている男の前腕を強打して、手をほどかせてくれた。彼は一瞬怒りをほとばしらせながら、再び攻撃を繰《く》り返そうかどうかとためらった。そのあと、怒りの声をひとつ上げたかと思うと、わたしを放り出して、わたしが出てきたばかりの小さな家へ入っていった。

わたしは道のすぐそばに立っている恩人に感謝《かんしゃ》しようと振り向いた。

「ねえ、ワトスン」と、彼は言った。「ひどい失敗をしてくれるものだね！　君には、夜の急行で、ぼくと一緒にロンドンへ戻ってもらったほうがよさそうだ」

一時間後、シャーロック・ホームズはいつもの服装に戻って、ホテルのわたしの部屋に座っていた。突然に、うまい時に姿を見せてくれた理由の説明は単純明快であった。ロンドンから抜け出せるのがわかった時に、わたしが次に必ず行く場所に先回りして、わたしをつかまえようと決めたからだ。そして、労働者に変装して、わたしが現われるのを酒場で待ち構えていたというわけである。

「ねえワトスン、それにしても、君はずいぶんと首尾一貫した捜査を続けてくれたものだね」と、彼は言った。「思いおこしてみても、君がしでかさなかったへまを探すほうがむつかしいくらいだよ。結局のところ、君の捜査方法は、いたる所で相手方の警戒心《けいかいしん》を呼びおこすばかりで、何ひとつ発見できなかったではないか」

「たぶん、君が行ってもうまくはいかなかったさ」と、わたしは苦々しく言い返した。

「『たぶん』はやめてほしいね。ぼくはうまくできたからね。ここにおいでいただいたのが、フィリップ・グリーン閣下《かっか》で、君と同じくこのホテルに滞在中だ。より成功に近い捜査の出発点はここにあるようだ」

名刺が盆にのせられて運ばれ、それに続いて入って来たのは、通りでわたしを襲った、あのひげ面の乱暴者、その人であった。わたしを見て、彼は驚いて跳《と》び上がった。

「こりゃ、いったいどうしたことです、ホームズさん?」彼は聞いた。「わたしはあなたからの連絡をもらって来ただけです。でも、この男が事件になんの関係があるというのです」

「こちらは私の古くからの友人で、協力者のワトスン先生です。今回の事件でも力を貸してもらっています」

見知らぬこの男は、巨大で、日焼けした手を差し出すと、二言、三言わびた。

「けがはなかったですかな。彼女に危害を加えただろうと、あなたに言われたので、こっちも思わず我を忘れてしまいました。いや近頃では、自分の行動に責任が持てません。私の神経は電流が流れている電線みたいにピリピリしています。ホームズさん、わたしが何より知りたいのは、どうして、わたしのことをききつけたのかです」

「レイディ・フラーンシスの家庭教師を勤めていたミス・ドブニーと連絡を取っているのです」

「ああ、いつも室内用の帽子《モブ・キャップ》(133)をかぶってた、あの年とっているスーザン・ドブニーね! それはよく覚えていますよ」

「彼女もあなたをよく覚えていましたよ。あれは何年も前、あなたが南アフリカへ行ったほうがいいと思う前のことでしたね」

「いや、それではあなたはわたしの過去をすっかりご存じというわけですか。では、何も隠すこともありませんな。ホームズさん、誓《ちか》って申し上げますが、わたしほど全身全霊でフラーンシスを愛した男はこの世にいません。ただ、わたしも、ご存知のとおりのしたい放題の若者でした。もっとも、わたしの出身階級の他の若い者と比べて特別悪かったわけではありませんが。しかし、彼女の心は、雪のように純白で、穢《けが》れというものを知りませんでした。ですから、上品ではないことには、これっぽっちも我慢がならなかったのです。わたしの当時の行動をあれこれ知ってしまうと、わたしには、もう口もきいてくれようとはしませんでした。ところがです、驚くじゃありませんか、それでもあの人はわたしのことを愛し続けてくれたのです。このわたしだけを思って、清らかに独身を通してくれたのです。年月がたち、わたしは南アフリカのバーバートン(134)の金鉱《きんこう》でひと山あてました。そこで、わたしは彼女を探し出して彼女の心をときほぐすことはできないかと考えたのです。わたしは、彼女がまだ結婚していないと聞いていました。ローザンヌでついに彼女を見つけ、考えられる限り力を尽《つ》くしたのです。彼女は軟化《なんか》したように思えましたが、意志は強くて、次にわたしが訪ねた時には、すでに町を離れていました。わたしはバーデンまで彼女を追いました。そして、そのあと、彼女付きのメイドがここにいるときいたのです。粗《あら》っぽい生活をやめてまもないものですから、粗暴《そぼう》にふるまってしまうのです。ワトスン先生がわたしに、あのように言われたものですから、あの時はつい自分を制することができませんでした。しかしお願いです、レイディ・フラーンシスの身に何がおきたのかをお話しください」

「こちらも、まさにそれを、探ろうとしているところなのです」と、シャーロック・ホームズはいつになく重々しく言った。「ロンドンでの、あなたの住所はどこになりますか、グリーンさん」

「ランガム・ホテル(135)です」

「それでは、あなたにはそこにお戻りいただき、わたしのほうであなたが必要になった時には連絡をとれるようにしておいていただけませんか。ぬか喜びをさせたくはないのですが、レイディ・フラーンシスの安全のためにできることは、すべてするつもりでいますからご安心ください。今のところは、これ以上申しあげることはありません。わたしたちに連絡をとれるように、この名刺をさしあげておきます。それではワトスン、君の荷づくりが終わったら、ぼくはハドスン夫人に電報を打つことにするよ。明日、七時三十分、空腹の旅人二人が到着するので、最高の料理を頼むとね」

ベイカー街の部屋に戻ってみると、電報が一通、待ち受けていた。ホームズはこれを読んで、なるほどと声を上げると、わたしに投げてよこした。「ぎざぎざか、ちぎれているようだ」というのが伝言内容で、発信地はバーデンとなっていた。

「なんだい、これは?」と、わたしは尋ねた。

「これが全てなのさ」と、ホームズは答えた。「あの聖職者の男が、どういう左耳をしていたか、ぼくが、ちょっとピントはずれとしか思えないような質問をしたのを君は覚えているだろうね。でも、君は返事をくれなかったな」

「ぼくもすでにバーデンを発っていたから、調べられなかったのさ」

「そのとおりだ。だからこそ、ぼくはイギリス館《エングリッシャー・ホーフ》の支配人に同じ質問を書いた電報を送っておいた。ここにあるのがその返事だ」

「それで何かわかったのかい」

「ねえワトスン、わかったのはね、ぼくたちが相手にしているのは抜け目がなくて、しかも危険きわまりない男だということさ。南アメリカから来た聖職者シュレシンガー博士とは、実は聖人《ホーリー》ピーターズに間違いない。オーストラリアが生んだ、もっとも恥知らずの悪党のひとりだ。この歴史の浅い国にしてはずいぶん頭のいい悪党たちを生み出しているのだ。彼の得意の手口はもっぱら、その篤い信仰心につけこんで、孤独なご婦人たちをたぶらかし、金品を巻き上げることだ。妻だと称しているイングランド女性は、フレイザーといって大事な役割をはたしている。今回の彼の手口を見て、彼が誰だかを思いついたのだ。それとあの身体面の特徴《とくちょう》だ。あれは一八八九年にアデレイドのパブで大立ち回りを演じたとき相手に嚙《か》みつかれた跡なのだ[136]。これで、ぼくは彼に間違いないと確信した。気の毒なあのご婦人は、最も極悪非道な二人に捕らえられているわけだよ、ワトスン。だから、彼女がすでに殺されてしまっているという可能性も、大いに考えられる。そうでないにしても、監禁されていて、ドブニーさんや他の友人に手紙を出すこともできないのだろうね。レイディ・フラーンシスがロンドンまでたどりついていないとか、あるいは、ロンドンを通過してどこかへ行ったという可能性もあるけれども、前者は実際にはまずありそうにない。パスポートの登録制度がある[137]から、外国人がヨーロッパ大陸の警察を手玉にとることはむずかしいよ。後者の可能性もありそうにないね。ああした悪党どもが人を監禁しておけるような都合のよい場所が、ロンドン以外に見つかるとは考えられないよ。ぼくの直感で言わせてもらえば、彼女はロンドンにいる。とはいっても、今のぼくたちには、その問題の場所がロンドンのどこなのか、それを突き止める手立てなど、まったく見つからない。せいぜい、当り前の手段を講《こう》じてみるだけだ。あとは夕食をとり、忍耐によって、自分の命をかちとるしかない[138]。夜も遅くなってから、ぶらぶらと足を運んで、スコットランド・ヤードの友人のレストレイドにちょっと話をしておこうかと思っているのだ」

　正規の警察当局も、ホームズの、小さいながらも効率のよい私設組織[139]も、事件の謎を解き明かすには力不足であった。ロンドンの何百万もの人波の中から、わたしたちの探し求めるその三人は、まるでこの世に存在しなかったかのように、跡形もなく消え失せてしまった。新聞の広告を試したが、どのような糸ぐちもみつからなかった。いくつかの手がかりを追ってみたが、何の発見にもつながらなかった。シュレシンガーが行きそうな犯罪者の溜《たま》り場をひとつ残らず、探ってみても、むだだった。彼の昔からの仲間を監視したが、彼を避けているようであった。こうして、一週間ほど絶望的な時間が続いてから、突如《とつじょ》、明るい光が差し込んできたのだ。年代物で、銀製の、ブリリアント・カットを施したダイアをあしらったスペイン風デザインの首飾り[140]が、ウェストミンスター通りにあるベヴィントンという質店[141]に質入れされたとの報告が入ってきた。預けたのは大柄の、きれいにひげを剃《そ》った、聖職者風の男だったという。記録された名前も住所も偽《いつわ》りであるのは一目瞭然《いちもくりょうぜん》だった。耳の形はわからなかったが、外見からしてシュレシンガーであることにまちがいはなかった。

　わたしたちのひげづらの友人グリーンは、ランガム・ホテルから新しい情報はないかと三回も訪ねてきた。その三回めの時には、事件のこの新しい進展があって一時間も経《た》っていない時だった。彼の姿を見ると、大きな体に身につけている服はだぶだぶになり、心配のあまりやせて、もうすっかり消耗しきっているようすであった。「わたしにも何かやらせてください！」というのが、いつも口にするグリーンの嘆《なげ》きであった。しかし、ようやく、ホームズもこれに応えることができた。

「彼はあの宝石を質に入れ始めた。いま、彼をつかまえなくては」

「しかし、そういうことは、レイディ・フラーンシスに何か危害が加えられた、ということではありませんか？」

ホームズは、重々しく首を振った。

「今でも彼らが監禁し続けているとすれば、自分たちがつかまることを覚悟しないかぎり、監禁を解くわけがありません。ですから、最悪の状況も覚悟しておかなくてはなりません」

「わたしにできることは何ですか」

「彼らはあなたの顔は知りませんね」

「そう」

「シュレシンガーがこれから先、他の質屋に行くことも考えられます。そのときは、一から調べなおすことになります。しかし、かなりの金をもらったうえに、面倒なことも聞かれずに済んだから、また金が要《い》り用になれば、ベヴィントンの店にまた戻ってくるでしょう。店宛てに伝言を書いておきますから、それを見せれば、あなたは店で待たせてもらえます。そして、その男が来たら、家まであとをつけてもらいましょう。しかし、分別のない行動をされては困ります。特に、暴力は絶対だめです。わたしの知らないところで、同意なしには、勝手な行動をとらないと誓っていただきましょうか」

初めの二日間は、フィリップ・グリーン閣下（ついでながら、クリミア戦争のアゾフ海(142)で見事な指揮ぶりを見せた、高名なあのフィリップ・グリーン海軍大将の子息である）からは、なんの知らせも入らなかった。三日めの夕刻、彼がわたしたちの居間に飛び込んで来た。顔は青ざめ、体を小刻みにふるわせていた。興奮のため、頑《がん》丈《じょう》な体の筋肉のひとつひとつがぴりぴりと震《ふる》えているのである。

「見つけましたよ！　見つけましたよ！」と、彼は大声を上げた。気持ちが高ぶり、言葉もままならないようすだった。ホームズは言葉をかけて、彼を落ち着かせ、安楽椅子に座らせた。

「さてと、順を追って話していただきましょうか」とホームズは言った。

「女が一時間ほど前に来ました。こんどは奥さんのほうです。質に入れた(143)のは、このあいだの首飾りと揃《そろ》いのもう片方です。顔色の悪い、フェレットのような目をした、背の高い女でした」

「その女だ」と、ホームズは言った。

「店を出たその女を、わたしは追いました。ケニントン通りを進みましたが、わたしもぴったりと尾行を続けました。それからほどなく、女は一軒の店に入ったのです。ホームズさん、それが葬儀屋なのですよ」

わが友はぎょっとして、「えっ?」と聞き返した。その声は熱気を帯びていて、無表情の青白い顔付きの背後に潜んでいる、激しい情熱を感じさせるものだった。

「彼女はカウンター越しに、店の女に話しかけていました。わたしも店に入っていましたから、『遅いわね』というような言葉を女が言ったのが聞こえました。店の女性は弁解をしているようでした。『もうそろそろ着いてもいいはずですがね』と答えました。『普通のじゃないから、時間もかかるんですよ』二人はそこで話を止め、わたしのほうを見るのです。それでわたしも、適当なことを質問して、店を出ました」

「非常によく立ちまわってくださいました。それからどうなりましたか」

「その女が出てきたので、わたしは戸口に隠れました。どうも、不審を抱かせてしまったのか、周りを見回すのです。そして、辻馬車を呼び、乗り込みました。運よく、わたしも別の馬車をつかまえることができたので、彼女を追跡しました。だいぶ走り、ようやく、ブリクストンのポウルトニー・スクェア三十六番で彼女は降りました。わたしのほうはそこを通り過ぎ、広場の端まで行って、馬車を降り、その家のようすをうかがいました」

「誰か、人の姿を見ましたか」

「窓はどれも真っ暗で、たったひとつ、下の階の窓の明りがともっていました。ブラインドが降りていたので、中のようすを見ることができません。そこで、どうしようかと思い悩んで、そこに立ち尽くしていると、幌《ほろ》付きの荷馬車が来て、男が二人おりてきました。彼らは馬車から何かを降ろし、玄関先の階段を運び上げました。ホームズさん、それはなんと、柩《ひつぎ》だったのです」

「ほう」

「一瞬、わたしも危うく飛び込んでしまうところでした。男たちと荷物を入れるために、ドアは開けてありました。しかも、そのドアを開けたのもあの女でした。彼女は、わたしがそこにいたのをちらりと見て、わたしだとわかったようでした。驚いて、あわてててドアを閉めました。でも、こうして、わたしはあなたとの約束は守って、ここへ来たのです」

「実に見事なお仕事ぶりでした」こう言って、ホームズは半分に切った紙に、何か短く書きなぐった。「家宅捜査令状がないと、わたしたちは合法的に何も仕事ができません。あなたがこの伝言を当局まで持って行き、令状を一通もらってきてくだされば、それが一番立派に務めを果たしていただくことになります。少々むずかしいかもしれませんが、とにかく、あの宝石を売った事実が充分な証拠になるとわたしは思います。細かいことは、レストレイド警部が取り計らってくれるでしょう」

「ですが、そうこうしているうちにも彼女が殺されてはしまいませんか。あの柩にはどういう意味があるのでしょうか。彼女以外の誰のための物だというのですか？」

「わたしたちは最善をつくします、グリーンさん。一瞬もおくれてはなりません。わたしたちにお任せください。ワトスン、いいね」客が足早に去るとすぐ、ホームズはさらに続けた。「彼は正規軍を発動させてくれる。相変わらずの非正規軍のぼくたちとしては、独自の行動をとるしかない。瀕死《ひんし》の事態だから、どんなに極端な手段でも正当化できる。さあ、一刻も早く、ポウルトニー・スクェアへ向かおう」

「事件の状況を再現してみようか」国会議事堂、それに続いてウェストミンスター橋を駆け抜ける馬車の中で、ホームズは言った。「あの悪党どもは、はじめに主人思いのメイドからこの不幸な婦人を引き離しておいて、次に甘い言葉で巧《たく》みにそそのかして、ロンドンまで連れてきたのだ。彼女が手紙をいくら書いたところで、どこか途中で奴らに没収されていたのだろうね。それに、誰か仲間がいて、家具調度の整《ととの》った家を借り受けたのだ。いったん家に入ったら、彼女は完全にとらわれの身となってしまったのだ。初めから狙っていた高価な宝石類も彼らの物となったわけだ。すでに宝石類を一部売り出しにかかっている。ご婦人の運命について、誰も気に止めるはずがないと、高をくっているから、宝石を売ることも安全この上ない仕事だと思った。もし彼女を自由の身にすれば、当然、彼女は彼らを訴《うった》えるだろうからね。だから、彼女が解放されることはありえない。だからといって、いつまでも、監禁しておくわけにもいくまい。とすれば、殺害がただひとつの解決法というわけだよ」

「それはそうに違いないね」

「ここで、また別の推理をしてみよう。これとはまったく別の推理を展開し、二つの推理をそれぞれ追ってみるんだ、ワトスン、いいね。すると、この二つが交わる。その交点がだいたい真相ということになる。今度はそのご婦人のことからではなくて、逆向きに、柩から推理してみよう。あのできごとからは、その婦人が死亡しているとしか思えない。しかも、医師の診断書と、公式な認可をとった正当な埋葬《まいそう》ということになる。他殺とわかるように殺害されてしまったのならば、彼らは裏庭に穴でも掘って、死体を埋めて隠すに違いない。しかし、あのとおり、すべてが公然と行なわれ、ごく普通のようすなのだ。では、いったいどういうことなのか。間違いのないのは、彼らがレイディ・フラーンシスを、医者をも欺《あざむ》くような、なんらかの手段を使って殺し、自然死を装《よそお》ったということなのだろう。おそらくは毒殺だろうね。しかし、それにしても、医者が仲間でもなければ、医者を彼女に近づかせるというのは、どうにも解《げ》せないし、まったくありそうもないことだ」

「彼らが診断書を偽造《ぎぞう》したとは考えられないだろうか？」

「危険だ、ワトスン、きわめて危険だ。彼らがそんなことをするとは、とても想像できないよ。おい、馭者《ぎょしゃ》くん、ここで止めて！ 質屋を通り越してすぐだから、ここが葬儀屋のはずだ。ワトスン、君が行ってみてくれたまえ。君なら、外見で信用されるよ。ポウルトニー・スクェアで明日行なわれる葬儀が、何時からか聞いてほしい」

店の女は、翌朝の八時の予定だと、わたしの質問になんのためらいもなく答えた。

「やはり、ワトスン、まったく不審な点などはなく、すべてがおおっぴらに進められているのだ！ ともかく、法律上必要な書類はたしかに所持しているらしいから、心配はいらないと安心している。そうなると、こちらとしても、正面突破を試みる以外に戦術はない。武器の用意はいいかい？」

「いつものステッキがあるよ！」

「ああ、そうか。ぼくらも、負けはしないね。『正義の戦士は三倍の力を発揮する』(144)というではないか。もう警察が動くのを待ちきれないし、法律を順守《じゅんしゅ》してもいられない。馭者くん、君は戻っていいよ。ねえ、ワトスン、昔、ときおりしたように、ふたりで、一《いち》か八《ばち》か、冒険してみようではないか」

ホームズは、ポウルトニー・スクェアの中央にある、暗く大きな家の玄関で、呼びりんをけたたましく鳴らした。ドアがすぐさま開き、長身の女の輪郭が照明の薄暗い玄関のホールを背に浮かんだ。

「いったい、何のご用です?」彼女は暗がりからのぞきこみながら、とげとげしく聞いてきた。

「シュレシンガー博士とお話がしたいのですが」と、ホームズは言った。

「そんな人はここにはいませんよ」こう答えると、ドアを閉めようとしたが、ホームズはすかさず、靴のつま先をはさみ込んで閉まらないようにした。

「まあ、ご本人がどう名乗っているかは知らないが、ここに住んでいる男の方にお目にかかりたいのです」ホームズはきっぱりと言った。

彼女は迷った。それでも、すぐにドアを開けた。「じゃあ、中に入ってくださいよ」と、彼女は言った。「夫はどんな人間を相手にしても、こわがるような人ではありませんから」彼女はわたしたちの背後で、ドアを閉めると、ホールの右側にある居間に招き入れ、ガス灯の明りをつけてから、部屋を出ていった。「ピーターズはすぐに来ますから」彼女は言った。

彼女の言葉にはまったく偽りがなかった。ほこりが積り、壁がしみだらけの借家の内部を見回す間もなく、ドアが開いて、きれいに顔を剃り上げ、頭もつるつるの大男が軽やかな足どりで部屋に入ってきた。大きな赤ら顔で、頰はでっぷりとたるんでいて、虫も殺さぬような、心のやさしさを示そうとする、うわべばかりの物腰も、冷酷《れいこく》で、狂暴そうなその唇のせいで、ぶちこわしになってしまっていた。

「お二人とも、きっと、なにかのまちがいではありませんか」彼は愛想よすぎる、事を荒立てたりはしないという、声で言った。「おそらく、間違った家を教えられておいでになったのでしょう。もう少し通りの先まで行ってみてはいかがでしょうか」

「もうそのくらいにしてもらおう。こちらも暇《ひま》ではないのでね」わが友はきっぱりと言った。「あなたはアデレイドのヘンリー・ピーターズだ。バーデンと南アメリカでは宣教師、シュレシンガー博士を名乗っていた。そのことは、わたしの名前がシャーロック・ホームズだというのと同様にはっきりしている」

ピーターズは、ここからはこの男のことをピーターズと呼ぶことにするが、ぎくりとして、執拗《しつよう》に追いかけてきた相手をまじまじと見た。「ホームズさん、あなたの名前を聞いても、わたしは少しもこわくはありませんよ」彼は平然と言った。「良心に耻じるところのない人間を、脅《おびやか》すことはできない。この家に何の用があるのですか」

「レイディ・フラーンシス・カーファックスをバーデンから連れてきて、あの人をどうしたのか聞かせてもらいたい」

「わたしのほうこそ、あのご婦人がどこにいらっしゃるかをお聞かせいただければ、ありがたいくらいなのです」ピーターズの返事は冷静だった。「あの方には一〇〇ポンド（約二四〇万円）近いお金を貸してさしあげているんです。それでいて、その代わりに預ったのは、商売人が目もくれようとしない、がらくたのペンダントがいくつかあるだけですよ。レイディ・フラーンシスは、バーデンでピーターズ夫人とわたしに会ってからというもの（あの時には、たしかに、わたしは別の名を使っていましたが）、わたしたちをすっかり気に入って、ロンドンまでもついて来てしまわれたというわけです。しかも、彼女の滞在費から交通費まで、わたしが払いました。ロンドンに着くとすぐに、彼女はどこかへ姿を隠し、さきほども申し上げたように、ああいう時代遅れの宝石を置いていって、支払いを済ませろというわけですからね。ホームズさん、ぜひ彼女を探し出してください。わたしも恩にきますよ」

「わたしは本気で彼女を探します」ホームズは言った。「この家を隈《くま》なく探して、彼女を見つけ出します」

「捜査令状はどこにお持ちですか」

ホームズがポケットから回転式連発拳銃《レヴォルヴァー》をちらりとのぞかせた。「きちんとした令状が届くまでは、これを代りにさせてもらいましょう」

「それでは、あなたは押し込み強盗と同じだ」

「まあ、そうも言えるでしょうな」と、ホームズは明るく言った。「わたしの連れも、これまた危ないごろつきです。このふたりで、お宅を家探しさせてもらいましょうか」

わたしたちの相手はドアを開けた。

「アニー。警官を呼んでくれ！」彼は叫んだ。廊下で女のスカートがひるがえるのが見えたかと思うと、すぐに玄関のドアが開き、そして閉まった。

「時間がない、ワトスン」と、ホームズが言った。「ピーターズ、邪魔をすれば、必ず痛い目にあうぞ。この家に入れたあの柩を、どこにやったのだ」

「柩をどうしたいというのですか。今、使っている最中で、死体が入れてある」

「その死体を見せてもらおうか」

「わたしの許可なしには、勝手なことはさせません」

「許可なしで、させていただきましょう」ホームズはすばやく男を片側に押しやり、ずんずんと玄関のホールへと入っていった。目の前には半開きのドアがあった。入ってみると、そこは食堂だった。半分火のともされたシャンデリアのもと、テーブルには柩が載せられていた。ホームズはガスのコックをまわし、シャンデリアの明りを明るくして、柩のふたを取った。柩の深い底に横たわっていたのは、干からびた人間の体であった。照明のまぶしい光が、年老いて、しわくちゃになった顔を強烈に照らし出した。どんな虐待《ぎゃくたい》を繰り返されても、また、どれほど餓《う》えや病いに苦しめられたとしても、美貌《びぼう》の面影が残っていたレイディ・フランシスが、ここにあるやつれはてた抜《ぬ》け殻《がら》であるはずはなかった。ホームズの表情には、驚きと同時に、安堵《あんど》の色が現われた。

「ああ、よかった」彼は小声で言った。「別人だ」

「どうも、あなたは今回は、とんでもないへまをなさったようですね、シャーロック・ホームズさん」と、わたしたちの後から部屋に入ってきたピーターズが言った。

「こちらの亡くなった女性は、どなたですか」

「そうですね、あなたがどうしても知りたいというなら、教えましょう。これはわたしの妻が世話をしてもらった乳母で、名前はローズ・スペンダーといいます。ブリクストン救貧院診療所《きゅうひんいんしんりょうじょ》(145)にいるところを探し出してきました。ここに引き取り、具合が悪くなってからは、わざわざホーソム先生を呼んで、キリスト教徒として恥ずかしくないよう、手厚く看護《かんご》しました。そう、先生の住所も記録してもらいましょうか、ホームズさん、フェアバンク・ヴィラズ十三番ですよ。三日めに亡くなりました。診断書によれば、老衰《ろうすい》とのことですが、これはあくまでも医者の意見でしょう。あなたならよくご存じのように、こういうとき医者はそう書くものですからね。そこで、ケニントン通りのスティムスン葬儀社に頼んで、葬式をすることになりました。明朝八時に埋葬です。ホームズさん、何か不審な点でもおありですか？　今回は、あなたもずいぶん情けないへまをしたものですね。それは、あなたも、素直に認めたほうがいいですよ。レイディ・フラーンシスとばかり思い込んで、柩のふたをずらしたら、中から九十の老婆《ろうば》の亡きがらを見つけた時の、あなたがぽかんと口を開け、呆然《ぼうぜん》と見つめている、あの姿を写真に撮《と》っておきたかったですよ」

敵からこれほどからかわれても、ホームズの顔は無表情のままではあったが、拳《こぶし》が固く握《にぎ》り締められていて、実は心中、どんなに堪《た》え忍んでいるのか、その無念さを示していた。

「わたしは、家中を調べる」と、ホームズは言った。

「本気ですか！」ピーターズが大声を上げた時、女の声と、どしんどしんという足音が廊下に響《ひび》いた。「そんなまねは、すぐにも止めさせるわ。お巡りさん、こっちです。この男たちが家に無理やり侵入してきたのです。わたしにはどうすることもできません。どうぞ、この人たちを外へ連れ出してください」

廊下には、巡査部長と巡査がいた。ホームズは名刺入れから名刺を取り出した。

「これがわたしの名前と住所です。こちらが友人のワトスン医師です」

「なんだ、そうだったのですか。わたしどもも、あなたのことはよく存じあげていますす」と、巡査部長が言った。「しかし、残念ながら、令状もないのに、ここにいていただくわけにはいきません」

「はい、それはよくわかっています」

「彼を逮捕してください！」ピーターズは叫んだ。

「本当にこちらの紳士を逮捕する必要があるとなれば、どうすればいいか、こちらも心得ています」巡査部長は堂々と答えた。「でも、ホームズさん、やはり出ていただきましょうか」

「わかりました。ワトスン、ぼくたちは出ていかなくてはいけないだろうね」

ほどなく、わたしたちは家を後にし、今一度、通りに立った。ホームズはいっこうに冷静そのものであったが、わたしのほうは怒りと屈辱《くつじょく》を感じて、興奮状態だった。巡査部長もついてきた。

「すみませんね、ホームズさん。しかし、法律は法律ですから」

「そのとおりでしょう、巡査部長。無理もありませんよ」

「ホームズさんがここにいらっしゃるのには、それ相応のわけがおありだとは思います。わたしに何か協力できることがあれば……」

「これは失踪中のご婦人の件なのです、巡査部長。彼女がこの家にいるとわたしたちは考えています。令状が出るのも、もうまもなくのはずだが」

「ホームズさん、あの連中のことは監視を続けてみます。そして、何かあったら、必ずご連絡申しあげます」

まだ九時という時間だったから、わたしたちは手がかりを求めて、直ちに捜査に着手した。馬車を飛ばして、まず駆けつけたのはブリクストン救貧院診療所だった。しかし、そこでは次のような事実が判明した。数日前に心やさしい夫婦がやって来て、記憶を失っている老婦人を見て、昔雇《やと》っていた使用人に間違いないと言ったという。そうして、夫婦はこの老女を引き取る許可を得て、連れ帰った。また、老女がその後死亡したという話にも驚くようすは見えなかった。

　次に目指したのは、医師だった。医師は往診《おうしん》を求められたので行ってみると、そこには完全な老衰で臨終間際《りんじゅうまぎわ》の老婆がいた。死亡を自ら確認したうえで所定の死亡診断書にサインをしたということだった。「すべてがまったく正常で、この件では不正殺人の痕跡《こんせき》など少しもなかったことは、わたしが保証します」と、彼は言った。家のようすにも、なんら変わったところは見られなかったが、ただ、あの階級の家に、使用人が一人もいなかったことは、ちょっと気になったと言った。しかし、医師が話した内容は、後にも先にも、これだけであった。

　最後に足を向けたのは、スコットランド・ヤードだった。令状に関しては、手続上問題があった。いくぶんの遅れは避けられなかった。治安判事のサインは、明くる日の朝にならねばもらえないかもしれない。もし、ホームズが九時頃までに来れば、レストレイド警部に同行して、執行に立ち会えるとのことだった。こうしてこの日は終わりをむかえた。けれども、深夜も十二時を回ろうかという時、巡査部長が訪ねて来た。問題の暗い建物のいくつかの窓に、ちらちらと明りが光って見えたが、ただ一人として、建物に出入りするものの姿はなかったという報告を聞かせてくれた。わたしたちとしては、ひたすら忍耐強く我慢し、夜が明けるのを待つほかなかった。

　シャーロック・ホームズの神経はひどくいら立ち、わたしと話を交わす気にもならず、かといって、落ち着かないまま、眠りにもつけないようすだった。黒々とした太い眉《まゆ》をしかめたホームズは、せわしくタバコを吸い続け、長くて強そうな指で座っている椅子の肘掛けをこつこつと鳴らした。頭の中では、事件の謎の解決の、あらゆる可能性を思いめぐらしているのだ。夜中、ホームズが部屋を歩き回る足音が何度も聞こえた。そして朝、わたしが起こされるとすぐに、彼がわたしの部屋へ飛び込んできた。部屋着姿ではあったが落ちくぼんだ目や、蒼白《あおじろ》い顔から、昨晩一睡《いっすい》もしなかったことが見てとれた。

「葬儀は何時だった？　八時だったかな？」彼はやっきになって聞いた。「そう、今は七時二十分だ。なんということだ、ワトスン！　神様に授《さず》かった、ぼくの頭はどうなっているのだ！　さあ、急ごう、急ぐのだ。生きるか、死ぬかの瀬戸際《せとぎわ》だ。それも、助けられる見込みは百に一つだ。もし、手遅れだったら、ぼくはきっと、一生、自分を許せないよ！」

わたしたちの乗った二輪馬車は五分もかからないうちにベイカー街を一気に走り抜けていた。それでも、ビッグ・ベンの時計塔を通り過ぎた時には、すでに、八時まで二十五分を切っていて、ブリクストン通りを駆け抜けると、時計が八時を打った。しかし、遅れがちであったのはわたしたちだけでなく、他にもまだいたのだ。決められた時刻から十分も過ぎているというのに、柩を運ぶ馬車はその家の玄関先に止まって

いた。口から泡を吹くまでに走り続けたわたしたちの馬が、やっと歩を止めると同時に、柩が三人の男の手で運ばれて、戸口に現われた。ホームズはぱっと飛び出して、その前に立ちはだかった。

「戻すのだ！」こう叫んで、彼は先頭の男の胸を片手で押しやった。「今すぐ、元の所へ戻すのだ！」

「なんのまねだ？　もう一度聞く。令状はどこにあるんだ？」怒り狂ったピーターズが、柩の向こうの端から大きな顔を真っ赤にしてにらみながらわめいた。

「令状はまもなく届く。それが来るまでの間は、柩を家の中に置いてもらおう」

威厳のあるホームズの一喝《いっかつ》が、柩を運ぶ男たちの動きをぴたりと止めた。[146] ピーターズのほうは家の中に消えてしまったから、男たちはホームズが出す新たな指示に従った。「急ぐのだ、ワトスン！　急げ！　ほら、ここにドライバーがある！」テーブルに柩が戻されると同時に、ホームズはこう叫んだ。「さあ、これは君のだ！　一分以内にふたを開けてくれたら、一ソヴリン[147]（一ポンドと同額、約二万四〇〇〇円）金貨をあげよう。つべこべ言わずに、しっかり働いてくれ。そうだ！　もう一つ。あと一つだ。さあ、一度にはがすのだ。はがれるぞ。もう少し。ああ、やった」

皆で一気に力を合わせると、柩のふたははぎ取られた。その瞬間、中からは、意識が遠のきそうな強烈なクロロホルムの臭気《しゅうき》が立ちこめた。中には人間が横たわっていて、頭の部分は、麻酔薬《ますいやく》が染み込んだ脱脂綿《だっしめん》ですっかり覆われていた。ホームズがそれを取り除くと、目鼻立ちの整った、知的な彫像《ちょうぞう》のような中年の婦人の顔があらわれた。すかさず、彼はその体に手を回し、抱き起こして、座る姿勢にした。

「彼女は死んでしまっているのか、ワトスン。まだ大丈夫か？　まさか、遅すぎたのではないだろうね！」

　それから三十分のあいだは、たしかに手遅れとしか思えなかった[148]。事実窒息《ちっそく》していて、クロロホルムの危険な毒を吸い込んでいたので、レイディ・フラーンシスは、とても手の施《ほどこ》しようがない容態のようだった。しかし、人工呼吸、アンプル詰めのエーテル、そのほか、科学ができるあらゆる手段を講じた成果が現れたのか、しばらくしてようやく、生命のかすかな揺らぎが感じられ、目ぶたにもわずかな瞬《また》きがあり、口元に鏡を置くと、ほんのりと息がある証拠の曇りを生じた。その時、辻馬車が止まり、ホームズはブラインドの隙間《すきま》から外を見た。「レストレイドが令状を持って来たよ」と、彼は言った。「犯人は飛びたってしまったけれどね。そして、ここに」廊下を重い足音が急いでいるのを耳にしながら、さらに彼は続けた。「このご婦人の看護に、ぼくたちよりもっとふさわしい方もご一緒のようだ。グリーンさん、おはようございます。わたしの考えでは、レイディ・フラーンシスをここから連れ出すのは、早いほどいいでしょう。また、一方では葬儀はつづけてもらいましょう。いまだに柩の中に横たわっておられる、あの気の毒な老婦人には、永遠の安らぎの場に、ひとりで寂しくお向かい願いましょう」

「ねえ、ワトスン、君が今回の事件を、君の記録に加えてくれるとしても、」その夕方、ホームズは、こう語りかけてきた。「それは、最高にバランスのとれた知性の持ち主でも時には失敗する、という例になるぐらいのものさ。たしかに小さな過《あやま》ちは人の常だが、その過ちを素直に認め、改めることができるのが偉大な人間なのだ。この修正を加えたうえでの名誉《めいよ》なら、ぼくにもそれを要求する権利があるかもしれない。手がかり、不可解な発言、変わったことがらなどがぼくの注意にいったん留まったにもかかわらず、うっかりその重要さを見逃してしまっているのではないか、という疑いに苛《さいな》まれ、それらが頭から一瞬たりとも離れずに一晩じゅう苦しめられたのだが、朝の薄明りの中で、突如、ある言葉が、ぼくの頭によみがえってきた。それはフィリップ・グリーンが聞いたという、葬儀屋のおかみの発言だ。『もう、そろそろ着いてもいいはずなんですがね。普通のじゃないから、時間もかかるんですよ』と、彼女はこう言った。柩の話をしているわけだが、その柩が普通のものではなかったのだ。とすれば、柩の大きさが特注ということだ。だが、なんのためだろうか。どういう目的があったというのか。その時だ、深さが特別に深かった柩の形と、その底にしなびたように小さくなった遺体の姿が、ぼくの頭にひらめいたのだ。あれほど小さな遺体にあの大きさの柩がなぜ必要なのか？　それは、もう一人ほかの遺体を入れるためだ。一枚の死亡証明書で、二人埋葬できる。ぼくの目が曇っていなければ、一目瞭然だったはずだ。八時には、レイディ・フラーンシスは埋葬されてしまうはずだった。ぼくたちとしては、そこを救い出すには、柩が家を出る前に取り押さえるしかなかったのだ。

その時はたしかに、生きているレイディ・フラーンシスを見つけ出せる可能性は、絶望的だった。しかし、可能性が残されていたこともまちがいなかった。それは結果を見てのとおりだ。ぼくの調べた限りでは、あの連中が実際に殺しに手を染めたためしは今まで一度もなかった。今回も、最後になって、おじけづいて、直接手を下さないかもしれない。どういう死に方をしたか、死因をまったく推測できないような埋葬をしておく。そうすれば、たとえ万が一、レイディ・フラーンシスの遺体が墓から掘り出されたとしても、言いのがれができる。彼らがそういう算段《さんだん》をしたに違いあるまいとぼくは期待したのだ。事件現場の状況は、しっかりと再現できるだろうね。まず、二階には恐ろしい小部屋があって、そこに気の毒なご婦人があれほど長期間にわたって、閉じ込められていたのだ。彼らは、突然、その部屋に乱入し、クロロホルムをかがせておとなしくさせ、下に運んで、柩に入れた。柩には薬物をさらに大量に入れて、目を覚ますことが決してないようにしてから、柩のふたをねじで留めたのだ。ワトスン、実に巧妙《こうみょう》な手口だね。犯罪史上でも、こういうやり口は、ぼくにもまったく新しいね。(149)もと宣教師のあのおふたりさんがうまくレストレイドの逮捕を逃れられれば、将来、きっとまた、見事な手口の犯行をやり遂げたという話をぼくたちは聞かされることになるだろうね」

瀕死《ひんし》の探偵

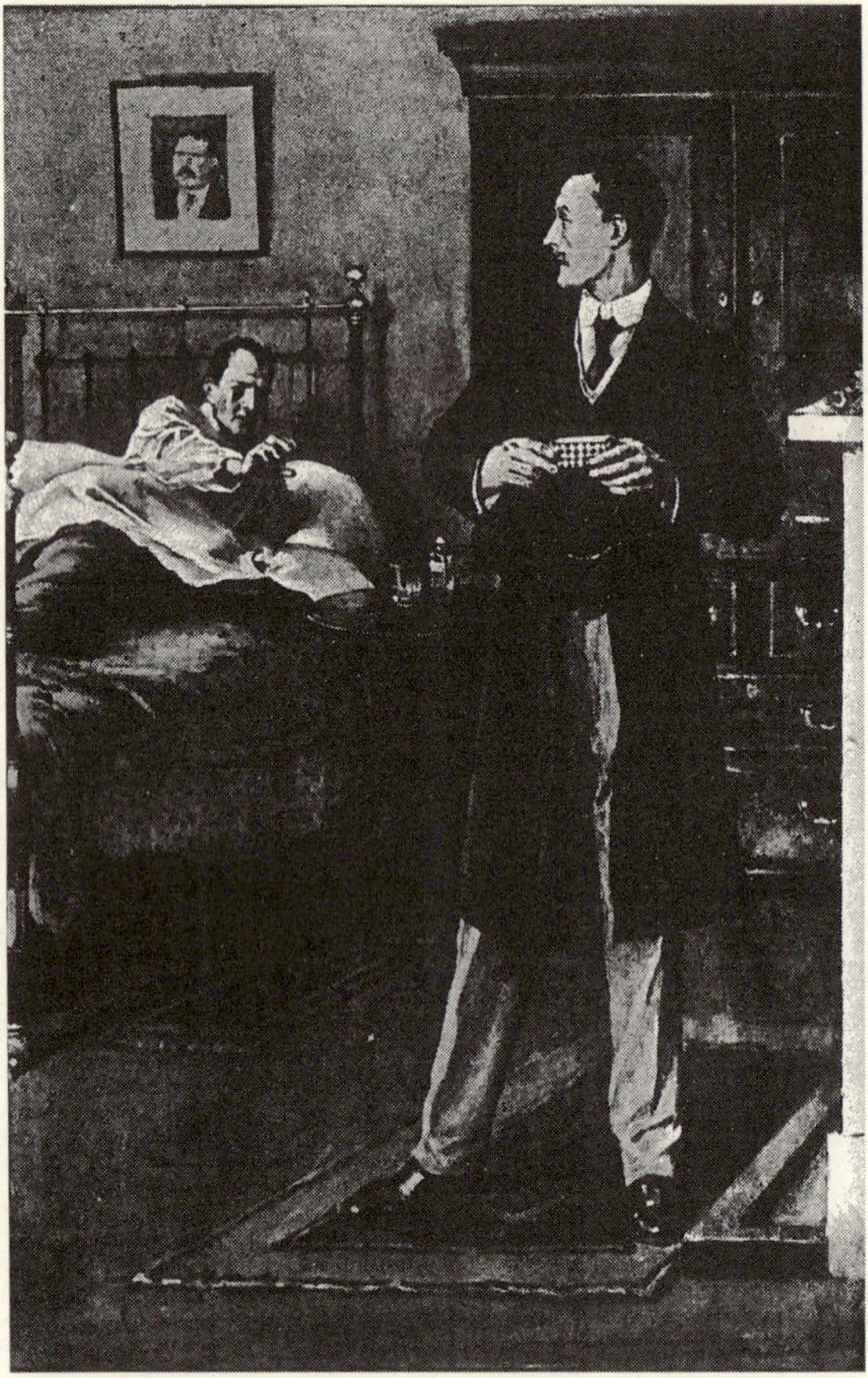

挿絵　ウォルター・パジット

シャーロック・ホームズが下宿している家の女主人ハドスン夫人は、じつに辛抱強《しんぼうづよ》い女だった。なにしろ、二階の部屋へ、夜昼をとわずに、変わった人物がやってくる。それも、しばしば、好ましくない種類の人物なのだ。そのうえ、この下宿人ときたら、変人で、日常生活も不規則ときては、彼女の辛抱強さも、ひと並みではなさそうだ。彼の部屋は、信じられないほどに乱雑で、とんでもない時間に音楽に熱中するし、そのうえ部屋の中で回転式連発拳銃《レヴォルヴァー》の射撃《しゃげき》練習をしたりする。薄気味悪く、時としていやな臭いのする化学実験もする。さらに、彼の身辺には、暴力と危険の影がいつでもつきまとっているのだ。彼はロンドンで最低の下宿人と言えよう。ところが、下宿料の支払いはじつに気前がよかった(150)。わたしと一緒に暮らしていた数年間分の、ホームズが払った部屋代は、ゆうにあの家を買い取ることができる額であったろう。

女主人は心底からホームズを敬愛していた。だからこそ、彼のとんでもない行動にも決して横から口を出すようなことはなかった。彼女がホームズを好いていたということもあるが、ホームズが女性に極めて優しく礼儀正しく接していたからでもある。

彼は女性嫌いで、女性を信頼もしていなかったが、常に騎士道精神で接していた。彼女のホームズへの敬愛の気持ちが、どれほどに純粋であるかを、わたしは知っていたから、わたしが結婚して二年目に[151]、彼女が訪ねて来て、ホームズの健康が損《そこ》なわれている話をした時には、真剣に耳を傾けたのであった。

「危篤《きとく》状態ですわ、ワトスン先生」と彼女は言った。「この三日間、悪くおなりになるばかりで、もう一日もつかどうかと思うほどです。それでいて、お医者さんを呼ばせないのですよ。今朝も、げっそりとやせてしまわれたお顔で、大きな目ばかりを光らせて、わたくしをご覧になるのです。わたくし、もういたたまれなくなりまして、『ホームズさん、あなたがなんとおっしゃっても、今すぐに、お医者を呼んで参ります』と申し上げました。そうしましたら、『それでは、ワトスンを』とおっしゃいます。一刻も猶予《ゆうよ》できません。そうしないと、先生、生きている間にお会いになれないかもしれませんよ」

ホームズが病気とは露《つゆ》ほども知らなかったので、わたしはたいへん驚いた。コートと帽子を、大急ぎで手にしたのは、もちろんのことであった。馬車でホームズの元へ戻る道々、わたしは詳《くわ》しいことを尋《たず》ねた。

「わたくしにも、なんともわかりませんの。ロザハイズ[152]にあるテムズ河近くの横町で、ある事件を調査しておられました。そこで、あの病気を拾《ひろ》ってこられたのでございます。水曜日の午後からベッドに入り、寝たきりです。この三日間というもの、お食事も飲み物もまったく口にしておられません」(153)

「それはなんということだ！　どうして医者を呼ばなかったのです？」

「嫌だとおっしゃるのですよ、先生。言い出したら、きかないお方だということは、ご存じでしょう。とても、逆らえません。それにしましても、あの分ではもう長くはございませんでしょう。あなたも、ひと目ご覧になれば、すぐにおわかりになることでしょう」

　彼の姿は、全く見る影もないほど痛ましいものであった。霧《きり》の深い、十一月の薄暗い光しか射《さ》しこまない病室は、それだけで陰うつであった。ベッドからわたしを見つめている、やせこけた彼の顔を見て、ぞっとした。目は熱のためにうるみ、熱のための赤みが両方の頬に見られ、唇《くちびる》には黒いかさぶたができていた。上がけの上に出ているやせおとろえた手は、絶えずこきざみに震《ふる》えているし、声はかすれて途切れがちであった。部屋に入った時には、ぐったりとしていたが、わたしだとわかったらしく、目を輝かせた。

「ああ、ワトスン、どうやら不幸に見舞《みま》われたようだ」と、弱々しげに彼は言ったが、それでも、どこかしら、彼のいつものぶっきらぼうな調子が残っていた。

「どうしたのだ！」わたしは叫び、彼に近づいた。

「傍《そば》に来てはいけない！ すぐ戻るのだ！」危険が迫《せま》っている時にしか見せない、鋭い命令口調でホームズは言った。「ワトスン、近くに寄るのなら、帰ってもらうよ」

「しかし、どうして？」

「ぼくがそうして欲しいと思うからだ。それだけで、充分ではないか」[154]

そう、ハドスン夫人の言うとおりだった。彼は前にも増して、頑固《がんこ》になっている。それにつけても、彼の弱りきった姿を見るのは、辛いものがあった。

「何とかして助けたいと思っただけだよ」わたしは言いわけをした。

「わかっている！ ぼくが言ったとおりにしてくれるのが、ぼくには一番の助けだ」

「わかった、ホームズ」

彼は、きびしい態度を和《やわ》らげた。

「怒ったのではないだろうね？」彼は、苦しそうに息をしながら尋ねた。

なんということだ、このような姿で横たわっているのを見て、怒るはずなどないのに。

「君のためを思って言ったのさ、ワトスン」彼は、かすれ声で言った。

「ぼくのためだって？」

「ぼくには、どうなったかがわかっている。スマトラから入ってきたクーリー病[155]だ。――この病気については、ぼくたちより、オランダ人のほうが詳しい。もっとも、オランダでも、新しい研究はそれほどされていないようだがね。しかし、一つだけ、確かなことがある。それは、これに罹《かか》ったら、絶対に助からないし、恐ろしい伝染力があるということだ」

彼は、熱に浮かされたように、興奮《こうふん》しながら語り、その長い手を震わせて、わたしを追い払うような仕草をした。

「触ると伝染するのだ、ワトスン。——接触伝染なのだ。離れてさえいれば、だいじょうぶだ」

「なんということを、ホームズ！　ぼくがそういうことを、少しでも怖がると思っているのかい。見知らぬ患者の場合だって、ぼくは平気さ。ましてや、古くからの友だちに対して、ぼくが義務を果たさないで済ませるとでも思うのかい(156)」

わたしはふたたび彼に近づこうとしたが、彼はひどく怒った顔でわたしを追い払った。

「君がそこに立っていれば、ぼくは話をする。しかし、もしそうしないというのなら、この部屋から出ていってくれ」

ホームズの非凡な才能を、わたしは深く尊敬していたので、あまりよく理解できないときも、いつでも彼の望みに逆らったりはしなかった。しかし今は、医者としてのわたしの直観が承知しなかった。他のことなら、彼の言うとおりにもするが、少なくとも病室ではそうはいかない。

「ホームズ」とわたしは言った。「君はいつもとは違うのだ。病人は子ども同然なのだ。ぼくに任せてほしい。君が何と言ったって、ぼくは君の症状を診察《しんさつ》し、治療《ちりょう》するよ」

かれはひどく不快そうな目で、わたしを見つめた。

「どうしても[157]医者にかかる必要があるというのなら、せめて信頼のおける何ものかにしてほしいね」彼は言った。

「というと、君は、ぼくをまったく信頼していないというのかい？」

「確かに君の友情は信頼できる。しかし、事実は事実だよ、ワトスン。何と言ったって、君は経験の少ない、ごく平凡な資格しかない、全科開業医にすぎないからね。こんなことはいいたくなかったけれども、こういわせたのは君なのだよ」

わたしはひどく傷ついた。

「そういうことをいうのは、君らしくないよ、ホームズ。そういう言い方からも、きみの精神状態は普通じゃない。まあ、君がぼくを信頼できないというのなら、無理にとは言わないさ。サー・ジャスパー・ミークでも、ペンローズ・フィッシャーでも、誰でもいい、ロンドンで最高の名医を呼んでこよう。とにかく、君は誰かの診察を受けなければならない。これは決定的なことなのだ。ぼくが自分で治療もせず、他に医者も呼ばずに、ここに突《つ》っ立ったまま、君が死ぬのを、手をこまねいて見ているなんて思ったら、それはとんでもない、君の思いちがいというものさ」

「君の気持ちはよくわかったよ、ワトスン[158]」病人は、すすり泣きとも、うなり声とも判らないような声で言った「君の無知[159]を、教えてあげよう。ほら、タパヌリ熱というのを、知っているかい。台湾《たいわん》の黒腐病という病気を知っているかい」

「どちらも聞いたことがないよ[160]」

「東洋には、たくさんの奇妙な病気[161]や、不思議な病理学上の可能性があるらしいね、ワトスン」と彼は弱まっていく力をふりしぼり、ひとこと話しては息をついた。「ぼくは最近、犯罪医学に関する[162]研究をしていてこういう知識を得た[163]。そもそもこの病気に罹ったのも、その研究中のことだった。君の手にはとても負えない」

「そうかもしれない。しかし、熱帯病に関しての、一番の権威者と言われているエインストリー先生が、今ロンドンに滞在中だということを、ぼくはたまたま聞いている。どんなに反対してもだめだよ、ホームズ。今すぐに、ぼくは彼を呼びに行く」わたしは、断乎《だんこ》としてドアに向かった。

あれほどの驚きは、いまだに味わったこともなかった。一瞬、瀕死の男が、トラのような勢いで身を躍《おど》らせると、わたしの前に立ちふさがり、鍵《かぎ》を回す鋭い音が響《ひび》いた。すぐに、彼はよろめきながらベッドへ戻った。急激にエネルギーを使ったため、ひどい疲れで喘《あえ》いでいた。

「この鍵を力ずくでぼくから取ろうとは、まさか君は言わないだろうね、ワトスン？さあ、もう君はとりこだよ。ここにいてもらおう。ぼくの気がすむまで、ここにいることだね。けれどぼくは、君の御機嫌を損ねないようにするよ」（やっとの思いで、喘ぎながら、やっとこれだけのことが言えたのだった）「君は心から、ぼくのためを考えてくれているのだ。ぼくにはもちろん、よくわかっている。君の好きなようにしていいから、ぼくに力がつくまであと少しだけ待ってほしい。今はだめなのだ、ワトスン、今はだめなのだ。いま四時だ。六時になれば、出掛《でか》けていい」

「まるで気がちがったみたいだ、ホームズ」

「わずか二時間のことだ、ワトスン。六時になれば、出かけてもいいと約束するよ。待ってはもらえないだろうか？」

「そうするより、仕方がないようだね」

「しかたないねえ、ワトスン。いや、ありがたい。上がけは自分でなおせる。離れていてほしいね。ところでワトスン、もう一つ条件があるのだ。君が名前をあげた人物ではなくて、ぼくが選んだ(164)人を呼んできて欲しい」

「それはかまわないよ」

「君がこの部屋に入ってきてから、ものわかりのいい返事を口に出してくれたのは、

これが初めてだね、ワトスン。あそこに何か本があるはずだ。ぼくはいささか疲れた。蓄電池《ちくでんち》が不導体に電流を流す時には、こういう感じがするものだろうかね。ワトスン、六時にまた話をしよう」

ところが、その時刻を待たず、ホームズがドアへ突進したときにおとらず[165]、わたしを驚かせるできごとがおこり[166]、わたしたちは話をはじめる運命となっていたのだ。わたしは立ったまま、しばらく、ベッドの中で静かにしている病人のようすを眺めていた[167]。顔を上げでかくし、彼は眠っているようであった。本を落ち着いて読むような気持ちにもなれないので、ゆっくり部屋を歩きながら、四方の壁に飾られている、何枚もの有名な犯罪人の写真を眺めていた。そうして、目的もなしに歩いているうちに、最後に、マントルピースのところへ行った。パイプ、タバコ入れ、注射器、ペーパーナイフ、回転式連発拳銃《レヴォルヴァー》の薬莢《やっきょう》などの他、細々とした品がその上に散らばっていた。その中に、すべりぶたつきの、黒と白のちいさな象牙《ぞうげ》の箱があった。品《ひん》のいい小箱だったので、もっと詳しく見ようと手を伸ばした。その時だ――。

恐ろしい叫び声、表通りまでも聞こえたであろうほどの大声を、ホームズはあげた。そのすさまじい声に、わたしの身は凍《こお》りつき、毛が逆立ってしまった。振り向くと、顔をひきつらせ、逆上した目をしたホームズの姿が、目に入った。わたしはその小箱を手に取ったまま、一瞬、呆然《ぼうぜん》とそこに立ちつくした。

「それを下に置け！　すぐに置け、ワトスン。今すぐ、と言ってるのだ！」

小箱をマントルピースの上に戻すと、彼は頭を再び枕の中に深く沈め、安心したように大きく溜息《ためいき》をついた。

「自分の物には触られたくないのだ。ワトスン。このことは君もよく知っているはずだ。君のすることには耐えられない。君は医者だというのに、わざわざ、患者を精神病院に行くように仕向けている。さあ腰かけて、ぼくを休ませてくれ！」

このことで、わたしは非常に不愉快《ふゆかい》な思いをした。原因もないのに、ひどく興奮し、普段のあのものやわらかな言葉遣いとは似ても似つかぬ、このような暴言を吐くとは。かれの精神状態は、かなりひどく侵《おか》されているのだ。精神の気高さを失うほどみじめなことはない。わたしはすっかり気をおとし、黙って約束の時間が来るのを待ちわびながら座っていた。ホームズも、おそらくわたしと同様に、ずっと時計を見ていたらしい。六時になるかならないかのうちに、前と同じように、熱に浮かされたようすで、話を始めたのだ。

「さあ、ワトスン、ポケットには小銭が入っているかい？」

「あるさ」

「銀貨は？」

「かなりある」

「半クラウン銀貨(168)を何枚持っている？」

「五枚持っている」

「ほう、たったそれだけね！　それだけかね！　お気の毒様だ、ワトスン！　まあそれだけでも、仕方がない。それを懐中時計用のポケットに入れるのさ。そして残りのお金は全部、ズボンの左ポケット(169)に入れる。そう、それでいい。それでずっと釣り合いがよくなった(170)」

　それは、精神が錯乱している者の、うわごとであった。彼は身を震わせると、再び、咳《せき》ともすすり泣きとも判らない音をたてた(171)。

「ガス灯をともして欲しい、ワトスン。しかし、ほんのひと時でも、明るさが半分以上にならないように、よく気をつけて。いいかい、よく気をつけるのだ、ワトスン。ああ、ありがとう。上出来だ。ブラインドは下さなくて結構。それから、このテーブルの上に、手紙や書類をいくつか持ってきて、ぼくの手の届く所に置いて欲しいのだ。ありがとう。今度は、マントルピースの上のがらくたを少々、ここに。上等だ、ワトスン！　そこに角砂糖《かくざとう》ばさみがあるだろう。あの象牙の小箱をそれでつかんで、持ち上げてほしい。そして、この書類の間にそれを置いて。よし！　さて、これから君に、ロウアー・バーク街(172)十三番のカルヴァートン・スミス(173)氏を呼びに行ってもらおうか」

　本当のことを言えば、わたしは、医者を呼びに行こうという気にはならなくなっていた。というのも、気の毒なホームズの意識状態が、これほど普通ではない時に、彼を残して出かけるのは、危険だと思ったからである。ところがホームズときたら、前に医者を呼ぶのをいやがっていたのと同じくらいの熱意で、今度は彼が指定した人物に、診察して欲しいといってきかなかった。

「そういう名前は、聞いたことがないけれどね」と、わたしは言った。

「そうだろう、ワトスン。今、この病気に最も詳しい人物は、医者ではなくて、農園主だと聞いたら、驚くだろうね。カルヴァートン・スミス氏は、スマトラ(174)に住む名士で、今ロンドンに来ている。彼の農園は、医者の助けなどとても頼めないような場所にあった。だから、この病気が発生した時に、彼は自分自身で研究を始め、今ではかなり研究が進んでいる(175)。彼は極めてきちんとした人物なのだ。君を六時前には行かせたくなかったのも、彼が研究室(176)にいないことが、わかっていたからさ。彼をなんとか上手に説得して、ここへ連れてきて欲しい。この病気の研究を、なによりの趣味《しゅみ》にしている彼の、あの類《たぐ》いまれな経験から得た、知識の恩恵に与ることさえできれば、ぼくの命は間違いなく助かるのだよ」

ホームズの語ったことを、あたかも彼がよどみなく話したかのように、わたしは書き記した。けれども、実際には、息も絶え絶えに喘ぎながら、苦痛のために、両方の手を固く握《にぎ》りしめ、言葉も途切れ途切れであった。しかし、わたしはそのようすを記述するのは止めにした。わたしが来てからの、ここ二、三時間の間にも、彼の病状はますます悪化していった。熱のせいの赤らみは、いよいよ目立ち、目は一段と落ち窪《くぼ》んでいっそう異様に輝き、額《ひたい》には冷や汗がにじみでていた。しかし彼は、こういう場合でも、あの彼特有の、気取りのある、明るい話し方をしていた。最期の時まで、彼は勝者でいたいのだ。

「彼に会ったら、君の見たとおりに、ぼくの容態を伝えて欲しい。君の心に残っている印象を、そのままにだ。つまり、死にそうな男――死にそうで、意識が朦朧《もうろう》としている男――ということをだ。それにしても、大洋の底が、なぜ牡蠣《かき》(177)でぎっしりと埋まってしまわないのかぼくは不思議でたまらないよ。繁殖力《はんしょくりょく》が、あれほど強いというのに！　ああ、また脱線してしまった。頭脳が頭脳をコントロールしている仕組は不思議だなあ。ところで、何の話だったかな、ワトスン？」

「カルヴァートン(178)・スミス氏のところへ、行けという話だった」

「ああ、そうそう、思い出した。ぼくの命がかかっている。どうしても来て欲しいと、頼んでくれ、ワトスン。ぼくたちの関係は、ちょっと気まずくなっているのだ(179)。彼の甥《おい》のことでね。――怪しげなことが行なわれたのではないかという疑いをもったので、彼にそれをほのめかした。その青年は、酷《ひど》い死にかたをしたのだ。そういうことがあって、あの男はぼくを怨《うら》んでいる。彼をうまく丸め込んで欲しいのだ、ワトスン。頭を下げ、拝《おが》み倒してでも、何とかしてここへ連れてきてくれたまえ。ぼくの命を救えるのは、あの男だけ――そう、あの男だけなのだ」

「どうしてもということなら、(180)馬車に押し込んでだって連れてくるよ」

「そんなことをしてもらっては困る。うまく説得して、連れてきてほしい。そうしたら、君はその男より、ひと足早く帰ってくるのだ。なんとか理由をつくって、絶対にその男とは一緒に来ないようにするのだ。(181)この点を忘れないでくれたまえ、ワトスン。うまくやってくれるね。今までも、君はいつもうまくやってくれてはいたがね。生物には、その増殖《ぞうしょく》を妨《さまた》げる、天敵があるということに、間違いはないさ。ねえ、ワトスン、君とぼくはそれぞれの役割を果たしてきたね。それとも、この世は牡蠣で覆《おお》われてしまうとでも言うのかい。いやいや、そんなことはない、なんと恐ろしいことだ。君は思っているとおりに、そっくり伝えてさえくれればいい」

　素晴らしく知性に溢《あふ》れているホームズが、まるで愚《おろ》かな子どものように、辻褄《つじつま》の合わないことを口走っている。そういう姿の彼を残して、わたしは出かけた。彼は鍵を渡してくれた。中から鍵をかけて、閉めだされでもしたら困るので、これは好都合と思い貰《もら》っておいた。

　ハドスン夫人が体を震わせて、泣きながら、廊下で待っていてくれた。二階から出ていくわたしを追いかけるように、錯乱状態の中で歌っている、かん高く、か細いホームズの声が聞こえてくる。口笛をふいて辻馬車を呼ぼうと、玄関で待っていると、ひとりの男が霧の中から近づいてきた。

「ホームズさんはどうですか？」と彼は尋ねた。

この男は、前から顔なじみのスコットランド・ヤードのモートン警部で、ツイードの私服を着ていた(182)。

「重症ですよ」わたしは答えた。

彼は、実に奇妙な顔つきをして、わたしを見詰めた。それがあまりに悪魔的でなかったら、玄関の扉の上の、扇形《おうぎがた》の明りとり(183)から洩《も》れた光にてらされた彼の顔には、ひょっとしたら、喜びが表われていると想像しただろう(184)。

「そういう噂《うわさ》は聞いていました」と、彼は言った。辻馬車が来たので、わたしは彼を置いて立ち去った。

ロウアー・バーク街というのは(185)、ノッティング・ヒルとケンジントンの間の、境界のはっきりしない辺りにある、高級な屋敷街だった。古めかしい鉄の柵《さく》と、しっかりした両開きの扉、ぴかぴかに磨き上げられた真鍮《しんちゅう》の金具などがついている、こぎれいで落ち着いた雰囲気のある家の前に、馭者《ぎょしゃ》は馬車を停めた。ピンク色のほの明るい電灯(186)の光を背にして、真面目なようすで現われた執事の姿が、家全体の雰囲気にふさわしかった。

「はい、カルヴァートン・スミス様はご在宅でございます。[187] ワトスン先生ですね。ようございます。[188] お名刺をお取り次ぎいたします」

　わたしのつまらない名前と肩書きに、カルヴァートン・スミス氏が、心を動かすはずもなかった。半分開いたままになった扉から、かん高く、気難しげな声が、よく聞こえてきた。

「この人は誰なのだ？　どういう用件なのだ？　ステープルズ、わしが研究をしている間は、誰にも邪魔されたくないと、いつも言っているだろう！」

　その後で、執事のとりなしている、静かな声が聞こえてきた。

「わしは会わないよ、ステープルズ。こういうことで、仕事を邪魔されたくない。留守だと言えばいい。もしどうしてもというのなら、午前中に来るようにいいなさい」

　再び、静かな囁《ささや》き声がした。

「それなら、こう伝えなさい。午前中になら来てもいいが、さもなければ来てくれるな、と。とにかく、仕事の邪魔をされたくないのだ」

　わたしは、病床で苦しみながら、この男を連れて帰ってくるのを、[189] 今か今かと待っている、ホームズを思った。今は礼儀にこだわる時ではない。ホームズの命は、ここでのわたしの素早い行動にかかっているのだ。執事がすまなそうに伝言を伝える前に、わたしは彼を押し退《の》けて部屋へ入った。

かん高い怒りの叫び声[190]をあげて、暖炉《だんろ》の近くの背もたれ椅子《いす》から、一人の男が立ちあがった。きめの粗《あら》い、脂《あぶら》ぎった大きな黄色味をおびた顔に、[192]あごは二重あご、[191]ふさふさした赤茶色のまゆ毛の下には、愛想の悪い灰色の二つの目が、射すようにわたしをにらみつけていた。そして、とがった毛のない頭に、小さなビロード製の喫煙帽《きつえんぼう》を、ピンクの曲線がある側に傾けていきにかぶっていた。頭は異常なほど大きいのだが、目線を下に移すと、体は驚くほど小さく貧相《ひんそう》で、肩と背中は曲がっていた。子どもの頃にくる病を患《わずら》ったことのある人のようだった。

「なんだこれは?」と、彼は金切り声[193]をはりあげた。「なぜ、勝手に侵入したのだ? 明日の朝に会うと、伝えたじゃあないか」

「申しわけありません」とわたしは言った。「しかし、明日まで待つわけにはいかないのです。実は、シャーロック・ホームズ氏が……」

わたしの友人の名前は、この小男に、異常なまでの効果をもたらした。彼の顔からは、すぐに怒りは消えて、緊張《きんちょう》に満ちた、ただならない表情となった。

「ホームズのところから、来たって?」と、彼は尋ねた。

「つい今しがた出てきました」

「ホームズに何かおきたのか? どうしたんだ?」

「彼は極めて重症なのです。それで、わたしがお伺《うかが》いしたというわけです」

男は、わたしに椅子を指し、(194) 自分も振り返って再び椅子に座った。その時、マントルピースの上の鏡に映った彼の顔が、ちらりと見えた。その顔が悪意に満ちたいまわしい笑顔なのが、わたしにははっきりと見えた気がした。しかし、わたしが彼を驚か

せたので、彼は神経が乱されて、顔をゆがませたのだろうと、わたしは自分に言い聞かせた。というのは、すぐその後で、彼がわたしのほうに振り返った時には、心から心配そうな表情になっていたからだ。

「そりゃあ気の毒だな」と彼は言った。「ホームズさんについては、以前にちょっとした仕事上のことで、知っているだけだが、彼の才能と人柄《ひとがら》には、感心しとるんだ。わしも医学にはアマチュアだが、彼も犯罪にはアマチュアだ。彼は悪人に立ち向かっているし、わしは細菌《さいきん》に立ち向かっている。あそこにあるのが、わしの監獄だ」彼はサイドテーブルの上にずらりと並べられた、びんや壺《つぼ》を指差しながら続けた。「あのゼラチン培養基《ばいようき》(195)の中では、この世でいちばんの極悪犯が、懲役刑《ちょうえきけい》に服しているのだ」

「ホームズ氏が、あなたにぜひともお目にかかりたいと申しておりますのも、あなたにその専門知識がおありになればこそです。彼はあなたを高く評価しております。そして、自分の病気を治せる人物は、ロンドンにはあなたをおいて他にはいないと申しました」

小男はびくっと身をふるわせたので、洒落《しゃれ》た喫煙帽が床にすべり落ちてしまった。

「どうしてかね?」と、彼は尋ねた。「なぜホームズさんは、わしが彼の病気を治せると思っているのかね?」

「あなたが、東洋の病気についての知識を持っておられるからです」

「しかし、どうして彼は、自分が東洋の病に罹っているとわかったのだ?」

「それは、彼がある仕事の調査のために、波止場《はとば》に行き、中国人の船員の中に入って働いたからです」

カルヴァートン・スミス氏は、おかしそうに笑うと、喫煙帽を拾った。

「ああ、そうか、そうか」と彼は言った。「まあ、あなたが心配するほどの病状とは思われないがな。ところで発病はいつだ?」

「三日ほど前です」

「せん妄《もう》状態で、うわごとを言うかな」

「時々」

「おや、おや。重症のようだな。それでは、彼の頼みに応《こた》えないというのも、非人情のようだ。わしは、仕事中に邪魔が入るのは大嫌いだが、ワトスン先生、今回は特別だ。すぐ一緒に行こう」

わたしはそのとき、ホームズの命令を思いだした。

「実は、わたしは他に約束がありまして[196]」と、わたしは言った。

「まあ、いい。わし一人で行くよ[197]。ホームズさんの住所は控えてある。遅くとも、三十分以内[198]に着く」

ホームズの寝室へ再び入る時には[199]、わたしは意気消沈していた。わたしがいない間に、もしものことがおきていても、おかしくなかったからだ。ところが、わたしの留守中に、彼は少し持ち直していたので、ほっとした。顔色は相変わらず青ざめていたが[200]、うわごとを言っていたとは思えないほどで、声は弱々しいものの[201]、話し方は普段よりもむしろ歯切れがよく、はっきりしていた。

「ねえ、彼に会えたかい、ワトスン？」

「そう、間もなく来るよ」

「すばらしい、ワトスン！　すばらしい！　君は最高のお使いだったね」

「彼は、ぼくと一緒に来たがったよ」

「それでは困るのさ、ワトスン。それだと、絶対にだめなのだ。あの男は、ぼくがどうして病気になったか、聞いただろう？」

「イースト・エンドの中国人のことを話しておいたよ」

「その通りだ。うまくやったね！　ワトスン、親友にしかできないことだね。それでは、このへんで君には退場してもらおうか」

「ホームズ、ぼくはここで待っていて、彼の診断結果を聞きたいね」

「もちろん、君はそうしたいだろうね。けれども、ぼくと彼の他には、誰もいないと思わせたほうが、もっとはっきりした、役に立つ診断結果を引きだせるのだ。ぼくのベッドの頭のほうに、お誂《あつら》え向きのすきまがある」

「それはないだろう、ホームズ！」

「ほかにどうしようもないのだ、ワトスン。隠れているには、あまり好都合な場所とは言えないけれど、それだけに、怪しまれる心配もないからね。ワトスン、だいじょうぶ、きっとうまくいくから」突然、かれはやつれた顔[202]を激しく緊張させて、ベッドから起き上がって言った。「車輪の音がする、ワトスン。ぼくのためと思ってくれるなら、大急ぎだ！　どんな事がおきても、動いてはいけないよ。――たとえ、何がおきてもだ、わかったね？　声を出さない、動かない！　ただひたすら、一心に聴いててくれればいい」そう言うがはやいか、彼はまた再び一時の元気を失くして[203]、わがままで命令的な話し方は、半分うわごとを言っているようで、聞き取りにくい呟《つぶや》きになってしまった[204]。

むりやりにすばやく押し込められた隠れ場所で[205]、耳をそばだてていると、階段を上ってくる足音が聞こえ[206]、次に寝室のドアの開く音と、閉まる音がした。その後は、思いのほか長い間静かで、ただ病人の苦しそうな息と、喘ぎ声が聞こえてくるだけだった。客は病人の傍《かたわ》らに立っていて、じっと見下ろしているのだろうと、わたしは想像した。そしてついに、その異常なほどの静けさは破られた。

「ホームズ！」と、彼は叫んだ。「ホームズ！」眠っている人を起こす時のような、しつこい呼び方だった。[207]「聞こえないのかな、ホームズ？」[208]

病人の肩を荒く揺すっているような、服のこすれるような音が聞こえる。

「ああ、あなたですか、スミスさん？」と、ホームズは囁いた。「まさか、おいでいただけるとは、思いもよりませんでした」

相手は笑った。

「そうだろうな。だが、ご覧のとおり、ここにいるさ。なに、『敵に塩をおくる』[209]だ、ホームズ――どうだ、恐れ入っただろう！」

「それは大変ご親切な――見上げたお心がけです。あなたの専門知識に、わたしは感《かん》謝《しゃ》いたしますよ」

客はくすりと笑った。

「そうだろうな。その事を知っているのは、まあ、さいわいにして、ロンドンではおまえ一人だ。[210]ところで、おまえは自分がどういう病気か、知っているんだろうな？」

「例のものです」とホームズは言った。

「ほう！　それで、その徴候《ちょうこう》が出たのかな？」

「もう、はっきりしすぎるくらいです」

「そうとしても、わしは驚いたりはしないね、ホームズ。まあ、そんなことはないだろうが、もしも万一、あれだとしたってだ、わしは一向に驚いたりはしないさ。だがな、まあ、そうだとしたら、おまえももう、お先はまっ暗だな。四日めに、ヴィクターの奴も、あの世へ行ってしまった。元気で力強い青年だったがね。おまえがあのとき言ったように、ロンドンのど真ん中で、あいつがアジアの奇病に罹るとは、まあ、不思議と言うほかはないだろうな。それもだ、わしが特別熱心に研究していた(211)病気というのだから。たしかに、奇妙な一致というやつだな。ホームズ。それに気がついたところは、おまえもさすがだった。しかし、そこに因果関係があるなどと言いだしたのは、ちょっと不謹慎《ふきんしん》だったな」

「あなたが仕掛けたのだと、ぼくにはわかっていたのです」

「なるほど、わかっていたのか。そうか。そう言ったって、その証拠をあげることはできなかったな。それはそうと、わしのそういう噂をさんざん撒《ま》き散らしておいて、今度は自分が困ったら、ぺこぺこと頭を下げてわしの助けを求めてくるというのは、一体全体どういう了見なのだ。とんでもないじゃないか——えーっ？」

病人(212)の、苦しそうな荒い息遣いが聞こえてきた。

「水をくれ！」彼は喘ぎながら言った。

「おまえさん(213)、まあ、もうじき一巻の終わりだな。だけどわしの話を聞かせないうちには、あの世へ送りだせないよ。だから水をやろう。ほら、こぼすんじゃない！　よし、それでいい。わしの言うことは、わかるだろうな？」

ホームズは呻《うめ》いた。

「なんとかしてください！　昔のことは忘れましょう」と、ホームズはつぶやくように言った。(214)「わたしは、すべてを忘れるようにします——誓《ちか》ってもいい。治してくだされば、あの事は忘れます」

「何を忘れると言っているのだ？」

「もちろん、ヴィクター・サヴェージが死んだ件についてです。今しがた、あなたは、自分が殺したと認めたも同様のことをおっしゃったが、(215)そのことを忘れようと言っているのです」

「忘れたって、覚えていたって、おまえの勝手だ。おまえが証人台のボックスに立つことはあるまい。いいかな、ホームズさま、おまえはまったく別の箱に入るのだ。棺《かん》桶《おけ》さ。わしの甥が、どうやって死んだかを、おまえが知っていてもだ、そんなことは、どうでもいいことさ。いま話しているのは、甥のことではない。おまえのことなのだ」

「はい、はい」

「名前を忘れたが——わしを迎えに来た男が、おまえはイースト・エンド(216)で、船乗りたちから病気をうつされたと言っていたが」

「そうだとしか、考えられなかったものですから」

「おまえは、頭の良さが自慢だったな、ホームズ？　そうじゃあなかったかな？　自分でも自分のことを、賢いと思っていた。そうじゃなかったかな。ところが、今回はおまえよりもうすこし賢い男に出会った[217]というわけさ。よく思い返してみるがいい、ホームズ。おまえがこの病気になった原因を、他に何か思いつかないか？」

「考えられない。ああ、もう頭がだめです。どうか助けてください！」

「よしよし、助けてやろう。ただしだ、おまえがどこでこの病気を拾って、どうしてこうなったのかを、理解するのを助けてやるのだ。おまえが死ぬ前に、わしはおまえにそれを思い知らせてやりたいのさ」

「この痛みをやわらげるものを、どうか恵んでください」

「痛いのか？　そうだろうな、人夫《クーリー》たちも、死に際には、よく泣き叫んでいたものさ。体もけいれんするだろうな」

「そうそう、ああ、けいれんしている」

「まあ、とにかく、わしの言っていることは、どうにか聞こえているようだ。よく聴くがいい！　この症状が始まる前に、何か変わった事がおこったのを、思い出せないかな」

「え、いいえ、何もありません」

「もう一度、よく考えろ」

「もう、苦しくて、考えるどころではありません」

「そうか、それでは手助けしてやろう。なにかが郵便で来なかったかな？」

「郵便で？」

「ことによると箱かも」

「ああ、気が遠くなってきた――もうだめだ！」

「聴くがいい、ホームズ！」死にかかっている男を揺り動かしている音が聞こえたが、わたしは隠れ場所でなんとかじっと身をひそめた。「わしの言うことを聴いてもらわにゃならん。何がなんでも、聴いてもらおう(218)。箱を覚えているだろう――象牙の箱だ。水曜日に来たはずだ。それを開けただろう――思い出したかな」

「そう、そう、それを開けた。中は強いばね仕掛けになっていた。何かのいたずらだろう――」

「いたずらではなかったことを、いまこそ思い知っただろう。まぬけな奴だ！　身から出た錆《さび》というものだ。頼まれもしないのに、わしの邪魔をするからだ。わしに手出しさえしなければ、こんな目には遭《あ》わなかった」

「思い出した」喘ぎながら、ホームズは言った。「ばねだ！　血が出た。そうだ、箱だ。――テーブルの上に置いてある」

「そうだ、ご名答！　そう、これはわしがポケットに入れて、持ち帰るほうがよさそうだ。これで、証拠は何一つ残さない。しかし、おまえは真相を知ったのだよ、ホームズ、だから、わしに殺されたと知りながら死んでいけるだろう。おまえはヴィクター・サヴェージの運命について知りすぎた。だからおまえも同じ運命をたどらせてやったのだ。ホームズ、最期も近づいたようだ。ここに座って、おまえの死に目をじっくり見学するとでもしようか」

ホームズの声は、ほとんど聞きとれないくらいの囁き声になった。

「何なに？」とスミスは言った。「ガス灯を明るくしてくれないかだと。そうか、目がかすんで、暗くなったのだな。ほら明るくしてやるぞ。これでおまえの顔が、いっそうよく見えるというものだ」彼が部屋を横切っていくと、光が急に明るくなった。

「友よ、何か他にして欲しいことはないかな？」

「マッチとタバコを」

喜びと驚きの入りまじった気持ちで、わたしはもう少しで大声を出してしまうところだった。少々弱々しくはあったが、よく聞きなれたあのいつもの声で話したのだ。長い間があった。驚きのあまり口もきけず、カルヴァートン・スミスは、相手を見下ろして立ちつくしていたように思われた。

「これは一体、どうしたことだ？」彼が不快げな嗄《しわが》れ声を、やっとのことでしぼりだすのが聞こえた。

「その役になりきるのが、最高の演技というものです」と、ホームズは言った。

「正直な話、この三日間というもの、わたしは全く飲まず食わずでした(219)。さきほど、あなたが親切についでくれた、あのコップの水が初めてというわけです。けれども、なんといっても、一番つらかったのはタバコです(220)。ああ、ここにタバコがあるね」マッチをする音がした。「これで、気分もずいぶん快《よ》くなってきた。ほらほら、誰か友人が階段を上ってくる足音が聞こえる」

外で足音がしたかと思うと、ドアが開き、モートン警部が現われた。

「すべてうまくいった。この男がそうだ」と、ホームズが言った。

警部は、法で定められた注意を与え(221)、最後に言った。

「ヴィクター・サヴェージ殺害の容疑で、逮捕します」

「それと、シャーロック・ホームズ氏殺人未遂の容疑も、加えてもらいましょう」ホームズは、くすっと笑って言った。「警部、こちらのカルヴァートン・スミス氏は、病人のわたしに手間をかけさせず、自分でガス灯を明るくして、ごていねいにもあなたを呼ぶ合図までしてくれましたよ(222)。ついでに申し添えておきますが、この犯人の上着の右ポケットに小さな箱が入っていますから、他へ移しておかれたほうがいいですね。ありがとう。もし、わたしだったら、慎重に扱いますね。ここへ置いてください。裁判の時は、これがお役に立つはずですよ」

突然、逃げだそうとする物音と、とっくみあいの音がした。続いて金属音と悲鳴が聞こえた。

「痛い目に遭うだけだぞ」と警部が言った。「じっとしていてもらおうか」手錠《てじょう》のかかる音が聞こえた。

「罠《わな》にはめやがったな」男はかん高い激しい声で叫んだ。「ホームズ、こんなことをして罰せられるのはわしではない[223]、おまえだ、ホームズ。あの男が治療に来てくれと頼んだのだ。かわいそうだと思って来てやった。おかしくなった頭で、これからこの男は、わしにかけたおかしな疑いと辻褄が合うように、いろいろとでっちあげて、わしがそう言ったと言い張るだろう。おまえは勝手に嘘《うそ》をつくがいい、ホームズ。こっちにだって、おまえと同様に、言い分がある」

「そうだった」と、ホームズが叫んだ。「すっかり忘れてしまっていたよ、ワトスン、君になんとお詫《わ》びしようか。君のことを、うっかり忘れるとは！　カルヴァートン・スミス[224]氏をご紹介するには、及ばないだろう。今日の夕方、ほんの少し前にご両人は会っていらっしゃるはずだからね。馬車は下ですね[225]。着がえをすませたら、すぐにお伴いたします。署でも、わたしがお役に立つことでしょうから」

「これほど、食べたいと思ったことはなかったね」身繕《みづくろ》いをする間に、一杯のクラレ

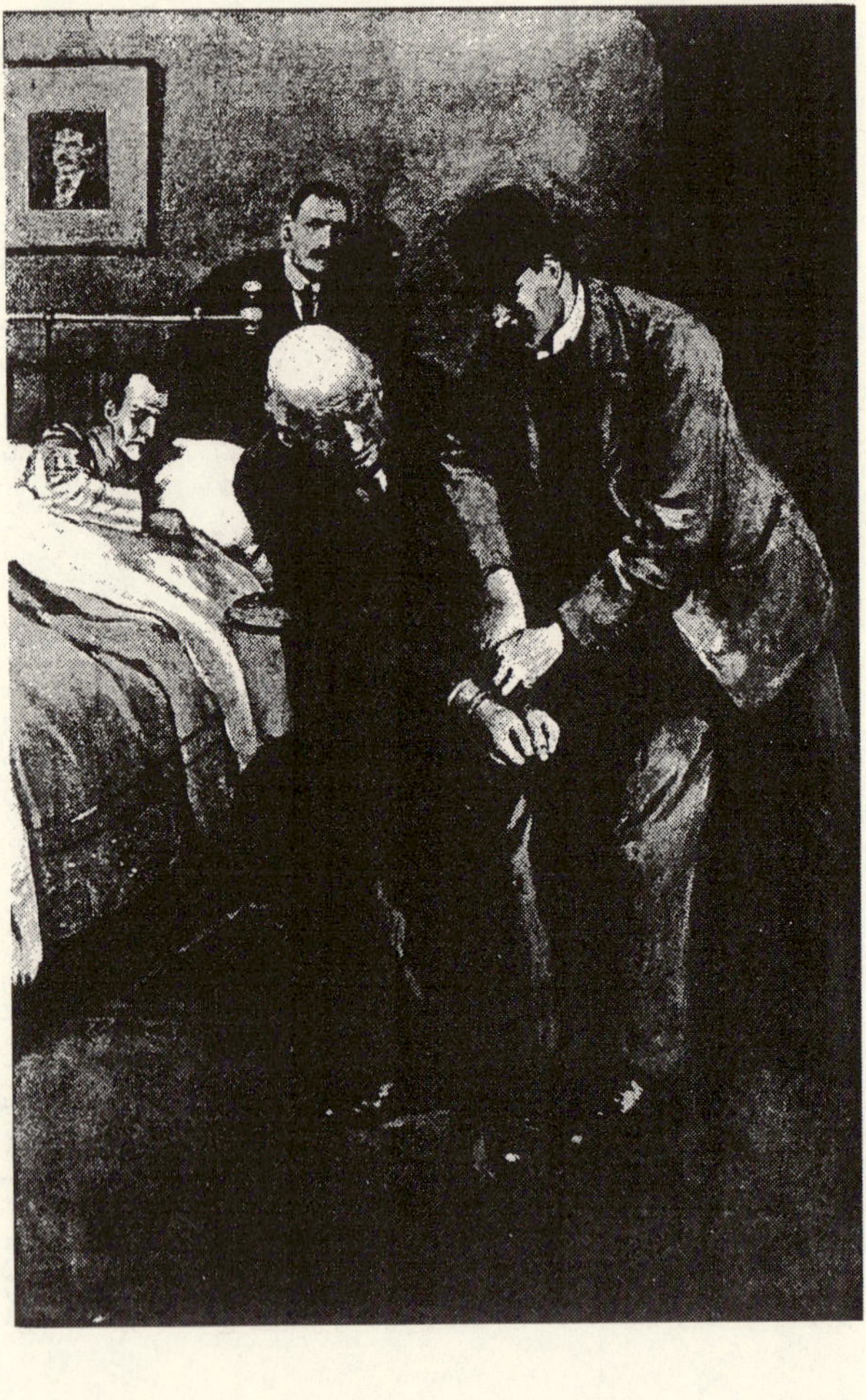

ット(226)とビスケット数枚で元気をつけながら、ホームズは言った。「君も知っているだろうけれど、ぼくは元来、不規則な生活をしているから、こういうことをやっても、おおかたの人ほど参ったりはしないのさ。ぼくがほんとうに重病だと、ハドスン夫人に信じこませることができるかどうかが、成功の鍵だった。信じてくれさえすれば、彼女はきっと、君にそれを伝えに行くはずだし、その次は君があの男を呼びに行く、という順で、事は進むからね。怒ってはいないだろうね、ワトスン？　実に多くの才能が君にはあるけれども、自分でもわかっているだろうが、嘘をつきとおす能力のほうは、まるでだめだからね。もし、ぼくの秘密を知っていたら、スミスにぜひ行こうと思わせるような芝居は、君にはできないはずだよ。しかも今回は、スミスがここに来るかどうかが、この計画の成功の鍵だった。ぼくは、あの男の執念深い性質を、充分に知りつくしていたから、自分の細工の結果を、必ず見に来るとふんでいた」

「しかし、あの君のようすだけど、ホームズ――あの死人のような顔は、どうしたのかね？」

「三日間のダイエットでは、美男子にはなれないさ、ワトスン。他は、海綿《かいめん》でひと拭きすれば、はげてしまうようなものだよ。額にはワセリン(227)を塗《ぬ》り、目にはベラドンナ(228)をさし、ほお紅をぬる。唇に蜜《みつ》ろうを塗りかためて、満足のいく効果を出せたのだ。仮病《けびょう》に関しては、ぼくが前から、論文を書くときのテーマにしようかと思っていたくらい、関心があったからね。半クラウンとか、牡蠣とか、なんのつながりもないことを、会話の中にちりばめれば、せん妄状態の効果がよく出るのだ」

「それにしても、本当は伝染もしないのに、最後までぼくを傍に近づけなかったというのは、どういうわけだったのかい？」

「ねえワトスン、それをぼくに答えろというのかい。君の医師としての才能を、ぼくがまったく信用していないとでも、思っているのかい？　いくら弱っていたって、脈も正常で、熱もないのに、瀕死の男だといって、君の目をごまかすわけにはいかないよ。四ヤード（三・六メートル）離れていたから、なんとか君の目を欺《あざむ》けたのさ。もし、それに失敗していれば、誰があのスミスを、ぼくのところまで連れてくるというのだい。いや、ワトスン、ぼくはあの箱に触ったりはしなかったさ。あの箱を横から見れば、開けると、毒蛇《どくへび》のように鋭いばねが出てくるしくみになっていることは、すぐにわかるからね。気の毒なサヴェージは、あの怪物が復帰財産を手に入れる(229)ために、これに似た仕掛けで殺されたのさ。それにしても、ぼくのところへ届く郵便物には、何かと変わった物が多いことは、君も知っているだろう。だから、いつも小包には注意しているのさ。あの男に、自分の計画がうまく運んだと思わせていれば、きっと油断して罪を白状するだろうと考えたのだが、図星《ずぼし》だった。彼にそう思わせるために、本職の俳優はだしの、真に迫る演技で、大芝居をうったというわけだ。すまない、ワトスン、上着を着せてくれたまえ。警察署(230)での仕事が終わったら、シンプスンで栄養を補給するのも、不適当ではないようだね」

最後の挨拶《あいさつ》——シャーロック・ホームズの終幕(231)

挿絵　A・ギルバート

八月二日の夕刻九時——世界史上で最も恐ろしい八月(232)だった。堕落《だらく》しきったこの地上(233)に、神が怒ってつかわされた天罰がこれから下されるものと人々が思い込んでいたかもしれない。蒸《む》し暑くて、淀《よど》んだ空気には、異様な静けさと、すぐにでも天誅《てんちゅう》が下されるのではないかという、定《さだ》かでない重苦しい不安が満ちていたので、日はとうに沈んだというのに、切り裂《さ》かれたばかりの傷そのままに、赤い血の色の裂け目が、遠く西の地平線に広がっている。頭上には星が鮮やかにきらめき、眼下の湾《わん》(234)には船舶《せんぱく》の明りが光っている。庭園をめぐる散歩道に付けられた石の手すりの脇に、イギリスでは著名な、ふたりのドイツ人が立っていた。破風造《はふづく》りのきわだった、長く延びて低い屋敷を背に、ふたりは、高い白亜《はくあ》の崖《がけ》(235)の下に広がる海岸の眺めをじっと見下ろしていた。思えば、フォン・ボルクがさまよえる鷲《わし》が降り立つようにして、この崖の上に初めてその雄姿を見せたのは、四年前のことだった。顔を寄せあって、小声で親しげな調子で男たちは話を交わしている。海岸から仰ぎ見れば、ふたりの吸っている葉巻の先端の小さな火が、闇の中で、下方を傲然《ごうぜん》と悪意をこめて見おろす、感情がくすぶっている二つの目玉のように見えたことだろう。

フォン・ボルクは優れた人間だった。ドイツ皇帝[236]に仕える、忠実なスパイが居並ぶ中でも断然ずば抜けていた。当時ドイツでは、イギリスでの任務が最重要とみなされており、初めてその任務に抜擢《ばってき》されたのも、フォン・ボルクの傑出《けっしゅつ》した能力が光っていたからだった。しかし、この任務を相当するようになってからのほうがいっそう、その才能の真価は輝きを増し、真実を本当によく知っていた六人ほどの人間にとって一層はっきりしてきたのだった。そんな幹部のひとりが、今、親しく会話を交わしている、公使館の書記官長[237]フォン・ヘルリング男爵《だんしゃく》[238]である。狭い田園の小路には、道[239]をいっぱいにふさいで止まっている車がある。それは百馬力もの力をもつ巨大なベンツで、ロンドンまで主人を連れ帰る[240]のを待っているのだ。

「事は非常に速く進んでいて、予定表どおりにつつがなくいっている[241]。わたしが情勢を見たところでは、きっと君も今週のうちにベルリンに戻れるだろう[242]」と、書記官長は語りかけた。「フォン・ボルク君、向こうに着くと、君は大歓迎[243]を受けて、きっと驚くだろうな。この国で見せた君の仕事ぶりが、本国の上層部にどれほど評価されているかをたまたま耳にはさんだのだがね」書記官長を務めているこの男は、高さも、肩幅も、奥行きにしても、けた外れの巨体をしていて、その話し方は、ゆったりとした、貫禄《かんろく》を感じさせるもので、政界での大きな強味になっていた。

フォン・ボルクは蔑《さげす》むような笑い声を立てた[244]。

「イングランド野郎どもをだますのは[245]、たいして難しいことではありません」彼は指摘した。「これくらい扱いやすく、単純な国民はほかにはいないでしょう」

「そうかねえ」相手は、考え込むようにして答えた。「彼らにも、不思議な思いもよらない境界線[246]というものがあるから、それをうっかり見損《みそこ》なう[247]ようじゃいけないんだ。たしかに外づらは、ああして単純に見えるから、それがかえって外国人には危ない罠《わな》になってしまう。第一印象では、彼らはまったく、くみしやすいとしか思えない。それが、突如《とつじょ》、固いところに突《つ》き当たる[248]。その時になって初めて、境界線に達したことに気づき、そこでこちらが現実に合わせて修正を迫《せま》られるんだね。一つ例を挙《あ》げれば、彼らには、いろいろ島国特有の因習を尊重する気もちがあって、ともかく、これをよく見定めなくちゃあいけないということがある」

「というと、『礼儀』、『フェアプレー精神』の類《たぐい》のこと[249]ですか？」それにはさんざん悩まされてきたとばかりに、フォン・ボルクは深いため息をついて見せた。

「あの風変わりきわまりない、実にさまざまな、英国独特の偏見《へんけん》としきたり[250]のことなのだ。実例として、わたしがしくじった最悪の失敗談を告白しようかな。君ならわたしの経験を充分知っていて、過去の成功を承知してくれているからね。わたしが初めてこの国に来た時のことだった。週末、総理の別荘に招かれたが、そこで聞いた会話はあまりにも明けっ広げなものだった」

フォン・ボルクはうなずき、それから無愛想に言った。「わたしもそのパーティへは出ていました」

「そうだったね。そう、わたしは当然そこでつかんだ情報の要約を、ベルリンへまとめて報告をした。ところが、運悪く、ドイツの首相がまたこうしたことの処理には不器用なところがあって、(251)ちょっと口をすべらして、わたしが送った情報をドイツ側がつかんでいることを明かす結果になってしまった。そうなると、誰が情報の出所だというので、お咎《とが》めがわたしのところまで回ってきたわけだ。それで、どれほどひどい痛手をわたしがこうむったかは、君にはわからないだろう。その際、わたしを招いてくれた連中の対応には、本当にくみしやすい点なんか、これっぽっちもなかった。なんといっても、わたしはその失敗の埋め合わせに、二年もの間、苦労させられたからね。でも、君は、スポーツマンになりきるポーズがうまいから——」

「いやいや、ポーズと言われては困りますよ。ポーズというのは、わざとやるものですが、わたしの場合は自然にそうなるのです。生まれつきのスポーツマンのわたしですから、スポーツをするのが大好きなのです」

「そう、だからこそ、いっそううまくいくんだね。ヨットでも彼らと張り合えるし、狩りの相手もできるし、ポロまでこなせて、それにどんなスポーツをやっても対等だからねえ。四頭立て馬車競技じゃ、オリンピア競技場(252)での試合で見事、賞を獲得したくらいだからな。君が、若くて元気な将校たちとボクシングまでやったという話も聞いているよ。結果はどうなるか？　誰も、君のことを警戒《けいかい》しなくなる。『粋《いき》なスポーツ友だち』、『ドイツ人にしては珍しく話のわかる男』、酒好き、ナイトクラブ通い、毎晩街に繰《く》り出す、むこう見ずで不注意で陽気な若い奴、そんなところが君の評判だからね。ところがその間、イングランドでおきる損害の半分は、この静かな君の別荘、ここが震源地《しんげんち》になっていて、スポーツ好きのご主人の領主様はというと、ヨーロッパ中で一番の頭の切れる秘密諜報《ちょうほう》部員なんだ。天才だ、フォン・ボルク、君はほんとに天才だよ！」

「それはお世辞ですよ、男爵。しかし、たしかに、わたしがこの国で過ごした四年間にも、実りがなかったわけではない、と言えましょう。ところで、たいしたものではないのですが、わたしのちょっとした貯蔵品をお見せしたことはありませんでしたね？　ちらりとご覧になってはいただけませんか？」

書斎《しょさい》のドアは直接、テラスにつながっていた。ドアを押し開けたフォン・ボルクは、先に行って、電灯のスイッチを入れた。それから、ついて来た巨大な体格の男の背後で、しっかりとドアを閉め、格子窓をおおう分厚いカーテンを用心深く閉めきった。こうして細心の注意を払いながら、あれこれと、あらゆる点検をし終わると、ようやく、日に焼けた、鷲のように鋭い顔を客人に向けた。

「書類の一部はもうここにはありません」彼はこう口を切った。「女房と使用人たちは昨日フラッシング[253]に向けて発ちましたが、さほど大事でない書類はいっしょに持たせてしまいました。いうまでもなく、他の書類については大使館の保管をお願いする必要がありますがね」

「念には念を入れて、準備を整えてあるよ[254]。君の名は、私的随行員《ずいこういん》[255]としてすでに登録してある。君自身にも、君の荷物類にも、なんら面倒がおきることはないだろう。もちろん、うまくいけば、われわれがこの国を出国しなくてもよくなるかもしれないがね。イングランドも、フランスの運命に知らんぷりをすることだってあり得るだろうよ。そもそも、英仏両国の間には、拘束力《こうそくりょく》のある条約なんて取り交わされていないのは確かだから」

「では、ベルギーのほうは?」フォン・ボルクは立ったままその返事に耳を傾けた[256]。

「ああ、ベルギーも同様だよ」

フォン・ボルクは頭を振った。「そんなばかな。きちんとした条約が結ばれていますよ。そんなことをしたら英国は一巻の終りです。それもとんでもない終りですよ![257]そんな屈辱《くつじょく》からは二度と立ち直れないでしょう」

「でも、しばらくは平和を保てる」

「それじゃ、英国の名誉《めいよ》は？」

「いやあ、君、現代は功利主義の時代だよ。名誉なんて観念は中世の考え方だろ。それに、イングランドはなんの準備も整《ととの》えていないのだからね。考えられないことだが、わが国で五千万マルクもの戦費調達特別税を実施して、まるで『タイムズ』紙の第一面に広告をでかでかと掲《かか》げたようにわれわれの目標をはっきりさせたにもかかわらず、それでもまだ国民は安楽な眠りから目を覚まそうとはしないのだ。時おり、あちらこちらで、イングランド人からも疑問の声が上がるのだが、そういう疑いにうまく答えてあげるのが、わたしの役目さ。また、時々、不満の声も上がってくるが、これをなだめてやるのもわたしの仕事だ。ただ、絶対に間違いのないのは、弾薬の備蓄《びちく》、潜水《せんすい》艦《かん》の攻撃に対する準備、高性能爆薬を作る用意、こうしたどうしても必要な戦争準備だけに限ってみても、その準備はゼロだということなんだ。しかも、われわれがしかけた、アイルランド内戦、婦人参政権運動の暴力沙汰《ざた》(258)その他のごたごたで、関心が国内に向かっているというのに、それでどうして、このイングランドが介入できるだろうか？」

「この国も将来のことを考えるはずですが」

「うーん、それは別の問題だ。将来は、われわれも、イングランドに対するはっきりした独自のプランをもつことができるようになるし、また、君からの情報がきわめて貴重なものになるだろうと思う。ジョン・ブル氏[259]との対決は、今か、あるいは将来かのどちらかだ。彼が現在を選んでくれれば、われわれの準備は万全さ。もし先の話なら、われわれの準備はさらに完全なものになるだろう。この国も少し知恵を働かせて、単独ではなしに、同盟国と協力して、この事態に当たればいいのにと思うが、それはあちらさまの仕事だ。ともかく、今週が英国の運命を決める一週間になる。まあ、あれこれ仮定の議論は止めて、現実の政治に戻ろう[260]。ところで、君の集めた書類のことを話しかけていたね」

安楽椅子《いす》に座り、はげた広い額《ひたい》を光らせる照明を受けながら、男爵は、葉巻をゆったりとくゆらせ、友人の動作をじっと眺めていた[261]。

オークの羽目板《はめいた》が張られ、書棚が並んでいる広々とした部屋の奥には、カーテンで隠された一隅があった。カーテンを開けると、巨大な真鍮製《しんちゅうせい》の金庫が現われた。フォン・ボルクは懐中時計の鎖《くさり》に付いていた小さな鍵《かぎ》を外し、金庫のダイヤルをしばらく操作してから、頑丈《がんじょう》そうな重い扉を勢いよく開け放った。

「見てください！」フォン・ボルクは、金庫から少し距離を取って、手で示した。

開け放たれた金庫の中を明りが鮮やかに照らし出した。大使館書記官の目は、内部の、ぎっしりと詰まった、何列にも連なる小さな作りつけの仕切りに釘付《くぎづ》けになった。仕切りにはそれぞれラベルが付けられていて、ずらりと居並ぶその題名を彼はじいっと目で追っていった。それは、「浅瀬《フォード》」[262]「港湾防衛態勢[263]」「飛行機[264]」「アイルランド[265]」「エジプト」「ポーツマス要塞《ようさい》」[266]「英仏海峡《かいきょう》」[267]「ロサイス基地[268]」などなど、二十ほどにのぼった。どの仕切りも書類や図面であふれている。

「膨大《ぼうだい》な数だね！」書記官は声を上げた。そして、葉巻を置くと、分厚い手でそっと拍手した。

「この四年だけで集めたものです、男爵。酒好きで乗馬狂の地方領主がやったことにしちゃ、さほど悪くはない成果でしょ。でも、取っておきの情報はというと、これから到着するところで、それを納める用意もできています」フォン・ボルクは、「海軍暗号[269]」と記された仕切りの空間を指した。

「しかし、そこにはもう結構な量のファイルがあるじゃないか」

「古くなってしまって、紙くずですよ。海軍でも、どうやら危険を察知《さっち》し、あらゆる暗号を変えてしまいました。これは痛いですよ、男爵、わたしのこれまでの作戦のうちでも、最悪の敗北でした。わたしの小切手帳と、敏腕《びんわん》のアルタモントのおかげで、今晩、すべてはうまくいくはずなんです」

男爵は懐中時計をのぞき、残念で仕方がないというように、喉《のど》を鳴らすような失望の声を出した。

「そうか、でも、もうこれ以上は、待ちきれないな。カールトン・ハウス・テラス[270]で、刻々と事態は変化しつつあり、われわれがみんな持ち場を離れられないのは、君にもわかっているだろう。今度の君の大成功の知らせを持って帰れるものと、わたしは期待していたのだよ。アルタモントは時間を言ってこなかったのかね」

フォン・ボルクは電報をおしつけてよこした。

『今晩必ず行く。新しい点火プラグ(271)持参。　アルタモント』

「点火プラグというのは？」

「いいですか、アルタモントは車の技術者になりすまし、わたしのほうは、ガレージ一杯の車をもっていることにしてあるのです。われわれの交わす暗号では、出てきそうな言葉は全部、車の予備部品の名称を付けてあります。たとえば、彼がラジエターと言ってくれば、それは戦艦のことですし、油圧ポンプと言えば、巡洋艦《じゅんようかん》になるという具合ですよ。それで、点火プラグは海軍の暗号のことになります」

「ポーツマス局、正午発か」発信元を確かめて、書記官はこう言った。「ところで、あの男には、何を渡すのかね」

「この特別な仕事だけで五〇〇ポンド（約一二〇〇万円）。当然、給料も別に払っていますが」

「欲張りな奴だな。あいつら売国奴どもは、たしかに役には立ってくれるが、汚い仕事に報奨金《ほうしょうきん》を払うのは気に入らないね」

「わたしとしては、アルタモントが気に入らぬ理由は一つもありませんよ。彼は立派に働いてくれます。こちらが充分に払っていさえすれば、彼のいわゆる品物を確実に配達してくれる。それにあの男は売国奴《ばいこくど》ではありません。わが国の誇る汎《はん》ゲルマン主義に燃える愛国貴族だって、こと反イングランド感情についていえば、憎しみを抱くアイルランド系アメリカ人に比べると、ひよっ子のようなもんですよ」

「おや、彼はアイルランド系アメリカ人なのかね？」

「話し方を聞けば、疑いも消えるでしょう。ときどき全く何を言っているのか、さっぱりわからないことがありますからね。どうも、彼はイングランド国王《イングリッシュ・キング》に対してのみか、由緒《ゆいしょ》あるイギリス英語《キングズ・イングリッシュ》に対してまでも、宣戦布告しているようにしか思えません。本当に出発しなくてはいけないんですか。そろそろ姿を現わす頃なんですよ」

「いや、悪いが、もうそれでなくとも長居をしすぎてしまった。明日の早朝、君を待っているよ。ヨーク公記念塔[272]の下の石段の横にあるドイツ大使館の小さなドアを通って、例の暗号の書類を君がもち込んでくれれば、君のイングランドでの任務も、見事に有終の美を飾ることになるというわけだ。何だい？　トカイ・ワイン[273]じゃないか」

丈の高いワイングラス二つと一緒に盆に載せられた、厳重に封をされて埃《ほこり》が積っているワインを指さした。

「出かける前に一杯いかがですか？」

「いいや、けっこう。しかしまるでお祝いかなにかのようだね」

「アルタモントはなかなかのワイン通でして、今はもう、わたしのトカイ・ワインがお気に入りなんです。もともとうるさい男ですから、ちょっとしたことで、いろいろ機嫌をとってやらなくてはなりません。なにぶん、わたしの任務には絶対に欠かせない男です[274]。ですから、こちらも彼のことはよくよく知っていなければなりませんよ、本当に」二人はまた、テラスへゆったりと歩いて行った。そして、ふたりがテラスの端を過ぎると、男爵の運転手がスイッチを入れたのか、自動車が振動し、くすくす笑うかのようにエンジン音を立て始めた。「あれはハリッジの明り[275]だろうね」と、ダスター・コートをはおりながら、書記官は言った。「何もかも、静かで、平和なように見える！　一週間もしないうちに、他の明りまでもが見えるようになって、このイングランドの海岸ものどかな場所じゃなくなるだろうね！　空だってこんなに穏やかなようすではすまないだろうよ。うるわしのツェッペリン飛行船が期待どおりの仕事をしてくれればね[276]。そういえば、あれは誰だい？」

　ふたりの背後の建物では、明りがついている窓は一つだけであった。ランプがともり、その傍《そば》でテーブルに向かって座っているのは、いなか風の帽子をかぶった、赤ら顔の、あのいとしい老婦人だった。前かがみの姿勢で、編み物をしていて、時おり、脇の丸椅子に寝ている大きな黒猫をなでた。

「あれはマーサ[277]ですよ。最後まで残したただ一人の使用人です」

書記官は忍び笑いを漏《も》らした。

「まるで、大英帝国という国を象徴しているような人だね」と、彼は言った。「ああして、完全に自己陶酔《とうすい》する傾向と、気持ちのよさそうな、眠たげなようすは独特だ。それでは、また会おう《オ・ルヴォワール》、フォン・ボルク」最後に手を振って、彼は車へ飛び乗った。するともう、円錐形《えんすいけい》の黄金色のヘッドライト二本の明りが闇を射ぬいていた。高級リムジン車の座席のクッションに身を預けて、思いはもっぱら、刻々と迫り来るヨーロッパの破滅《はめつ》のことばかりに向かい、村の中心通りを曲がった際に、反対方向を進んできた小型のフォード車[278]とすれ違ったことにも気づかなかった[279]。

フォン・ボルクがゆっくりと歩いて書斎に戻った時には、車のライトの小さな輝きも、遠くかすんで見えなくなってしまった。戻る途中、年とった家政婦がランプを消して、床《とこ》につこうとするのが見えた。家族も使用人もいつも大勢いたフォン・ボルクにしてみれば、この広い建物が静まり返り、真っ暗なのはまったくなじみのない経験だった。それでも、家族が安全なところにいて、台所でごそごそする老婦人[280]が一人いることを除けば、この広い家は自分だけになったと思うと、ほっとした。しかし、書斎で整理しなくてはならない仕事が待っていた。仕事に取りかかり、やがて最後には書類を燃やす熱が熱くて、鋭い表情の、整ったその顔が赤くほてった。革の旅行カバンがテーブルのかたわらに置かれていて、フォン・ボルクはこの中に、金庫に保管していた大事ななかみを分類しながら、几帳面《きちょうめん》に納め始めた。だが、この作業を開始してすぐ、遠くで車の音がするのを耳ざとく聞き逃さなかった。すぐに、満足そうな声を上げ、旅行カバンの革ひもを止め、金庫を閉めて鍵をかけ、急いでテラスへ出た。車するとちょうどその時に、小型車のヘッドライトが門の所で止まるのが見えた。車から一人の人間がさっと降りて、足早に近づいてきた。他方、がっしりした体格、灰色の口ひげを生やした年配の運転手のほうは、待機するのも長い時間だろうと、あきらめ顔で、どっかりと座席に座り直した。

「うまくいったかな？」フォン・ボルクは小走りに、訪問者を迎えに行き、待ちきれないように、こう聞いた。

返事の代わりに、男は、小さな褐色《かっしょく》の紙の包みを頭上で、勝ち誇ったように振って見せた。

「旦那《だんな》、今晩は大歓迎をしていただきましょうや(281)」と、男は声を上げた。「とうとう手に入れましたからね」

「暗号かい？」(282)

「電報で言ったとおりで。手旗《てばた》信号、光点滅信号、無線電信(283)、どれも最新版ですぜ。

それも、写しです、原物じゃありませんよ。欲張りの売り手の奴は原物をよこしたかったようですがね[284]。それじゃ危なすぎますからね。でも、本当に間違いありませんぜ。安心してくだせえよ[285]」男はなれなれしくドイツ人の肩をぴしゃりと叩いたが、嫌がった相手は身を引いた。

「入ってくれ」ドイツ人は言った。「家はわたし独《ひと》りっきりだよ。ずっと待ってたんだ、これだけをね。もちろん、写しのほうが原物より都合がいい。原物がなくなったとなれば、全部を変更するだろうから。その写し[286]については安全なのだろうね？」

客のアイルランド系アメリカ人は書斎に入って、安楽椅子に座ると長い手足を投げ出した。長身のやせたその男は、六十歳くらいで、目鼻立ちはきりっとしていて、少しばかり、やぎひげを生やしていたが、そのひげのせいか、戯画《ぎが》化されたアンクル・サム[287]の雰囲気にどこか似通っていた。腰を下ろすと同時に、口のへりにくわえた、もうだいぶ唾液《だえき》で濡《ぬ》れてしまっている吸いかけの葉巻にマッチをすって火をつけた。

「高飛びの用意ですかい？」こう口を切ると、男は周囲を見回した。「旦那、なんですか、」カーテンが開け放しになっていて、露出《ろしゅつ》している金庫を見やると、彼はさらに言い添えた。「まさか、こんな所に大事な書類を入れているわけじゃないんでしょうな？」

「入れて悪いかい？」

「あんれまあ、こんなわざとらしい細工もんに隠しておくなんてねえ！　まるで、旦那がスパイだと教えているようなもんじゃないですか。ヤンキーの悪党なら、こんなもん、缶切り[288]一つありゃ、やすやすと開けちまいますぜ。あっしの手紙がこんなとこに入っているなんぞ、[289]前々からわかっていりゃ、こっちだって、あんたに手紙を出したりするほど、まぬけなまねはしなかったねえ」

「この金庫を開けようとしても、おまえたちヤンキーのどんな悪党だって、[290]ちょっとやそっとで開けられはしないさ」フォン・ボルクは答えた。「どんな道具を使ってみても、この金属は切れるはずがない」

「錠《じょう》のほうは？」

「大丈夫、二重組み合わせ錠だ。どんな仕組みか知っているかい」

「いや、ちっとも」アメリカ人は言った。

「いいかい、錠を開けるには、数字だけではなくて、文字を組み合わせなくてはならない」立ち上がって、彼は、鍵穴の周りの、二重になって、放射状に記号が記してある円盤《えんばん》を示した。「外側の列が文字で、内側が数字になっている」

「ほー、そうか、こりゃすげえや」

「つまり、君が思ったほど単純なもんじゃないんだ。四年前に、わたしが特別に作らせたものだが、選んだ単語と数字はなんだと思う？」

「思いつくわけねえだろ」

「そう、アルファベットの単語は『AUGUST』（八月）、数字には『1914』年を選んだんだ。ちょうど現在の日づけさ」

アメリカ人の顔には驚きと感嘆《かんたん》の表情が浮かんだ。

「そいつあすげえな、旦那！　頭いいじゃねえか。すばらしいお手並みだ」

「まあね。その昔でさえ、われわれの何人かはこんな日付けをぴったり予測できたのだ。このとおりさ。そして、明日の朝には、すっかり引き払ってしまう」

「するてえと、あっしのほうもなんとか面倒をみてくれるんでしょうな[291]。たったひとりぼっちで、こんないまいましい国[292]にいつまでもいるわけにゃあいきませんからねえ。あっしの考えじゃ、一週間もしないうちに、ジョン・ブルの野郎は怒って、大騒《おおさわ》ぎするでしょうぜ。こっちとしちゃ、海峡の向こう岸から、とくとそのようすを見せてもらいたいもんだ」

「でも君は、アメリカ国籍《こくせき》じゃなかったのかね」

「そうさ、ジャック・ジェイムズもおなじアメリカ国籍だったが、それでもポートランド島[293]で服役中でさあ。英国のサツ[294]には、こっちがアメリカ人だなんて言ったって、なんの効き目もありませんぜ。奴らの返事はいつでも『ここには英国の法律と秩序しかない[295]』というだけでさあ。ところで、旦那、ジャック・ジェイムズの奴のことで思い出しましたが、旦那はちっとも子分たちのことをかばってやらないように見えますな」

「なんだって?」フォン・ボルクは鋭く聞き返した。

「いや、あんたはわしらの親方でしょ。子分がつかまらないように努めるのが、親方の責任というものでしょうが。それが、ああしてつかまっている。かくまってやったことが一度でもあるんですかい? ジェイムズの場合だってそうだ」

「あれはあいつが悪いんだ。それは君もわかっているではないか。彼は身勝手過ぎて、この仕事には向かないのさ」

「あっしも、彼がぼんくらだっていうのは認めますがね。じゃ、ホリスはどうなんですかい」

「あの男は気が違ったのだ」

「たしかに、最後はちょっと気が変になっちまっただよ。だがね、朝から晩まで、自分のことをサツにタレこもうとやっきになっている百人もの連中を相手にしながら、お勤めを果たさなくちゃいけねえんだから、精神病院送りの候補になったって、不思議はないなあ。そのほかに、スタイナーの例もありますぜ」

フォン・ボルクはぎょっとして、その赤ら顔もわずかに青ざめた。

「スタイナーがどうかしたのか」

「ええ、奴はつかまっちまった[296]。それだけのことさ。きのうの晩、奴のやっている店が捜索《そうさく》を受けたんだ。奴も、書類も、一切がっさいが、ポーツマス監獄《かんごく》の中ですぜ。あんたはこれから逃げ出せるからいいが、奴はかわいそうだぜ、臭い飯を食って、命があって潔白《けっぱく》ってことになりゃあ[297]もうけものなんて始末だ。そんなわけだから、旦那が逃げ出したら、こちとらも一刻も早く海[298]を渡りてえんですよ」

　強気で、物に動じないフォン・ボルクも、さすがに、このニュースには動揺の色を隠せなかった。

「どうやって警察はスタイナーのことを嗅《か》ぎつけたんだろう？」彼はつぶやいた。「これまでで最大の打撃だな」

「ええ、それどころか、もっとひどいことになるかもしれやせん[299]。なんてったって、サツはあっしのことを追っかけ始めてるにちげえねえんだ」

「まさか、そんなことはあるまい！」

「まちげえねえさ。フラットン通りの[300]あっしの下宿のかみさんがサツから調べられているんですぜ。あっしも、それを聞いた時にゃあ、もう、もたもたできねえとピンときましたぜ。だがねえ、どうしても知っておきたいのは、どうしてサツが嗅ぎつけてしまったのかでさあ。あっしがあんたの仕事を請け負ってから、あんたがなくした手下は、スタイナーで五人目ですぜ。もしあっしがトンズラしなきゃあ、六人目が誰になるかは目に見えてまさあ。いったいこれをどう説明するんですかい？　部下がこんなに惨《みじ》めにムショに連れて行かれるのを見てて、少しは恥ずかしいとは思わないんですかい」

フォン・ボルクは真っ赤になった。

「おまえは、よくもそんな口の利《き》き方ができるな！」

「そんなこともできねえ人間にゃ、あんたの仕事なんか引き受けられやしないね。とにかく、あっしは、腹にあることは包み隠さず言ってしまうよ。あんた方ドイツ人の政治家連中は、いったん手下の諜報部員が仕事をやり遂《と》げてしまえば、後は、諜報部員がもう、あれこれ言いたいことも口にできない所[301]に追いやられてしまっても、涼しい顔[302]だって話じゃないか」

フォン・ボルクは突然立ち上がった。

「おまえは、部下である諜報部員を、このわたしが敵に売り渡しているとでも言うのか！」

「いや旦那、そんなつもりじゃありやせんぜ。ただ、どこかにきっと、おとりの曲者《くせもの》や裏切り者がいる[303]と言っているんですぜ。それがどこにかくれているかを調べるのが、あんたの務めでしょ。どのみち、あっしはもう危ない橋を渡ったりしやせんぜ。なつかしのオランダへ高とびしたいんですよ、それも早ければ早いにこしたこたあない」

フォン・ボルクはなんとか怒りを抑えた。

「こんなに長い間、同志として戦ってきたわれわれは、せっかく勝利の時を迎えたんだから、なにも今になって仲違《なかたが》いをすることもなかろう」と、彼は言った。「君も立派に仕事を果たしてくれたし、危ない橋をあえて渡って、[304]がんばってくれたことは、わたしも忘れたりはしない。とにかくにも、オランダへ行け。ロッテルダムからニューヨークへ向かう船に乗れるように用意がしてある。フォン・ティルピッツ提督《ていとく》のドイツ海軍が仕事を始めるこの一週間ばかりは、それ以外の航路《こうろ》はどれも危ない。アルタモント、話をつけよう。[305]わたしは例の書類をもらい、他のものといっしょに荷造りをする」

アメリカ人は小さな包みを手にもっていたが、それを手渡す動きを示さなかった。

「ゼニはどこですかい？」

「何だって？」

「そう、ゲンナマですよ。報酬。五〇〇ポンド。取り引き相手の砲兵《ほうへい》が土壇場《どたんば》になって、へそを曲げやがって、[306]あっしは、さらに一〇〇ドルをやって話をつける羽目になったんですぜ。そうでもしなかったら、こちら側の収穫はゼロになっちまうところだった。[307]『もう、絶対にだめだ！』って、奴は言いやがるし、それもまったく本気なんだからね。で、最後に一〇〇ドルやったおかげで、話はどうにかまとまったんですぜ。

結局、しまいまでには、二〇〇ポンド自腹を切っちまった。こっちの取り分をちゃんといただかねえうちは、物を渡せませんぜ」

フォン・ボルクは苦笑いを浮かべた。「わたしのことはあまり信用してもらえないようだな」と、言った。「書類を渡すよりも先に、金を出せというわけか」

「そう、旦那、これは仕事上の取り引きですからね」

「わかった、わかった。好きなようにしてくれ」彼はテーブルに着くと小切手帳に乱暴に記入して、小切手帳からこれを破り取った。が、相手には小切手を渡すのを思いとどまった。「アルタモント君、結局のところ、お互いの関係もこんなものだから」彼は言った。「君がわたしのことを信用していないというのに、わたしだけが、君のことを信用しなければならん理由はないからな。そうだろ?」と、肩越しにアメリカ人を見返しながら、続けた。「小切手はたしかにテーブルに置いた。だから、君がこの金を取り上げる前に、こちらにも小包を確かめる権利はあるはずだ」

アメリカ人は無言のまま、小包を手渡した。フォン・ボルクは結んであったひもを解き、包装紙を二枚はいだ。彼はその瞬間、座ったまま、唖然《あぜん》として、目の前に置かれた、小さな青い本に視線がくぎづけになった。表紙カバーには大きく、『養蜂《ようほう》実用便覧《ハンドブック》』(308)と題名が金文字で記されていた。スパイの親玉は、思いもよらぬこの不適当な題名を一瞬にらんだ。その時、彼は首の後ろを万力のような握力《あくりょく》で締めつけられ、

さらに、苦痛で歪《ゆが》んだ顔には、クロロホルムを浸した海綿が押しつけられた。

「もう一杯いこう、ワトスン!」[309]シャーロック・ホームズ氏は、ほこりをかぶっている[310]インペリアル・トカイ・ワイン[311]の瓶《びん》を差し出して、言った。「このうれしい再会に祝盃《しゆくはい》を挙げるべきだね」

ずんぐりした運転手は、ひとりテーブルに着いていたが、さっとグラスを出した。

「見事なワインだね、ホームズ」ワトスンは、心をこめてお祝いの杯を飲みほしてから、こう言った[312]。

「実にすばらしいワインだ、ワトスン。そこの長椅子にのびていて、高いびきをかいているわれわれの友人[313]が話してくれたところでは、これは、シェーンブルン宮殿[314]のワイン特別貯蔵室に秘蔵されている、フランツ・ヨゼフ皇帝から贈られたワインだそうだ。すまないが、クロロホルムのにおいが賞味を損《そこ》なうから、窓を開けてくれないか」

金庫の扉は開け放たれていて、いまやその前に立ったホームズは[315]、書類のファイルを一つずつす早く引っ張り出して確かめながら、フォン・ボルクの旅行カバンに几帳面に納めていく。上腕と足を縛《しば》られたまま、長椅子に横たわる問題のドイツ人は、大きないびきをかいて眠っている。

「ワトスン、ぼくたちはあわてることはないよ。もう邪魔は入らないからね。で、あのベルをちょっと鳴らしてもらえないかい？　他に家にいるのは、マーサばあやだけさ。マーサは今回、役目を実に見事に果たしてくれたのだ(316)。ぼくがこの事件を手がけてすぐ、ここの家政婦の職を紹介した。ああ、マーサ。万事うまくいったと聞けば、おまえも喜んでくれるだろうね」

廊下に現われたのは感じのよい高齢の婦人であった。笑みを浮かべて、うやうやしくホームズに挨拶したが、長椅子に人が横たわっているのを心配そうにちらりと見やった。

「マーサ、心配しなくてもいいよ。けがなどまったくないからね」

「それで、わたくしもほっとしました、ホームズさん。あの方も、それなりにやさしいご主人様でしたからね。きのうも、奥様といっしょにドイツに行くようにと勧めてくれました。でももしそうしていたら、あなたのご計画には具合が悪くなりましたわね」

「そう、そのとおりさ、マーサ。マーサがここにいてくれれば、ぼくも安心だった。今夜も、ぼくらは、あなたが合図をしてくれるまでしばらく待っていたのだよ」

「書記官がなかなか帰らなかったものですから。ロンドンから来ていた、あの頑丈そうな体の男ですよ(317)」

「わかっている。あの男の車はぼくらの車とすれ違った。これも、君の立派な運転の腕前がなければ、ワトスン、ぼくたちの車も衝突《しょうとつ》して、プロシア軍に侵略《しんりゃく》され、めちゃくちゃにされたヨーロッパのような目に遭《あ》わされていただろうね。まだ他にも言いたいことがあるだろう、マーサ？[318]」

「あの男は帰らないのかもしれない、とわたくしも心配しました。男がいては、あなたの計画に邪魔になることも承知していました[319]」

「そうなのだ。それで、ぼくらも丘の上で三十分ほど待たされて、あなたの部屋のランプが消えたのを見て、やっと道がひらけたと思ったのだよ。マーサ、明日にでも、ロンドンのクラリッジ・ホテル[320]で報告をしてもらえないだろうか」

「いいですとも」

「家を出る準備はすっかり整っているのだろうね」

「はい、整っていますとも。彼は今日、手紙を七通出しています。いつものとおり、宛《あ》て名はすべて控えておきました。今日、届いた手紙は九通でした。こちらも住所を控えてあります[321]」

「上出来だ、マーサ。それは明日見せてもらおう。じゃあ、おやすみ」年配の婦人がいなくなると、すぐにまた、ホームズは語り出した。「これらの書類は、特別重要な書類というものではないが、いうまでもなく、書類に書かれている情報はかなり前からドイツ政府に送られているものだ。ここにあるのは原典で、危険がつきまとうので、この国から持ち出すことができなかった」

「では、なんの役にも立たないのかね」

「ワトスン、そんなことまで言うつもりはないよ。この書類を見れば、どの情報が流れていて、どの情報がまだ知られていないかがわかる。これらの書類の多くは、ぼくを通じて、あの男に(322)流れたもので、言うまでもなく、がせネタばかりさ。ぼくが提供した機雷敷設《きらいふせつ》配置海図に忠実に従って、ドイツ軍の巡洋艦がソレント海峡を進んでくるのを見物するのも、こんな老後の暮らしには、また一興だろうね。ねえ、ワトスン」仕事の手を休めて、旧友の肩をつかんだ。「まだ、君の顔を明るい所で見せてもらっていないね。ずいぶん年月もたったけど、君はどう変わったかな。ああ、前と少しも変わらないね。元気いっぱいの青年のままではないか」

「ぼくは二十歳は若返ったような気がするよ、ホームズ。ハリッジまで自分の車で会いに来てくれと、君からの電報を受け取った時には、ほんとにうれしくてたまらなかった。それにしても、ホームズ、君はほとんど変わらないね。ただし、そのおかしなヤギひげは別だが」

「こうしたことは、母国のためなら払わなくてはいけない犠牲《ぎせい》だよ、ワトスン」少しばかりのそのあごひげをつまんで、ホームズは言った。「あしたにでもなれば、嫌な思い出に過ぎなくなるさ。散髪をし、少々外見を直してから、あすクラリッジ・ホテルに現われるよ。アメリカ人になりすました、この曲芸《スタント》[323]——いやはや、許してくれたまえ、ワトスン、濁《にご》りもなくきれいだったぼくの英語もすっかり汚くなって、元には戻りそうにないようだ。——このアメリカ人の仕事が舞《ま》い込んでくる前の状態にはね」

「でも、君は引退していたはずだろう、ホームズ。サウス・ダウンズ丘陵地帯《きゅうりょうちたい》の小さな農場で、かわいいミツバチたちと愛読書とに囲まれ、世捨て人のような生活を送っていると聞いていたのに」

「そのとおりさ。ここにあるのが、そうしたゆとりある暮らしから生まれた、ぼくの晩年の大作[324]さ」ホームズはテーブルの上の本を取り上げると、題名をぜんぶ読み上げ[326]た。「『養蜂実用便覧《ハンドブック》——女王蜂の分封《ぶんぽう》に関する観察記録』[325]。ぼくひとりで書いたのだ。夜は思索《しさく》にふけり、昼間はたゆみない労働の日々を続けた、その成果さ。昔、ロンドンの犯罪社会を観察したのと同じようにして、かわいい働きもののハチたちを観察したものさ」

「それなのに、どうしてまた、探偵の仕事に戻ったのだい?」

「そう、自分でもしばしば驚いてしまうよ。外務大臣[327]だけが出かけてくるくらいなら、どうということもなかったのだが、なんと首相[328]が直々《じきじき》に、わがあばら家にまでわざわざ足を運ばれてはねえ。ワトスン、正直なところ、長椅子にお休み中の紳士は、わが国民より一枚うわての方だ。とび抜けて優秀だった。英国では、いろんなことがうまくいかなくなった。しかも、その原因がまったくわからないときている。諜報部員が当局に目をつけられたり、逮捕されたりしたが、どこかに強力な中枢《ちゅうすう》があるらしい証拠があった。そこで、この秘密の中心を明らかにするのが緊急課題になった。ぼくに、ぜひとも事態の調査を引き受けてくれ、と、ずいぶん激しくせっつかれたものだ。ぼくは二年つぶしてしまったよ、ワトスン。でも、面白いこともないわけじゃあなかった。ぼくの捜査の長旅はシカゴを皮切りに(329)始まり、バッファローでは(330)アイルランド系アメリカ人の秘密結社で修業を終え、次にアイルランドに行ってからは、スキバリーン(331)の警察(332)にひどい厄介をかけたこともあって、ようやっとフォン・ボルクの手下の目に止まり、使える男だと紹介されたと、経過をこう説明すれば、今度の事態が複雑だったことがわかってもらえるだろうね。ぼくがフォン・ボルクの信頼をかち得てから、彼の計画の大部分を狂わせて防ぎ、優秀なスパイを五人も刑務所行きにさせた。観察していて、ワトスン、機が熟したときに一人ずつつかまえたのさ。さて、あなた様、どうですかね、お具合はよろしいでしょうね?」

　最後の言葉はフォン・ボルク自身に向けられたものだった。さんざんあえいだり、目をしばたいたりしてからは、彼は横になったまま、おとなしくホームズの話を聞いていた。それが今や、怒りを爆発させ、猛烈《もうれつ》な勢いで、ドイツ語で悪態をつき始め、怒りで顔をひきつらせた。囚《とら》われの身であるドイツ人がどんなにののしったり(333)毒づいたりしても、ホームズのほうは、その長細く、力強い指で書類を開いては閉じ、てきぱきと点検を続けていた。

「音楽的とは言えないが、ドイツ語は他のどの言葉よりも表現が豊かだね」疲れ切ってフォン・ボルクがようやく悪態をつくのをやめると、ホームズはこう言った。「やあ、やあ！」ホームズはさらに言い続けると、書類の写しの端のほうをじっと見つめてから、それを箱の中に入れた。「これでもう一羽、カゴの中に放りこめる。あの主計官がこんなに(334)悪い奴だとは知らなかった。ぼくもずいぶん気をつけて見張っていたのだがね。ねえ、フォン・ボルクさん、あなたにはいろいろと説明してもらわないといけないことがありますよ」

今や囚われの身の男は長椅子の上で、やっとのことで身を起こすと、驚きと憎しみの入り交じった複雑な目つきをして、自分をつかまえた相手をにらみつけた。

「アルタモント、いいか、必ず復讐《ふくしゅう》してやるからな」と、ことさらゆっくりと考え考え、彼は言った。「たとえ一生かかっても、復讐するぞ！」

「いつもどおりの感傷的な歌の文句だね！」ホームズは言った。「久しい昔から、この文句をどのくらい聞かされてきたことか。亡くなったモリアーティ教授もよくそうつぶやいていた。セバスチャン・モラン大佐もそういうことを言っていたらしいね。(335) でも、このわたしは生きていて、サセックスの丘陵地帯で養蜂を楽しみながら、静かに暮らしていますなあ」

「くそくらえ、この二重スパイめ！」このドイツ人はわめき声を上げて、縄をほどこうともがき、ものすごい狂暴な目つきでにらんだ。

「いやいや、二重というほどにはひどくないね」ホームズは笑みを浮かべながら言った。「いま話している口振りからもはっきりわかっただろうけど、シカゴのアルタモントという男は、現実にはこの世に存在してはいない。いくつかの人間像からひねり出した混合物で、まったく架空《かくう》の人物なのだ。(336) 彼には充分役割を果たしてもらったから、もうそういう人間はいないわけだ」

「じゃあ、いったいお前は誰だ？」

「わたしが誰だろうと、まったくどうでもいいことだが、どうも君には関心事らしいから、フォン・ボルクさん、ひとつ言わせてもらうと、実のところ、あなた方一族と知り合いになったのは、今回が最初ではなかった。わたしはドイツでもむかしずいぶん仕事をさせてもらっていて、あなたにもわたしの名前はなじみがあるはずだがね」

「それなら、ぜひとも聞かせろよ」プロシア人は脅《おど》しをかけるような調子で言った。

「あなたのいとこのハインリッヒが宮廷の特命全権公使を務めていた頃に、アイリーン・アドラーと故ボヘミア王をうまく別れさせたのは、わたしだ。フォン・ウント・ツー・グラーフェンシュタイン伯、こちらはあなたの母上の兄さんらしいね。この方が無政府主義者のクロプマンから命を狙《ねら》われる危機から救ってさしあげたのも、このわたしだった。それから――」

驚いて、フォン・ボルクは身を起こした。

「すると、あの男しかいないぞ――」彼は声を上げた。

「そのとおり」ホームズは言った。

フォン・ボルクはうめき声を上げて、長椅子の背に沈みこんだ。「情報のほとんどはおまえから来たものばかりだったじゃないか」と、叫んだ。「そんなものに値打ちなんかない。わたしがやったのは何だったんだ。もう、これでわたしの人生もおしまいだ！」

「少しばかり信頼性に欠ける情報だったことは確かですね」ホームズは言った。「真偽を確かめておく確認作業が必要だったが、あなたは暇《ひま》がなくて、それもできずじまいのようでしたね。英国の最新型の大砲が予想よりもずっと大型で、巡洋艦(337)の速度もおそらくはちょっと速過ぎるということに、そのうちドイツの海軍提督殿がお気づきになられるでしょう」

フォン・ボルクは、絶望して、苦しげな表情で、自分の喉元をかきむしった。

「いずれ、個々の事実がまだまだ、明らかにされていくに違いない。しかし、あなたには、ドイツ人としては、まず珍しい、すぐれた特徴《とくちょう》があった、フォン・ボルクさん。あなたはスポーツマンだ。だから、数多くの人間をさんざん負かしてきたあなたが、とうとう今度は自分自身が負かされたからといって、わたしのことを恨《うら》みに思ったりはしないでしょうね。結局のところ、あなたは母国のために誠心誠意尽《つ》くしたのだし、わたしもわが母国のために全力を尽くしたのです。しごく当然のことですね」横たわった相手の肩の辺りにやさしく手を置き、ホームズはさらに続けた。「それに、つまらない敵にやられるよりはずっとましなはずです。書類はすっかりそろったから、ワトスン、捕虜《ほりょ》を連れて行くのに君が手を貸してくれれば、今すぐ、ロンドンに向けて出発できるよ」

それにしても、フォン・ボルクを連れて行くのは一仕事になってしまった。力が強い上に、気持ちも破れかぶれで狂暴だったからである。ようやくのこと、ホームズと
(338)ワトスンというふたりの友人は、両脇からそれぞれボルクの腕を支えて、庭園の中の道をゆっくりと歩かせた。つい数時間前には、同じボルクが自信満々の堂々たる物腰で、この道を歩み、著名な外交官から直々におほめにあずかったばかりだったのである。最後の悪あがきをわずかに見せたが、手も足も縛られたままもち上げられて、ボ

ルクは小型車の狭苦しい予備座席に放り込まれた。彼の貴重なカバンも彼の傍《かたわ》らに押し込まれた。

「事情が許す限り居心地よくしてさしあげているつもりです」出発のための最後のしたくを整え終えると、ホームズはこう呼びかけた。「葉巻に火をつけてくわえさせてあげようと思いますが、失礼でしょうか？」

しかし、どんなに親切にしてみても、怒り狂ったこのドイツ人には無駄なだけだった。

「シャーロック・ホームズさん」、彼は言った。「あんたも、わかっていると思うが、あんたの政府が、あんたがこんな行為をしたというのを認めたら、間違いなく戦争になるぞ」

「それなら、そちらの政府やあなたたちのなさった行為はどうなりますかな？」ホームズはカバンを指で叩いた。

「あんたは一介《いっかい》の民間人だ。わたしを捕まえる正式な令状も持っていない。あんたがたがとった今度の行動は最初から最後まで、少しの疑いもなく、違法で、暴挙《ぼうきょ》だ」

「少しの疑いもなくね」と、ホームズは言った。

「ドイツ国民を誘拐《ゆうかい》したかどで」

「それに、その人間の私有の書類を盗み取ったかどでね」

「そう、あんたとあんたの共犯者の立場はよくわかっているようだ。もし、このわたしが村を通り過ぎる際に、助けてくれと叫び声を張り上げたら、どうなる？」

「さあ、そういうまぬけなまねをしたりすれば、君がこの村にある旅亭の月並みな名称をもっとおもしろいものにするでしょうね。今度は、『吊《つ》るされたプロシア人[339]』なんて看板もできるかもしれないからね。イングランド人はたしかに辛抱強《しんぼうづよ》い国民だけど、でも今は違って、ちょっと興奮《こうふん》しているから、あまり怒らせたりしないほうが安全ですよ。ですから、スコットランド・ヤードまでは、おとなしく、冷静な態度をとってくれないと困ります。そこまで行けば、君は友人のフォン・ヘルリング男爵を呼んで、男爵が君のために確保した大使館随行員の席が、こうなった今でも使えるかど[340]うかを確かめられます。ワトスン、君は今、前と同じような仕事に加わろうとしているらしいから、ロンドンへ行くのもまわり道ではないだろうね。ちょっと、こちらのテラスのほうに来てみたまえ。君としんみり話す機会も、これっきりになるかもしれないから」

二人の仲間は数分間ではあるが、心おきなく会話を交わした。過ぎ去った日々が懐かしく思い出される。その間も、囚われの身のままのドイツ人は、体をきつく縛っているひもをほどこうと身をよじり、むだな抵抗を続けた。二人が車に向かうと、ホームズは振り返って、月光で光る海を指し、感慨深《かんがいぶか》げに首を振った。

「ワトスン、東風《こち》が吹き出したよ[341]」

「ホームズ、それは違うよ。ずいぶん暖かいではないか」

「ねえ、ワトスン、やはり昔のままだね！　変化してやまない現代にあって、いつでも、どっしりとして変わらないのは君だけさ。でも、やはり東風《こち》は吹いているのだ。今まで、イングランドの地には吹きつけたこともないような強烈な風だ。本当に冷たくて、厳しい風だから、ワトスン、ぼくたちのうち、どれくらいたくさんの人間が死んでしまうかわからない[342]。でも、これも、神の思し召しがあって送られてきた風には違いない。だから、嵐がやんだ時にはきっと、輝かしい日の光の中に、この国はより清らかで、より優れた、それに、よりたくましい国に生まれ変わって、存在していることだろう。エンジンをかけよう、ワトスン。もう出発の時刻だ。もらった五〇〇ポンドの小切手も、早めに現金にしなくてはいけない。振り出し人だって、もしできるならばの話だが、差し止めようと思えば、いつでも差し止められるのだからね」

注・解説

オーウェン・ダドリー・エドワーズ（高田寛訳）

《シャーロック・ホームズ最後の挨拶》注

⇩本文該当ページを示す

『シャーロック・ホームズ最後の挨拶』の英国版の初版は一九一七年十月二十二日、部数一万六八四部でジョン・マレイ社より出版された。外地版は同日、G・ベル・アンド・サンズ社より出版された。米国版の初版は、ニューヨークのジョージ・H・ドーラン社から一九一七年十月に出版された。『シャーロック・ホームズ最後の挨拶』所収の各短編は、全て「ストランド・マガジン」誌に掲載された。このオックスフォード版では物語を発表順、即ち執筆された順に配列してある〔『シャーロック・ホームズ最後の挨拶』の従来版の配列は、以下の通りである。《ウィステリア荘》《ボール箱》《赤い輪》《ブルース－パーティントン設計図》《瀕死の探偵》《フランシス・カーファックスの失踪》《悪魔の足》《最後の挨拶》。なおこのオックスフォード版全集では、《ボール箱》は『シャーロック・ホームズの思い出』に収められている〕。

1 前書き

ワトスンが物語の世界から出て、読者に直接語りかけた唯一の例である。 ⇩12

2　晴耕雨読

ウェルギリウスの『農耕歌』をほのめかしたものである。

↓12

3　一冊の本となすに充分な体裁としたもの

『最後の挨拶』が単行本として出版された際には、《ボール箱》が収められていた。この前書きに「長く私の紙挟みの中に眠っていた」とあるのは、事実であった。この物語は、「ストランド・マガジン」誌一八九三年一月号に掲載されたが、長期にわたって単行本未収録のままだった。この全集では、《ボール箱》は『シャーロック・ホームズの思い出』の、本来の場所に戻してある。『シャーロック・ホームズの思い出』から《ボール箱》が外された（米国版の初版を除いては）のは、アーサー・コナン・ドイルの父親だったチャールズ・アルタモント・ドイル（一八三二〜九三）が、この作品が雑誌に掲載されてから『シャーロック・ホームズの思い出』の単行本が出版されるまでの間の、一八九三年十月十日に精神病院で亡くなっていることが、主たる理由と考えられている。彼はアルコール依存症を病んでおり、病状の進み方と医学的症状は、《ボール箱》の殺人者であるジェイムズ・ブラウナーの描写と類似している。四半世紀の時の経過は、抵抗感を薄くするのに充分なものだった。

↓13

《ウィステリア荘》注

初出は「ストランド・マガジン」誌第三十六巻（一九〇八年九、十月号）二四三〜二五〇頁、三六三〜三七三頁で、アーサー・トゥイドルによる十枚の挿絵付きだった（「ストランド・マガジン」掲載時の副題はこの全集版でも使用しているが、題名は「シャーロック・ホームズ氏の追想録（A Reminiscence of Mr Sherlock Holmes）」となっていた。現在の《ウィステリア荘》という題名は、単行本に収載された時に付けられたものである）。米国における初出は、「コリアーズ・ウィークリー」誌（ニューヨーク）一九〇八年八月十五日号で、米国で最も有名なホームズ譚の挿絵画家だったフレデリック・ドア・スティールによる六枚の挿絵付きだった。《ウィステリア荘》の挿絵を担当したアーサー・トゥイドルは、他に《ブルース－パーティントン設計図》の挿絵も担当したが、その後ホームズ譚の挿絵画家として起用されることはなく、作者を大いに残念がらせた。

4 ウィステリア（Wisteria）

藤は堅い蔓性落葉木で、青味の勝ったライラック色の花が咲く。また、“wistaria”と綴ることもある。「ストランド・マガジン」誌掲載時の本文では“wistaria”が使われている。

⇩15

5　一八九五年

従来の版では、この部分は全て誤った「一八九二年」という年になっている。モリアーティ教授の死後ホームズが姿を消していた期間は、物語の記述からすると一八九一年四月から一八九四年四月までが妥当であるとされている。アーサー・コナン・ドイルが一九〇八年四月に書いた手紙（アーサー・コナン・ドイルよりハーバート・グリーンハウ・スミス宛て一九〇八年四月十七日付書簡、トロント・メトロポリタン図書館所蔵）によれば、彼は新たな気分でホームズ譚の執筆にとりかかり、《ノーウッドの建築士》での「ムリーリョの事件」に肉付けをして、一編の物語を書き上げるつもりでいたのは確実である。しかしついうっかりして、本来は《空き家の冒険》の事件が起きた翌年に年代を設定するつもりが、《最後の事件》の翌年に設定してしまったのである。

⇩17

6　チャリング・クロス郵便局

ロンドンでも最も古い郵便局の一つで、地図作製上のロンドンの中心部に位置する。

⇩18

7　カラザース大佐

モラン大佐（《空き家の冒険》）とロバート・カラザース（《孤独な自転車乗り》）を組み合わせたものである。共に『シャーロック・ホームズの帰還』所収の作品である。 ⇩18

8　スパッツ（spats）

足の甲を覆う短いゲートルを指す。靴と足首をカバーし、靴の土踏まずの部分に通した革紐とちょっとしたボタンでとめるようになっている。この物語の設定されている時代より、少なくとも一世紀前から使われていたが、一九一八年以降は貫禄のある年配の紳士よりも、若い洒落者が身につけるほうがふさわしいものとなっていた。 ⇩19

9　ガルシア

一八七〇年代初め、ストーニーハースト・カレッジで学んでいたアーサー・コナン・ドイルには、ヘンリー・エドモンド・ガルシアという名の同級生がいた。またイエズス会創立当初の聖人の一人に、アロイシャス・ゴンザガ（一五六八〜九一）がいる。彼は非常に崇拝されていたため、のちに若いクリスチャンの守護聖人に選ばれた（一九二六年）。ガルシアのファースト・ネームは、彼の名前を転用したのであろう。 ⇩21

10　ウィステリア荘

ペラム・グレンヴィル・ウッドハウス（一八八一〜一九七五）は、ホームズの「生還」の少し後、「パンチ」の新年号（一九〇三年十二月三十日号）に、ホームズの登場しない小品を寄稿している。この作品は、アデルバート・パーシヴァル・コロモンドレイ＝コロモンドレイ卿が一九〇三年、「財政上の諸問題」から「クラパムへの移住」を余儀なくされた後、作品が書かれた時点では未来の一九〇八年にロンドンのスマート・セットへ戻る話である。その中では「広々とした共有地内の大きな緑地帯の一つに、赤煉瓦で出来た小屋がある。戸口の側柱には、『ウィステリア邸』と書かれている。中に入ると、そこにはアデルバート・パーシヴァル・コロモンドレイ＝コロモンドレイ卿がいる。卿は荒地に戻ったのである」と記されている。ウッドハウスの作品が、《ウィステリア荘》に題名の原形、近郊の荒地という設定、そして殺害現場となった共有地、といった着想を与えたのかもしれない。

⇩21

11　グレグスン警部

グレグスンは《緋色の習作》で大活躍するが、その後《ウィステリア荘》までは《ギリシャ語通訳》（『シャーロック・ホームズの思い出』所収）にしか登場していない。

⇩23

12　リー

リーはロンドンから七マイル、ケント州にあってロンドンの通勤圏内に位置する町である。ここはヒュー・ブーンとしての稼ぎを隠していたネヴィル・セント・クレアが良い暮らしをしていた場所でもある（《唇の捩れた男》、『シャーロック・ホームズの冒険』所収）。

⇩23

13 電報を手がかりに

ホームズには以下のようなことがわかったはずである。第一にウィスタリア荘がサリー州にあること、そして本人は気がついていないかもしれないが、スコット・エクルズの奇怪な経験は、犯罪と何かの関わり合いがあるかもしれないこと。第二にロンドン警視庁の警部が同行して来たのは、逮捕劇が企てられているからかもしれないこと、それゆえベインズ警部が、ウィスタリア荘で奇妙な出来事の起こった晩に、エクルズがウィスタリア荘を訪れたことを示す手がかりを何か発見したこと。第三にその手がかりをもとにエクルズの足跡を追い、ロンドンの終着駅に着くと、近くに終日業務を行なっている電報局があったこと、ここから共謀者への連絡を図るか、或いはこの事件の場合そうだったように、専門家の助力を仰ぐかのいずれかであったこと。

⇩23

14 四半期支払日の二十五日も差し迫っていた

レディ・デイ（三月二十五日）〔御告げの日〕は伝統的に、当該四半期分の支払期日だっ

た。 ⇩30

15　炉格子　(dog-grate)

"dog-grate"とは火格子のことで、火床の後ろの壁からは離れていて、炉床の中で薪架で支えられている。 ⇩32

16　封ろう

公式書簡、或いは親展書といった場合にはとりわけそうだが、手紙を封緘する際にはしばしば封蠟が使われる。 ⇩32

17　掛け布　(baize)

〔ベイズ。普通は、緑色の粗いラシャでできた布。テーブル掛け、ビリヤード台、カーテンなどに用いる〕 ⇩32

18　返信料の五シリング

この返信料は、相手からの返電が長くなることに備えてのものである。といっても当時の電報料金は最初の九語までが一シリング、その後が一語につき二ペンスだったから、残り四シリングで二十四語分ということになる。これだけの返信料をつけていたから、ホー

ムズが最終的に受け取った返電で、追加料金を取られることはなかったはずである。 ⇩38

19 忍耐によって、あなた方は命をかち取りなさい

「あなたがたは、忍耐によって、自分のいのちをかち取ることができます」（新約聖書『ルカの福音書』第二十一章第十九節）《恐怖の谷》の第七章、《三人ガリデブ》（『シャーロック・ホームズの事件簿』所収）、そして《フラーンシス・カーファックスの失踪》でも、ホームズはこの一節を引用している。 ⇩43

20 ハインズ・ハインズ

かつては重複語であると考えられていたが、そうではない。土地を所有する郷士階級に属する人々の間では、こうした名前は普通に見られた。 ⇩43

21 ヘンダースン

ヘンダースンより以前に英国に居住し、ある程度までヘンダースンに似ている人物に、ファン・マヌエル・（デ・）ロサス（一七九三〜一八七七）がいる。彼はブエノス・アイレスの暴君として知られ、ハンプシァ州サザンプトン近郊のスウェイスリングに、居を構えていた。 ⇩43

22　このもつれた糸かせ（our tangled skein）

アーサー・コナン・ドイルが最初《緋色の習作》の題名として考えていたのは、'A Tangled Skein'（もつれた糸かせ）だった。

⇩45

23　ブル亭

ベアリング－グールドの注によると、エシャーにあった旅館の名前は「熊（ベア）」旅館だったという。

⇩45

24　サン・ペドロ

架空のラテン・アメリカの国名である。アフリカの独裁国家から亡命した犯罪者が英国の地方紳士になりすます、という設定では、レオポルド二世（一八三五～一九〇九）を暗示しているのが、あまりにあからさまだったからだろう。現実には彼は未だベルギー国王の座にあり、この年の終わりにコンゴに関する多大なる清算を受ける運命にあった。

⇩46

25　不気味な遺物（relic）

ローマ・カトリック教会の信仰では、第一級の聖遺物（relic）は聖人の遺体またはその一部であろう。アーサー・コナン・ドイルはこの言葉を、サン・ペドロ国の正式な宗教ではなく、土俗の宗教であるヴードゥー教に対し、象徴的に用いている。

⇩51

26 では、ごきげんよう（Au revoir）
ホームズ譚で、"Au revoir"という言葉が用いられるのは極めて稀である。 ⇩55

27 幕は切って落とされた（the game was afoot）
ホームズ譚においてこの言葉は他の場所でも使われているが、有名なのは《アビ農園》（『シャーロック・ホームズの帰還』所収）の冒頭である。 ⇩56

28 大英博物館
今日もブルームズベリーのクレート・ラッセル街にある大英博物館そのものを指すのか、或いは現在は大英図書館と呼ばれているここの図書室を指したのか、いずれかであろう。この図書室で、ホームズはヴードゥー教に関する参考文献を漁ったのである。 ⇩56

29 ハシバミ（hazel）
［カバノキ科の落葉低木。高さは約二メートル、葉は広く、ほぼ円形で先端が急にとがっている。小花が穂状につく。果実はヘーゼル・ナッツと呼ばれ、食用に用いられる］ ⇩57

30 ムラート（mulatto）

非礼な人種差別主義的意味合いの（しかし意図的に非礼な使われ方をするとは限らないが）ごくありふれた表現である。混血を意味する単語で、白人と黒人の混血の割合によって使い分けられる単語の一つである〔黒人の血が半分の場合は"mulatto"、四分の一の場合は"quadroon"、八分の一の場合は"octoroon"〕。

⇩60

31　ドン・ムリーリョ

これは、スペイン語で「サー・ラッセル」と呼んでいるのに等しいということがわからなかったのだろう。これはベインズ警部に、ラテン語の知識はなかったのだと考えれば理解できよう。正しくは「ドン・ファン・ムリーリョ」と呼ぶべきだった。

⇩75

32　ヴィクトル・ドゥランド（Senora Victor Durando）

この物語が未だ校正刷りの段階であった時期、アーサー・コナン・ドイルがドランド・ピエトリ（Dorando Pietri）の出来事に、どれだけ心を奪われていたかを示している。ドランド・ピエトリは、ロンドン・オリンピック大会のマラソン・レースで一着になったが（一着に入った者からの抗議で）失格となった（このレースは「ドランドのマラソン」として知られるようになった）。

⇩78

33　ギルフォード巡回裁判でお目にかかる

治安判事裁判所で扱うには重大な犯罪に関しては、（地方の場合には）州都で裁判が行なわれることになっていた。サリー州ではギルフォードが州都だったのである。⇩84

34 犯行は虚無主義者の仕業

ということにして、実際にはスペインの警察も手を引いたのだろう。と言うのは、虚無主義者が活躍したのはロシアに限られていたからである。この言葉を無政府主義者と同義語として使っているのは確実である。⇩85

35 これはエッカーマンの研究書『ヴードゥー教とアフリカ原住民の宗教』から引用したものだ

この本は、架空の本であり、引用されている記述はエドワード七世時代に出版された人類学に関する本の文体ではあるが、贋物である。⇩87

《ブルース－パーティントン設計図》注

初出は「ストランド・マガジン」誌第三十六巻（一九〇八年十二月号）六八九〜七〇五頁で、アーサー・トゥイドルによる六枚の挿絵付きであった。物語の題名はこの通りだったが、この題名の上には「シャーロック・ホームズ氏の追想録（彼の友人ジョン・H・ワトスン博士の日記より）」という見出しがあった。米国における初出は「コリアーズ・ウィークリー」誌（ニューヨーク）一九〇八年十二月十二日号で、フレデリック・ドア・スティールによる五枚の挿絵付きだった。

36　革命や戦争がおこりそうだとか、政権交代が迫っている

アーサー・コナン・ドイルは、物語の背景となる年代を正確に設定することは滅多にないのに、この作品では例外的にそうしている。この時期の出来事は、少なくともこの物語の構想の詳細な背景となる国際関係の緊張が増大してきた証拠としていくらかの重要性があると言えよう。革命とは一八九五年十月八日、日本からの軍事的圧力の許《もと》、李氏朝鮮の

閔妃が暗殺され国王の高宗が幽閉されたことを指している。日本に住んでいた、友人のウィリアム・K・バートン教授（一八五六～九九、歴史家ジョン・ヒル・バートンの息子）を介して、アーサー・コナン・ドイルは日本での出来事に対し、興味をいだきつつ観察するようになっていた。戦争の可能性は、サルタン、アブドゥール・ハミド二世（一八四二～一九一八）治世下のトルコにおける、アルメニア人の虐殺を指している。英国はダーダネルス海峡に艦隊を派遣し、オーストリアはトルコに対して複数国による海軍力の行使を提案した。ロシアはイスタンブール占領の計画を纏めたが、フランスは全面戦争を懸念し軍事行動をとろうとはしなかった。近づく政権の交代はフランスでの出来事だった。社会主義者のレオン・ブルジョワ（一八五一～一九二五）が、アレクサンドル・リボ（一八四二～一九二三）を破り、一八九五年十月三十日に内閣を組織したのだった。⇩92

37 兄のマイクロフト

マイクロフトは《ギリシャ語通訳》（『シャーロック・ホームズの思い出』所収）に登場する。シャーロックより七歳年上の兄で、観察力と推理力についてはシャーロック以上の天賦の才に恵まれている。⇩93

38 ディオゲネス・クラブ

シャーロックがワトスンにマイクロフトを紹介したのが、このディオゲネス・クラブだった。このクラブの名前は、犬のように樽の中に住んでいたというギリシャの哲学者ディオゲネス（ここから彼の後継者達は「犬儒学派」と呼ばれるようになった）の名前を採ったものである。

⇩93

39　ここに来たのも、……たったの一回だ

《空き家の冒険》（『シャーロック・ホームズの帰還』所収）によると、モリアーティ教授と格闘の末、死んだと思われていたシャーロック・ホームズがロンドン不在の間、「部屋と書類は、マイクロフトがまったく昔のままに保存しておいてくれていた」とある。マイクロフトが《ギリシャ語通訳》の際に、ただ一度ベイカー街の部屋を訪れただけで、その後は近くに行くこともせずにこの偉業を成し遂げたというのは、彼の性格の特徴が鮮かに示された一例である。

⇩93

40　金銀両貨複本位制にまで絡んでくるような

この物語の事件が起きたとされる翌年、一八九六年に米国の民主党並びに人民党の大統領候補として、ウィリアム・ジェニングス・ブライアン（一八六〇～一九二五）が指名された。ブライアンは伝道師のような熱心さで、金貨と銀貨の交換比率を一対十六とすべし、と演説で主張した。

⇩95

41 まるでジュピター様の御成《おな》りだ

即ち、神々の王がオリンポスを離れ、人間界に現われることを意味する。 ⇩96

42 マイクロフトにとって何なのだろうか

この風刺的な言葉は、元々アーサー・コナン・ドイルが意図していた以上に、シャーロックがマイクロフトに対して、あてこすりをしてからかったことを示している。《ギリシャ語通訳》は、シャーロック・ホームズの兄に対する劣等感を確立した形になった。この微かな敵意は、ホームズを徐々に人間的な存在とするものと見なされるようになっている（ジーン・ワイルダーの映画『新シャーロック・ホームズ・おかしな弟の大冒険（Sherlock Holmes' Smarter Brother）』（一九七五年）に登場する、出自の正当性に疑念の残る弟は普遍的な劣等感の持ち主に設定されている。この設定はシャーロックとマイクロフトとの間柄を戯画化したものであろう）。 ⇩96

43 地下鉄

世界で最も古いロンドンの地下鉄は、一八六二年に開通した。当時の名称はメトロポリタン鉄道と言い、スミスフィールドにあったこの鉄道の起点と、主要鉄道のターミナルであるキングス・クロス、ユーストンとパディントンとを結んだ。〔ロンドン最初の地下鉄である、メトロポリタン鉄道が正式に開業したのは一八六三年のことである。開業区間は

ファリンドン・ストリート～パディントン（当初はビショップス・ロード）間であった」 ↓96

44 ウリッジ兵器工場の職員

ウリッジ工廠はテムズ河南岸に位置する、軍事兵器の貯蔵・製造所である。ロンドンから見るとグリニッジの更に先になり、当時はケント州に属していた。 ↓97

45 オールドゲイト駅

地下鉄のオールドゲイト駅は、現在のサークル線のリヴァプール・ストリート駅とタワー・ヒル駅の間に位置する。 ↓97

46 メトロポリタン線《レイルウェイ》 だけを走るものと、……郊外の接続駅から来ているものとがある

現在ロンドンの地下鉄網を形成しているメトロポリタン線の名前が言及されているが、ここでは具体的にこの路線を指しているのではなく、同線のロンドンの中心部を走っている部分のみを指しており、郊外へずっと伸びている部分とは区別されている。 ↓98

47 キャピタル・アンド・カウンティズ銀行

この銀行は、この事件が起きたとされる一八九五年までは、当時の希望に胸をふくらま

せている若者達に人気のある銀行だった。しかしこの年、オスカー・ワイルドの醜聞が表沙汰になると、同銀行のリヴァプール支店は、行員の大半が大陸へ高飛びしてしまったために、事実上の閉店状態に追い込まれたのだった。この銀行はまた、アーサー・コナン・ドイル自身の取引銀行でもあった〔《プライオリ学校》で明らかにされているように、ホームズの取引銀行もこの銀行という設定になっている〕

⇩99

48 特等席（dress-circle）

“dress-circle”は、劇場の一番下の階のバルコニー席で、この席につく人はかつてはイヴニング・ドレスの着用が当然と見なされていた。

⇩99

49 シャム国の情勢が重大で

この英国とフランス間の勢力争いは一八九六年一月、未だ両国の勢力下にないシャム王国の領土保全を保証する内容の条約が締結されたことで解決した。一九三九年、シャムの正式国名はタイになった。

⇩101

50 首相があれほど心配しておられる姿を

当時の総理大臣はロバート・アーサー・タルボット・ガスコイン・セシル、即ち三代目ソールズベリー侯爵（一八三〇〜一九〇三）であった。彼はこの事件の起きる少し前の時点で第三次内閣（保守党）を組織した。

⇩
101

51　次の叙勲者リストに名前を挙げられたいという気持ち

叙勲者名簿は政府の推薦を受けた者、もしくは（非常に稀ではあるが）国王に選ばれて貴族の爵位、准男爵位、ナイト位、勲位を授けられる者の名簿である。アーサー・コナン・ドイルは、一九〇二年八月九日に（国王の希望によって）ナイト位を授かったが、彼自身は非常に疑念を感じていた。彼がナイト位を受けたのは、国王と自分の母親が強く望んだからに過ぎなかったのである。それゆえこの物語におけるホームズの行動は、作者自身のもう一つの生き方を示したものなのである。

⇩
104

52　客車から逃げだそうとして、誤って線路に転落して

当時の地下鉄車両のドアは今日のように自動化されておらず、また引き戸式にもなっていなかった。

⇩
107

53　オールドゲイトは乗り換え駅で

より正確に言うならば、一つ手前のリヴァプール・ストリート駅からオールドゲイト駅に進入する少し手前に、分岐点がある（駅にではない）。ここで分かれた支線はオールドゲイト・イースト駅に通じている。

⇩
111

54 令弟のヴァレンタイン大佐

ベアリング―グールドやその他の研究家達は、執事が自分の雇主の兄弟に当たる人物をこうした無遠慮な呼び方で呼ぶのはおかしいと指摘している。しかし、使用人が自分達の雇主の身内の年下の男性達に対して接頭語をつけてファースト・ネームで呼ぶという流儀は、その他の様々な上流階級の習慣と共に、社会的向上心を持った専門家階級や事業家階級の人々が採り入れたものであった。 ⇩117

55 アーサーは……本当に立派な人でした

ホームズ譚の登場人物で、自分を支持すべき、もしくは自分を保護してくれるべき立場の人々から不当な扱いされている人物は、アーサーという名前であることがしばしばである。 ⇩119

56 「いいえ、わたしは、部屋の鍵はどれも持っておりません。持っているのは金庫の鍵だけです」

この発言は、激しい論議を呼ぶこととなった。例えばデイキンは、彼の発言の意味するところは「馬鹿げたものでしかない。もし主任技師が、サー・ジェイムズより先に役所に着いた時には、彼は戸口の上り段に腰を下ろしてサー・ジェイムズが来るのを待つ、とでも言うのだろうか。警備員が建物の鍵を一組持っていたのは確かである。さもなければ終業後の清掃人の出入りは言うまでもなく、いかにして建物の巡回をするというのだろうか。実際ジョンスン自身、この少し前で月曜日は五時に部屋を閉め、『いつでも、わたしが確認をして、一番最後に部屋を出ていきます』と述べている。鍵を持っていないのに、どうしてそんなことができるのだろう」と述べている。 ⇩125

57　彼はひとりで、三等の片道切符を一枚買った

地上、もしくは地下を走るに関係なく、当時の全ての列車は一等、二等、三等に編成が分かれていた。彼は自分が愛する女性のためには、劇場の一等席を求めているが、自分自身のためには快適さに欠ける三等車で我慢していたのである。 ⇩129

58　ケンジントンのコールフィールド・ガーデンズ十三番

他の二人のスパイの住所と異なり、この住所は架空のものか、少なくとも偽名が用いられている。 ⇩132

59　ゴルディーニ・レストラン

このレストランの名前は、多作で知られたヴェニスの劇作家カルロ・ゴルディーニ（一七〇七～九三）の名前を採ったものであろう。 ⇩133

60 金てこ
強盗が使う組み立て式金てこで、大抵は幾つかの部分に分かれるようになっている。 ⇩133

61 ダーク・ランタン
遮光板のついた角灯で、ホームズ譚ではしばしば、「ブルズ・アイ・ランタン」として物語の中に登場している。 ⇩133

62 キュラソー（curaçao）
西インド諸島のキュラソー産のオレンジの皮で風味をつけたリキュールを指す。 ⇩134

63 「デイリー・テレグラフ」の私事広告欄《アゴニイ・コラム》
〝agony column〟とは新聞・雑誌で失踪した身内の者や友人の消息を尋ねる広告や、捨てられたかつての恋人からの伝言といった、特殊な広告を掲載していた欄を指す（「故にしばしば、大いなる苦悩の証拠が提供されている」――『オックスフォード英語大辞典』第二版（一九八九年）第一巻二六二頁）（〝agony column〟は直訳すると、「苦悩の欄」となる）。「デイリー・テレグラフ」紙は、創刊が一八五五年のロンドンの新聞で、政治的には保守党支持の

立場をとっている。 ⇩141

64 ラッスス（Lassus）
［イタリア語では Orlando di Lesso、本名 Roland de Lattro（一五三二？〜九四）。イタリア、ドイツで活躍した、フランドル楽派の最後を飾る大作曲家。］ ⇩144

65 教会
ベアリング－グールドによれば、この教会とはグロースター通りのセント・スティーブン教会であるという。 ⇩144

66 英国監獄に十五年の間しっかりと閉じ込められてしまった
なぜオーバーシュタインは死刑にならなかったのだろうか。デイキンは、オーバーシュタインが自分の握っている他国に関する機密情報を提供することで死刑を免れたのではないか、としている。或いはアーサー・コナン・ドイルがヒントを出しているように、オーバーシュタインは死刑宣告を減刑し得るだけの力を有した、英国の重要人物を強請《ゆり》ることのできる立場にあった、とも考えられる。 ⇩153

67 このエメラルドのタイ・ピンを見るたびに、……事件のことを思いおこすことになる

のだろう

アーサー・コナン・ドイルは一九〇七年七月に起きた、アイルランドの戴冠用宝玉盗難事件に関して実際に相談を受けていた。

↓153

《悪魔の足》注

初出は「ストランド・マガジン」誌第四十巻（一九一〇年十二月号）六三九〜六五三頁で、ギルバート・ホリデイによる七枚の挿絵付きであった（グリーンハウ・スミス宛ての、日付のないアーサー・コナン・ドイルからの手紙によると、ホリデイの挿絵の出来栄えは、ドイルの心証を害したようである）。物語の題名はこの通りだったが、この題名の上には「シャーロック・ホームズの追想録」という見出しがあった。米国における初出は、「ストランド・マガジン」米国版（ニューヨーク）第四十巻（一九一一年一月号）七二一〜七三〇頁、第四十一巻（一九一一年二月号）三〜九頁であった。

68　**時々陥りがちな生活習慣の不摂生**

ジーン・レッキー（後にアーサー・コナン・ドイルの二番めの妻となる）は、シャーロック・ホームズのコカイン常習癖を心配していた。と言うのは彼女は、ホームズに憧れを抱いている読者が、彼を自らの模範にしかねないほどなので、悪い影響が出ることを案じていたのである。その後、《スリー・クォーターの失踪》（『シャーロック・ホームズの帰還』所収）で、ワトスンはホームズの「輝かしい経歴を危うくしかけたあの薬物好みを、わたしはここ何年もかけて徐々にやめさせてきた」と記し、同時に「この好みは単に眠っているだけで完全に絶ち切れてはいない」「無駄に時間を過ごしているときなど、ホームズの禁欲的な顔にやつれた表情が浮かび、……その好みの眠りが浅くて、目覚めに近いことがわかった」と述べている。 ⇩158

69　ハリー街

この街は、上流に属する専門医がロンドンで自分の診療所を構える場所としてあまりに有名である。 ⇩158

70　ポールデュー湾（Poldhu Bay）

より正確にはポールデュー入江（Poldhu Cove）である。ほぼ北緯五十度線上にあり、ヘルストンの南六マイルに位置する（「ポールデュー」とは、コーンウォール語で「黒い水のたまり場」の意である）。 ⇩159

71 マウンツ湾

この湾の海岸線はランズエンドからリザードまで大きく弧を描いており、ペンザンスを境にして、マウンツ湾は安全な側と危険な側とに分かれている。 ⇩159

72 古代コーンワル語はカルディア語に類しており

カルデア語は、アブラハムやウルの住人達が話した言葉であり、またネブカドネザル王とバビロンの住人が、更にキリストの時代のユダヤ人達が使っていた言葉である。アーサー・コナン・ドイルは、一九〇九年二月病気療養のための滞在先で、廃れてしまったコーンウォール語の研究をしたことがあった。 ⇩160

73 トレダニック・ウォラス村

トレダニック・ウォラスとは架空の名前で、ポールデュー入江とリザードの間にあるプレダナック・ウォラスという村の名前を変えたものであろう。 ⇩162

74 モーティマー・トリゲニス (Mortimer Tregennis)

『ロドニー・ストーン』(一八九六年)には、物語の語り手の名付け親でもある、粋な叔父サー・チャールズ・(バック・)トリゲニスが登場する。モーティマーという名前は、スコットランドの詩人ウィリアム・ダンバー（一四六〇?〜一五三〇）の『メイクリスの哀歌』にある、大反復句である"Timor Mortis Conturbat Me"（「死への恐れが私を不安にする」の意）を踏まえたものであろう。

⇩162

75　オーウェン（Owen）
コーンウォール語で、"own"または"owne"は、「恐怖」もしくは「畏怖」の意味である。

⇩164

76　ブレンダ（Brenda）
この名前は、コーンウォール語の"Brentyn"（「上品な、洗練された」の意）を踏まえたものであろう。

⇩164

77　トレダニック・ウォーサ（Tredannick Wartha）
コーンウォール語の"Awartha"は、「上の」「高い」の意味である。つまり「アッパー・トレダニック」ということになる。

⇩164

78　その黒い目の表情も、何か現場の恐ろしさを物語っているようであった
殺された人間の目には、殺人犯の姿が映っているという古い迷信を反映、或いは反転さ

せたものであろう。 ⇩167

79 レッドルースの錫鉱山

レッドルースはリザードの北十五マイルに位置する、鉄道も通っている町である。 ⇩168

80 ヘルストン

ポールデュー入江から北におよそ六マイルに位置する、市《いち》の立つリザード半島の町である。 ⇩172

81 セント・アイヴス

コーンウォール北部海岸の町および湾の名前で、ペンザンスの真北およそ七マイルに位置する。 ⇩174

82 石斧《せきふ》類（celts）

考古学用語として一般的に知られた石斧（hatchets）、手斧（adzes）、鑿《のみ》（chisels）を指す言葉である。 ⇩180

83 ライオン・スターンデイル博士（Dr Leon Sterndale）

“Leon”はコーンウォール語では“Iyon”と発音し、ライオンを指す。“Sterndale”は“Steren”と“Dyal”に分かれる。“Steren”はコーンウォール語で北極星を意味し、一方“Dyal”はコーンウォール語で復讐の意味である。

⇩180

84　ビーチャム・アリアンス

ムリオン近くのヴェントン、或いはファンテン・アリアンスのことであろう。

⇩180

85　クローケー

〔芝生の上で、木《き》槌《づち》（マレットという）で木製ボールを打って鉄の門を通し、相手のボールを妨害しながらゴールのポールに当てるゲーム〕

⇩185

86　ランプ

ランプは電気ではなく灯油を燃料とし、小さなつまみを手で回すことで炎を大きくも小さくもできる。

⇩185

87　藪から獲物を追い出しにかかる、あのフォックスハウンドさながら

狐を求めて、巣穴を探る猟犬の様子を述べたものである。しかしホームズは、朝に死者が出ることまでは予想していなかった。

⇩187

88 滑石《タルク》のふた

ロングマン版の解説では、「『滑石』とは漠然と白雲母ガラスや、雲母から作られたガラス状の物質を言い、ランプやランタンに使われる。燃料となる灯油の燃焼に伴い、当然のことながらくすんだ火屋《ほや》の内側は煤が付着してくる」。〔かっせき。マグネシウムと珪素からできていて、軟らかい蠟のような感触がある。〕 ⇩187

89 なんらかの物質が燃やされ、これが、奇怪な結果を引きおこす有毒な気体を発生させた

スティーブン・サクスは「トリゲニスとポー」(「ベイカー・ストリート・ジャーナル」誌旧シリーズ第一巻第一号—一九四六年一月号—所収)で、こうした着想はエドガー・アラン・ポーの『天邪鬼』から得たのではないか、としている。 ⇩190

90 ジャコウ

〔香料の一種。ジャコウジカの麝香嚢《じゃこうのう》から採取される黒褐色の粉末。強い芳香があり、薬用としても用いられる〕 ⇩192

91 イングランドのとんだ悪法のおかげで、離婚できなかった

当時の英国では、夫婦のうちの一方が、自らは性的関係において何らやましい事がないことを証明し、その上で相手が姦通罪を犯していることを証明できて初めて、離婚が可能であった。しかし可能ではあっても、離婚が保証されていたわけではなかったのである。アーサー・コナン・ドイルは一九〇九年、離婚法改革同盟の会長に就任した。

⇩204

92　**ブダ**

ドナウ川の西岸に位置し、ペスト（川の東岸に位置する）と共にハンガリーの首都を形成する。このときハンガリーはオーストリア帝国の一部であった。

⇩205

93　**薬局方**

元々は、医療のために使用可能な薬品や化学物質の登録簿だったが、時代が下るとそうした物質のあらゆる効能や作用を記したものとなった。

⇩205

94　**毒物学**（**toxicology**）

“toxicology”とは、毒物を研究する学問である。クリスティスンは当代随一の毒物学者だった。

⇩205

95　**ウバンギ地方**

ウバンギとは、赤道直下のアフリカを流れる川の名前で、赤道の東経十七度付近でコンゴ川と合流している。一八八四年にこの分岐点を発見したのは、バプティスト伝道協会に所属するジョージ・グレンフェル牧師（一八四九～一九〇六）だった。彼は同じ探検の行程で、それまで西欧社会に知られていなかった、人食いの習慣を持つ身体の小さい部族を幾つか発見している。

⇩205

《赤い輪》注

初出は「ストランド・マガジン」誌第四十一巻（一九一一年三月号）二五九～二六六頁、及び（一九一一年四月号）四二八～四三四頁で、H・M・ブロックによる三枚の挿絵と、ジョゼフ・シンプスンによる一枚の挿絵付きであった。物語の題名はこの通りだったが、この題名の上には「シャーロック・ホームズの追想録」という見出しがあった。米国における初出は、「ストランド・マガジン」米国版（ニューヨーク）第四十一巻（一九一一年四月号）二九一～二九八頁、及び四十二巻（同年五月号）四七二～四七八頁で、挿絵は英国版「ストランド・マガジン」の挿絵が転用された。雑誌初出時には、このオックスフォード版のように（作者であるアーサー・コナン・ドイルの意向に反して）物語は二つに分けられて掲載され、英国並びに米国の初版の単行本では「第一部」「第二部」とされていた。

この物語の現存する原稿を見ると、最初この物語の題名は、《ブルームズベリーの下宿人》となるはずだったが、変更されて現在の題名となっている。「下宿人」という言葉には、物語の題名としては劇的な要素と共に、不吉ですらある伝奇的雰囲気があった。アーサー・コナン・ドイルも最後から二番めに発表された、最後の偉大なホームズ物語である《覆面の下宿人》で、「下宿人」という言葉を物語の題名に使っている。

96　使い走りの女の子

労働者階級の家であっても、住み込みもしくは通いの家事手伝いの女性がいた。この物語で設定されているように、下宿人を置いて収入を得ている場合は特にそうだった。アーサー・コナン・ドイルの作品で、ウォレン夫人のような、労働者階級に属する人の細かい描写は稀である（しかし《覆面の下宿人》（『シャーロック・ホームズの事件簿』所収）に登場する、下宿の女将でもあるメリロウ夫人の例も参照のこと）。少なくとも状況から考察すると、これはドイルの母親像であろう。如才のなさと率直さとが交互に現われるのも、彼女の性格的特徴だった。

97　部屋代は……一週間で五十シリング

⇩217

週二ポンド半ということになる。食事全て、部屋の掃除、客間並びに個室の借り賃としても、当時としては結構な金額である。

⇩217

98 「DAILY GAZETTE」（デイリー・ガゼット）

架空の新聞名である。アーサー・コナン・ドイルはこれ以降、作品中でこうした架空の新聞名を使うことが多くなった（実在する新聞のパロディをものして成功していたにもかかわらず）。これは、彼の論客としての名声が高くなるにつれ、文書名誉毀損罪で訴訟を起こされる危険性が増してきたからだ、というのは疑いようのないところである。

⇩219

99 フールスキャップ判

〔通常、英国では四十三×三十四センチの大きさの紙を指す。もと、道化師（フール）の円錐形の帽子（キャップ）の絵がついていたことから、こう呼ばれるようになった。《赤毛組合》のジェイベズ・ウィルスンも組合に行く時この大きさの紙を持参した〕
⇩220

100 何かの印か、親指の跡（thumb-print）とか、当人の正体の手がかりになりそうな跡

これは指紋による個人識別法を暗示したものではない（指紋による個人識別法が、スコットランド・ヤードに導入されたのは一九〇一年だった）。下宿人が隠そうとしたのは、親指の指紋そのものではなく、その大きさ、即ち性別を示し得るものであったはずである。

⇩221

101　パイプ・タバコか葉巻（a pipe or cigar）
「ストランド・マガジン」誌初出時には、"a cigar"となっていたが、その後は英国版でも米国版でも"cigar"となっている。

⇩223

102　トテナム・コート通り
この通りの名前は当時、商業主義、それもがさつな商業主義と同意義で使われていた。この通りは、ブルームズベリーとソーホーの境界線をなしており、チャリング・クロス通りの北の端と接続していて、北へ進むとハムステッド通り、カムデン・ハイ・ストリートと名前が変わる。

⇩228

103　ハムステッド・ヒース
ロンドン北部に広がる起伏に富んだ緑地帯で、人気《ひとけ》のない場所も多数存在する。

⇩228

104　大英博物館の北東にある狭い通り、グレイト・オーム街……ハウ街
ロンドンにはこうした名前の街は存在しない。しかしハウ街は、エディンバラでは有名な街路の名前である。

⇩231

105 芸術のための芸術
こうした形に教養を纏めたのは、コールリッジやワーズワースの協力者でシェリングの弟子、そしてカントの研究家でもあったヘンリー・クラッブ・ロビンソン（一七七五～一八六七）だった。

⇩235

106 二十回かい。……とするとTだね
原稿では、この部分は最初は「十九回」となっていた。おそらくイタリア語のアルファベットには、「K」がないことをふまえたものであったろう。

⇩236

107 クラヴァート（cravat）
〔首に巻くスカーフ状の布。英国では、ネクタイの商用語として用いられる〕
⇩239

108 「旅の終わりは恋人たちの巡りあい（Journeys end with lovers' meetings）」
より正確には"Journeys end in lovers meeting"である（シェイクスピア『十二夜』第二幕第三場四十六行）。誤った形で引用されることが多く、ホームズは《空き家の冒険》（『シャーロック・ホームズの帰還』所収）でも引用している。この時は"in"は正しいが、複数形の"meetings"と誤ったままである。《空き家の冒険》の際この言葉は、罠にかかって逮捕され、憤懣やる方ないセバスチャン・モラン大佐に対して向けられたものだった。

⇩239

109 ロング・アイランド・コウヴ事件の立役者だった方ですね（The hero of the Long Island Cove mystery?）
従来はずっと「ロング・アイランド洞窟事件（Long Island Cave mystery）」となっていた。しかしニューヨーク州のロング・アイランドには、洞窟は存在しない。 ⇩241

110 ゴルジアーノ（Gorgiano）
イタリア語で“Gorgo”とは、「深淵」「渦巻」の意である。 ⇩241

111 キッド革
〔子ヤギの革〕 ⇩246

112 ああ、神様《オー・ディオ・ミオ》(Oh, Dio mio)
“Dio mio”はイタリア語で“my God!”の意である。 ⇩247

113 「Vieni」（来い）
“Vieni”とはイタリア語で“Come”の意である。 ⇩249

114 ノッティング・ヒルのごろつき《フーリガン》(Notting Hill hooligan)
“hooligan”という言葉は、一八九八年夏に、幾つかの新聞紙上でにわかに使われるようになった。 ⇩250

115 バウアリ
ニューヨークの有名な街の名前である。良家の子女がスリルや大騒ぎを求めてこの街に繰り出すが、単に犯罪者達のなすがままにされるのが落ちである。 ⇩252

116 ブルックリン
一八九八年に併合されるまで、ブルックリンはニューヨークの南に位置する別の市だった。この物語は併合の前とも後とも考えられるが、イースト・リヴァーを跨いでマンハッタンとブルックリンとを結ぶブルックリン橋が一八八三年に完成してからの物語であることは明らかである。 ⇩252

117 昔のカルボナリ党
原稿では最初「有名なカモラ党」となっていた。カモラ党からカルボナリ党へ変更されたのは、問題になっている秘密結社にジェンナロ・ルッカが加わったのは利他主義・博愛主義的動機に基づくものだった、ともっともな理由づけができるからだったろう。またカルボナリ党は元来、ナポレオンによってナポリが占領されていた時代に、愛国的自由主義と急進的共和主義を掲げて樹立された組織だった。一方のカモラ党は、完全に身勝手な犯罪組織だった。 ⇩254

118 支部の秘密の会合《ロッジ》が所定の日時に開かれる (a lodge would be held upon a certain date)

"lodge"とは、元々は会議の開かれる場所を指したが、のちに組合や協会の班や支部を意味するようになった。 ⇩255

119 わたしは、古巣の大学 (the old University) で知識をふやしている身でしてね

「私は人生という大学で学んできた」というよく知られたスコットランドの諺《ことわざ》がある。 ⇩259

120 コヴェント・ガーデン劇場でワグナーの夕べを見ようではないか

青果・花卉《かき》市場で有名なこの地に、ロイヤル・オペラ・ハウスがある。この歌劇場は一八九二年以降、イタリア・オペラ以外のオペラを上演するようになった。例えばワーグナーの歌劇は、一八九七年十月と一九〇二年九月のシーズンに上演された。アーサー・コナン・ドイルがホームズをワーグナー愛好家に仕立てたのは、ハインドヘッドでの彼のかつ

ての隣人ジョージ・バーナード・ショウの思想抜きには、まず考えられないだろう。音楽評論家としてのショウは、ワーグナーの使徒だった。またホームズを「人好きのする特徴などかけらもない、薬物中毒患者」と分類している。ショウは、自作の『人と超人』（一九〇三年）の登場人物であるメンドーザに「山賊どもの三流詩人をサー・アーサー・コナン・ドイルから盗んだのは、計画的なものなのさ」と明言させている。《赤い輪》が発表された翌年、ショウは『ピグマリオン』を執筆していたが、この作品中のヒギンズ教授はホームズから、ピッカリング大佐はワトスンから派生した人物である。一方、アーサー・コナン・ドイルは一九一一年の暮れ、『失われた世界』を執筆中だったが、この作品に登場するチャレンジャー教授は、その人物像のある部分はジョージ・バーナード・ショウを彷彿とさせるものがある。

⇩259

《フランシス・カーファックスの失踪》注

初出は「ストランド・マガジン」誌第四十二巻（一九一一年十二月号）六〇三～六一四頁で、アレック・ボールによる五枚の挿絵付きであった。米国における初出は「アメリカン・マガジン」誌（ニューヨーク）第七十三巻（一九一一年十二月号）一三一〜一四二頁で、題名は「カーファックスの失踪（The Disappearance of Lady Carfax）」となっていた。（扉絵を含めて）五枚の挿絵を担当したのは、フレデリック・ドア・スティールだった。

121 オックスフォード街のラティマーの店
ヒュー・ラティマー（一四八五?〜一五五五）はプロテスタントの指導者だったが、メアリー一世の治世下、異端者としてオックスフォードで火刑に処せられた。"boot"（深靴）はステュワート王朝時代、非国教徒の人間に対して国教徒側の人々が加えた、足を締めつけて骨を折る拷問のことを指した。トルコ式浴場は一室を熱くする風呂で、時に非常に高温になる。

⇩263

122 体質改善薬（alterative medicine）
［たとえば薬草、ミネラル、野菜、毒薬などをごく少量ずつ摂ることによって、内分泌などの機能を次第に変えていき、健康を保とうとするときに使う物質。アヘン、水銀などもその一つだと考えられていた］

⇩263

123 君には絶対に連れがあった
この連れとは、単にワトスンと一緒にトルコ式浴場へ出かけた人物がいた、というだけのことであり、この人物は当然のことながら男性である。もし連れが女性だったら、ワトスンはハンサム馬車の右側に座ったのはまず間違いのないところである（ハンサム馬車は、一頭立ての二人用二輪馬車で、馭者席は客の座席の後ろにあり、手綱は客の座席の屋根越しに操られる。最初にこの型の馬車を考案したのは、ジョウゼフ・アロイシャス・ハンサム（一八〇三〜八二）だった）。 ↓264

124 レイディ・フラーンシス・カーファックス

これは当てずっぽうではあるが、ワイルドの作品に対する関心を復活させたのは、ワイルドの遺著管理人だったロバート・ボールドウィン・ロス（一八六九〜一九一八）であった。彼は一九〇〇年から、カーファックス画廊の経営に当たっていた。 ↓266

125 銀行に預けておけばいいものを、四六時中、それを肌身離さず持ち歩いている（for she refused to leave them with her banker and always carried them about with her）「ストランド・マガジン」誌の初出時には、“them”は“it”となっていた。 ↓266

126 オテル・ナシオナル

このホテルは、一八八六年から一九五一年までの間実在していた。「湖」とはジュネーヴ湖（レマン湖）のことである。 ↓267

127 一族の者は不安に思って、とてつもない大富豪だから、……金に糸目はつけないと言っている

現在のラフトン伯爵（架空の称号である）はレイディ・フラーンシスの従兄弟か又従兄弟になる。彼、或いは彼の実の兄弟姉妹や子孫は、行方不明になった彼女を捜すために金は出すが、個人的に自ら進んで動くことはしていない。このことはレイディ・フラーンシスの孤独が、いかなる性質のものであったかを考える上で、もう一つの手がかりになるだろう。彼らは金は出すものの、彼女を一族の人間として歓迎して優しく迎え入れることはしないのである。

⇩267

128 モンペリエ（Montpellier）のクレディ・リヨネ銀行で現金化された

英国版では、全てモンペリエの綴りが誤って"Montpelier"となっている〔モンペリエは、フランスのラングドック地方の都市。ホームズはライヘンバッハ滝から失踪したのち、この町にある研究所でコールタール誘導体の研究をしていた〕。リヨンはローザンヌとモンペリエの中間に位置し、作者は小切手を換金する銀行として、クレディ・リヨネ銀行の名前を使ったのだろう。

⇩268

129 荒っぽい男、本当に荒っぽい男でした！

原文はフランス語で、"Un sauvage —— un véritable sauvage!" である。 ↓270

130 バーデンに着いてみると、……レイディ・フラーンシスはイギリス館《エングリッシャー・ホーフ》に二週間泊まっていた

バーデンとは、普通ドイツのバーデンビュルテンベルク州の都市バーデン‐バーデンのこととされている。この地には有名な「エングリッシャー・ホーフ（イギリス館）」があった。しかしスイスにはただの「バーデン」という保養地がある。 ↓271

131 ミディアン人の王国

遊牧の民ミディアン、或いはミディアンの王は実在していない。しかしフラーンシスが宗教に心の慰藉《いしゃ》を求めたのは、自分を追ってくる人物に対して心理的に壁を作ろうとした意図と深く関わりがあったことは極めて明白である。そして同時にはなはだ危険な経験、即ち実際は騙《かた》りでしかなかったインチキ宣教師に奉仕することになってしまったのだった。 ↓272

132 農家の民宿 (a farmers' inn)

〔観光シーズンだけ自宅を開放し、民宿としている宿。現在でも、長期滞在者用にこのタイプの民宿がスイス各地に用意されている〕 ↓273

133　室内用の帽子《モブ・キャップ》（mob cap）
〝mob cap〟とは、ほこり等を避けるために女性が室内で被る、髪全体を覆う帽子のことである。
↓278

134　バーバートン
南アフリカのトランスヴァール地方の都市である。この近くで金が発見されたので、一八八六年に町が作られた。

↓279

135　ランガム・ホテル
実在のロンドンのホテルで、リージェント街の北側、ランガム・プレイスに位置している。一八八九年八月、アーサー・コナン・ドイルがオスカー・ワイルドと共に、「リピンコッツ・マガジン」誌の編集者だったジョウゼフ・マーシャル・スタッダート（一八四五～一九二二）とこのホテルで会食したことでも知られている。この席で結ばれた執筆契約が、『四つのサイン』と『ドリアン・グレイの肖像』を生み出すこととなった。《四つのサイン》では、モースタン大尉はこのホテルから姿を消し、続いてボヘミア王はフォン・クラム伯爵の偽名で、このホテルに宿泊している（《ボヘミアの醜聞》、『シャーロック・ホームズの冒険』所収）。

↓280

136　アデレイドのパブで大立ち回りを演じたとき相手に噛みつかれた跡なのだ
アデレイドはオーストラリアの南オーストラリア州の州都で、ウィリアム四世の妃の名前に因《ちな》んで付けられた。アーサー・コナン・ドイルの生まれたエディンバラとは対照的に、「南のアテネ」と自称している。一方、すぐ近くで金が発見され、重要性が増したという点では、南アフリカのバーバートンにも似ている。

⇩282

137　パスポートの登録制度がある
当時英国国民に対して、任意ではあったが旅券制度が成立していた。他の国々ではもっと緩やかだった。

⇩282

138　忍耐によって、自分の命をかちとるしかない
「あなたがたは、忍耐によって、自分のいのちをかち取ることができます」（新約聖書『ルカの福音書』第二十一章第十九節）
⇩282

139　ホームズの、小さいながらも効率のよい私設組織
恐らくは《緋色の習作》《四つのサイン》《曲がった男》（『シャーロック・ホームズの思い出』所収）に登場する、「ベイカー街遊撃隊」か、街の腕白小僧達のことを指すのであろう。

140 銀製の、ブリリアント・カットを施したダイアをあしらった古いスペイン風デザインの首飾り　↓282
最上の品質を有するダイアモンドを、二つの平面を切子面で繋いだ形にカットし、銀の鎖で下げられるようにした首飾り。　↓283

141 ベヴィントンという質店（Bevington's）
ダブルデイ版では、質屋の名前が"Bovington's"と改悪されている。おそらくは風刺的要素もあって、ヴィクトリア時代に人気のあった宝石店のブラヴィントン（Bravington's）の名前を踏まえたものであろう。　↓283

142 クリミア戦争のアゾフ海で
クリミア戦争は最終的には、ロシア軍のセバストポリ要塞の包囲戦になった。英国はアゾフ海からロシアの軍艦を一掃し、アゾフ海と黒海を隔てているクリミア半島は孤立するに至った。このためロシアは一八五五年五月、セパストポリ要塞の守りを固めたのだった。　↓285

143 フェレットのような目

おそらくは縁が赤く、緑を帯びた茶色の目をこう表現したのだろう。

↓286

144 「正義の戦士は三倍の力を発揮する」

ヘンリー王「潔白な心ほど丈夫な胸当てはありはすまい！

正義を掲げて戦うものは、三重の鎧を身にまとっているのだ

不義のためにその良心を汚しているものは

たとえ鋼鉄で身を固めていようとも、裸も同然なのだ」（シェイクスピア『ヘンリー六世』第二部第四幕第二場二三二〜二三五行）

アーサー・コナン・ドイルは、この一節が実在のヘンリー六世自身に対する皮肉であることを知っていただろう。しかしこの一節は、ホームズにとって適切な言葉であるとされている。或いはアーサー・コナン・ドイルはホームズの言葉の出典として、シェイクスピア以外のものを考えていたかもしれない。「争う者正しければその鎧は三重／なれど最初の一撃を加えられれば力は四倍」（ヘンリー・ホウイラー・ショー『ジョシュ・ビリングス言動録』一八六五年）

↓291

145 ブリクストン救貧院診療所

救貧院診療所とは、公的支出によって運営される、貧しく働くことのできない人達のための病院である。ブリクストンは南ロンドン、ケニントンより更に南の貧しい地域である。《緋色の習作》における最初の殺人事件が起きたのはこの地であった。

⇩296

146 威厳のあるホームズの一喝が、柩を運ぶ男たちの動きをぴたりと止めた

「ミデヤン人や、アマレク人や、東の人々がみな連合して、ヨルダン川を渡り、イズレエルの谷に陣を敷いた。主の霊がギデオンをおおったので、彼が角笛を吹き鳴らすと、アビエゼル人が集まってきて、彼に従った」（旧約聖書『士師記』第六章第三十三節～三十四節）〔原書にはただ三十四節とあるが、実際の引用部分が前節からなので、訂正しておく〕
⇩302

147 一ソヴリン

一ポンドのこと（「ソヴリン」という言い方は、ソヴリン金貨に由来する）。

⇩302

148 たしかに手遅れとしか思えなかった（it seemed that we were）

ここでの“we”の使い方は、医学の知識のある人物が医学的な記述をする際の書き方である。

⇩303

149 犯罪史上でも、こういうやり口は、ぼくにもまったく新しいね

クロロホルムを用いて、痛みのない死を確実に相手に与える、という方法は、同じ薬品を用いて出産を容易にする方法を、いわば裏焼きにしたものである。

⇩306

《瀕死の探偵》注

初出は「ストランド・マガジン」誌第四十六巻（一九一三年十二月号）六〇四〜六一四頁で、ウォルター・パジェットによる四枚の挿絵付きであった。物語の題名はこの通りだったが、この題名の上には「新しいシャーロック・ホームズ物語」という見出しがあった。米国における初出は、「コリアーズ・ウィークリー・マガジン」誌（ニューヨーク）第五十二巻（一九一三年十一月二十二日号）五〜七頁、二十四〜二十五頁で、フレデリック・ドア・スティールによる三枚の挿絵付きだった。

本文：ウェストミンスター・ライブラリー／アーサー・コナン・ドイル協会共編の、オリジナルのタイプ原稿の複写をまとめた『瀕死の探偵の冒険（The Adventure of the Dying Detective）』（一九九一年）を底本としている。原稿の日付は一九一三年七月二十七日となっている。

150 下宿料の支払いはじつに気前がよかった

チャールズ・ブライアン・ウォーラー（一八五三～一九三二）が、下宿人としてドイル家にやって来たのは、一八七五年のことだった。一八七七年には、ドイル家とウォーラーはアーガイル・パーク・テラス二番から移転し、エディンバラのジョージ・スクウェア二十三番に家を借りた。ここの賃貸料は以前の住まいより高かったが、支払っていたのはウォーラーだった。彼らの場合に似て、《緋色の習作》でホームズがワトスンと出会ったのも、財政的な理由によるものであって、彼は部屋を共有するのに恰好の人物を求めていたのである。ウォーラーは、アーガイル・パーク・テラスからジョージ・スクウェアへ引っ越す際の費用を、全て負担したようである。引っ越しが行なわれたのは、一八七七年三月十二日に彼の父親が亡くなってから以降のことだった。

⇩309

151 わたしが結婚して二年目に

この事件が起きたのは、『シャーロック・ホームズ最後の挨拶』所収の他の物語よりずっと早いことになる。他の物語は、全て一八九五年以降に起きた設定になっている。

⇩310

152 ロザハイズ

ロザハイズはロンドンの波止場地帯で、テムズ河の南岸に当たる。一八三二年に、この地域から発症したコレラがロンドンを襲った。ロングマン社版の注では、アーサー・コナン・ドイルは「(東洋を起源とする)伝染力の強い病気と関連した場所としてこの地名を挙げたのは明らかである」としている。 ⇩310

153 お食事も飲み物もまったく口にしておられません (neither food nor drink have passed his lips)
「ストランド・マガジン」誌の初出時には、"have"が"has"となっていた。 ⇩311

154 それだけで、充分ではないか (Is that not enough?)
原稿では疑問符は付けられていない。 ⇩312

155 スマトラから入ってきたクーリー病
中国やインドネシアの労働者により伝えられた病気である。スマトラ島は、マラッカ海峡でシンガポール並びにマレー半島から隔てられている。当時はオランダの植民地であり、現在はインドネシアの一部となっている。 ⇩312

156 古くからの友だちに対して、ぼくが義務を果たさないで済ませるとでも思うのかい

(Do you imagine it would prevent me from doing my duty to so old a friend?) ⇩313
原稿では疑問符は付けられていない。

157 せめて信頼のおける何ものかにしてほしいね (let me at least have something in which I have confidence)
「ストランド・マガジン」誌の初出時には、"something in which" が "someone in whom" ⇩314
となっていた。

158 「君の気持ちはよくわかったよ、ワトスン (You mean well Watson!)」
原稿を見るとホームズのこの言葉は、「君もしつこいねえ、ワトスン君 (Obstinate old Watson!)」とあったのを書き換えたものである。 ⇩315

159 タパヌリ熱……台湾 (Formosa) の黒腐病
タパヌリはスマトラ島北西部の行政区画の名前で、面積はおよそ一万五千平方マイル、人口は百万人ほどで山が多く、トウモロコシ、ゴム、米等を産する。"Formosa" は正しくは "Taiwan" であり、中国本土の南海岸の沖に位置する島である。アーサー・コナン・ドイルは、当時東京帝国大学教授だったウィリアム・バートンから、台湾に渡った日本兵の運命について聞いたことがあったかもしれない。ヒュー・レタンは、ホームズが言及した

病気とは今日つつがむし病あるいはやぶチフスとして知られる病気であろう、としている。 ⇩315

160 どちらも聞いたことがないよ (I have never heard of either)

原稿を見ると、“either”は“them”を書き換えたものである。 ⇩315

161 たくさんの奇妙な病気 (many problems of disease)

原稿では“many”と“problem”の間に最初“interesting”の語があったが、削除されている。 ⇩315

162 犯罪医学に関する (which have a medico-criminal aspect)

原稿では初め“had”と書かれた後に、“have”と書き換えられている。 ⇩315

163 こういう知識を得た (I have learned as much)

「ストランド・マガジン」誌の初出以降、“as”は“so”となっている。これがそそっかしい読み違いなのは明らかである。 ⇩315

164 君が名前をあげた人物ではなくて、ぼくが選んだ人 (not from the man you mention

but from the one I choose)
“mention”は原稿を見ると、“choose”と差し替えられたものである。　↓316

165　ホームズがドアへ突進したときにおとらず (hardly second to that caused by his spring to the door)
原稿では、“caused”の前に“which”があったが削除されている。　↓318

166　わたしを驚かせるできごとがおこり (under circumstances which gave me a shock)
「ストランド・マガジン」誌の初出時には、“under”は“in”になっていた。アーサー・コナン・ドイルの持っていたスコットランド訛りを考えに入れると、“under”のほうがより作者の意図に近いと思われる。　↓318

167　ベッドの中で静かにしている病人のようすを眺めていた (looking at the silent figure in the bed)
原稿では、“bed”の次に“and”と一度書かれて削除され、終止符が打たれている。　↓318

168　半クラウン銀貨
額面二シリング六ペンス。　↓320

169 ズボンの左ポケット（left trowser-pocket）

英国版では全て、"trowser-pocket"が"trouser-pocket"となっている。なお、米国版でも同様に"trouser-pocket"となっている。 ⇩320

170 それでずっと釣り合いがよくなった（It will balance you so much better like that）

原稿を見ると"so much"は、後から書き加えられたものである。 ⇩320

171 彼は……再び、咳ともすすり泣きとも判らない音をたてた（He shuddered and again made a sound between a cough and a sob）

原稿を見ると"again"は、後から書き加えられたものである。 ⇩320

172 ロウアー・バーク街

この街の名前にも、バークとヘアの存在が影を落としている。 ⇩320

173 カルヴァートン・スミス（Culverton Smith）

原稿ではここと二、三行先のところで"Colverton"から"Culverton"に訂正されている。少し後の方で出て来る「農園主（planter）」という言葉は、プランテーションの所有者を

指す。 ⇩320

174 スマトラ
原稿をみると、最初「スマトラ」と書かれているがそれが「台湾」に書き直され、更に「台湾」が消されて「スマトラ」に直されている。 ⇩321

175 彼の農園は、医者の助けなどとても頼めないような場所にあった（his plantation which was far absent from medical aid）。だから、……彼は自分自身で研究を始め、今ではかなり研究が進んでいる。
原稿では“far absent”とあって訂正されていないが、活字になったものではこの部分は“distant”となっている。 ⇩321

176 研究室に（in his study）
原稿を見ると、これは“in his flat”を書き直したものである。 ⇩321

177 牡蠣《かき》
《四つのサイン》でホームズは、テムズ河での追跡劇に先だってワトスン、アセルニー・ジョウンズ、そして彼自身の三人での晩餐の際に、牡蠣（つがいのライチョウと共に）と

「白ワインのちょっとしたの」を用意している。最初はドイル家の下宿人で、後にはアーサー・コナン・ドイルの両親に、住居を提供することになったブライアン・チャールズ・ウォーラーは、彼の女性使用人の記録によると、牡蠣とカレー（『シャーロック・ホームズの思い出』所収の《白銀号事件》を参照されたい）が大好物だったという。 ↓322

178 カルヴァートン
原稿を見ると、ここでも最初〝Colverton〟と綴られ、〝Culverton〟に訂正されている。また〝ton〟の前に〝s〟の字がおそらく、いったん書きかけられてから削除されている。 ↓322

179 ぼくたちの関係は、ちょっと気まずくなっているのだ。
原稿を見ると、この後に「後でぼくは彼の邪魔をしたんだ。」と続いていたが、校正刷りの段階で削除されている。 ↓322

180 どうしてもということなら（if I have to carry him down to it）
原稿を見ると、〝down to it〟は校正刷りの段階で書き加えられたものである。 ↓323

181 なんとか理由をつくって、絶対にその男とは一緒に来ないようにするのだ。
この台詞は、校正刷りの段階で書き加えられたものである。 ↓323

182　ツイードの私服を着ていた
モートン警部が制服を着ていなかった、ということを意味している。 ⇩324

183　……光にてらされた彼の顔には……喜びが表われている（the gleam of the fanlight showed exultation in his face）
原稿を見ると、最初は“exultation”の後に“or amusement”とあったが、これは削除されている。 ⇩324

184　それがあまりに悪魔的でなかったら……想像しただろう（Had it not been too fiendish I could imagined）
原稿を見ると、最初は“too fiendish”の後に“thought I”とあったが、これは削除されている。 ⇩324

185　ロウアー・バーク街というのは（Lower Burke Street proved）……
原稿を見ると、この部分から「ホームズの寝室へ再び入る時には、わたしは意気消沈していた。」〔本文三三〇頁〕の前までは、訂正部分を除いて、アーサー・コナン・ドイル自身の筆跡ではない。この部分の筆跡は、彼の秘書だったアルフレッド・ウッドのものであることは明らかである。"Lower Burke Street"の後に"was a"とあったが、これは削除されている。

⇩324

186 ピンク色のほの明るい電灯

一八八〇年代から一八九〇年代のロンドンで、収入格差がはっきりと示されていたのは、家庭で使われる照明の種類であった。ここで登場する電灯は富裕階級を示した。ベイカー街二二一Bのホームズの下宿では、部屋の照明としてガス灯が用いられている。ヘンリー・ベイカー氏(《青いガーネット》、『シャーロック・ホームズの冒険』所収)が自宅で使っているような蠟燭は、当時具体的には貧困生活を示すものだった。この物語では、ガス灯がモートン警部へ対しての、カルヴァートン・スミスを逮捕するための合図として使われているが、そのカルヴァートン・スミスは、照明として電灯が使える身分だったのと好対照をなしている。

⇩324

187 はい、カルヴァートン・スミス様はご在宅でございます。(Yes, Mr. Culverton Smith is in.)

原稿を見るとカルヴァートンが"Culverson"となっている。これはドイル以外の筆跡の持ち主が書いている部分では、全てこう綴られている。"is in"は"was in"が差し替えられたものだが、これはアーサー・コナン・ドイルに、執事の言葉には間接話法を使う意図が

あったことを示しているのだろうか。 ⇩325

188 ようございます (Very good, sir)
原稿を見ると"sir"は最初"Dr Watson"と書かれ、それが消されて"sir"に変更されている。 ⇩325

189 この男を連れて帰ってくる (I should bring help to him)
原稿でも「ストランド・マガジン」誌の初出時でも、"I should"となっているが、英国版並びに米国版の単行本では"I could"となっている。 ⇩325

190 かん高い怒りの叫び声 (a shrill cry of anger)
"shrill"は後から原稿に書き加えられている。 ⇩326

191 二重あご (heavy, double chins)
「ストランド・マガジン」誌の初出時には、"double chin"となっている。 ⇩326

192 愛想の悪い灰色の二つの目 (two sullen menacing grey eyes)
原稿を見ると、"sallow"〔土色の、黄ばんだ、の意〕と書かれているものが抹消されて

いる（明らかに間違えて書かれたものである）。 ⇩326

193 明日の朝に会うと、伝えたじゃあないか（Didn't I send you word that I would see you to-morrow morning?）
原稿を見ると、この台詞は元々「あんたに言わなかったか？（Didn't I tell you?）」となっていたものを改めたものである。 ⇩326

194 男は、わたしに椅子を指し（The man motioned me to the chair）
原稿では最初、"man"の前に"little"とあったが、削除されている。 ⇩327

195 ゼラチン培養基
研究室で細菌を培養する場合には、ゼラチンで作られた培養基が使われる。 ⇩328

196 わたしは他に約束がありまして（I have another appointment）
原稿を見ると、この台詞は元々「私はほんの少しでも待てませんので（I cannot wait an instant）」となっていたものを改めたものである。 ⇩329

197 わし一人で行くよ（I will go alone）

原稿を見ると、この台詞は元々「君に続いて行くことにしよう (I will follow after you)」となっていたものを改めたものである。 ⇩329

198 遅くとも、三十分以内に (within half an hour at most)
原稿を見ると、この部分は元々「君とほとんど同時に着くようにするから (almost as soon as yourself)」となっていたものを改めたものである。 ⇩329

199 ホームズの寝室へ再び入る時には
この部分から、原稿の筆跡はアーサー・コナン・ドイル自身のものに戻っている。 ⇩330

200 顔色は相変わらず青ざめていたが (His appearance was as ghastly as ever)
原稿を見ると"His appearance"の後に最初は"it is true"とあったが、これは削除されている。 ⇩330

201 声は弱々しいものの (he spoke in a feeble voice it is true but)
原稿を見ると、"in a feeble voice it is true but"は後から"he spoke"に続けて書き加えられたものである。 ⇩330

202 やつれた顔（His haggard face）
“haggard”は後から原稿に書き加えられた単語のようである。 ⇩331

203 一時の元気を失くして（his sudden access of strength departed）
この部分は、原稿に後から書き加えられたものである。 ⇩331

204 わがままで命令的な話し方は……呟きになってしまった（his masterful purposeful talk droned away into the low vague murmurings of a semi-delirious man）
原稿を見ると、“droned away”の後には“suddenly”とあったが、これは削除されている。 ⇩331

205 隠れ場所で（From the hiding-place）
原稿を見ると、最初は“From my hiding-place”となっていたが、“my”が“the”に変更されている。 ⇩331

206 階段を上ってくる足音が聞こえ（I heard the footfalls upon the stair）
原稿を見ると、“footfalls”の前に“ring”と書かれていてそれが削除されている。おそらくは“ring of”か“ringing”と書こうとしたのであろう。 ⇩331

207 しつこい呼び方（the insistent tone）
“insistent”は後から原稿に書き加えられているが、“insistant”と綴られている。
⇩ 332

208 聞こえないのかな、ホームズ？（Can't you hear me, Holmes!）
原稿では“Can't”ではなく“Can”となっている。どこかで変更されたものと思われる（活字になったものでは全て“Can't”となっている）。
⇩ 332

209 「敵に塩を送る」（Coals of fire）
「もしあなたを憎む者が飢えているなら、パンを食べさせ、渇いているなら、水を飲ませよ。あなたはこうして彼の頭に燃える炭火（Coals of fire）を積むことになり、主があなたに報いてくださる」（旧約聖書『箴言』第二十五章二十一～二十二節）カルヴァートン・スミスは、自らの目的のために聖書を引用し、のちには実践し、そうすることで悪魔の先例（新訳聖書『マタイによる福音書』第四章第六節、『ルカによる福音書』第四章第十節）に従った。
⇩ 332

210 ロンドンではおまえ一人だ（the only man in London who does）
原稿を見ると、“does”の後で終わりの引用符が最初は付けられていたが、後から削除されている。最初アーサー・コナン・ドイルは、すぐにホームズの返事を書くつもりでいたが、実際に書き始める前に考え直して、スミスの台詞に更にもう一行追加したものと思われる。

⇩332

211 特別熱心に研究していた (very special study)

原稿を見ると、「特に悩まされていた (very special trouble)」となっていたが、校正刷りの段階で“very special study”に書き直されている。

⇩333

212 病人 (the sick man)

原稿を見ると、“sick man”は最初「患者 (sufferer)」とあったのが、「瀕死の人間 (dying man)」と書き直され、更に“dying”が“sick”に改められたものである。

⇩333

213 おまえさん

原稿を見ると、この前に「ほら、ここだぞ (Here you are)」という言葉があったが、削除されている。この後の「だから水をやろう」という言葉は、校正刷りの段階で書き加えられたものである。

⇩333

214 ホームズはつぶやくように言った (he whispered)

原稿を見ると、最初は「彼はうめいた（he groaned）」となっていたが、校正刷りの段階で"whispered"に書き直されている。 ↓334

215 今しがた、……認めたも同様のことをおっしゃった（You as good as admitted just now）

"just now"は校正刷りの段階で書き加えられたものである。 ↓334

216 イースト・エンド（East-end）

原稿ならびに雑誌の初出時には、古い表記の"East-end"が使われているが、単行本の場合は"East End"と表記されている。 ↓334

217 今回はおまえよりもうすこし賢い男に出会った（You came across someone who has smarter this time）

原稿を見ると、「今回は……邪魔をしたんだぞ（You crossed the pass of someone who has smarter this time）」とあったのを、校正刷りの段階で現在の形に書き直したものである。 ↓335

218 何がなんでも、聴いてもらおう（You shall hear me）

この台詞は、校正刷りの段階で書き加えられたものである。 ↓336

219 わたしは全く飲まず食わずでした (I have tasted neither food, nor drink)

原稿を見ると、「飲まず (nor drink)」は、最初「飲みものも煙草もとらなかった。しかし煙草は (drink nor tobacco. It is the latter which)」となっていたものを書き直したものである。この書き直しは、次の文章を書き始める前に行なわれている。 ↓338

220 一番つらかったのはタバコです (it is the tobacco which I find most irksome.)

原稿を見ると、“irksome”の後で終わりの引用符が最初は付けられていたが、後から削除されている。 ↓338

221 警部は、法で定められた注意を与え

逮捕され勾留された者の発言は記録され、告訴を受けての裁判の際には証拠として使われることが有り得る旨、警察関係者が告知することが法令で定められている。 ↓338

222 ガス灯を明るくして……合図までしてくれましたよ (to give our signal by turning up the gas)

原稿を見ると、“our signal”は“the signal”とあったものを書き直したものである。 ↓338

223　わしではない (not me)
原稿を見ると、見直しの際に"not I"から"not me"に訂正されている。

↓339

224　カルヴァートン・スミス
原稿を見ると、執筆時もしくは原稿の見直しの際に"Colverton Smith"から"Culverton Smith"に訂正されている。

↓339

225　馬車は下ですね (Have you the cab below)
原稿ではこのように疑問符は付いていない。活字になったものには全て疑問符がつけられている。

↓339

226　クラレット
［フランス南西部ボルドー地方の赤ワイン］
↓341

227　ワセリン
石油から採る半固体状の蠟で、通常は外傷に対する塗り薬として使われる。この呼び名は、一八七〇年代中頃から使われるようになった。

↓341

228 ベラドンナ
毒を持つナス科の植物で、化粧品やアトロピンの原料となる。瞳孔を著しく拡張させる作用がある。 ⇩341

229 復帰財産を手に入れる
ある特定の人物（この物語ではヴィクター・サヴェージ）が死亡した場合にのみ、財産と不動産（場合によってはどちらか一方のみ）が別の特定の人物（この物語ではカルヴァートン・スミス）に戻されることをいう。 ⇩342

230 不適当ではないようだね
一八九二年の初夏、ジョウゼフ・ベルは将来のホームズ物語として、「細菌を用いた犯罪」を題材にしてはどうかと、アーサー・コナン・ドイルに提案している。 ⇩343

《最後の挨拶》注

初出は「ストランド・マガジン」誌第五十四巻（一九一七年九月号）二二七～二三六頁で、A・ギルバートによる三枚の挿絵付きであった。米国における初出は、「コリアーズ・ウィークリー・マガジン」誌（ニューヨーク）第六十巻（一九一七年九月二十二日号）五～七頁、四十七～四十九頁で、フレデリック・ドア・スティールによる四枚の挿絵付き（そして表紙絵も）であった。

本文：「ストランド・マガジン」初出時のものを採用した。この物語は初出時の本文と、「最後の挨拶」という題名が与えられた、英国版・米国版の短編集（この短編集の最後の物語として、《最後の挨拶》は収録されている）の本文とは、大いに劇的にかつ頻繁に異なっている。これほどの相違は、他のホームズ譚と比較して類を見ないほどである。

231　シャーロック・ホームズの終幕

これは、「ストランド・マガジン」誌の初出でなく、単行本のテクストを優先した箇所の一つである。同誌初出時、この部分は「シャーロック・ホームズの戦争に対する貢献」となっていた。この副題並びに物語は、一九一六年六月にアーサー・コナン・ドイルが、フランスのアルゴンヌの前線を訪れた際の、小さな出来事に端を発していたように思われる。

⇩ 345

232 世界史上で最も恐ろしい八月

即ち一九一四年八月である。この年の八月一日、ドイツはロシアに対して宣戦布告を行ない、ドイツとフランスは戦時体制に入った。

⇩ 347

233 地上（earth）

単行本では、「世界（world）」となっていた。

⇩ 347

234 眼下の湾

おそらくは、エセックス州の北東海岸に位置し、ハリッジからは南の方角になるミル湾のことであろう。

⇩ 347

235 高い白亜の崖

ウォルトン・オン・ザ・ネイズの北にそそりたつ断崖だった可能性が、最も高いと考えられよう。

↓ 347

236 ドイツ皇帝

当時のドイツ皇帝は、ヴィルヘルム二世（ホーエンツォレルン家、一八五九～一九四一）だった。彼は三代目ドイツ皇帝、プロシア王国九代目国王にしてヴィクトリア女王の孫であった。

↓ 348

237 公使館の書記官長

大使館内部の職種ではあるが、これは正式な肩書きである。一九一四年八月二日の時点で、この職にあった外交官の名前は、はなはだ愉快なことに「フォン・シューベルト」と呼ばれていた。

↓ 348

238 フォン・ヘルリング男爵（Baron Von Herling）

より正確には"von Herling"、"von Bork"、"von and zu Grafenstein"とすべきである。

↓ 348

239 ベンツ

ベンツ社は一八八五年創業のドイツの最初の自動車製造会社。一九二六年にメルセデス社と合併した。 ⇩348

240 ロンドンまで主人を連れ帰る (to carry its owner back to London)
単行本では、"carry"が"waft"となっている。 ⇩348

241 事は非常に速く進んでいて、予定表どおりにつつがなくいっている。
この一文は、単行本では欠落している。 ⇩348

242 大歓迎 (the warm welcome)
単行本では"warm"が欠落している。 ⇩348

243 本国の上層部 (All-Highest quarters)
"All-Highest"とはヴィルヘルム二世を指していた。単行本ではただの"highest"となっている。 ⇩348

244 蔑むような笑い声を立てた (laughed in a deprecating way)
単行本では、"in a deprecating way"が欠落している。 ⇩349

245　イングランド野郎どもをだますのは（to deceive, these Englanders）　⇩349
単行本では、"these Englanders"が欠落している。これはここでの会話が、ドイツ人同士のものであることを示すために挿入されたものである。

246　不思議な思いもよらない境界線（strange, unexpected limits）　⇩349
単行本では、"unexpected"が欠落している。

247　それをうっかり見損なう（to allow for them）　⇩349
単行本では、"allow for"が"observe"となっている。これでは、この段落の一番最後が同じ単語 observed だから、それでは印象が弱くなる。

248　突如、固いところに突き当たる（Then you come suddenly upon something very hard）　⇩349
単行本では、"Then you come"が"Then one comes"となっている。

249　「礼儀」、「フェアプレー精神」の類《たぐい》のこと（"good form" and "playing the game" and that sort of thing）

単行本では、"playing the game, and"が欠落している。 ↓349

250 あの風変わりきわまりない……英国独特の偏見としきたり (British prejudice and convention, in all its queer manifestations) ↓349

単行本では、"and convention"が欠落している。

251 ドイツの首相がまたこうしたことの処理には不器用なところがあって ↓350

戦争勃発時にベルギーの中立性の保証を、「紙屑同然の条約」としたドイツ帝国首相（一九〇九～一七年）テオパルト・フォン・ベトマン・ホルヴェーク（一八五六～一九二一）の発言は、連合国側による大量の宣伝文書が作られる原因になった。

252 四頭立て馬車 (four-in-hand) ……オリンピア競技場 ↓351

"four-in-hand"は四頭の馬が牽く馬車である。オリンピアは座席数一万の円形競技場で、ハマースミス通りの北側にあり、一八六六年に開場した。

253 フラッシング ↓352

正しくはヴリッシンゲンで、オランダ南西部スケルデ川河口の港町である。

254　念には念を入れて、準備を整えてあるよ。(Everything has been most carefully arranged.)
単行本では、この一節は欠落している。　⇩352

255　私的随行員
八月五日の時点で、自らやましいところのなかったリヒノフスキーが、自分達の一行の中にスパイが紛れ込んでいるとは全く考えていなかったことに疑問の余地はない。　⇩352

256　フォン・ボルクは……耳を傾けた。(He stood listening intently for the answer.)
単行本では、この一節が欠落している。　⇩352

257　そんなことをしたら英国は一巻の終りです。……終りですよ！ (It would be the end of her——and what an end!)
単行本では、この一節は欠落している。　⇩352

258　婦人参政権運動の暴力沙汰
アーサー・コナン・ドイルは、自らの職業である医学的な側面では、確たる男女同権論者ではあったが、婦人参政権に対しては反対論者であり、過激な婦人参政権論者の暴力行為に対しては、反対運動を展開してみせた。

⇩ 353

259 ジョン・ブル氏

ジョン・ブルとは英国人や英国の世論を意味する、古典的な表現である。ジョン・ブルの最も活き活きとした人物像を確立したのは、「HB」（アーサー・コナン・ドイルの祖父で、風刺漫画家のジョン・ドイル（一七九七～一八六八）のペンネーム）だった。彼のジョン・ブル像は、常に「一平民」として描かれているのが大きな特徴だった。

⇩ 354

260 まあ、あれこれ仮定の議論は止めて、現実の政治に戻ろう。

単行本では、この一節は欠落している。

⇩ 354

261 葉巻をゆったりとくゆらせ、友人の動作をじっと眺めていた（he puffed sedately at his cigar and watched the movement of his companion）

単行本では、"and watched the movement of his companion"が欠落している。

⇩ 354

262 浅瀬《フォード》（Fords）

おそらくこれは「フィヨルド（fiords）」と書くつもりだったのだろう。

⇩ 355

263 港湾防衛態勢

単に港の守備についてだけではなく、人間による監視まで範疇に入れたものである。

↓355

264 飛行機

アーサー・コナン・ドイルは既に「大空の恐怖」（一九一三年）（邦訳は『ドイル傑作集Ⅲ—恐怖編』（新潮文庫）所収）という作品を書いていた。飛行機を題材とした短編小説としては、今日に至るまでこれを陵駕するものがないほど素晴らしい作品である。

↓355

265 アイルランド

フォン・ボルクにとってのアイルランドの範疇は、アイルランド系米国人、フェニアン党員、そして分離独立主義者だったようである。《最後の挨拶》執筆当時の、アーサー・コナン・ドイルのアイルランドに対する見解を示す例として、以下に引用するのは『一九一六年のフランス・フランドル地域における英国軍の戦役』（一九一八年）の一節である。この作品で、彼は一九一六年四月二十七日の、ハロッホとルースの間でアイルランド第十六師団を襲ったドイツ軍の毒ガス攻撃を同師団が撃退した様を記している。「ダブリンにおける悲劇的かつ無益な武装蜂起が、ヨーロッパ文明社会にあってアイルランド問題を最大の関心事とするか、と思われたまさにその時、アイルランド師団はドイツ軍の攻勢を排除したのだった。これ以上のタイミング、ということはあり得なかった。アイルランドの北部軍・南部軍の両軍は平等に戦いの矢面に立たされたのである。未来に向けての吉兆であることを希望したい」（十九頁）

⇩355

266 ポーツマス要塞

この地が、スパイ活動の対象となるのは明らかである。しかし一八八〇年代に、アーサー・コナン・ドイルはポーツマスのサウスシーに住み、開業医を営んでいた地でもあることを特記しておく必要があるだろう。

⇩355

267 英仏海峡（The Channel）

ここで"The Channel"と呼ばれているのは、英仏海峡（English Channel）を指している。と言うのはアーサー・コナン・ドイルは、熱心な英仏海峡トンネル建設論者だったからである。

⇩355

268 ロサイス基地

ロサイスはエディンバラ近郊の海軍基地の所在地で、フォース入江の北側に位置している。

⇩355

269　海軍暗号

これは、開戦の直前に英国側がドイツ海軍の暗号解読に成功したことをほのめかしたものと考えて、まず間違いないだろう。

⇩355

270　カールトン・ハウス・テラス

単行本では、「カールトン・テラス」となっている。ここにドイツ大使館があった。時として街の名前が、その場所にある政府機関を指す非公式な呼び名として使われることがある。

⇩355

271　点火プラグ

発動機の付属品で、エンジンの中でガソリンや燃料油に点火するための火花を、電気を用いて出す部品。

⇩356

272　ヨーク公記念塔の下の石段

この階段は、ジョージ四世の弟でウィリアム四世の兄に当たるヨーク公フレデリック・オーガスタス（一七六三〜一八二七）を記念する、高さ一二四フィートの塔に通じる階段である。この階段は第一次世界大戦前、カールトン・ハウス・テラスにあったドイツ大使館と隣接していた。

⇩357

273 トカイ・ワイン（Tokay）

トカイ（Tokaj）はブダペストの東北東約一五〇マイルに位置する、ハンガリーの町である。このワインは、ロンドンのクラブ地域に出入りする上流社会の愛飲家達から屈指の逸品として珍重された。香りが良く、こくのある甘口。

⇩357

274 なにぶん、わたしの任務には絶対に欠かせない男です。

単行本では、この一節は欠落している。

⇩358

275 ハリッジの明り

ロンドンからは約七十マイルの所に位置し、高い丘が存在していたため、ここに遠くからでもよく見える陸標が作られた。

⇩358

276 ツェッペリン飛行船が期待どおりの仕事をしてくれればね

フェルディナント・フォン・ツェッペリン伯爵（一八三八～一九一七）は、この物語の執筆が開始される直前（三月八日）に亡くなった。彼は一九〇〇年、最初の操縦可能な飛行船を作り上げた。

⇩358

277　マーサ
シャーロッキアン達のある人々が推測しているが、アーサー・コナン・ドイルがここに登場するマーサを、ベイカー街の女将ハドスン夫人と同一人物であると考えていたことを示す証拠は何もない。

↓359

278　フォード車
ヘンリー・フォード（一八六三〜一九四七）は一九一二年、その廉価なT型フォードを大量生産するために、英国に工場を建設した。

↓359

279　思いはもっぱら、刻々と迫り来るヨーロッパの破滅のことばかりに向かい……気づかなかった（with his thoughts full of the impending European tragedy, and hardly observing that.....）
単行本では“with his thoughts so full of the impending European tragedy that he hardly observed that.....”となっている。
↓359

280　ごそごそする（who lingered）
単行本では“who had lingered”となっていた。
↓359

281 大歓迎をしていただきましょうや（You can give me the glad hand）

“glad hand”とは「自分と一緒に喜ぶ（to express gratification with me）」のアメリカ風の言い回しである。 ⇩360

282 電報で（in my cable）

“cable”とは電報の意である。「アルタモント」は依然として、ヨーロッパ側の依頼人と連絡をとる際には、電報を最優先にしていたように思われる。 ⇩360

283 手旗信号、光点滅信号、無線電信（Marconi）

手旗を用いての信号、光を点滅させての信号、そして無電による信号を指す（最後の無線電信は、発明者のグリエルモ・マルコーニ（一八七四〜一九三七）の名前に由来するものであって、少なくとも二十年の間英国ではマルコーニとは、無線のことを指す単語として使われていた）。 ⇩360

284 欲張りの売り手の奴は原物をよこしたかったようですがね。

この台詞は、単行本では削除されている。 ⇩361

285 安心してくだせえよ（you can lay to that）

“lay to that”とは、「安心して賭けたってかまいません」の意である。 ↓361

286 その写し (this copy) ↓361

単行本では“the copy”となっている。

287 戯画化されたアンクル・サム ↓361

アンクル・サム（Uncle Sam）の名前は、米国を擬人化する際に、その頭文字“US”を、イニシャルとする人物として、発明されたものとされている。

288 缶切り (a can-opener) ↓362

“can-opener”とは当時の米語で、英語では“tin-opener”のことを指したが、現在では“can-opener”のほうが普遍的に使われている。

289 まぬけ (mutt) ↓362

単行本では“mutt”が“mug”となっている。

290 どんな悪党だって (any of your crooks)

単行本では“any crook”〔この場合は、「どんな押し込みだろうと」の意になる〕となっている。

291　あっしのほうもなんとか面倒をみてくれるんでしょうな（I guess you'll have to fix me up too）
単行本では、〝too〟が〝also〟となっている。 ↓362

292　いまいましい国（goldarned country）
〝goldarned〟は米語で〝God-damn〟［「畜生」の類《たぐい》の罵りの言葉］の意である。 ↓363

293　ポートランド島
ドーセット州の半島であるアイル・オブ・ポートランドにあるポートランド刑務所を指す。 ↓363

294　英国のサツ（British copper）
英国の警官を呼ぶのに、アルタモントは皮肉を込めて米国の警官の俗称である〝cop〟をつかわず、〝copper〟を使っている。 ↓363

295　「ここには英国の法と秩序しかない」 ↓363

一八八〇年代に、米国籍を有する（アイルランド生まれの）人間が英国で拘禁される事態が英米間の最終的な大問題となった。その結果英国政府は、米国憲法上は違憲となる、米国市民権を有する者に対する人身保護令状の執行を停止した。 ⇩363

296 奴はつかまっちまった（they've pulled him）
単行本では、"pulled him" が "got him" となっている。 ⇩365

297 潔白ってことになりゃあ（gets clear）
単行本では「罪を免れりゃあ（gets off）」となっている。 ⇩365

298 海（the salt water）
単行本では "salt water" が "water" となっている。 ⇩365

299 もっとひどいことになるかもしれやせん（you nearly had a darned sight worse one）
単行本では "darned sight" は削除されている。この一節は文章を完全に米国的なものにしている。 ⇩365

300 フラットン通りの（down Fratton way）

米国での初出時には、「ポーツマス区のフラットンの（in the Fratton district of Portsmouth）」となっていた。 ⇩365

301 あれこれ言いたいことも口にできない所（where he can't talk too much）
単行本では、この一節は削除されている。 ⇩366

302 涼しい顔（you are not very sorry）
単行本では、〝very〟は削除されている。 ⇩366

303 おとりの曲者《くせもの》や裏切り者がいる（there's a stool pigeon or a cross somewhere）
〝stool pigeon or a cross〟とは、囮《おとり》や裏切り工作の要員として熟慮の末に選ばれた人物を指す。ペンギン版（一九八一年）の《最後の挨拶》では、〝stool pigeon on a cross〟（「磔《はりつけ》にされた密告者」の意）となっている。 ⇩366

304 危ない橋をあえて渡って（taken big risks）
単行本では、〝big〟は削除されている。 ⇩367

305 フォン・ティルピッツ提督のドイツ海軍が……話をつけよう。（No other line will be

safe a week from now when Von Tilpitz gets to work. But let us settle up, Altamont.）“when Von Tilpitz gets to work. But let us settle up, Altamont.”の一節は、単行本では削除されている。 ⇩367

306 へそを曲げやがって（turned durned nasty）
単行本では“durned”が“damed”となっている。 ⇩367

307 収穫はゼロになっちまうところだった（it would have been nitsky）
“nitsky”とは“nothing”の意である。 ⇩367

308 思いもよらぬこの不適当な題名（this strangely-irrelevant inscription）
単行本には“strangely-irrelevant”にハイフンは入っていない。 ⇩368

309 「もう一杯いこう、ワトスン！」
この台詞の前にある一行のあきが、ダブルデイ版並びにペンギン版の一巻本ではなくなっている。 ⇩370

310 ほこりをかぶっている（dusty）

単行本では、この語は削除されている。 ⇩370

311 「このうれしい再会に祝盃を挙げるべきだね」('We must drink to this joyous reunion') 単行本では、この台詞は削除されている。この場合、その前の"Another glass, Watson"という呼びかけは、ワトスンに対してワインを注ぎ足すよう勧めているのではなく、別のワイン・グラスを取るよう呼びかけていることになる。 ⇩370

312 ワトスンは、心をこめて……こう言った。(he said, when he had drunk heartily to the sentiment.) 単行本ではこの部分は削除されている。 ⇩370

313 高いびきをかいているわれわれの友人(Our noisy friend) 単行本では、"noisy"は削除されている。 ⇩370

314 シェーンブルン宮 ウィーン南東に位置する、オーストリア皇帝フランツ・ヨーゼフ一世(一八三〇～一九一六)の夏期の離宮である。 ⇩370

315　その前に立ったホームズは（Holmes who was now standing in front of it）
単行本では、"who was now"は削除されている。
⇩ 370

316　マーサは今回、役目を実に見事に果たしてくれたのだ
物語の幕が降りても、マーサの正体は明らかにならぬままであった。単に愛国心が強く、機知に富んだ老家政婦であった彼女を、ホームズが買収して秘密の任務に携わらせたのだろうか（物語の最後の場面に、運転手として登場するワトスンの如く）。或いは彼女は、英国の諜報機関組織の一員だったのだろうか。
⇩ 371

317　ロンドンから来ていた、あの頑丈そうな体の男ですよ（the stout gentleman from London）
単行本では、この部分は削除されている。
⇩ 371

318　これも、君の立派な運転の……言いたいことがあるだろう、マーサ？（But for your excellent driving, Watson, we should have been the very type of Europe under the Prussian Juggernant. What more, Martha?）
単行本では、この一節は削除されている。
⇩ 372

319 丘の上で（on the hill）
単行本では、この部分が削除されている。 ↓372

320 クラリッジ・ホテル
クラリッジ・ホテルはブルック街（《入院患者》（『シャーロック・ホームズの思い出』所収）では、ホームズはこの街に住むブレシントンからの調査依頼を断り、後に彼が殺された事件の調査に当たっている）にあり、一八〇八年にクラリッジが買い取ったもので、有名ではあるが控え目なホテルである。 ↓372

321 今日、届いた手紙は九通でした。こちらも住所を控えてあります（He received nine; I have these also）
単行本では、この一節は削除されている。 ↓372

322 あの男に（to him）
単行本では、この部分は削除されている。 ↓373

323 アメリカ人になりすました、この曲芸《スタント》（this American stunt）
ホームズが語っているように、“stunt”とは米国語であり、普通肉体的能力を要する妙技や演技を意味する。米国が起源であるが、少なくともサミュエル・バトラーが一八七八年にこの単語を使って以来、英語の語彙として認識されるようになった。 ↓374

324 大作 (magnum opus)

“magnum opus”とは「大作 (great work)」の意である。 ↓374

325 『養蜂実用便覧《ハンドブック》—女王蜂の分封に関する観察記録 (Practical Handbook of Bee Culture, with some Observations upon the Segregation of the Queen)』

A・I・ルートの『養蜂のABCからXYZまで (ABC and XYZ of Bee Culture)』は、当時の養蜂に関する教科書的存在だった。この本の題名が、ホームズの著書名に何らかの着想を与えたものと思われる。 ↓374

326 ぼくひとりで書いたのだ (Alone I did it)

シェイクスピアの『コリオレイナス』第五幕第四場一一六行の台詞〔小田島雄志訳によれば「おれ一人でやったのだぞ」〕を引用したものである。 ↓374

327 外務大臣

グレイが外務大臣に就任したのは、一九〇五年十二月だった。 ↓374

328 首相

アスキスが首相の座に就いたのは、一九〇八年四月のことだった。

⇩ 374

329 シカゴを皮切りに

シカゴは当時米国第二の都市で、一八八〇年代には秘密結社クラン・ナ・ゲール（「ゲールの一族」の意の、アイルランドの独立運動を支援していた、米国の秘密政治結社）の有力な、しかし後に信用を落とした「トライアングル」派の活動の中心地だった。

⇩ 375

330 バッファロー

バッファローはニューヨーク州の都市で、荒涼たるエリー湖岸に位置している。

⇩ 375

331 スキバリーン（Skibbereen）

スキバリーン（〝Skibbareen〟と綴られている版もある）はアイルランドのコークの南西約五十マイルに位置する小さな町で、当時の人口は三千人ほどで、減少の傾向にあった。この町は一八四五年から五〇年にかけての大飢饉の際には、甚大なる被害を被った。

⇩ 375

332 警察

ここで言う警察とは王立アイルランド警察である。この警察は軍隊的色彩を帯びた組織であった。そのため当局が治安妨害と見なした集会の際に、書記録をとろうとしたので、アイルランドの田園地方に住む一般住民の大多数から、ボイコットされた。

⇩375

333　その長細く、力強い指で書類を開いては閉じ、(his long, nervous fingers opening and folding the papers)

単行本では、この一節は削除されている。

⇩376

334　ねえ (Dear me)

“Dear me”は英語表現としては、心地よい穏やかな響きの表現である。但し単行本では、ここでの“Dear me”は削除されている。

⇩376

335　セバスチャン・モラン大佐もそういうことを言っていたらしいね (Colonel Sebastian Moran has also been known to warble it)

このホームズの言葉で完了時制が使われているということは、遡ること二十年前に卑劣かつ決定的な証拠によって、殺人罪で逮捕されたはずのモラン大佐(《空家の冒険》、『シャーロック・ホームズの帰還』所収)が、未だ生存していたかもしれないことを示唆している。一九〇二年の事件とされる《高名な依頼人》(『シャーロック・ホームズの事件簿』所収)で

は、ホームズは「まだ生きているセバスチャン・モラン大佐」と表現している。 ⇩377

336 いくつかの人間像からひねり出した混合物で、まったく架空の人間なのだ。(He was a concoction, a myth, an isolated strand from my bundle of personalities.)
単行本では、この一節は削除されている。 ⇩377

337 ドイツの海軍提督殿
ティルピッツを指す。 ⇩378

338 庭園の中の道(the garden path)
単行本では、“path”が“walk”となっている。 ⇩379

339 「吊るされたプロシア人(The Dangling Prussian)」
即ち、「サラセン人の首(The Saracen's Head)」や「王の首(The King's Head)」といった類《たぐい》のパブの屋号である。 ⇩382

340 前と同じような仕事に加わろうとしている(joining up with your old service)
単行本では、“joining up”の部分が「ご協力願える(joining us)」となっている。 ⇩382

341 東風《こち》が吹き出したよ
一九一四年八月三日、ドイツはベルギーに侵攻しフランスに対して宣戦布告を行なった。その翌日、英国はドイツに対して宣戦布告した。

⇩383

342 ぼくたちのうち、どれくらいたくさんの人間が死んでしまうかわからない
この一節は、ホームズとワトスンも、第一次世界大戦の犠牲となり得るかもしれないことを示唆するものと言えよう。第一次世界大戦中に、アーサー・コナン・ドイルは弟のイネス・ドイルと息子のキングスリー・ドイルを、共に戦時の負傷が原因で失っているが、この物語はそれより前に執筆されている。最後のホームズ短編集である『シャーロック・ホームズの事件簿』に収録されている《高名な依頼人》では、この物語を公表することをホームズが認めた、とはっきりと書かれている。この物語での記述は読者に、少なくとも一九二四年の時点では、ホームズもワトスンも未だ健在であると思わせるものであった。『最後の挨拶』とは異なり、アーサー・コナン・ドイルはこの『シャーロック・ホームズの事件簿』（一九二七年）では、ワトスン自身が本の前書きを書いたような工夫を凝らしてはいない。しかし「ストランド・マガジン」誌一九二七年三月号に掲載された、「シャーロック・ホームズ氏より読者諸氏へ」と題する別れの挨拶を基にしたものであったが、自筆署名入りの前書きを執筆している。

⇩383

解説

『シャーロック・ホームズ最後の挨拶』所収の物語は、この短編集に先だって出版されてきた六冊の長編・短編集以上に、アーサー・コナン・ドイルの生涯にあって、長い年月を経た後に書き上げられた物語である。これより以前に公にされた長編・短編集で、書き上げるまでに一年半以上の時間を必要としたものはなかった。従来は長編については相当の速さで、また短編に関しては続々とほとんど遅れることなしに書き上げられていたのである。短編集、並びに物語の題名として「最後の挨拶」という表題が選ばれているのは、皮肉が込められたものだった。これまでにもシャーロック・ホームズは、読者に対して何度か最後の挨拶をしていたのである。最も有名なものは、モリアーティ教授との格闘の末、ライヘンバッハの滝壺へ墜落死を遂げたと思われた時だったのは明らかである。しかし時間的に最も新しいものは、『シャーロック・ホームズの帰還』所収の最後の短編《第二の汚点》(一九〇四年十二月発表)冒頭における、はっきりした引退宣言だった。

しかし後に、『シャーロック・ホームズ最後の挨拶』として纏められた短編集所収の短編は、従来の表題からは離れた題名が付けられていた。「ストランド・マガジン」誌の編集者だったハーバート・グリーンハウ・スミスに宛てた、一九〇八年三月八日の手紙でコナン・ドイルは、物語の表題を「シャーロック・ホームズの追想録（Reminiscences of Sherlock Holmes）」とすると告げている。引退前のホームズの登場する、懐旧談的性格の短編は定期的にではなく、時折り「ストランド・マガジン」に掲載された作品だった。結果として、新しいホームズ譚が「ストランド・マガジン」に再登場する間隔は、二ヶ月から二年の間とまちまちであった。

『シャーロック・ホームズ最後の挨拶』に収録された物語のうち、発表順での最初の二編〈《ウィステリア荘》と《ブルース－パーティントン設計図》を指す〉は、《海軍条約文書事件》（『シャーロック・ホームズの思い出』所収）と《プライオリ学校》（『シャーロック・ホームズの帰還』所収）を除けば、従来発表されていたどの短編よりも長い作品である。一方、第一次世界大戦前に書かれた物語中、《瀕死の探偵》は物語の中での事件発生から解決に至るまでの時間の経過、並びに物語の長さ自体が最も短い話である。《瀕死の探偵》から第一次世界大戦中に書かれた、「エピローグ」と銘打たれた《最後の挨拶》までの執筆間隔はほとんど四年近くになる（この間隔は、最後のホームズ譚の長編小説《恐怖の谷》が部分的には埋めてはいる）。《最後の挨拶》は《瀕死の探偵》より僅かに長い作品であるが、物語の中での時間的経過は更に短い。そしてこの物語は同時に、全編が第三者による記述体で書かれた最初の作品である（このやり方は《恐怖の谷》で試みられている）。コナン・ドイルは、まだ経験のない方法を試してみたのだった。

彼の実地研修は形式や様式を遥かに越えたところにあった。特に科学に基づいたホームズの手法を物語の中心に据えた、『シャーロック・ホームズの冒険』や『シャーロック・ホームズの思い出』所収の諸短編は、短編探偵小説の発展の中で画期的な存在だった。一方『シャーロック・ホームズの帰還』は、ホームズが死んだと思われていた年月の間に生まれた数多くの模倣者達を意識して、説明の部分はより少なく、事件の真相の解明に重点が置かれている。『追想録』のシリーズは、文学を目指すことをその目標として、書き続けられたものだった。ホームズは今や推理以外に為すべき事が多くなっている。即ち、次第に落ち着きと秩序が失われつつある世界を反映することが求められるようになっていった。彼の創造者は、おそらくは自分が充分に認識していた以上のことを成し遂げたのだろう。彼はホームズが語ったように「演繹的推理」を働かせてではなかったが、一九一四年の世界の大破局へ至る前兆となる出来事に気づいてはいた。これらの物語は、戦争へ向かう世界の里程標でもある。

コリン・ワトスンは『俗物主義の暴力』（一九七一年）で、ロンドンはホームズの保護の許《もと》にある安全区域では決してなかった、としている。「ロンドンで起きる犯罪はことごとく解決され、邪悪な存在は全て狭くて限られた場所に押し込められていた。こうしたロンドンは、居心地の良い所である。鷹の目を持つ人物がベイカー街で思索に耽っている限り、安全な場所である。しかしそんな場所は実在しない。また、かつて存在したこともない。

しかしドイルは読者の脳裏に、そうした場所を思い描かせようとしたのである」しかしホームズに対する一般的な概念は、コリン・ワトスン（ジョン・H・ワトスン博士ではなく）が描くように全知・全能の存在であった。『シャーロック・ホームズ最後の挨拶』所収の物語は、ホームズの全知全能神話を断つものである。どの事件でもホームズは誤りに陥りがちであらさがしをされたり、限界まで追いつめられたりしている。事実コナン・ドイルは、短編第一作目の《ボヘミアの醜聞》（『シャーロック・ホームズの冒険』所収）で、ホームズが女性に打ち負かされたことを、楽しげに公表していた。《オレンジの種五つ》（同前）では、いかに依頼人をむざむざと死に至らしめたかが描かれている。そして《黄色い顔》（『シャーロック・ホームズの思い出』所収）では、ホームズの才能の限界が露呈されてもいる。しかしこうした物語の存在は、毎月繰り返される大成功の記録によって忘れ去られてしまった。

コナン・ドイルは、時折り国家としての英国の威信が揺らぎ出したことに気づいていたのかもしれない。しかしその結果は、ホームズの規範にはっきりとした影響を及ぼしている。彼は新しい装いをまとって、再度持ち上がってきた古い問題に折り合いをつけるために、またこれと同じく新たに持ち上がった火急の問題を論ずるための物語を求めていた。それゆえ彼はホームズに、今や聖職者的な才能、科学、或いは機知以上のものを求めるに至った。《ウィステリア荘》でホームズが、全六十篇を通して唯一の自らの好敵手たり得る力量の持ち主である警察官、即ちエシャーのベインズ警部と出会った背景には、こうした作者の側の事情があった。ベインズの快活ではあるが「こういう地方勤務で、わたしどもは活気を失っています」という苦い言葉は、ホームズの「こう言っては何ですが、あなたの力量ならもっと出世されて当然です」という言葉に答えたものである。このやりとりは都会人であるという驕りが、知的破綻という結果につながり得ることに対する、コナン・ドイル自身の自戒でもあった。他のアイルランド出身、或いはスコットランド出身の作家達も、ロンドンを標的にしてこうした非難を絶え間なく浴びせていた。ここで、二人の好敵手同士の探偵はお互いに相手の捜査の進展に対し、極めて偏狭な態度で眺めることしかしなかったので、悪党に自由な行動を許すこととなった。惨事を回避し得たのは、単に悪辣な元の雇用主に対する復讐の機会を窺っていた、解雇されたかつての庭師の行動によってだった。こうした状況の許、作品の主題の論理が明らかになっていく。初期に書かれたホームズ譚では、貴族階級の堕落や無能ぶりが、しばしばブルジョワの立場から鮮烈に抉り出されている場面がある。その名誉を担うのは、今や反逆する労働者のジョン・ワーナーであり、時代の先駆けの象徴としてはうってつけだった。

《ブルース－パーティントン設計図》におけるホームズに、障害物として立ち塞がったのは警察関係者ではなく、兄のマイクロフトという自らよりも優秀な人物だった。この作品には、冤罪によって服役させられたジョージ・エダルジ（一八七六～一九五三）の汚名をそそぐ、一九〇六年から七年にかけての活動中に、作者のコナン・ドイルが経験した官僚主義が反映されている。[*1] 野蛮な党派心の持ち主だった警察署長を庇おうとした内務省まで巻き込むことになったこの事件は、人種と階級に対する偏見がエダルジの潔白を証拠立てること、並びに真犯人の割り出しを妨げる要因になったと思われる。政府を代表する立場にあったマイクロフト・ホームズは、事件の最初の段階でサー・ジェイムズ・ウォールターについて、「勲章や肩書は紳士録の二行くらいを埋め尽くすだろう。長年、公僕として働いてきたので白髪まじりになったが、人格高潔な紳士で」と述べて、弟の捜査の範囲に明らかに制限を加えている。更にマイクロフトの言によると、サー・ジェイムズは「最も高貴な方々からのお招きも、多々あるそうだ。そして何よりも、国を思う愛国心に疑いをはさむ余地はない」。この一連の発言は、サー・ジェイムズ一家の者を容疑者の範疇から覆い隠す効果があった。自分の弟が実は売国奴であることに、サー・ジェイムズは明らかに気づいていたはずである。しかし彼は家族の者を犠牲にして部下の冤罪をそそぐことより、沈黙を守って死ぬことを選んだ。ホームズの探索は順調に進んでいたが、カドガン・ウェストの疑いを晴らしてほしいとする彼の婚約者からの懇願に対しては、冷淡な態度であった。その後彼の疑いは、無実の同僚に対して向けられている。そして仕掛けた罠に掛かったのが紳士のはずの人物だった際に、彼は次のように告白するのである。「今回だけは、ぼくがとんだまぬけだと、君に書かれても、文句も言えないね、ワトスン。この男は、ぼくが考えていた相手ではなかった」

ホームズ譚の発表に間隔があくようになったことで、コナン・ドイルの読者達には物語の解決に至る過程や、物語自体に対する考えを練るだけの時間が与えられた形になった。

一九〇九年二月、小手術の後にコーンウォールで静養していたコナン・ドイルは、その後たびたび様々な形で引用しているところからすると、ホームズ譚に対する批評の中でも後々まで堪《こた》えたらしい批評に接している。コーンウォール出身の船員は、あからさまに一番最近に発表された二作品について触れ、（彼の為すがままの作者に対して）次のように言明したのだった。「滝から落っこちたホームズさんは、死にはしなかったかもしれませんがね、どこかに怪我をしたのは確かでさあね。だってその後は、全く前のままではなくなりましたからね」[*2]。そこでコナン・ドイルとしては、ホームズにコーンウォールで起きた事件を鮮やかに解決させないわけにはいかなくなった。彼の脳裏に閃いたのは、自作中最初に評判をとったものの一つだった『ポールスター号船長』（一八八三年）だった。この作品の結末では、幽霊に取り憑かれた船長は「コーンウォールの海岸地方に住む、類稀な美人と婚約中だったとのことである。船長が漁に出ている間に、件《くだん》の婚約者は異常な恐怖のうちに没したという」と書かれている。この作品の記憶は、ワトスンへ《悪魔の足》の執筆を促すホームズからの電報へと形を変えた。ホームズがこの事件を記憶にとどめておいたのは、自らの解決の技が冴えていたからだ、と考える事が出来るかもしれない。しかしワトスンがこの事件を記憶していたのは、自分がいなければホームズは死ぬか発狂したかしたはずであり、いずれの場合でも筆舌に尽くし難い心理的苦痛を経験することになったからだ、と考えるのが妥当であろう。この物語ではホームズの神話的な特質のひとつ、即ち彼は不死身であるという特性が打ち砕かれたのであった。これと同時にその一方で、ホームズとワトスンの間の友情は時の経過と共に深くなり、遂にホームズは友人の果たしてくれた役割に対して、感謝の意を示すまでに至った。
《赤い輪》においても、ホームズの推理能力は皮肉な寸評を放つ能力と共に、いつもの冴えを見せている。しかしこの物語では、ホームズの存在は明らかに傍観者の立場でしかない。グリーンハウ・スミスが異論を唱えたにもかかわらず、コナン・ドイルはこうしたやり方を貫いた。彼が編集者に述べたように、「ストランド・マガジン」にこの物語が掲載された時には、二ヶ月にわたって分載されたこともこうした効果を助長している。[*3]
《フラーンシス・カーファクスの失踪》でのホームズには、後にワトスンが『シャーロック・ホームズ最後の挨拶』の前書きで言及している、若年性のリューマチの症状が明らかに見受けられる。物語の冒頭、彼は自己宣伝癖を子供っぽい方法で気儘にひけらかす。また依頼人のお金を浪費し、地元の警察を使っても集められたであろうような情報を収集するために友人を旅行へと赴かせている。旅先でワトスンを発見した時には、不条理にも（更に輪をかけて不条理なことに変装した姿で、である）ワトスンを罵ってもいる（この結果、犯罪者達が犠牲者を引き連れてロンドンへ戻って来た際に、肝心のホームズはロンドンを不在にしていたことになる）。ホームズの手抜かりのために、レイディ・フラーンシスは危うく一命を失うところだった。自分の手抜かりについてホームズは、利己的な立場ではあるものの極めて稀なことに、ここでは自らの失策を認めている。（「それは、最高にバランスのとれた知性の持ち主でも時には失敗する、という例になるぐらいのものさ」）。《孤独な自転車乗り》

(『シャーロック・ホームズの帰還』所収)で確立された因果応報の原則、即ちワトスンに対してことさら侮辱的な態度をとった後、ホームズはいつでも必ず悔い改めざるを得ないという原則は、ここでも生きていたのである。

《瀕死の探偵》におけるホームズは、最も弱々しい姿を曝している。病の床にあって彼は錯乱状態にあり、その精神は明らかに破綻をきたしていた。しかしコナン・ドイルはここですぐに、超人としてのホームズではなく、人間としてのホームズという主題の切り替えを行なってみせる。ホームズが死んでしまうかもしれない、という暗示に曝されてきた読者は、事態の急転に虜となる。それでも最後のホームズの勝利の場面は極めて人間味のあるものであり、「ありがとう、ワトスン君、コートを着る手助けをしてくれないか」というホームズの言葉に、我々は今まで以上に彼を身近に感ずる。超人は人間に取って代わられたのである。これ以前の物語においても、ホームズ譚には《最後の事件》(『シャーロック・ホームズの思い出』所収)に於ける、犠牲的行為による救済、《空き家の冒険》(『シャーロック・ホームズの帰還』所収)における復活劇が既に存在していた。そしてこの《瀕死の探偵》は、荒野における断食、悪魔の手になる数々の幻想、そして悪魔自身の訪問という、新約聖書にある悪魔の誘惑の翻案である。しかしながらこの物語では、誘惑される者は聖書とは逆になっている。即ち、聖書の悪魔の役割を非常に巧みに演じたカルヴァートン・スミスは、瀕死のホームズの姿をほくそ笑みながら見届けたいとする誘惑に勝てずに、彼自身がベイカー街にやって来ている。一方ワトスンは、明らかに救いの天使の役割を(シンプソンで滋養分を摂取する手助けをすることで）演じている。

《最後の挨拶》の終結部は、昇天の物語である。新約聖書で伝えられている、復活したキリストとエマオまでの道中を共にした弟子達のように、読者はホームズの存在に気がつかない。フォン・ボルクの戸惑いは、キリストの復活に対して疑念を抱いた十二使徒の一人、聖トマスの主題を、裏返して見せたものである。聖トマスの「私の主。私の神」という言葉は、意識を取り戻したフォン・ボルクがアルタモントの本当の正体を発見した時の「すると、あの男しかいないぞ――」という言葉になった。この物語におけるホームズの役割は、第一次世界大戦の勃発前に書かれた他の六編とは異なり、読者の士気を高揚すると同時に自信と信頼性を強化すること、そして何よりも英国の大義の道義的な正しさの観念を促進することにあった。しかしそれでも、この物語が従来のワトスンの手になる叙述の形式をとらなかったことは、その意外性を強く示している。物語の唐突な幕開け（この時期のコナン・ドイルの作品では、『失われた世界』『恐怖の谷』で使用されている）という手法はしばしば使われてきたが、これは彼が新しい話法を築くことに対して熱意を抱いていたことを示している。一九一二年にロナルド・ノックスが、十一項目からなるホームズ譚に関する構造分析を公表した際に、コナン・ドイルは、ノックスに対してひどく面白い手紙を書いている。しかしコナン・ドイルは、こうした挑戦に対しては勇猛果敢に応ずる作家であった。ノックスの分析が世に出た直後に書かれた《瀕死の探偵》では、作者自身の中にある基準に対する愉快な挑戦であったように思われるノックスの分析は、木端微塵に打ち砕かれていた。それゆえ、読者にとってお馴染みの方法は封じられたのである。『シャーロック・ホームズ最後の挨拶』全巻を通して最も当惑を覚えるのは、《最後の挨拶》に登場するアメリカ人に扮したホームズである。この着想の起源は、二十二歳のP・G・ウッドハウスにあったようである。彼はホームズの生還にすっかりのぼせ上がり、一九〇三年「パンチ」誌にホームズ愛好家精神に満ちた模作（パスティッシュ）二編と、詩を寄稿した（付録を参照のこと）。このうち「放蕩息子」のほうは、お金の誘惑に負けたのだとする風説に対応して書かれたものだった。アメリカの地名が登場するのは、幾つかのホームズ譚でアメリカの地名が出てきていたからだろう。ウッドハウスの描くワトスンは、ぞっとするほどアメリカ人になり切ったホームズと、ストランド（当然のことであるが）で出くわす設定にされている（ウッドハウスはその長い生涯の大半をアメリカ合衆国で過ごすが、一九〇四年になるまでこの国を訪れたことはなかった。一方コナン・ドイルのほうは、《最後の挨拶》を執筆する前に二度、合衆国を訪れている）。「放蕩息子」の終結部は、これより十四年後に書かれた《最後の挨拶》の一節の前触れであるかのようである。

この時ちらりと不安の影が、彼の表情に浮かんだ。私はその理由を尋ねてみた。

「つまり、こういうことなんだ。僕はアメリカ合衆国〔原文では、正しくは“United States”と綴るべきところが“U-nited States”となっている〕で長いこと過ごしてきて、かの地で悪党どもの追っかけに明け暮れてたもんで、どうもアメリカ訛りが染みついちまってね〔原文では、“acquired”と綴るべきところが“ac-quired”となっている〕。どうだろう、一般大衆は反感を持ちはしないだろうかね？」（「パンチ」一九〇三年九月二十三日号）

「……あすクラリッジ・ホテルに現われるよ。アメリカ人になりすました、この曲芸《スタント》——いやはや、許してくれたまえ、ワトスン、濁りもなくきれいだったぼくの英語もすっかり汚くなって、元には戻りそうにないようだ」（《最後の挨拶》）

しかし、《最後の挨拶》にアルタモントに扮して登場するホームズは、アメリカ人らしさを充分に備えている。彼は、一八八〇年代には様々な政治思想が混在していたクラン・ナ・ゲール（フェニアン党の流れを受け継いだ）の支部であったシカゴの「トライアングル」に、正式に参加している設定になっている。アルタモントという名前は、アイルランド系アメリカ人の民族独立論者にとっては、あまりに英国の上流階級の臭みが強過ぎて、とても偽名として使うことはできなかっただろう。この名前の使用がちょっとした冗談なのは、作者の署名のように明白である。というのは、コナン・ドイルの父親の名前がチャールズ・アルタモント・ドイルだからである。我々はホームズがこの組織に属していた際には、自らのことをドイルと呼んでいたはずだということを理解する必要があろう。つまり、クランの組織に加われる条件には、アイルランド系の名前が求められていたのである。

ドイツが黒幕として存在していた、アイルランドにおける一九一六年の復活祭蜂起の余波が残る一九一七年という時期に、コナン・ドイルは《最後の挨拶》を執筆している。そのためこの物語のアイルランドに関する論旨は、正当性と宣伝が入り混じったものとなっている。彼はドイツを支持するアイルランド人勢力に対して、彼らは皮肉な功績をあげたのだと語ろうとした。コナン・ドイルは二回、スコットランドの選挙区で自由統一党から国会議員選挙に立候補している。この時以降、彼はアイルランド自治論者へと転向しているが、それはケースメントに影響されてのことだった。一九一七年の初め、コナン・ドイルは、アイルランド自治論者で国会議員でもあったウィリー・レドモンド少佐（一八六一〜一九一七）に対して、確固たる共感を抱いていた。この直後に彼は連合国側の攻撃の最中に戦死を遂げた。コナン・ドイルは『わが思い出と冒険』の中で、レドモンドからの手紙（一九一六年十二月十八日付）を紹介している。

御親切にも御手紙を頂戴し、御高閲を賜りましたことは大変ありがたく思います。戦争から離脱し新しいアイルランドを建設すべきである、と感じているアイルランド人が今日極めて多数存在しています。問題は、人々が互いに妥協するということに対して、非常に臆病である点にあります。華々しく死んでいった人々の墓標の上に、北と南を結ぶ橋を架けることができれば、それは彼らに対する立派な記念物となりましょう。

《最後の挨拶》の物語は戦争勃発前に設定されている。フォン・ヘルリングはドイツの煽動によって、「アイルランド内戦」が引き起こされるだろうと語っている。これは一九一四年当時、ドイツから武器を密輸していたアルスターの統一主義者達の、そしてクランに関わりを持つ人々の幻想であった。この物語は北も南も含めた全アイルランド国民に対して、連合国の戦争は同時にアイルランドの戦争でもあり、戦争前の紛争はドイツが焚きつけたものだったと述べる意図が存在していた。

フォン・ヘルリングは「婦人参政権問題」〔原文は“window-breaking furies”で「窓を壊す怒り狂う女達」の意〕も、自分達の画策によるものであるとしている。これはパンクハースト母子を指導者とする、闘争的婦人参政権活動家達を指している。女性の参政権問題は、デンジャーフィールドによってアイルランド危機問題や、労働不安と同列に位置づけられ、開戦前の自由主義の英国の死の要因のひとつとされた。第一次世界大戦勃発直前の婦人参政権活動家達の暴力的活動を、コナン・ドイルは攻撃した。そして闘争的婦人参政権活動家達の攻撃に曝された。そして、婦人参政権運動の指導者達はリンチにかけられるのではないかという一般大衆の疑念を公に語り、また逮捕された活動家達がハンストで抵抗するのに対して、官憲が無理矢理食物を流し込む行為については、（おそらくもっと正確に言えば、医学的立場から）反対意見を述べた。しかしこうした婦人参政権運動家達は（その大多数は戦争が勃発すると、誰よりも熱狂的な軍国主義者へと鞍替えした）、過去二十年以上にわたって北大西洋を越えて世を風靡した、新しい女性運動の流れの中では、少数派でしかなかった。フォン・ボルクとフォン・ヘルリングは、婦人参政権運動を煽ったのは自分達であるとしているが、《最後の挨拶》には、皮肉なことに彼ら自身も「新しい女性」の犠牲者であったことを強調する意図が存在する。この「新しい女性」とは、老婦人のマーサだった。彼女に対して二人は彼女を見くびって全く何の警戒心も抱いていなかったから、彼女は彼らの組織の中心部にまで喰い込んでいた。自らの正体の露見とそれに伴う不可避の死という脅威から、一瞬たりとも気を緩めることなく日々を過ごさなければならなかったホームズ自身の仕事の大半は、彼女とは別世界で進められていた。だから彼女は一人の時は緊張を緩めることもあっただろう。文学的な見地からすると、彼女はドロシー・セイヤーズのミス・クリンプスン、アガサ・クリスティのミス・マープル、そしてパトリシア・ウェントワースのミス・シルヴァーの先駆者である。

しかし、第一次世界大戦前に執筆された物語が、どうして「新しい女性」の姿を明らかにする事が出来るだろうか。男女同権論的立場の批評家達はシャーロック・ホームズ譚に登場する女性の注目すべきサブテクストを論じてきた。ホームズは自ら認めているように、女性を理解する能力を欠いている(ただ忘れてはならないのは、これは作者がそうした人物に設定することを望んだときには、ということである)。それでも一九〇八年より前に書かれたホームズ譚において、はっきりした自分の意志を持って発言している女性が何人か登場している。ハティ・ドランは洗練されたロンドンの聴衆の前で、いかにして重婚罪を犯すに至ったかを説明して、満場一致ではないものの喝采を受けている(《花嫁失踪事件》『シャーロック・ホームズの冒険』所収）。また時代に敢然と立ち向かい、異なる人種間の愛を誓う鐘を鳴らしたエフィー・グラント・マンローは、《黄色い顔》を英国文学上の最も気品の高い作品の一つに仕上げて見せた。しかしこの他の多くの女性の登場人物達は、曖昧さと可能性の影に覆われている。レイチェル・ハウェルズが、自分を欺いた執事を殺害したのか否か（《マスグレーヴ家の儀式》『シャーロック・ホームズの思い出』所収）、或いはエイブ・スレイニに対するエルシ・パトリックの、本当の気持ちがいかなるものだったか（《踊る人形》『シャーロック・ホームズの帰還』所収）、読者が確信を持てるものは何もない。また婚約を破棄されたり、結婚生活に破綻をきたしたりした、更には（不純なものではなかったが）自分の妻が結婚前に犯した無分別な行為が露見し、悲嘆にくれた貴族の夫達（《犯人は二人》、《第二の汚点》『シャーロック・ホームズの帰還』所収）も登場する。彼らに対する、コナン・ドイルの真意がいかなるものであったか、こちらも読者に確信を与えるものはない。《ボヘミアの醜聞》（『シャーロック・ホームズの冒険』所収）において、嗅ぎ煙草入れは拒まなかったものの、ホームズにボヘミア国王との握手を拒絶させる原因になるだけのことを、アイリーン・アドラーは語ってはいる。しかし彼女ですら、物語の中では沈黙していることが多いのである。

『シャーロック・ホームズ最後の挨拶』所収の、第一次世界大戦前に書かれた六編のうち二編には、沈黙する女性が登場する。即ちブレンダ・トリゲニス（《悪魔の足》に於て、文字通り恐怖のあまり死んだ）、そしてレイディ・フラーンシス・カーファックス（自分の名前いる）の二人である。しかしこうした登場人物の沈黙は、これらより以前に書かれた物語が題名になっている物語の最後の場面まで登場することなく、また現われた時には意識を失ってと比較して、曖昧さは遥かに少ない。コナン・ドイルは最初の妻ルイーザが一九〇六年七月四日に没した後、一九〇七年九月十八日にジーン・レッキーと結婚した。花嫁と花婿は愛し合ってはいたが、十年の間清らかな関係を保ち続けなければならなかったのである。ライオン・スターンデイルとフィリップ・グリーンの苦悶には、この十年の間にジーン・レッキーが死ぬこともなく、また、彼女が彼との交際を終わらせなかったことに対するドイル自身の安堵の念が反映されている。しかしブレンダ・トリゲニスとレイディ・フラーンシス・カーファックスの二人に、後のコナン・ドイル夫人の人物像が反映されているわけではない。ブレンダ・トリゲニスの存在感は、彼女の人間像の原形となった『ポールスター号船長』に登場する亡霊より、更に希薄である。この作品は、コナン・ドイルがジーン・レッキーと出会う十五年前に書かれている。《悪魔の足》においてスターンデイルは「自分自身を法にするような癖がついてしまいましたわい」と語っている点からすると、彼の側に抑止力となるものはほとんどなかったと察せられる。しかしながら彼の「長年、わたしは彼女を愛し続けていました。彼女もまた長年、わたしを愛し続けてくれました」という言葉から、二人の間の愛は清らかなものだったと理解すべきである。これとは別に、ブレンダ・トリゲニスが発狂して口の利けなくなった兄弟や殺人者とは無関係に、自ら敢えて仕掛けられた罠に嵌ったとする議論も成り立ち得よう。しかし作者の意図には、こうした推論を成立させるようなものは存在しない。離婚法改革同盟の会長として、コナン・ドイルは法の改正を要求する事件を書いた。しかしブレンダ・トリゲニスは、コーンウォール地方の世間体を重んじる、ブルジョワ階級の世界の人間だった。彼女の一族と繋がりのあったスターンデイルも、そのしがらみを断ち切るよう彼女に頼むことはできなかった。そして彼女の一族が、反目を生じることで、彼女は死へと追いやられたのである。不義密通に対して非寛容であった社会環境が、結果として殺人の温床となったのである。「新しい女」が攻撃されたのは、彼女達が家族からの自立を求めたためだった。ブレンダ・トリゲニスが生き延びるためには、こうした家族からの自立が必要だったのかもしれないことを、《悪魔の足》は指摘している。

この事件は同時に英国の文学において、最も醜悪な血族間の殺人であるかもしれない。またブルジョワ階級で起きた殺人事件としては、不気味な展開を形成している。従来のホームズ譚における犯罪者は、これまでも上流階級の人間だったり、エリート（モリアーティ教授のような）であったり、或いは労働者階級に属する人間であったりしてきたはずである。変化は次第に暗黒化していく世界の、もう一つの象徴だった。

レイディ・フラーンシス・カーファックスは、物語の中で話をする場面が全く登場しない。しかし彼女は消え去りゆく貴族階級の象徴であり、また（チェーホフが『桜の園』で示したように）貴族階級に対する固有の先入観と幻想ゆえ人々がその消失を記録にとどめていたのである。ここでの危機は、表現形式の一つである。『マイカ・クラーク』の作者は、物語の背景となる清教徒の歴史を充分心得ていた。同時に本来は信仰心の発露としての献金に関しても、浅薄な事物によって聴き手を欺き、献金は必須のものと思い込ませることが可能であることを知っていた。レイディ・フラーンシスの信仰心はしきたり以上のものであり、自分自身とフィリップ・グリーン閣下との間に偽りの障壁を築くだけのものではなかったとしたら、自称シュレシンガー博士の明らかにいんちきな、聖書に関する学識を見抜けたはずである。彼女は簡単にだまされて、同じ貴族階級に属する人間で非業の最期を遂げたサー・チャールズ・バスカヴィルのように、自分の知っている信頼の置ける召使いに背を向けて、助けてくれるはずのない人物に対して助けを求めて避難したのである。レイディ・フラーンシスについて見てみると、その人物像はジーン・レッキーより遥か以前の人物を基にしている。彼女の原型は、一八二八年のバークとヘアによる連続殺人事件まで遡る。この連続殺人事件は、当時世界の先端を行く医学部の解剖学用標本を供給するため、エディンバラの浮浪者達が次々と絞殺された事件だった。エディンバラ大学在学時のコナン・ドイルは、彼の年齢からすると、バークとヘアの事件を調査したサー・ロバート・クリスティスン教授（一七九七～一八八二）が大学に籍を置いていた時期と重なり合う時期があったはずである。のちにシャーロック・ホームズが行なったとされている、死体に外傷をつけることが可能か否かの判定（《緋色の習作》における）を、クリスティスンはこの事件の審問の際に実際に行なっている。またカラバル豆の毒性を確かめるために、実際に自分で試してみて危うく落命するところだったという逸話が、《悪魔の足》の毒薬の原型であるのは明らかである。ウィリアム・バーク（一七九二〜一八二九）の人間的魅力、聖書に対する関心、さらには当局との関連について彼が示した図々しさといったものは、シュレシンガーこと信心家ピーターズの人物像の輪郭を与えている。また彼の妻が、自分の夫は誰にでも堂々と会うのだとホームズにしてみせた挨拶は、警察がバークの逮捕に訪れた際に、彼の愛人が警察に対して投げつけた言葉に由来している。レイディ・フラーンシスの親戚の者達は、元の召使いがひとたびおおっぴらに心配しはじめた際には、彼女を見つけるための出費はしただろう。しかし彼らが彼女に対して、身内の人間に対して抱くはずの愛情を持っていたことを示すものは何もないのである。彼女の時代はとうに終わっていたし、彼女の階級の時代も終わりを告げていた。更に彼女の心の拠りどころですら偽りのものに過ぎず、彼女に死をもたらすものとなった。彼女が伝道師として信じていた人物の正体を悟った時のことは、我々に何も知らされていない。このような沈黙は、何か不吉なことを想起させるために彩られたものであろう。ここでは沈黙は予言的なものとなり、含むところは多にして語られるもの少なく、信心家ピーターズの妻の葬儀屋に対する言葉を思い出したホームズがレイディ・フラーンシスを救ったことで、簡単に消え去ったのである。

《ブルース－パーティントン設計図》に登場するヴァイオレット・ウェストベリの役割は、沈黙する女性の別の相を間接的に浮かび上がらせている。それは自らの意志により沈黙を守ったのではなく、男性の信頼を得られぬゆえであった。

彼が、アーサー・カドガン・ウェストを、国家への忠誠に殉じた人物として描いているのは明らかである。その騎士道精神に欠ける情熱は別にしても、ウェストは自分の婚約者を信頼できなかったことで、自分の正当性を大いに減じている。これは災いを避けようとしてのことだったが、結果としては先の事を考えない拒絶だった。もしウェストが自分の婚約者だったウェストベリを信頼していれば、彼女は曖昧な情報を提供して、亡くなった自分の婚約者に対してホームズが「ますます怪しい」と結論づける代わりに、ホームズの捜査を初めの段階から正しい方向へ向けることができたはずである。男性側の愛国主義に基づく秘密保持よりも、当然の信頼関係という教訓が強調されているのは明らかである。男性は自分の妻や婚約者を信頼すべきではない、という必然的な推論からいかに不吉な結果が生じるかを示しているのである。《第二の汚点》（『シャーロック・ホームズの帰還』所収）と併せて考えると、公的生活を送る

しかしここから派生する言外の意味は、また別の次元の問題である。男性の最も重要な義務は国家に対してのものであって、異性の配偶者に対してのものではない、という意見は道徳的な見地からすると誤りである。少なくとも一九一四年の戦争が勃発するまでは、サー・アーサー・コナン・ドイルはこうした国家第一の考え方を、憤然として拒絶しただろう。しかし作家としてのコナン・ドイルは、他の可能性も展開してみせている。勇敢ではあるがせっかちだったカドガン・ウェストは、愛する女性に話すこともなしにただ一人、何も語らぬ犠牲者となる道を突き進んだ。それは欧州全土を無情にも戦争へと追いやった、

一般には愛国心とされているものの中に潜んでいる、男性の好戦的排他主義の兆しだった。欧州諸国の政府は全て、この種の直感的な男性の優先順位づけに依存することができた。そして渦巻く権力闘争の冷酷さと無謀さを確実にするものでもあった。ダブリンにおける復活祭の暴動も、全く同様に家族への義務は全く考慮の範囲外だった。

《瀕死の探偵》では、何も語らぬことで聖典の象徴とも言うべき別の女性が、ほんの僅かの間だけその沈黙を破って見せている。ほとんど全ての物語で沈黙しているハドスン夫人は、この物語では行動する女性に扮している。彼女のホームズの言いつけに対する反抗は、これは周知のようにホームズが予め計算していた範囲内での、そして同時に不可欠の行動だった（明らかに自分が一番よく知っていた女性に関してなら、ホームズは彼女の行動を予期する能力を有していたことになる）。しかし聖典で女性が口をきく場面があれば、女家庭教師あるいは下宿の女将の場合が最もよく書けている可能性がある、と考えられるだろう。というのは、コナン・ドイルの姉妹達は女家庭教師《ガヴァネス》だったし、彼の母親は下宿の女将であったからである。

実際に聖典中で従来の慣習を大きく打ち破ったのは女家庭教師《ガヴァネス》であり、《ウィステリア荘》でミス・バーネット、またの名をヴィクトル・ドゥランド夫人が、物語の真相を語った時だった。《赤い輪》ではエミリア・ルッカ夫人が同じ役割を演じている。二つの事件で彼女達が示した真実を語る能力は、予想外のものだった。また二人とも、ある男の殺害を熱望していた。バーネット夫人は殺害の陰謀を企てたが成功せず、ルッカ夫人は絶望感に囚われている間に相手の男が殺されている。二人の殺意の表現を異なるものとしているのは、ただ年齢のみであった。

女性（ミス・バーネット）のやせた手はきつく握り締められ、ムリーリョへの激しい憎しみが込み上げてきたのか、やつれ切った顔も蒼白くなった。（《ウィステリア荘》）

……彼女（エミリア・ルッカ）は喜びの声を上げて、跳び上がった。部屋中を踊り回り、手を叩き、黒い目はうれしい驚きできらきらと輝き、口からは、生き生きとしたイタリア語の感動の言葉がほとばしった。こんな光景の中でこのような女性が喜びに身をもだえさせているのを見るのは、なんとも恐ろしく、驚きであった。（《赤い輪》）

これが新しい女性である。と同時に昔の女性像である。ここで描かれている女性像はスコットの小説に登場する、一族の敵を掃討するロブ・ロイの妻の姿にある程度まで着想を得たものである（ポーの先駆者としての業績に対して、コナン・ドイルは心のこもった賛辞を贈っているが、彼の作品に最も強い影響を与えたのは、実際にはスコットであったように思われる）。しかしそれぞれの場面での、男性の圧制者に対して二人の女性パルチザンが示した、殺意を剝き出しにした憎悪を示したことに対する衝撃は、性的主導権が変化したとするコナン・ドイル自身の判断によるものだった。彼の心はミス・バーネットやルッカ夫人に近いものであったため、闘争的女性参政権論者に反対していたのかもしれない。しかし彼の理性は、彼女達の未来における地位を記録している。《ウィステリア荘》で描かれているような秘密陰謀団や、《赤い輪》に登場する秘密結社に関する彼の知識は、彼の先祖も闘っていたアイルランドの歴史や社会に関する知識を踏まえたものであろう。彼は一八八一年に女性土地同盟が果たした役割、或いはアイルランドの政治、民族主義、社会主義、そして学問の世界における女性勢力の拡大を認識していたはずである。何よりも彼は、アイルランド人女性であった自分の母親を、その女性的特質を熟知していた。

物語の中で描かれている秘密結社「赤い輪」は、アイルランド共和兄弟団やフェニアン団の組織に多くを負っている。これらの結社は一八六〇年代に、アイルランドやアメリカ合衆国で組織されたものである。しかしこれらの結社は我々にも、数々の教訓を与えてくれる存在である。アイルランド共和兄弟団、或いはフェニアン団の活動の歴史は、世界大戦への鮮やかな里程標である。というのは、一九一四年六月二十八日にサラエボでフランツ・フェルディナンド大公を暗殺したのは、同様の倫理基準を持った（ボスニアの）結社だったからである。この暗殺事件は、第一次世界大戦の導火線となった。こうした陰謀は一八四八年以降、ありふれたものとなっていた。しかし《赤い輪》は、民族的組織網に特有の社会的・民族的・精神的意識という点では、際立った存在である。アイルランドにおける政治結社の原形に関しては、ユーゴスラビアの優れた歴史家だったウラディミール・デディエールが、「サラエヴォへの道」（一九六八年）の最後の言葉で断言している。アイルランドやイタリア、そしてユーゴスラヴィアの陰謀団には多数のゴルジアーノ的人物が存在していた。しかし世界を大虐殺へと引きずりこんだ、運命の銃撃の実行者であるガヴリロ・プリンシペが、黒のゴルジアーノよりも思いやりのあるジェンナロ並びにエミリア・ルッカ夫妻を想起させるというのは危険思想の兆候である。

ケルト的な人殺しへの衝動に関するコナン・ドイルの知識は、自己認識でもあった。それはG・K・チェスタトン『ブラウン神父の秘密』での神父自身の説明のようなものである。ブラウン神父はここで、彼が殺人事件を解決できたのは、自分が犯人であったら、と想像することによってだったと説明している。この顕著な例としては、《最後の事件》でホームズを抹殺する人物の名前に、コナン・ドイルが熟慮の末に自分自身の名前と同じ、紛れもないアイルランド系の名前を選んでいることが挙げられる。ホームズとモリアーティとの対立を、作者とその創造物との対立に置き換えることは、誰にでも簡単にできよう。モリアーティが列挙した、ホームズからの干渉を受けた日付けは、ホームズ譚の締切りのためには他の作品を手がけることができなかったり、もしくはちょっとした個人的な楽しみを禁じられたりした日だったかもしれない。同様のホームズを求める声に対する、個人的ないらいらした気分の現われは《瀕死の探偵》にも見出すことができる。この物語でスミス（アイルランドでは六番目に多い苗字である）は、つっけんどんに「頼まれもしないのに、わしの邪魔をするからだ。わしに手出しさえしなければ、こんな目には遭わなかった」と言い放っている。カルヴァートン・スミスが、作者の悪意を示すために新たに描き出された人物なのは確実である。その嘲るような悪意のこもった口のきき方には、作者の心の中にあったホームズに対する歪んだ憎悪が解き放たれている。またモリアーティ以上に作者コナン・ドイルとは距離があるが、その礼儀正しさと尊厳は作者自身の極めて際立った特質でもあった。モリアーティには見られないがスミスに見られる芝居の上での悪役的要素がある。これは、コナン・ドイルが劇作『まだらの紐』で成功を収めたことに由来している。この舞台劇の初演は、一九一〇年六月四日だった。《瀕死の探偵》が書かれたのは、劇作のことが作者の脳裏にあった時期だったのは確実である。しかしスミスの住所が（ロウアー・）バーク（Burke）街とされているのは、エディンバラ生まれのアイルランド人殺人犯に、自らを擬《なぞら》えた考えの表われであろう。

ケルト的人殺しへの衝動を真正面から扱ったのが、《悪魔の足》であることは言うまでもない。コーンウォール地方での療養期間中、コナン・ドイルはケルトの薄明の情景や言語学的研究、他の古代文明とのつながり、デヴォンシャー、ウェールズ、スコットランド、アイルランドの特色を比較したりして、楽しく過ごしている。コーンウォール語の起源はカルデア語にあるというホームズの奇妙な見解は、カルデア（Chaldean）とはカレドニアン（Caledonian）（「古代スコットランド」の意）の意であるという、有名なスコットランドの文学的冗談を作者が踏まえたものであろう。《悪魔の足》を執筆していた当時、彼はローマ人のフェニキア人に対する敵意を題材にした作品（『最後のガレー船』）と、同じくローマ人のケルト人に対する憎しみを題材にした作品（『軍団の最後』）を書いている。しかし《悪魔の足》には、作者自身の中に存在していた民族的な出自を甦らせた際に見出した恐怖が含まれているように思われる。ケルトの伝説には、一族間の不和と復讐の物語がある。《悪魔の足》はコナン・ドイル自身の、先祖に関する知識から生まれた。その一方で彼は医学を学んだ賢人でもあったから、同じ血を受け継ぐ多くのケルト人の同胞達よりも、個有の心理的危機を充分にわきまえてもいた。《悪魔の足》が、ホームズにまで実際には存在しないケルト人気質を付与しているとしても、彼が書いてきた中で、最もケルト的色彩の濃い作品であることは確かである。

帝国主義の衝突、そして帝国主義の結果としての心理的・経済的、そして戦略的関心は第一次世界大戦において大きな役割を演じた。コナン・ドイルと、たとえばラドヤード・キプリングには帝国主義的思想に賛同していたと容易に結論づけられるものが存在しているようにも思われる。しかしこのような解釈は、子細に分析していくと崩れていく。大英帝国を主題としたコナン・ドイルの作品は、大英帝国の歴史を扱った際に付随的に採り上げられているに過ぎない。またそうした作品中にあっても、作者の同情はしばしば大英帝国の組織に身を置く人物の反対側に大きく傾いていることすらある。読者にとって、ジョナサン・スモール、マホメット・シング、アブドゥラー・カーン、ドスト・アクバーの四人組に対してより、ショルトー少佐に対してより強い嫌悪感を覚えることなしに、《四つのサイン》を読むのは困難であろう。また、商人に化けたアクメットほど哀れな登場人物がいないのも確かなところである。

これらのことはいずれも、コナン・ドイルが自分は帝国主義者であると自称することの――特にアイルランド自治法の制定を主張する際に――妨げになりはしなかった。しかし一人の人物が、帝国主義の暴力行為を指摘することで、コナン・ドイルを独立論者へと転向させた。その人物の名はサー・ロジャー・ケースメントだった。この人物が初めてコナン・ドイルの関心を引いたのは、コンゴの英国領事在任中に、ベルギーの国王レオポルド二世が奴隷の労働を搾取して暴利を貪る、忌まわしい支配体制をしいていることを明るみに出したからだった。コナン・ドイルは、更に恐るべき事態が次々と明るみに出されるのを見た。英国は一八八五年に、コンゴをベルギー領とする条約に調印していたが、ベルギーに対して、コンゴに対する扱いもベルギー本国と同じにすることを主張した。一九〇八年二月二十六日に、外務大臣のサー・エドワード・グレイ（一八六二～一九三三）は、「コンゴに対するベルギーの統治は、国際的に認められた全ての権利を道義的に失っている」との声明を発表した。同じ日に、コンゴにおける苛酷な収奪を証明する書類が、内閣の文書として公にされた。三月五日に、ベルギー国王レオポルド二世（一八三五～一九〇九、一八六五年即位）は王家の領有地であったコンゴを、国家へ譲渡することに同意した。しかしその私的な見返りとして、国王はラーケンに土地を、リヴィエラに地所を、またオステンドには別邸を、アフリカには一五五平方マイルの不動産を、更には「コンゴから得られる利益とその関連するもの」の損失の見返り、との名目で二〇〇万ポンドを手にした。この数日後に、コナン・ドイルは《ウィステリア荘》の執筆を始めた。この作品の主たる構想は、非道なスパイ活動によって体制の維持を強いる、国の富を搾取する悪逆非道な国家体制を描くことから、同様の金ぴか趣味の金権主義者による政治体制の国から最後には主たる収奪者が追放されるという流れに変化した。ベルギーによる統治が開始されてから一年後、それでもコンゴの状況が目立った改善を示し得なかった一九〇九年、コナン・ドイルは燃えるような小冊子『コンゴの犯罪』と共に、くっきりと怒りの炎を燃え上がらせた。しかし彼がこの後明らかにしたように、彼の怒りの炎はずっと以前から胸の中で燻っていたのである。「進歩とはいったい何であろうか」（彼はこのように切り出している）「それは自動車にあっては速力が少々上がることであり、蓄音機のがあがあいう音に耳を傾けることである。人生にあってこういったものは、慰み物である。しかし進歩が精神を意味するものであるとしたら、我々は何の進歩もしていない。ベルギー、そしてコンゴで繰り広げられた恐怖は、この五十年より以前に遡ることはできないだろう。欧州の国で、このようなことのできた国はないだろう。仮にできたとしても、必ずや他の国が抗議の声を挙げたはずである。時の流れの緩やかな時代には、より多くの上品さと節操が存在していた。我々は時の流れの早い時代にあるが、それは進歩とは呼ばない。コンゴにおける物語は、いささか不条理な考えを生み出した」（原書八十六〜八十七頁）

ミス・バーネットが《ウィステリア荘》の最後の部分で痛罵しているように、不正行為に対する最高の保険は、他の国の普通の人々には、なぜ追う側の人々が目的を果たすために必死になっているか、全く理解し得ないところにある。物語の構成にはいつものように、コナン・ドイルの意図を解く鍵がある。読者の目の前にはまず、贅沢者の英国人であるジョン・スコット・エクルズが現われる。彼は世間体を整えている人物の典型であり、その潜在的利用価値についてスコットランド出身の作者は、皮肉な評価を与えている。しかし彼の自己本位な姿勢は、警察へ対する態度からでも明らかである。読者は物語の終わりのほうで、自分の一生を費やすことになるかもしれない目的のためにひたむきな英国人女性のミス・バーネットに巡り合う。二人の立場は以下の通りである。

「なんとも痛ましい事件ではないですか――痛ましくて、恐ろしい限りです」スコット・エクルズ氏は嘆かわしいとばかりに抗議した。「そうはいっても、このわたしには、ただただ迷惑なばかりです。わたしを招いてくれた人が、よる夜中に散歩し、悲しい最期を遂げられたことと、わたしは、何のかかわりもありません。どういう経緯で、このわたしが事件に関係があるということになるんですか」

これに対して

「それにしても、どうして、イングランド女性であるあなたが、このような殺人事件に巻きこまれることになったのですか？」

「わたくしがこれに加わりましたのは、正義が実行されるすべが、このほかにはありえなかったからなのです。何年も前にサン・ペドロの地で、おびただしい血が流されても、また、この男が大きな船をいっぱいにするほどの金銀財宝を奪っても、イングランドの法は何もしてくれません。あなた方にしても、こうした犯罪など、どこか遠くの星でおこっているできごとくらいにしか思えないでしょう。しかし、わたくしたちは知っています。（中略）地獄にもホアン・ムリーリョほどひどい悪魔はいません。犠牲者たちが復讐を求めて泣き叫び続けるかぎり、この世に本当の平和が訪れるとは思えません」

コナン・ドイルは、ロンドン郊外の屋敷に住んでいて、血の粛清を行なった暴君の実例を知っていた。しかし《ウィステリア荘》はラテン・アメリカの暴君の周辺にくつろげる英国の環境をもたらしている。ベルギー国王レオポルド二世がこの南米の暴君の原形となっている。「ストランド・マガジン」に《ウィステリア荘》が掲載された際に、挿絵を描いたアーサー・トウィドゥル（一八六五〜一九三六）は、サン・ペドロの虎を描く際にレオポルド二世をモデルにしたように思われる。ベルギー国王レオポルド二世は、ヴィクトリア女王の最初の従兄弟に当たり、女王と仲の良かった叔父（ベルギー国王レオポルド一世、一七九〇〜一八六五）の長男である。また女王の長男（エドワード七世、一八四一〜一九一〇）同様、女性関係ではだらしがなかった（ドン・ホアン・ムリーリョについてホームズは「どんな気まぐれだろうと簡単に満足させることができる」と、不吉で曖昧な言い方をしている）。最近の研究家であるアンティア・トゥルードは、サリー州のドン・ホアン・ムリーリョの屋敷に関するホームズの描写（「執事、給仕や、メイドたち、そして、イギリスの地方の大地主のお屋敷にはつきものの、むだ飯食いの下働きの使用人たちなどでいっぱいだ」）から、次のように推断している。

《マスグレーヴ家の儀式》が所帯を使用人に乗っ取られる、家の主の悪夢を明らかに示したものであるとすると、別のホームズ譚である《ウィステリア荘》は、田舎屋敷の運営に関する一つの理想像を示したものと言えるだろう。しかし家の主は、こんな所帯を抱えることを拒絶するだろう。

「両翼のある屋敷でね、召使いたちがその一翼に、家族がもう一つの翼に住んでいる。家族の食事を給仕するヘンダーソン直属の召使いの他には、二つの翼の間をつなぐものは何もない。ある一定の戸のところに一切が運ばれて、これが唯一のつながりというわけなのだ」[*4]

第一次世界大戦前の犯罪を主題とした小説に詳しい研究家の観点からすると、サン・ペドロの虎は、自分の身の安全を固めるという観点から理想的な屋敷の運営方法を実現させられるほど英国人化していたことになる。トゥルードは「屋敷内に犯罪を持ち込んだ」のが使用人のミス・バーネットであったと指摘し、自説の正当性を主張している。しかしこれは疑問の残る分析である。この分析の主要な部分は、サン・ペドロの虎が最大限の恩恵にあずかっている社会的正当性についての物語である、というトゥルード自身の直感的な印象に基づいている。サリー州でサン・ペドロの虎が取得していた身分に対して、彼の敵の側である人物の世帯は見苦しいものだった。そこにいたのは出自も曖昧な策士達、料理の腕の悪い料理人である混血の人物、そして独身の女家庭教師に扮した、とある国に派遣されていた外交官の未亡人が彼らを支えていたのである。真実はみっともない側にこそ存在していたのである。

サン・ペドロの虎に対する対抗勢力連合は、その広がりが多民族的、かつ幾つもの国に跨っているという点で確かに印象的ではある。これは、ベルギー国王レオポルド二世が略奪した文化の多様性を象徴したものである。またヴードゥー教信仰は、本質的には帝国からの呪いを帝国へ送り返すものだった。遠く離れた地で異教徒が聖なるものとして崇め奉っているものを乱暴に取り扱うことは、彼らを呆然自失の状態に陥れることでもあった。ウィステリア荘の台所にあった生贄は、コンゴを扱ったジョセフ・コンラッドの小説『闇の奥』を反転させたものである。この小説のクライマックスの、主人公クルツの「恐ろしい！　恐ろしい！」と言いながら死んでいく場面は、グロテスクという主題に対するホームズの解答の対立的主題となっている（このグロテスクという言葉は、この物語の構成要素であり、他の何にもましてただ一言で全てを表現している）。ホームズは言う、「グロテスクなできごとから恐ろしい犯罪までは、ほんの一歩の差でしかないのだよ」

《ウィステリア荘》に漂う、荒涼とし、かつ憂鬱な雰囲気は、大英帝国の野心の不名誉な側面と相容れない思想の潮流を示している。《ブルース－パーティントン設計図》には、軍備拡大の中にある国際的な勢力争いの帰結と、国家の安全保障の探究という、より明確な主題が掲げられている。コナン・ドイルは恐ろしいほど正確に、潜水艦の持つ将来的意義を認識していた。食糧を輸入に頼っている英国のような島国を兵糧攻めにし得る潜水艦の潜在的脅威について、彼は五年後に「ストランド・マガジン」一九一四年七月号に掲載された、「危険！」と題する寓話の中で詳しく述べている。最初の海軍卿だったウィンストン・チャーチル（一八七四～一九六五）はこの時まで、戦時下における船舶の喪失に対する国家防衛計画を、何年も手がけていなかった。しかし船主達は、この七月に計画を発表するよう求め、これに応じて議案が八月三日に提出された。おそらくチャーチルは、コナン・ドイルに対して秘密裏に感謝の言葉を贈っただろうが（彼は他のことと同様、自分のお気に入りの作品の作者に対しては、大いに敬意を表した）、他の者達は、自分達が今まで充分な準備をしてこなかったことを指摘したコナン・ドイルに対して、感謝の意を表するだけの充分な余裕がなかった。一九一七年五月一日、ドイツの海軍大臣だったカペル提督がコナン・ドイルに「実在の、そして唯一の預言者」であると賛辞を送った際には、開戦当初からの遠慮のない、そして休むことのない英国の戦争努力についての伝道活動にもかかわらず、彼は戦時中に広く流行った報復主義者達の、ちょっとした攻撃対象になりかけた。一九一七年四月に、当時首相の地位にあったデイヴィッド・ジョージ（一八六三～一九四五）と朝食を共にした際に、コナン・ドイルは「ストランド・マガジン」に掲載され、一年ごとに纏められた『フランスとフランダース地方における英国の軍事行動』に対する賛辞を送られた。そして戦時情報局から一九一六年の戦役に関する記述に関しては、後ほど通知を出すまでは出版を見合わせるよう通告を受けた。この処遇は彼を大いに傷つけた。そして復活祭暴動の後、アイルランドの血が流れている人間にとっては特に微妙な問題でもあった、自らの国家に対する忠誠という概念に疑問を抱いたと思われる。更に彼は、一般大衆の士気高揚に寄与することを執拗に求めた。当時一般大衆の士気は、西部戦線の終わりの見えない停滞状態を前に、落ち込みを見せていたのである。

この解説には、作家としてのコナン・ドイルと、一人の人間だったコナン・ドイルとの間に存在していた緊張状態の分析も含まれている。《赤い輪》に関して、彼がハーバート・グリーンハウ・スミスに書き送っているように、彼は自分の作品が有機的なものを持ち始めていることに気づいていた（トロント・メトロポリタン図書館所蔵の手稿、一九一一年一月付）。ホームズ譚はますます有機的な存在を色濃くしていったから、彼はホームズ譚のための調査はほとんどしなかった。作家としてのコナン・ドイルは、世の中の動きを探知して捉え、様々な兆候を図に描き、同時代の現象の調査分析をすることができた。一方一人の人間としてのコナン・ドイルは、明らかにパルチザン的反応をとった。彼は本質的には劇的な作家としての立場からは少し外れたところで、社会における自分の地位を向上させた。自らの地位を向上させるに当たって、人口に膾炙《かいしゃ》したたくさんのジョークが作られはしたが、ホームズは最も遠い極にあったと思われる。《ウィステリア荘》は社会的な立身出世を遂げても、そのことでコナン・ドイルが沈黙することはなかったこと、彼の書くものが導くのは改革であり、彼の声はそれに従ったことをはっきりと証明している。原稿の締切が迫っていない時には、ホームズはドイルにとって以前ほど心理的負担ではなくなってきていた。そして戦争は奇妙な同僚を生み出した。検閲によって執筆の自由を妨げられたコナン・ドイルは、はなはだ奇妙なことに、自分が執筆したものの中でも出来が悪いことで悪名の高い作品を否定する声の方に向く。シャーロック・ホームズはフォード製の自動車の救援を受けて、軽やかに駆けつける。ホームズを登場させることで、コナン・ドイルは第一次世界大戦の原因に関して、プロパガンダを行なう者に好都合な作品を仕立てた。この作品は次第に幻滅を強く感じ出している自分の読者に、ホームズとワトスンが心を込めてこの物語に呼び戻した、いちばん上質な、能天気に有頂天になれる騎士道的伝統を復活させ、元気づけようとしたものである。英国は勝利者であると同時に犠牲者であり、アイルランドの国民的な伝説に非常に近い、古くからの英雄であり殉教者であるという設定は、創作上の巧みな部分である。そしていかにもホームズ的な皮肉は、何にも増して鋭い。即ち、他の全てが不足しているのであれば、読者にとって勝利への道は単に笑うべきものでしかなくなるのである。

この作品はプロパガンダであり、それゆえ非常に手の込んだ手法がとられている。英国の目的は一個人の目的に変化し、小さな車と対照をなすベンツ、老婆とそれに対する大柄な大使館随員、堂々たる効果を発揮するドイツのファイリング・システムが扱っている領域と、組み合わせ暗号に対する唯一の解答である『実用養蜂便覧』、ワトスンの運転技術と動員体制を固めたドイツ帝国、というように象徴化されている。それでも物語はデザインであると同時に記録でもある。ホームズとワトスンも同様である。最後の数行においてホームズは彼らの死を宣言し、ワトスンは生き残りを宣言するのである。ホームズとワトスンの二人は英国らしさの真髄を構成し、その創造者に対しては連合の過程で、その文化的出自であるアイルランド気質を発露させた。しかし二人の乗った車はアメリカ製だった。物語の半ばまでホームズが喋っているのは、アメリカ語だった。そしてこの物語の舞台は一九一四年ではあるが、執筆されたのはアメリカも参戦した一九一七年のことだった。そうした意図があったかどうか、いずれにせよ『シャーロック・ホームズ最後の挨拶』はアメリカの世紀に対する挨拶でもあった。

＊1——アーサー・コナン・ドイル、リチャード並びにモリー・ウィッテントン＝イーガン編『ジョージ・エダルジ氏の物語』（一九八五年）参照のこと

＊2——アーサー・コナン・ドイル「シャーロック・ホームズ氏にかかわる余話あれこれ」（「ストランド・マガジン」一九一七年十二月号。リチャード・ランセリン・グリーン『シャーロック・ホームズ未収録文書』二七六〜二九三頁に再録）

＊3——日付けのないアーサー・コナン・ドイルよりグリーンハウ・スミス宛ての手紙（一九一一年一月頃？　ヴァージニア大学図書館所蔵の手稿）

＊4――『ヴィクトリア時代の小説における家庭内の犯罪』（一九八九年）一五九頁

本文について

本文は一九一七年十月二十二日に、ジョン・マレイ社から出版された短編集の『シャーロック・ホームズ最後の挨拶』を基にしている。ただし、「ストランド・マガジン」誌掲載時——注釈で言及している——の各短編、一九一七年十月にニューヨークのジョージ・H・ドーラン社から出版された米国版の短編集その他、上記の本の出版以降に英国・米国で出版されたものの本文とも校合している。しかし当全集では《ボール箱》は『シャーロック・ホームズの思い出』に収めてある。また《瀕死の探偵》は、句読点やハイフンの使い方を除いては、「ストランド・マガジン」初出時の本文ではなく、原稿を基にしている。一方《最後の挨拶》については、注釈の部分でその理由と共に重要性のある異版について触れている。

付録　P・G・ウッドハウスの無署名の小品

一、退屈の狩人、ダドリー・ジョーンズ

I

今日ではよく知られているように、我が友ダドリー・ジョーンズはベスビアス山の頂上で非業の死を遂げた。調査にかける情熱から、火口の縁から身を乗り出したために、彼は身体の均衡を崩して転落したのだった。我々が彼を引っ張り上げた時には、彼はすっかり黒焦げになっていて、早い話がどうしようもなかったのである。我々の最も気品溢れる詩人の一人は、あぶる以外には役に立たない猫について語っている。ダドリー・ジョーンズの場合は、どんなに些細な例外でもそのままではすまさなかった。彼は申し分なく焼き上がっていた。

ダドリー・ジョーンズは、持てる力の限りを注いで退屈の消滅に当たった人物だった。

現代の博愛主義者達がほとんど持ち合わせていない鋭い観察眼で、社会には多くの敵が存在しているが、退屈ほど破壊的なものはないことを、彼は認識していた。むろん押し込み強盗に対しても、彼は許されざる存在との認識を有していた。会話の中で、自分はにせ金造りだったと告白した人物に対して、彼が示した実に乱暴な態度を、私は知っている。しかし彼の真の敵は退屈だった。誰でもあらゆる有害なものを排除しようと努めるものであるが、ダドリー・ジョーンズは全力を振り絞って退屈と戦ったのだった。

私の見るところ、彼の扱った全ての事件の中で「招かれざる客」の事件ほど不安に満ち、かつ重要性の高かった事件は他になかった。この事件は十分おきにジョーンズが評したように、不吉な仕事であった。その客とは——いや、ともかく一番初めから話をすることにしよう。

一八九×年六月八日の朝、新しいブルーム型馬車が家の戸を完全にぶち壊してものの見事に奇麗にした時、私達はグローサー・スクウェアの居間の窓辺に立っていた。ベルを鳴らす音、そして階段を上がって来る足音が聞こえた。

ドアをノックする音がした。

「どうぞ」とジョーンズが言い、我々の客が部屋へ入って来た。

「私はペティグルーと申します」と彼女は口火を切るかのように言った。

「どうぞお掛け下さい」と我が友ジョーンズは、専門家的な柔らかい口調で言った。「こちらは私の友人のウッダースです。私が事件を扱うときは、大抵彼にも同席してもらっているのです。彼はノートを取ったり、といった些細なことをたくさんしてくれて、とても役にたってくれるのですよ。それから彼に部屋から出て行ってもらっても、彼は鍵穴から我々の話を聞くだけです。お解りでしょうか。ウッダース君、あちらに行ってマットの上で横になっていてくれないかね。ではペティグルーさん、よろしければお話をうかがいましょうか」

「私の抱えております事件は、とても辛いものなのです」とペティグルー嬢は話し始めた。

「私のところへ持ち込まれる事件は、皆そうですよ」とジョーンズは言った。

「私がこちらへ伺いましたのは、エドワード・ヌードル（Noodle）さんの奥様のお薦めがあったからなのです。奥様は、貴方がご主人の大変な危機を救って下さったとおっしゃっておられました」

「ウッダース君」と、どう見ても眠りかけているようにしか見えなかったジョーンズは言った。「僕の切り抜き帖を持って来てくれたまえ」

エドワード・ヌードル氏に関する新聞の切り抜きは、バルフォア氏は決してドーナッツを食べないという声明文と、子供に出来た鵞口瘡《がこうそう》の手当ての仕方に関する短い随筆の間に挟まっていた。

「ああ、あの事件ですね。覚えていますよ。私が普通扱う事件と違って、単純な窃盗事件でしたよ。ヌードル氏は針（needle）を盗んだとして、誤って告訴されたのです」

「私も覚えている」と私は熱を込めて言った。「訴訟になった事件は、ネディ・ヌードルが隣人の針を摘んだ事件だったね」

「ウッダース君、静かにしていてくれたまえ」とジョーンズは冷たく言い放った。「では、ペティグルーさん、続きを」

「はい、できるだけ手短かにお話しいたしますわ、ジョーンズさん。二ヶ月前まで、私は父と二人だけでこの上もなく幸せな生活を過ごしておりました。それから伯父のスタンレー・ペティグルーさんがやって参りました。その日から私達の生活からは、幸せという言葉は消えてしまったのです。彼は私達を発狂させようとしているのです。彼は私達に話をするのです」

「物語を、ですか」

「そうなのです。主に旅行の話を。ああ、ジョーンズさん、何と恐ろしいことでしょう」

ジョーンズの顔は暗くこわばったものになった。

「では、その男は退屈な奴なのですね？」

「死ぬほど退屈な人物なのです」

「ペティグルーさん、この事件は私が調べてみましょう。最後に一つ質問を。お父様が亡くなられた場合、これはあくまでも仮定の話ですが、その財産の少なからぬ部分は思うに、スタンレー・ペティグルー氏の許《もと》に渡るのでは、と思うのですがいかがでしょう？」

「半分以上は伯父のものになります」

「ありがとうございます。午前中はこの問題を考えてみましょう。それではご機嫌よう、ペティグルーさん」

我々の客人は微笑と共に――私は常に私に向けられたものだと言うのであるが、ジョーンズは自分に向けられたものだと主張するのである――去って行った。

「さてジョーンズ、これからどうするんだい？」と私は、彼を勇気づけるかのように言った。

「君も充分に知っているように、僕は理屈なんか作りゃしないよ」と彼はぶっきらぼうに言った。「僕のバグパイプを取ってくれないかな」

彼にバグパイプを渡すと、私は消えることにした。

私が戻ったのはすっかり遅くなってからだった。

戻ってみるとジョーンズは、石炭入れに頭を突っ込んで床に横になっていた。

「やあ、ウッダース君、お帰りだね」

「ジョーンズ君、一体全体どうして――」

「そりゃ君、部屋に入って来るのが見えたからさ」

「その通りだ。君の説明を聞くと、何て単純なんだと思えるなあ。ところでペティグルー嬢の件は、どうなったんだい？」

「それなんだよ。忌まわしい事件だ、ウッダース君。僕が手がけた事件の中でも、最も忌まわしい事件の一つだよ。スタンレー・ペティグルーなる男は、自分の不幸な身内を用意周到にしてかつ計画的に、退屈させた挙げ句に死なせてしまおうというんだ」

私は恐怖のために口もきけず、彼をじっと見詰めるだけだった。

二日の後、ジョーンズは私に彼の計画の全容を打ち明けた。我々は深夜郵便列車で、ペティグルー・コートまで出かける、というのである。私はなぜ深夜の郵便列車でなんだい、なぜ次の日まで待って楽に出かけられる時間帯にしないんだい、と尋ねた。ジョーンズはいささか馬鹿にした様子で、深夜の郵便列車からぱっと飛び出して始められないのなら、この事件を引き受けないのだと答えた。私は沈黙することにした。

「僕は一族の友人、ということでペティグルー家へ赴くんだ。君はその従僕、という役割だよ」と彼は言った。

「ありがたいね」と私は答えた。

「どういたしまして」とジョーンズは言った。

「解ってはいるだろうけれど、君は何かできそうな振りをしてなきゃいけないよ。というのはだね、僕には現場に報告者がいることが必要なんだ。彼が一番退屈なのは食事時だから、君が従僕として来るならばだね、ノートを取るのに大いに役立つだろうさ。ウッダース君、僕の言うことは解るだろうね？」

「しかしどうも僕には、まだ解らないんだが。いったい君はこの事件を、どう扱おうというんだね？」

「なに、僕は件《くだん》のペティグルーを、逆に退屈させてやるだけだよ。奴の話よりもっと退屈な話をしてやるのさ。ノートを忘れちゃいけないよ」

「ちょっと待ってくれよ、ジョーンズ」と私は言った。「どうも私には、いや、私が間違っているなら訂正して欲しいんだが、君は浮き浮きした気分で些細な点を見逃しているような気がするんだよ」

「済まないが、もう一度言ってくれないかね、ウッダース君？」彼の顔は憤激のために蒼白になっていた。

「いや、ほんの些細なことなんだがね」と私は大急ぎで言った。「とても単純なことなんだよ。もし君がスタンレーを退屈させにかかるとするとだね、君の行動は、既にさんざん悩まされている依頼人を結果としては破滅に追い込むことになるんじゃないだろうか」

「そうだ」と彼は考え込みながら答えた。「その通りだ。僕はそのことを全く考えにいれてなかったよ。こんなことがあるとだね、ウッダース君、君は見た目には全くの馬鹿者でしかないのだが、中身は決してそんなことはないのだ、という気がし始めたよ」私は一礼した。

「僕はペティグルー氏と、何かの取り決めをしなけりゃならないね。僕が彼の兄弟であるスタンレーの始末をつけるまで、自分の部屋にいてもらわなければならんね。何か理由をこしらえなくちゃいけないな。たぶん君は何か思いついたんじゃないかな？」

　私は真性コレラはどうだろうと提案してみた。ジョーンズはノートを取った。

　その晩、正確に夜中の十二時ちょうどに、我々は深夜の郵便列車に飛び乗った。

II

私は、スタンレー・ペティグルーが最初から何か疑念を抱いていたにしても、ジョーンズがこの件に携わっているとは、全く夢にも思っていなかっただろうと考えている。それはジョーンズの変装があずかって力あったものと思う。完璧だと思われる変装をせずに、事件を引き受けることを決してしないのは、ジョーンズの欠点の一つだった。実際に変装する必要があることは稀だったが、ジョーンズはいつもその必要があると考えていた。この件に関する私の質問に対して、彼はこうしたことには正々堂々としたやり方とそうではないやり方があるのだ、と答えた。そして我々はそれでも彼が変装するままにしておくしかなかった。

今度の事件の際に、彼は明るいチェックのシャツを着て、周りに縮れた赤毛が残っているが、てっぺんは禿げている「自前」の頭のままだった（残っている縮れた赤毛は、ネクタイやシャツによく合っていた）。そしてボール紙製の、端がそり返り真っ赤に塗られた大きな鼻を付けていた。更に彼は四歳児のような、かん高い裏声で喋るようにしていた。スタンレーのような、ほとんど悪魔のような洞察力を誇る相手であっても、何かこの人物の奇妙な点に不審を抱くということは、まずあり得なかっただろう。私自身の扮装に関しては、ジョーンズはほとんど何も悩みはしなかった。一つだけ、彼は私が黄色くて長い頬髯を付けるべきだ、と言い張ったが、他は個人的な好みに任せてくれた。

我々が到着した最初の晩の夕食のことを、私は決して忘れることはないだろう。私はサイドボードの傍らに立って、何とかしてコルクの栓を引き抜こうとしていた（このコルク栓はその後になってひとりでに抜け、グラスを三つと執事の一部を破壊した）。そのとき私は、ジョーンズがスタンレー・ペティグルーに、何か数字を思い浮かべるように話しているのを聞いた。

彼の敵は蒼《あお》くなり、その眼には微かに疑念の色が浮かんだ。

「ではその数を二倍して下さい」とジョーンズは、冷たく続けた。「さあ、二倍にしましたか？」

「しましたよ」と、困惑した卑劣漢は唸るように答えた。

「では二を足して。今度はその数から最初に思い浮かべた数を引いて下さい。その結果の数をまた二倍して下さい。それから三を足して。最初の数の半分（一八を引いてから）を四で割って。その後今度は七を引いて。最後にその数に三一六をかけて。その答えは、最初に貴方が考えた数字から四〇五を引いた数になります」

「本当ですか？」とスタンレー・ペティグルーは、無関心とも思える口調で尋ねた。

「おいおいジョーンズ君、一体全体――」と私は賛辞を述べだそうとした。

ジョーンズは、私に警告するかのように一瞥を送ってよこした。この場を救ったのは、ペティグルー嬢の素晴らしい機転だった。

「ジョン、貴方は身の程を忘れてしまったようね。部屋から出て行きなさい」と彼女は言った。

それゆえ私は、その後の闘いを目撃するという喜びを奪われてしまった。後でジョーンズが私の部屋で語ってくれたことから判断すると、この闘いは素晴らしいものであったに違いなかった。

「魚料理の後でね」とジョーンズは言った。「奴は犬の話をし始めた、いや、これは僕がそう思ったのだから、話そうとした、と言うべきかな。しかし今度だけは、奴は互角の相手を見つけたのだ。一日の内の中途半端に空いた時間に、僕は犬に関わりのある人に会うのが習慣なのさ。だから特にこの種の攻撃に対して、適性を備えていたというわけだ。僕は純然たる自分のやり方を通したよ。ペティグルー嬢は気の毒なことに、話が始まってから約二十分ほどで気絶しちまったから、部屋から担ぎ出さなければならなかったよ。今後は展開が早くなると思うよ、ウッダース君」

しかし、そうはならなかった。これに対してライヴァルの出現という、全くの予想外の出来事の衝撃の後、スタンレー・ペティグルーは互角に渡り合い、そしてすぐに自分に有利なように事を運んだ。

「何がどうなったか君に話してあげよう、ウッダース君」と、激しい衝突が明らかに相手側優位に終わったある晩、ジョーンズは話し始めた。「あともうちょっとで、僕は自分の敗北を覚悟せざるを得なくなるところだったよ。今晩の第三ラウンドで、奴はもう少しで僕を沈没させるところだった。終始僕は窮地に追い込まれていたよ。これほど退屈だったことは、僕の人生において絶えてなかったことだ」

しかし事態は予期せぬ方向へと動いた。それから三日後、朝食に降りて来たスタンレー・ペティグルーはげっそりし、やつれていた。ジョーンズは好機を見逃すことはなかった。

「子供達の面白い逸話についてお話ししましょうか」と彼は言った（こう彼が切り出すまで、話題はもっぱら天気についてのものだった）。「僕の小さな甥っ子が先日、ひどく小生意気なことを言いましてね。元気のいい二人の子供のうちの一人なんですよ。それがまるで――」

彼は逸話を話し終えると、挑戦的な視線で自分の敵を見詰めた。スタンレー・ペティグルーは黙ったままだった。苦痛を抱えているのは明らかだった。

ジョーンズは自らの優位な立場を駆って更に続けた。彼はスイスの山々での冒険談を話題にした。スイスにおける退屈さは極めて致命的なものであることが、科学者達には知られている。

ジョーンズは、比類無双のスイスにおける退屈そのものと化していた。彼の競争相手は顎をがっくりと胸まで下げ、蒼白になっていた。

「いやはや実に」とジョーンズは話を締《し》め括《くく》った。「ガイドの老フランツ・ヴィルヘルムね、彼はまさに山の申し子とも言うべき人物なんですよ。彼が言うにはですな、もしこんな日に喫煙室で時間を過ごす代わりに、我々が山へ登りに行くことにして、某氷河を渡ろうとするまさにその時、ロープが切れるようなことになったら、我々は間違いなくそこで死んじまうこと請け合いだ、と言うんですよ、これが。彼は我々が間違いなくそこでお陀仏だ、とこう言うんですな」

彼はここで言葉を切った。ペティグルーからは何の反応もなかった。沈黙は次第に薄気味悪いものへと変わっていった。私は急いで彼のところへ行って、彼の心臓に自分の耳をつけてみた。私には全て無駄だったという気がした。老齢で現役を退いた警官のように、心臓の鼓動は停止していた。スタンレー・ペティグルーは（当然のことではあるが）死んでいた。

ジョーンズは彼の死体を考え深げに眺めていたが、卵をもう一つとった。

「奴は悪党だった。誰も奴の死を悲しみはしない。それが結論だね」と彼は静かに言った。

簡単な検死の結果、彼は自分の掘った穴に落ちたことが明らかになった。即ち彼は、退屈のあまり死んだのだった。

「ジョーンズ君、故人はなぜあんな奇妙なやり方で倒されたんだろう?」と私は、町へと戻る深夜の郵便列車に我々が飛び乗った時に言った。

「これから話すよ。まあ聞きたまえ。奴との闘いが何日間か前進をみせた後、スタンレー・ペティグルーは何か退屈な話題の貯蔵庫を持っていて、必要に応じて出してきているに違いない、と考えるようになった。そこで僕は彼の部屋を捜したのさ」

「ジョーンズ君！」

「僕はベッドの下に、文字通りぎっしり小話集の詰まった大きな箱を見つけたんだ。僕は箱から本を抜き取って、煉瓦を一杯詰めてやった。源泉を断たれたから、彼は死んだのだよ。それだけさ」

「しかしだね」と私は言いかけた。

「まだ何か質問がある、というのならだね」とジョーンズは言った。「僕は君が退屈したいと思い出した、と考えることにするよ。モルヒネをとってくれないかな。そしてロンドンへ着くまでは、一言も口をきかないでいてくれたまえ」

――「パンチ」誌一九〇三年四月二十九日号・五月六日号掲載

二、故郷ストランドへの帰郷

（「ストランド・マガジン」誌にシャーロック・ホームズ再登場）

エア〔十六～七世紀英国の世俗歌曲〕――「闘牛士」の「アーチー」

嗚呼、シャーロック・ホームズがその姿を隠してから、六年以上もの歳月が流れた
彼の愛した町、ロンドンを疑惑と恐怖の渦中に残したままにして
　モリアーティを名乗る、邪悪な組織に思いを馳せる時
彼が姿を消した時（それも身体が凍りつくような方法で）
二人は崖っぷちの幅六インチの、張り出し部分にしがみついたかもしれない
彼の姿が見えなくなった時、望みは薄いことを悟った
　だが最新のニュースによると、
　彼は単に幾らかの痣をこしらえただけという
抹殺することが難しい人物が存在するならば、彼こそはその一人
おお、シャーロック、シャーロック、彼が町へと戻って来るのだ
洞察力の申し子にして、頭脳の記念碑が
　彼は全然怪我なぞも負わず
　滝に転げ落ちたというのに
シャーロックにとってそんなことは面白いことでしかない
シャーロックが故郷ストランドを去った時ほど、不満の声が満ち溢れたことはついぞなかった
身を震わせて啜り泣く群衆の叫びはつんざくように、涙でその目はすっかり曇り
　だが楽観主義者達は、

彼は復活するかもしれないと考えていた
いつしかそれは、我々の唯一の話題となっていった
彼は復活するのか、するならばどこで、どのように、我々は互いに質問しあったのだ
我々は幾らかは気を取り直して、自らの義務にとりかかったのだった
そして人の噂では、議会での質問に対する提案が
政府の賛成をもって迎えられたという
そしてシャーロック、シャーロック、彼が町へと戻って来るのだ
サー・コナンは彼を見出し、説明する機会を提供するのだ
説明の中身は薄弱なものかもしれない
いやいや、そんなことはお構いなしだ
彼が我々の手に我らがシャーロックを戻してさえくれれば
押し込み強盗どもはぶうぶう不平を鳴らし、かなてこや鍵やドリルを傍らに置く
プロの殺し屋達は、遺言書の執筆にとりかかるのだ
詐欺を働く政治ゴロ達は、自らの道が過ちであったことを確信せずにはいられない
重罪人達は今や、自らの職業に慰めを見出すことは不可能になり
偽造者やペテン師どもは、寝ていても魘《うな》される羽目に陥り
その母親も、呼び売り商人のごとく賑やかに飛び上がるわけにはいかない
マイル・エンドの運動家も、通行人を小石か何かのように蹴飛ばすわけにはいかず

または憂さ晴らしの楽しみの度合いも減じるだろう
それはシャーロック、シャーロック、彼が町へと戻って来るからなのだ
洞察力の申し子にして、頭脳の記念碑が
　犯罪の世界は青ざめている
　シャーロックが蘇り、手がかりを追って来るからだ
全ての手がかりは、シャーロックの許《もと》へ

——「パンチ」誌一九〇三年五月二十七日号掲載

三、放蕩息子

（シャーロック・ホームズが復活する際には、アメリカに端を発する物語の主人公として現れる、と噂されている）

私が彼に出会ったのは、ストランドだった。それはおよそあり得ないほど、よく似ていたのである。もし私が、あの忌まわしいじめじめした不快な滝壺深く、彼が沈んでいることを知らなかったら、私はまさしくシャーロック・ホームズその人が、目の前に立っていたと述べていただろう。私が彼に話しかけようとしたその瞬間、彼は私に話しかけてきた。
「恐れ入りますが、ヴィクトリア駅行きの車はどこで捕まるか、お教えいただけませんか

な」と彼は言った。

私は教えてやった。

「しかし貴方は驚くほど、私の旧友にそっくりですねえ。その、シャーロック・ホームズに」と私は言った。

「それは私の名前ですよ」と彼は冷静に述べた。

私はよろけて後ろへと下がり、もう少しで警官をひっくり返すところだった。それから私は彼の腕を取り、ＡＢＣショップまで彼を引っ張って行ってテーブルに着いた。

「で、君はシャーロック・ホームズなのか！」と私は叫んだ。

「いかにも。私はアメリカ合衆国ネー・ヤーク（Neh Yark）の、シャーロック・Ｐ・ホームズです。これまでずっとそうでしたが」

「ホームズ！」と私は彼に摑みかかり、彼を燃えるように抱きしめた。「僕のことを覚えていないのかい？　いや、覚えているに違いない」

「お名前は？」と彼は尋ねてきた。

「ワトスンだ。ワトスン博士だよ」

「ふむ、当て推量をしないならばだ、あなたとはどこかで以前にお目にかかっているはずなんですが……やや、なんということだ、ワトスン君じゃないか！　いや、こいつは凄い。さあ、僕のおごりだ。何でも注文してくれたまえ。何がいいのかね？」

私は小さなカップでミルクを一杯、と答えた。

「いやあ、それにしてもホームズ君、僕が最後に君を見たのは――」と私は話し始めた。

「おいおい、『最後』はないだろう、最後は。頼むぜ」

「しかし君は滝壺へ転落したんだろう」

「うん、その通りだ」

「じゃあ、どうして助かったんだい？」

「そう、僕はモリアーティと一緒に落ちた。ただ、やっこさんは僕より幾らか体重があったもんだから、彼のほうが下になったんだな。二人の人間が崖っぷちから転落することになるなら、僕は体重がたっぷりあって、先に転落する奴と落っこちるようにするね。従って奴が年貢の納め時を迎えた時には、結果として僕は酷《ひど》く震動を受けるだけで済んだってわけさね」

「それで君は死なずに済んだと」

「ねえワトスン君、どうやって、だって？　とにもかくにも、僕は助かったんだぜ。ところで懐かしの面々はいかがお過ごしかね？　サー・ヘンリー・バスカヴィルはどうしているかね？」

「とても元気だよ。彼は西部地方に野球を広めたんだ」

「で、あの犬は？　いや、いかんいかん。我々が射殺したんだったたっけね」

「いや、実は奴は死んじゃいなかったんだよ。撃たれた傷が治ると素行をすっかり改めてね、バタシー通りで大活躍さ」

この時ちらりと不安の影が、彼の表情に浮かんだ。私はその理由を尋ねてみた。

「つまり、こういうことなんだ。僕はアメリカ合衆国で長いこと過ごしてきて、かの地で悪党どもの追っかけに明け暮れてたもんで、どうもアメリカ訛りが染みついちまってね。どうだろう、一般大衆は反感を持ちはしないだろうかね？」

「ホームズ君」と私は言った。「君がチェコ語を話そうが、中国語を話そうが、そんなことはどうでもいいのさ。とにかく君は帰って来てくれたんだ。それだけでもう充分さ」

「実に朝飯前のことさ」とホームズは、幸せそうな笑みを浮かべて言った。


――「パンチ」誌一九〇三年九月二十三日号掲載

訳者あとがき

『シャーロック・ホームズ最後の挨拶』は、一九〇八年から一九一七年までのまる十年間に散発的に「ストランド・マガジン」に発表された短編七作を集めたものである。ドイルが四十八歳から五十七歳までの円熟期の著作集と言えよう。

この期間の一九一四年九月から一九一五年五月には、ドイルはホームズものの長編《恐怖の谷》を発表しているし、第一次世界大戦（一九一四～一八年）の勃発によって戦争についての宣伝文書を書いたりしていたために、《瀕死の探偵》のあと、ほぼ四年間は短編を書く暇がなかったものと思われる。

ドイルは、一九〇六年七月四日に、あまり好きでなかった最初の妻ルイーザを肺結核で失い、翌年九月十八日に、十年来の密かな恋人だった才色兼備のジーン・レッキーと再婚し、一九〇八年にはレッキーの実家にほど近いクロウボロウに豪壮な大邸宅を建ててそこに移った。つまり、「最後の挨拶」の執筆をした期間（第一次大戦後に長男キングズリを失うまで）は、おそらく彼の生涯のうち最も幸福な時期を過ごしたのではあるまいか。息子を失った影響もあってか、この後、一九一八年頃から彼は次第に心霊術に没頭するようになる。

　まさか、ルイーザ（〜一九〇六）とキングズリ（一八九二〜一九一八）を亡くしたせいでもあるまいが、『シャーロック・ホームズ最後の挨拶』の七作品に共通して見られるのは死の影である。推理小説であるから殺人事件がおきるのは当たり前だと言ってしまえばそれまでだが、《ボヘミアの醜聞》《赤毛組合》《花婿失踪事件》《花嫁失踪事件》《青いガーネット》などのように、死とは無関係の作品も少なくない中で、この『シャーロック・ホームズ最後の挨拶』という単行本に含まれる全部の作品の通奏低音として死が響いているのは注目していいと思う。七編のうちで短編《最後の挨拶》だけには「死が出てこないではないか」と思われる読者もおられるかもしれないが、第一次世界大戦自体が大虐殺事件だったことを思えば、これも死に触れていると見てよかろう。この短編のフィナーレで、ホームズが「東風《こち》が吹き出したよ」と述べる有名なくだりがある。そこで、「どれくらいたくさんの人間が死んでしまうかわからない」と彼はワトスンに話しかけていることを思いおこしてほしい。

　ここで、もう一度、『シャーロック・ホームズ最後の挨拶』の中でドイルが死をどのように扱っているのかを振り返ってみよう。

《ウィステリア荘》では、ガルシアが恐怖政治の暴君ドン・ムリーリョによって返り討ちにあい、砂を詰めた袋か何かで頭部を強打され、外傷はないが、脳がぐしゃぐしゃにつぶれて惨殺されていた。

《ブルース－パーティントン設計図》のカドガン・ウェストはオーバーシュタインに棒で殴られ、頭がグシャリと潰れて殺された。《悪魔の足》ではラディクス・ペディス・ディアボリ（「悪魔の足」という植物の根の粉末）を燃したときに出る毒ガスによってブレンダ・トリゲニスとモーティマー・トリゲニスが殺された。

《赤い輪》では、ひじまで赤くなるほどに殺人をしたので「死」というあだ名がつけられている悪漢ジューゼッペ・ゴルジアーノがジェンナロ・ルッカによってナイフで首を刺し殺された。《フラーンシス・カーファックスの失踪》では、シュレシンガー博士がクロロホルムを浸した綿をカーファックスの頭の周囲に巻き付けて柩《ひつぎ》のなかに入れて殺そうとしたが、危機一髪のところを救い出される。《瀕死の探偵》では、カルヴァートン・スミスが送ったクーリー病の病原菌を塗った針に危うくホームズが刺されて感染し死ぬところだった。《最後の挨拶》では終幕部分で、「命を落とす人も多いだろう」という記述によって大殺戮が予言されている。頭部や脳の重視は、第一次世界大戦の時にドイルが英国政府に対して「兵士に鉄のヘルメットをかぶらせよ」と提案することにつながっている。

ここで注意したいのは、七作品のうちで四作品に暖炉が殺人にかなり重要な役割で登場していることである。《ウィステリア荘》ではガルシアが食事中に女性同志からのメモを受けとり、それを読んでから丸めて暖炉の中にほうり込んだ。見当が狂って、それが炉格子に挟まって焼け残っていたのをベインズ警部が拾っている。このメモにおびき出されてガルシアは夜中に外出して殺されたのだった。《悪魔の足》では、ホームズが調べてみると、暖かい気候にもかかわらず前夜に燃された暖炉の火の灰が黒く残っていた。どうやら、ここから毒ガスが発生したらしい。《瀕死の探偵》では、マントルピースの上に象牙の精巧な小箱が置いてあった。これには毒針が仕掛けてあり、クーリー病の病原菌が塗ってあった。《最後の挨拶》のフォン・ボルクの書斎では、彼が引き上げ準備に書類を焼却してそのほてりで顔が赤くなる場面の描写がある（はっきりと「暖炉で燃した」と記述されているわけではないが、室内で書類を燃すといえば、暖炉の中しか考えられないだろう）。

ところで、エドガー・アラン・ポウの作品「盗まれた手紙」を考察したフランスの精神分析学者マリー・ボナパルトは、暖炉の両側にある囲み石のところに打ってある金属からぶらさがっている状差しに盗まれた手紙が差してあったというポウの記述を分析して、暖炉が女性性器の象徴であると解釈した。これは、彼女の『エドガー・ポウ』（一九三三年）以来定説になっている。フランスの哲学者ジャック・デリダによれば、D大臣の部屋も巨大な女性性器であるという。これについては、大岡昇平も「盗まれた手紙」（「群像」一九八八年一月号三〇六～三一〇ページ）というエッセイの中で触れている。

ドイルの作品で性と殺人が分かちがたく結びついていることは、サミュエル・ローゼンバーグも指摘している（『シャーロック・ホームズの死と復活』河出書房新社、一九八二年）が、母の婚外恋愛への復讐がこのような形で表わされているのだと思われる。

ホームズ物語は推理小説のように見えるが、実は著者コナン・ドイルの家庭の実情を告白した告白録であるというのが、私たちの発見であった。その詳細については『シャーロック・ホームズの醜聞』（晶文社、一九九九年）に詳しいが、ここでは、そこに書かなかった発見を記しておこう。前巻までの「訳者あとがき」や、『シャーロック・ホームズの醜聞』に記したように、ドイルの母メアリが十五歳年下の医師ブライアン・チャールズ・ウォーラーと婚外恋愛関係に陥って、駆け落ち同様に暮らしたことと、ドイルの父チャールズ・アルタモント・ドイルをアルコール症とてんかんで精神病院に入院させて当時としては社会的に抹殺した形になったことの二つは、ドイルに終生消えないトラウマを与えたように見える。本書『シャーロック・ホームズ最後の挨拶』に見え隠れする暖炉と死の影は、このトラウマの具象化であるのかもしれない。

《悪魔の足》のスターンデイル博士が離婚できずにブレンダ・トリゲニスとの愛に苦しむシーンは、ドイルとルイーザ、ジーン・レッキーとの関係や、ドイルの母メアリとウォーラーとの関係を連想させる。事実、ドイルは一九〇九年から離婚法改正同盟の会長になっていたのである。

次に、精神分析でフロイトとジャック・ラカンが強調している反復強迫について述べよう。《悪魔の足》では、ブレンダが殺される場面と、モーティマー・トリゲニスが殺される場面と、ホームズ及びワトスンが命を落としかける場面とはほとんど同じ状況が三回繰り返される。《瀕死の探偵》でも、病床を訪れたワトスンがホームズに話しかける場面と、カルヴァートン・スミスが病床のホームズに話しかける場面とはほぼ同一場面の反復である。少しわかりにくいが、《ウィステリア荘》に泊まりに行ったエクルズがガルシアのとりこになって利用される構図は、バーネット嬢（実はヴィクトル・ドゥランド夫人）がムリーリョの館に入り込んでムリーリョのとりこになって利用されるのと同じ構図になっている。このような反復強迫は、《赤毛組合》と《三人ガリデブ》、《四つのサイン》と《スリー・クォーターの失踪》、《ノーウッドの建築士》と《恐怖の谷》、の各組のストーリーがお互いに似ている点にも見られる。フロイトによれば、反復強迫は不安のあらわれである。ジーンとの再婚後は幸福な生活を送っていたドイルにとっての不安とは、母とウォーラーの婚外恋愛が世間にスキャンダルとして広まることだったに違いない。

ホームズ物語には下宿料の話が四回も出てくる。

下宿料の話に入る前に、まず当時の生活費を調べておこう。一八九九年の最低の生活費が、五人家族で部屋代込みで週に一ポンド一シリング八ペンス（約二万四〇〇〇円）だった。チャールズ・ブースは、貧困層の収入は、週に十八〜二十一シリング（約九〇〇〇〜一万五〇〇〇円）としており、そういう人がロンドンの全住民の三十パーセントを占めていた（ブライアン・キャッチボール編、児玉昌巳訳『アトラス現代史―イギリス』創元社、一九九二年。八十〜八十一ページによる）。《緋色の習作》の冒頭には、ワトスンとホームズが共同で部屋を借りるいきさつが記されている。一日に十一シリング六ペンス（約一万三八〇〇円）の傷痍軍人年金を貰っているワトスンは、ストランドのあるホテルに滞在していたが、懐具合が寂しくなったので、もっと経済的な下宿屋へ移りたいと考えていた。そのとき、偶然に出会ったスタンフォード青年が、「ホームズという男が共同で部屋を借りる人を探している。部屋代を一人で負担するには負担が重すぎるので半分出してくれる人はいないだろうか」という情報を聞かせてくれた。ワトスンはさっそくセント・バーソロミュー病院（通称バーツ）にいるホームズを訪ね、二人が出会って、ハドスン夫人の家に下宿することになった。

家具付きの居間と寝室二つで、下宿代は二人で割ればたいしたことはなかった、と記されている。《緋色の習作》には、シャルパンティエ夫人の下宿が出てくる。ここに泊まったドレッバーとスタンガスンの二人が「二人分で一日二ポンド（約四万八〇〇〇円）、一週で十四ポンド（約三十三万六〇〇〇円）払ってくれた」という。これが並みはずれて高い値段だったことが夫人の口ぶりからうかがわれる。

ちなみに現在のロンドンの最高級ホテルであるランガム・ホテル（ボヘミア王やメアリ・モースタンの父も宿泊）でさえ一泊三万円ほどであり、一介の下宿屋の料金にしては異常な高さであることがうかがいしれる。

《瀕死の探偵》には、ホームズがハドスン夫人に払った下宿代が、すばらしく気前のよいもので、数年間に払った下宿代だけでゆうに夫人の家を一軒買うことができる金額だった、という記述が出てくる。

《赤い輪》に出てくる下宿屋の主婦ウォレン夫人は、居間と寝室に対して部屋代として一週五十シリング（約六万円）を請求したところ、ジェンナロ・ルッカと名のる下宿人は、「こちらの条件を入れてもらえば、一週に五ポンド（約十二万円）出す」と答えた。倍額である。条件といっても難しいものではなくて、玄関の鍵を渡してほしいことと、絶対に部屋に入らないでくれ、ということだった。

これらの下宿料が気前よく払われているという記述を見るとき、私たちは、ドイルの母メアリがエディンバラで生活費を補うために始めた下宿のことを連想してしまう。一八七五年から下宿した医師ブライアン・チャールズ・ウォーラーは、一八七七年から八二年にかけて六年間も、自分が借りた部屋代だけでなしに、ドイル家が家主から借りている家賃全部を気前よく払ってくれたのであった（エドワーズ著『シャーロック・ホームズ探求』による）。これはたいへん高額な下宿代だったということになる。この事実は《四つのサイン》でエディンバラに住むメアリ・モースタンに真珠が六年にわたって贈られるという形で記されている。

《悪魔の足》に登場するライオン・スターンデイル博士（コーンワル地方ではレオンをライオンと発音する）はブレンダ・トリゲニス嬢と相思相愛の仲だった。しかし、数年前に博士を捨て去った妻がいて、英国の法律により離婚できないために、ブレンダと結婚することができずにいる。これはまさに当時のドイルそのものの姿だ。最初の妻ルイーザとはあまりうまくいかず、一八九六年に出会って恋に落ちたジーン・レッキー嬢とは、肺結核で病床にあるルイーザがいるので結婚できない状態だったのである。ライオンという名前が、必ず性のトラブルとともに現われるのも気になるところである。《バスカヴィル家の犬》のローラ・ライオンズは、ならず者の画家と結婚するが、捨てられて、ステイプルトンと再婚したいと考えている。《覆面の下宿人》では、夫が酒乱なので、ロンダ夫人はひそかな恋人である力持ちの男と協力して夫を棒で殴り殺し、ライオンがやったように見せかけようとした。しかし、ライオンを檻から出したとたんに、血の匂いを嗅いで凶暴になったライオンに夫人は顔をひどく引っ掻かれてしまう。《ライオンのたてがみ》では、マードックと恋人のモード・ベラミ嬢を巡る恋のさや当てが犯行の動機ではないかと疑われる。ライオンはひょっとしたら性欲の象徴かもしれない。

《最後の挨拶》は、アイルランド人であるアルタモントが、情報を盗んだドイツのスパイ、フォン・ボルクに対して復讐する物語である。

アイルランドが一一六九年以来、八〇〇余年にわたって英国から差別的支配を受けていたことに対するアイルランド人の反抗心を心得ていないと、《最後の挨拶》のストーリーを理解することは難しいであろう。アイルランドで地主をしていたドイルの祖父が、英国により法律を変えられたために、無一文になってイングランドに移民してきた事実と、ドイルの父アルタモントが妻をウォーラーに盗まれたこと、その両方に対するアルタモントによる復讐がここには描かれているのである。

一九九九年十二月二日、北アイルランドで対立していたプロテスタントとカトリックの両方の勢力が参加する自治政府がやっと発足した。両派の抗争によって三十年にわたってテロや暴力が続き、三千人以上の犠牲者が出ていたのである。もともと、アイルランドの歴史は両派の抗争の歴史と言ってよかろう。

一九二二年に南アイルランドは、英国内の自治領としてアイルランド自由国になった。このとき、島の面積の二十パーセントを占める北アイルランドは、南アイルランドとは別に、英国の一地方として連合王国にとどまった。カトリック教徒の数は、自由国で住民の九三・九パーセント、北で三一・四パーセントと、大差がある。十八世紀にはカトリック教徒の政治的・経済的権利が剝奪されて、公職から締め出されたり、土地を没収されたりした。このカトリック刑罰法によってドイルの祖父ジョン・ドイルも先祖伝来の土地を失い、スコットランドへ移住したと言われている。ドイルが若い時にカトリックの信仰を捨てたのには、それも遠因になっていたであろう。

ドイルの母もアイルランドからの移民の娘だった。ドイルの父のすぐ上の兄ヘンリーはアイルランドのダブリン国立美術館の館長だった。

一八〇一年から一九二一年まで、アイルランドは英国政府に統治されており、主要産業である農産物が英国の農業を圧迫するという理由で英国向け輸出を禁止されるなど、アイルランドは圧政に苦しみ、独立運動の蜂起が何回も起きた。第一次世界大戦中の一九一六年の武力による「イースター蜂起」は、失敗したにもかかわらず、三年後の「アイルランド独立宣言」につながった。この短編《最後の挨拶》には、アイルランドの独立を目指すアイルランド系アメリカ人アルタモント（ドイルの父の名前もアルタモントだった）に化けたホームズが登場する。上述のアイルランド史を知らないと、なぜ彼がドイツのスパイの手下になって、ドイツへ英国の秘密情報を売るのかが理解できないだろう。

一九〇六年の国会議員選挙に立候補した時にドイルは次のように述べている。

「アイルランドは大英帝国から何を得たことがあるか。アイルランドの人々が帝国に不満を抱き、英国の構成上の弱点になっているのも怪しむに足りぬではないか。かつて、アイルランドには製造業が盛んだった。英国の法律がそれを滅ぼしてしまった。それから、アイルランドでは農業が盛んになったが、英国の自由貿易法が全世界の農産物を輸入させて国内市場を混乱させた。アイルランドはバターや卵、ベーコンを生産するが、それを英国に輸出する際に、デンマーク人やノルウェー人よりも有利な地位を得ているだろうか。同国人として当然に有利でなければならぬのに、実際には何も得ていないのである。その結果、慢性的な不満が続き、おそるべき危険になっている」（ディクスン・カー著『コナン・ドイル』早川書房、三二三ページ）。ドイルは選挙で敗れたが、後にロジャー・ケースメントに説得されて、アイルランド自治賛成派に移った。

ドイルは、一九〇三年にコンゴの不正を糾弾するときに、アイルランドの独立運動家だったイギリス領事ロジャー・ケースメント（一八六四〜一九一六）と知り合いになった。

ケースメントは一九一二年に退官後、アイルランドに帰り、第一次世界大戦が始まると、「敵（連合国）の敵（ドイツ）は味方だ」という考えからドイツをアイルランド独立のために利用しようとして、ベルリンへ乗りこんだ。ドイツ軍に捕らえられたアイルランド人捕虜は二千人いたので、彼はそれをもとにして独立運動軍を組織しようとしたが、英国と戦う蜂起に加わろうとしたのはわずか数十人でしかなかった。その後、「イースター蜂起」直前にドイツの潜水艦でアイルランド西海岸に上陸したところを彼は逮捕されてしまった。ドイルは、ケースメントが長年の熱帯生活のために精神的にも肉体的にも病的になっているに違いないと信じて、「彼を絞首刑にすべきではない、彼は自分を弁護できない状態にあるのだから」と、助命を嘆願したが、ケースメントを救えばアイルランドを英国に敵対する独立国として認めることになってしまうという理由から、ドイルの希望は容れられなかった。あごひげを生やして彫りの深い象牙のように白い顔をしたこの男は、反逆罪の罪でペントヴィル刑務所で死刑になった。ケースメントの墓はダブリンの西北にあるグラスネヴィン墓地にあり、英語でなしに、ゲール語で墓碑銘が彫られている。

本書の原書であるオックスフォード大学版「シャーロック・ホームズ全集」の総監修者オーウェン・ダドリー・エドワーズによれば、《恐怖の谷》はもっともアイルランド的な作品である。《恐怖の谷》に出てくるピンカートン探偵社の探偵バーディ・エドワーズはアイルランド生まれで、米国に移住し、マクマードという偽名でスコウラーズという暗殺団を壊滅させる。このアイルランド人は一種の英雄として描かれている。「この若者、さすがアイルランド人とあって、口は達者だし、口説く術も心得ていて、……経験から滲み出てくるどこかはかりしれない魅力を秘めていて……」（高山宏訳）とべたぼめである。「おれは、喧嘩も早いが、忘れるのも早い。それがアイルランドの血なんだとよ。熱しやすく、冷めやすいってわけだ」。また、マクナマラ夫人はヴァーミッサのいちばん町外れで下宿を経営している未亡人で、アイルランド人ののんきな老婆として描かれている。《高名の依頼人》に登場するアイルランド人であるサー・ジェイムズ・デマリー大佐も、「アイルランド人特有の灰色の眼には率直さが輝いており、微笑を絶やさない表情豊かな口元には気さくさがただよっていた」と、ほめちぎった描写をされている。ドイルは、アイルランド人を意識してわざとほめているとしか思えない。もちろん、《背の曲がった男》のロイヤル・マロウズはアイルランド連隊の一つだとか、《ボール箱》のスーザン・カッシングが間貸しをしていた一人は、アイルランド北部の出身だったとか、ほめてもいないし、けなしてもいない場合もある。

アイルランド出身の作家であるオスカー・ワイルド、バーナード・ショー、ウィリアム・バトラー・イエーツ、ジョージ・ムーア、ジェイムズ・ジョイス、サミュエル・ベケットなどを見ると、夢想的、思弁的という共通の特徴がある。その上に実際的な観察者というスコットランド人の特徴が加わっているドイルは、コティングリーの少女が妖精の絵を描いてボール紙に貼り付けて撮影した写真にだまされて、「妖精は実在する」と信じたり、心霊術にのめりこんで二十五万ポンド（約六十億円）をつぎこんだりした。ドイルの父チャールズも、その兄リチャードも妖精の絵を描いており、リチャードのものは茨城県立美術館、ダブリン国立美術館、ヴィクトリア・アンド・アルバート美術館などに収められている。ドイル一族はアイルランド人に著名な幻想的傾向が特に強かったのであろうか。短編《最後の挨拶》をドイルの父アルタモントによる復讐幻想の物語と見なせば、面白いかもしれない。

（アイルランドに関する記述は「JMS」誌二〇〇〇年一、二号に書いた記事の再録である）

小林司／東山あかね

文庫版によせて

このたび念願の「オックスフォード大学出版社版の注・解説付　シャーロック・ホームズ全集」の文庫化が実現し非常に嬉しく思います。今回は中・高生の方々にも気軽に親しんでいただきたいと考えて、注釈部分は簡略化して、さらに解説につきまして若干短くまとめたものを再録することにしました。これを機会にさらにシャーロック・ホームズを深く読み込んでみたいと思われる読者の方には、親本となります全集の注釈をご参照いただくことをおすすめします。

文庫化にあたりまして、注釈部分を切り離して本文と並行して読めるようにページだてを工夫していただいてあります。河出書房新社編集部の揆木敏男さんと竹花進さんには大変お世話になり感謝しております。

二〇一四年七月

東山　あかね

＊非営利の趣味の団体の日本シャーロック・ホームズ・クラブに入会を希望されるかたは返信用の封筒と八二円切手を二枚同封のうえ会則をご請求下さい。
一七八－〇〇六二　東京都練馬区大泉町二－五五－八
日本シャーロック・ホームズ・クラブ　ＫＢ係
またホームページ　http://holmesjapan.jp　からも入会申込書がダウンロードできます。

シャーロック・ホームズ全集《ぜんしゅう》⑧
最後《さいご》の挨拶《あいさつ》

二〇一四年 九 月一〇日 初版印刷
二〇一四年 九 月二〇日 初版発行

著 者 アーサー・コナン・ドイル
注・解説 O・D・エドワーズ
訳 者 小林司《こばやしつかさ》／東山《ひがしやま》あかね
発行者 小野寺優
発行所 株式会社河出書房新社
〒一五一―〇〇五一
東京都渋谷区千駄ヶ谷二―三二―二
電話〇三―三四〇四―八六一一（編集）
〇三―三四〇四―一二〇一（営業）
http://www.kawade.co.jp/

ロゴ・表紙デザイン 粟津潔
本文フォーマット 佐々木暁
印刷・製本 中央精版印刷株式会社

Printed in Japan ISBN978-4-309-46618-7

緋色の習作　シャーロック・ホームズ全集①

アーサー・コナン・ドイル　小林司／東山あかね〔訳〕　46611-8

ホームズとワトスンが初めて出会い、ベイカー街での共同生活をはじめる記念すべき作品。詳細な注釈・解説に加え、初版本のイラストを全点復刻収録した決定版の名訳全集が待望の文庫化！

四つのサイン　シャーロック・ホームズ全集②

アーサー・コナン・ドイル　小林司／東山あかね〔訳〕　46612-5

ある日ホームズのもとへブロンドの若い婦人が依頼に訪れる。父の失踪、毎年のように送られる真珠の謎、そして突然届いた招待状とは？　死体の傍らに残された四つのサインをめぐり、追跡劇が幕をあける。

シャーロック・ホームズの冒険　シャーロック・ホームズ全集③

アーサー・コナン・ドイル　小林司／東山あかね〔訳〕　46613-2

探偵小説史上の記念碑的作品《まだらの紐》をはじめ、《ボヘミアの醜聞》、《赤毛組合》など、名探偵ホームズの人気を確立した第一短篇集。夢、喜劇、幻想が入り混じる、ドイルの最高傑作。

シャーロック・ホームズの思い出　シャーロック・ホームズ全集④

アーサー・コナン・ドイル　小林司／東山あかね〔訳〕　46614-9

学生時代のホームズや探偵初期のエピソードなど、ホームズを知る上で欠かせない物語満載。宿敵モリアーティ教授との対決を描き「最高の出来」と言われた《最後の事件》を含む、必読の第二短編集。

バスカヴィル家の犬　シャーロック・ホームズ全集⑤

アーサー・コナン・ドイル　小林司／東山あかね〔訳〕　46615-6

「悪霊のはびこる暗い夜更けに、ムアに、決して足を踏み入れるな」——魔犬の呪いに苛まれたバスカヴィル家当主、その不可解な死。湿地に響きわたる謎の咆哮。怪異に満ちた事件を描いた圧倒的代表作。

シャーロック・ホームズの帰還　シャーロック・ホームズ全集⑥

アーサー・コナン・ドイル　小林司／東山あかね〔訳〕　46616-3

《最後の事件》で滝底に消えたホームズ。しかしドイルは読者の強い要望に応え、巧妙なトリックでホームズを「帰還」させた（《空き家の冒険》）。《踊る人形》ほか、魅惑的プロットに満ちた第三短編集。